Ernest Hemingway
Al romper el alba

Biblioteca Ernest Hemingway

AL ROMPER EL ALBA

Ernest Hemingway

Traducción de Fernando González Corugedo

PLANETA

Título original: *True at first light*

© Hemingway Foreign Rights Trust, 1999
© por la traducción, Fernando González Corugedo, 1999
© Editorial Planeta, S. A., 1999
  Córcega, 273-279, 08008 Barcelona (España)
Diseño de la cubierta: Compañía de Diseño

Planeta Colombiana Editorial S. A.
Calle 21 No. 69-53 - Santafé de Bogotá, D. C.

ISBN 84-08-03119-8

Primera reimpresión (Colombia): julio de 1999

Impresión y encuadernación: Panamericana Formas e Impresos S. A.

Impreso en Colombia - Printed in Colombia

INTRODUCCIÓN

Esta historia se inicia en un tiempo y un lugar que, para mí al menos, aún conservan un significado muy especial. Pasé la primera mitad de mi vida adulta en África oriental y he leído ampliamente la historia y la literatura sobre las minorías británica y alemana que vivieron allí por el breve espacio de dos generaciones y media. Los primeros cinco capítulos tal vez sean difíciles de seguir hoy sin explicar un poco lo que sucedía en Kenia durante el invierno de 1953-1954 en el hemisferio norte.

Según la administración colonial británica de la época, Jomo Kenyatta —un africano negro de la tribu kikuyu, con estudios superiores y muy viajado, que se había casado con una inglesa cuando vivía en Gran Bretaña— había, regresado a su Kenia natal y allí había instigado y encabezado una sublevación, llamada Mau-Mau, de los trabajadores negros del campo contra los granjeros inmigrados de Europa, propietarios de unas tierras que los kikuyus consideraban que les habían sido arrebatadas. Es el lamento de Calibán en La tempestad:

> Esta isla es mía por Sycorax mi madre,
> ¡y tú me la quitaste! Cuando al principio llegaste
> me acariciabas, y en mucho me tenías, y me dabas
> agua con bayas dentro y me enseñabas
> a nombrar la luz mayor y aquella más pequeña
> que día o noche arden; y yo entonces te amé
> y aun te mostré las cualidades todas de la isla.
> Frescas fuentes, pozos de sal, lo estéril y lo fértil.

El Mau-Mau no era el movimiento independentista panafricano que cuarenta años después ha logrado el gobierno de la mayoría negra en la to-

talidad del continente subsahariano, sino algo, en su mayor parte, específico de la antropología de la tribu kikuyu. Un kikuyu se convertía en mau-mau haciendo un juramento secreto que lo apartaba de su vida habitual y lo convertía en un kamikaze, un misil humano que apuntaba a su patrono el granjero inmigrante europeo. El utensilio agrícola más común en el país se llamaba, en swahili, panga, y era una espada de un solo filo de sólida hoja de acero laminado estampada y afilada en los Midlands ingleses que servía para cortar maleza, cavar hoyos y matar gente en las condiciones adecuadas. Prácticamente cada trabajador agrícola tenía uno. Yo no soy antropólogo y lo que estoy contando puede parecer una visión demasiado esquemática, pero así era como veían a los mau-maus los granjeros inmigrantes europeos, sus esposas y sus hijos. Es triste, sin embargo, que el mayor número de muertos y heridos provocados por este dogmatismo de antropología aplicada acabara produciéndose no entre las familias inmigrantes europeas sino entre los kikuyus que se resistían a hacer el juramento y cooperaban con las autoridades coloniales británicas.

Lo que en los tiempos de esta historia se conocía como las Tierras Altas Blancas, una reserva destinada exclusivamente a los asentamientos agrícolas europeos y que los kikuyus creían que les habían robado, está a más altitud y mejor regada que las tierras tradicionales de los kambas. Aunque hablan una lengua bantú estrechamente relacionada con la de los kikuyus, los kambas tenían una agricultura de subsistencia en las tierras en que vivían y necesitaban cazar y recolectar para compensar unos campos de cultivos poco seguros, y, por necesidad, estaban menos apegados a su tierra que sus vecinos los kikuyus. Las diferencias culturales entre ambos pueblos son sutiles y se entienden mejor comparando dos naciones vecinas de la península Ibérica, los españoles y los portugueses. Muchos de nosotros sabemos de ellos lo suficiente como para saber que lo que es válido para unos puede no serlo para los otros, y eso sucedía con el Mau-Mau. La mayor parte de las veces, los kambas no se identificaban con el Mau-Mau, lo que fue una suerte para los Hemingway, para Ernest y para Mary, porque lo contrario hubiera propiciado más de una excelente oportunidad de que esos mismos criados, en los que tanto confiaban y a los que creían comprender, los mataran a machetazos mientras dormían en su cama.

Al empezar el capítulo sexto la amenaza de un ataque exterior al campamento del safari de los Hemingway por parte de un grupo de kambas mau-maus juramentados que se habían escapado de prisión se ha evaporado como las brumas del alba bajo el calor del sol de la mañana y el lector contemporáneo podrá disfrutar de lo que sigue sin ninguna dificultad.

A causa de mi posición fortuita como hijo número dos, yo pasaba mucho tiempo con mi padre durante los últimos años de mi infancia y en la adolescencia, la época de sus matrimonios con Martha Gellhorn y Mary Welsh. Recuerdo que un verano cuando tenía trece años entré sin avisar en el dormitorio de papá, en la casa que Mary había encontrado para ellos dos en Cuba, cuando estaban haciendo el amor de una de esas maneras más bien atléticas que recomiendan los manuales de cómo perseguir la felicidad en la vida matrimonial. Me retiré inmediatamente y no creo que me vieran, pero al editar la historia que aquí se presenta y encontrar el pasaje en el que papá describe a Mary como una simuladora, el vívido recuerdo de aquella escena me vino a la memoria después de cincuenta y seis años de olvido. Vaya simuladora.

El manuscrito sin título de Hemingway tiene unas doscientas mil palabras y no hay duda de que no es un diario. Lo que ustedes leerán es una novela, al menos en la mitad de su extensión. Espero que Mary no se enfade demasiado conmigo por valorar tanto a Debba, una especie de opuesto oscuro a la auténtica elegancia de Mary en su papel de esposa, que acabó entregándose a veinticinco años de un suttee alimentado con ginebra en vez de madera de sándalo.

Un contrapunto ambiguo entre ficción y verdad yace en el fondo de esta memoria. El autor lo utiliza para interpretar largamente unos pasajes que sin duda alguna complacerán a los lectores a quienes guste escuchar esa música. Yo pasé algún tiempo en el campamento del safari de Kimana y conocí a todos cuantos aparecen, negros o blancos, y una vez leído el texto en su integridad, y por alguna razón que no sé explicar suficientemente, me recuerda algunos incidentes que sucedieron en el verano de 1942 en el Pilar cuando mi hermano Gregory y yo, como Fred, el hijo de trece años del general Grant, en Vicksburg, pasamos un mes de nuestra infancia con aquella notable tripulación, temporalmente movilizados como auxiliares navales. El radiotelegrafista era un marino de carrera que una vez había estado destinado en China. Aquel verano en que se hallaba a la caza de submarinos tuvo oportunidad de leer Guerra y paz por primera vez, porque sólo tenía trabajo a ratos cortos y estaba de imaginaria la mayor parte del día y la noche y la novela se encontraba en la biblioteca del barco. Recuerdo que nos contaba que para él tenía mucho más significado desde que había conocido a todos aquellos rusos blancos en Shanghai.

Cuando escribía el primer y único borrador de este manuscrito, Hemingway fue interrumpido por Leland Hayward, entonces casado con la señora que en esta historia tiene que vivir al lado del teléfono, y la otra gente del mundo del cine que estaba rodando El viejo y el mar, para que fuera a ayudarles a pescar un pez espada de película en Perú. La crisis de Suez, con el cierre del canal, acabó con sus planes de realizar otro viaje a África oriental, y ésa puede haber sido una de las razones de que nunca retomara esta obra inacabada. Por lo que leemos en esta historia, sabemos que pensaba en el París «de los viejos tiempos» y quizá otra razón para apartarla fuera el descubrir que podía sentir mayor felicidad evocando París que el África oriental, dado que, pese a toda su fotogénica belleza y sus emociones, su estancia allí sólo había durado unos meses y le había causado daños muy serios, primero al verse afectado por una disentería amebiana y después por los accidentes aéreos que padeció.

Si Ralph Ellison todavía estuviera vivo, le hubiera pedido que redactara él esta nota introductoria, por lo que escribió en Sombra y acto:

«¿Todavía me preguntan por qué Hemingway era más importante para mí que Wright? No porque fuera blanco, ni más "aceptado". Sino porque apreciaba las cosas de este mundo que yo amo y que Wright, por intenciones o por falta de medios o por inexperiencia, desconocía: tiempo, armas, perros, caballos, amor y odio y circunstancias imposibles que para el valeroso y entregado pueden transformarse en beneficios y victorias. Porque escribía con tanta precisión sobre los procesos y prácticas de la vida diaria que yo pude mantenernos vivos a mi hermano y a mí durante la recesión de 1937 siguiendo sus descripciones de la caza de pluma; porque conocía la diferencia entre política y arte y algo de su verdadera relación con el escritor. Porque todo lo que escribió —y esto es muy importante— estaba imbuido de un espíritu más allá de lo trágico, con el que yo me sentía a gusto porque está muy próximo al espíritu de los blues que son, quizá, lo más cercano al espíritu de la tragedia que los norteamericanos pueden expresar.»

Estoy bastante seguro de que Hemingway había leído El hombre invisible y que eso lo ayudó a sobreponerse después de los dos accidentes aéreos en que casi perdieron la vida Mary y él, cuando se puso a escribir de nuevo en su manuscrito africano a mediados de los años cincuenta, al menos un año después de los acontecimientos que le inspiraron la vuelta al trabajo de creación. Puede ser que tuviera a Ellison in mente cuando en el borrador manuscrito hace esos comentarios sobre los escritores que se roban los trabajos entre ellos, porque la escena de los locos del manicomio de la novela de Ellison es muy parecida a la de los veteranos en el bar de Key West (Florida) en Tener y no tener.

Ellison escribió su ensayo en los primeros años sesenta, no mucho después de la muerte de Hemingway, acaecida en el verano de 1961, y Ellison, por supuesto, no había leído Al romper el alba, el manuscrito africano inacabado que yo he ordenado ahora dándole la que confío que no será la peor de las formas posibles, tomando lo que mi padre escribía por la mañana y haciendo lo que Suetonio describe en su De varones ilustres:

«Se dice que cuando Virgilio escribía las Geórgicas tenía por costumbre dictar cada día un gran número de versos que había compuesto por la mañana y luego se pasaba el día reduciéndolos a un número muy pequeño, señalando con agudeza que forjaba sus poemas al modo de las osas, lamiéndolos poco a poco hasta darles su forma.»

Sólo el propio Hemingway podría haber lamido su manuscrito inacabado hasta lograr la forma del Ursus horribilis que hubiera debido tener. Lo que yo ofrezco en Al romper el alba es apenas el osito de peluche de un niño. Ahora me lo llevaré siempre a la cama conmigo y cuando me haya echado a dormir y rogado al Señor que guarde mi alma, si muero antes de despertar, rogaré al Señor que tome mi alma y que Dios te bendiga, Papá.

PATRICK HEMINGWAY

Bozeman, Montana, 16 de julio de 1998

CAPÍTULO PRIMERO

Las cosas no eran demasiado sencillas en ese safari porque las cosas habían cambiado mucho en África oriental. El cazador blanco era buen amigo mío desde hacía muchos años. Le respetaba como no había respetado nunca a mi padre, y él confiaba en mí, que era más de lo que yo me merecía. No obstante, era algo que había que intentar merecer. Él me había enseñado dejándome ir por mi cuenta y corrigiéndome cuando me equivocaba. Cuando cometía un error, me lo explicaba. Luego, si yo volvía a cometer el mismo error, me lo explicaba con mayor detenimiento. Pero era nómada y finalmente iba a dejarnos porque le resultaba necesario estar en su granja, que es como llaman en Kenia a una finca de ganado de diez mil hectáreas. Era un hombre de carácter muy complejo; en él se compendiaban el valor absoluto, todas las debilidades humanas y un entendimiento de la gente de rara sutileza y muy crítico. Estaba completamente entregado a su familia y a su hogar; no obstante, le gustaba mucho más vivir alejado de ellos. Amaba su hogar y a su mujer y sus hijos.

—¿Tienes algún problema?

—No quiero ponerme en ridículo ante los elefantes.

—Ya aprenderás.

—¿Algo más?

—Debes saber que todo el mundo sabe más que tú pero que tú tienes que tomar las decisiones y asumir sus consecuencias. El campamento y todo eso déjaselo a Keiti. Y sé tan bueno como sabes.

Hay a quienes les gusta ejercer el mando y en su ansiedad por asumirlo son impacientes con las formalidades para conquistárselo a otro. A mí me gusta ejercer el mando porque es una aleación ideal de libertad y esclavitud. Puedes ser feliz con tu libertad y, cuando se vuelve demasiado peligrosa, puedes refugiarte en el deber. Durante varios años no había ejercido autoridad alguna, salvo sobre mí mismo, y estaba aburrido de eso puesto que me conocía demasiado bien y también era consciente de mis flaquezas y fortalezas y eso restringía mi margen de libertad e incrementaba mis obligaciones. Últimamente había leído con disgusto varios libros escritos sobre mí por gente que lo sabía todo de mi vida interior, mis objetivos y motivaciones. Leerlos era como leer la crónica de una batalla en la que tú habías luchado escrita por alguien que no sólo no había estado presente sino que, en algunos casos, ni siquiera había nacido cuando tuvo lugar la batalla. Toda esa gente que escribía acerca de mi vida tanto interior como exterior lo hacía con una seguridad absoluta que yo nunca había experimentado.

Esa mañana deseé que mi gran amigo y maestro Philip Percival no hubiera tenido que comunicarse por medio de aquella extraña taquigrafía del quitar importancia a las cosas que era nuestro idioma legal. Deseé que hubiera cosas que pudiera preguntarle que fuera imposible preguntar. Deseé más que nada en el mundo que pudiera instruirme tan completa y competentemente como los británicos instruyen a sus aviadores. Pero sabía que la ley no escrita que imperaba entre Philip Percival y yo era tan rígida como las leyes no escritas de los kamba. Hacía mucho tiempo se había decidido que yo sólo podría superar mi ignorancia aprendiendo por mi cuenta. Pero sabía que de ahora en adelante no tendría a nadie que corrigiera mis errores y por eso, con toda la felicidad que uno encuentra al ser dueño de sus actos, hice de la mañana una mañana solitaria.

Durante mucho tiempo nos llamábamos Pop el uno al otro. Al principio, más de veinte años atrás, cuando yo le llamaba Pop, al señor Percival no le importaba siempre y cuando este quebrantamiento de las buenas maneras no se realizara en público. Pero una vez que cumplí los cincuenta años, edad que me convertía en un anciano o mzee, se había puesto, feliz, a llamarme Pop, lo que en cierto modo era un cumplido, otorgado con alegría pero mortal si se retiraba. No puedo imaginar una situación o, más bien, no quisiera sobrevivir a una situación en la que yo le llamase, en privado, señor Percival o él se dirigiese a mí empleando mi verdadero nombre.

Así que esa mañana había muchas preguntas que yo deseaba formular y muchas cosas en las que había pensado. Pero, sobre esos temas, la costumbre nos obligaba a callar. Me sentía muy solo y él lo sabía, por supuesto.

—Si no tuvieras problemas no sería divertido —dijo Pop—. Tú no eres un tipo corriente, y la mayoría de los que ahora llaman cazadores blancos son tipos corrientes que hablan el idioma y siguen las rodadas de otra gente. Tu dominio del idioma es limitado. Pero tú y tus desacreditados compañeros seguid las huellas que hay y podréis hacer alguna nueva. Si no te sale la palabra precisa en tu nuevo idioma, en kikamba, habla en español. Eso les encanta a todos. O deja que hable la memsahib. Lo habla un poquito mejor que tú.

—Oh, vete al infierno.

—Iré a guardarte el sitio —dijo Pop.

—¿Y los elefantes?

—Ni pienses en ellos —repuso Pop—. Son bestias enormes y tontas. Inofensivos, según todo el mundo. Sólo tienes que acordarte de lo mortífero que eres para todos los demás animales. Después de todo, no son mastodontes lanudos. Nunca he visto ninguno que tuviera colmillos con dos curvas.

—¿Quién te contó eso?

—Keiti —contestó Pop—. Me dijo que tú te los metías a miles en el morral, fuera de temporada. Mastodontes y tigres de colmillos de sable y brontosaurios.

—El hijo de perra —dije.

—No. Se lo cree más de lo que tú piensas. Tiene un ejemplar de la revista y las fotos resultan muy convincentes. Me parece que se lo cree unos días sí y otros no. Depende de que le lleves alguna gallina de guinea, o de cómo estés cazando en general.

—Era un artículo sobre animales prehistóricos muy bien ilustrado.

—Sí. Mucho. Fotos preciosas. Y además hiciste notables progresos como cazador blanco cuando le contaste que sólo habías venido a África porque en Estados Unidos tu cupo de mastodontes estaba cubierto y habías cazado más tigres de colmillos de sable de los permitidos. Le aseguré que era absolutamente verdad y que eras una especie de furtivo del marfil escapado de Rawlins, Wyoming, que era muy parecido al enclave de Lado en los buenos tiempos, y que habías venido aquí para presentarme tus respetos porque yo te había iniciado cuando eras pequeño, y andabas descalzo naturalmente, y que querías seguir en forma para cuando te dejaran volver a casa y obtener una nueva licencia para mastodontes.

—Por favor, Pop, dime alguna cosa sensata sobre los elefantes. Sabes que tengo que matarlos si se portan mal o si ellos me lo piden.

—Sólo tienes que recordar tu técnica de siempre con los mastodontes —dijo Pop—. Prueba a vaciarle el primer cañón por el segundo aro del colmillo. Por el frente, la séptima arruga sobre la nariz contando hacia abajo desde la primera arruga de arriba de la frente. Tienen unas frentes extraordinariamente altas. Y muy irregulares. Si estás nervioso, dispárale en la oreja. Descubrirás que no es más que un pasatiempo.

—Gracias —le dije.

—Nunca he tenido miedo de que no cuidases a la memsahib, pero cuídate tú un poco y procura ser tan buen chico como sabes.

—Tú también.

—Llevo años en ello —dijo; y luego, con la fórmula clásica, añadió—: Ahora es todo tuyo.

Así era. Era todo mío en la mañana sin viento del último día del penúltimo mes del año. Miré la tienda comedor y nuestra propia tienda. Luego otra vez las tiendas pequeñas y los hombres que se movían alrededor del fuego para cocinar y luego las camionetas y el coche de caza; los vehículos parecían escarchados con el espeso rocío. Después miré entre los árboles de la Montaña que esta mañana se veía imponente y muy próxima y la nieve reciente resplandecía con las primeras luces del sol.

—¿Irás bien en la camioneta?

—Perfectamente. Es una buena carretera si el suelo está seco.

—Llévate el coche de caza. No lo necesito.

—No seas tan bueno —dijo Pop—. Quiero devolver esta camioneta y mandarte otra que sea segura. Ellos no se fían de ésta.

Siempre eran ellos. La gente, los watu. En otro tiempo eran los chicos. Y para Pop seguían siéndolo. Pero él los conocía a todos de cuando eran chicos de verdad y había conocido a sus padres cuando esos padres eran niños. Veinte años antes también yo los llamaba chicos y ni ellos ni yo pensábamos que no tenía ningún derecho. Ahora tampoco le molestaría a nadie que yo usara esa palabra. Pero, según estaban las cosas, ahora eso no se hacía. Cada uno tenía sus tareas y cada uno tenía su nombre. No saber un nombre era tanto una descortesía como una muestra de dejadez. También había nombres especiales de todas clases y nombres abreviados y apodos amistosos y no amistosos. Pop todavía les insultaba en inglés y en swahili y eso les encantaba. Yo no tenía derecho a insultar, y nunca lo hacía. Todos teníamos también, desde la expedición de Magadi, ciertos secretos y ciertas cosas que compartíamos en privado. Ahora había muchos temas que eran secretos y había cosas que iban más allá de los secretos y existía entendimiento. Algunos de esos secretos no eran nada correctos y otros eran tan divertidos que a veces veías a uno de los portadores de rifles que de repente se echaba a reír y tú le mirabas y sabías de qué y los dos os poníais a reír tan fuerte que si intentabas aguantar la risa te acababa doliendo el diafragma.

Era una hermosa mañana de sol cuando salimos en los coches por la llanura dejando a la espalda la Montaña y los árboles del campamento. Delante había muchas gacelas de Thomson pastando y moviendo el rabo al comer el pasto verde. Había manadas de ñúes y gacelas de Grant pastando cerca de las manchas de arbustos. Llegamos a la pista de aterrizaje que habíamos marcado con el coche y la camioneta en una pradera larga y despejada corriendo arriba y abajo sobre la hierba fresca y corta y arrancando las raíces y tocones de una mancha de arbustos que se alzaba en uno de los extremos. El largo poste que habíamos realizado cortando un tronco joven se había doblado con el vendaval de la noche anterior, y la manga para el viento, confeccionada con un saco de harina, colgaba fláccida. Paramos el coche, me bajé y tenté el poste. Estaba firme aunque inclinado y la manga volaría en cuanto se levantase la brisa. Había nubes de viento muy altas en el cielo, y era hermoso contemplar desde allí la Montaña, tan enorme y vasta, por encima del prado verde.

—¿Quieres sacar alguna fotografía en colores del monte y la pista? —pregunté a mi mujer.

—Ya las tenemos incluso mejores de como está esta mañana. Vayamos a ver los fenecos y a mirar si está el león.

—Ahora ya no estará afuera. Es demasiado tarde.

—Igual sí.

De modo que fuimos siguiendo nuestras viejas rodadas que llevaban a la ciénaga salada. A la izquierda había una llanura abierta y la línea quebrada verde del follaje de los altos árboles de tronco amarillo que marcaban el límite del bosque donde podría hallarse la manada de búfalos. Había hierba vieja seca que se alzaba muy alto a lo largo del borde y muchos árboles en el suelo que habían sido derribados por los elefantes o desarraigados por las tormentas. Más allá era llanura, con hierba verde fresca, corta, y a la derecha claros intermitentes con islotes de espeso matorral verde y algún que otro alto espino de copa plana. Había piezas de caza pastando por doquier. Se movían según nos íbamos acercando, unas veces arrancando súbitamente al galope, otras con un trote sostenido; otras se limitaban a pastar alejados del coche. Pero siempre se paraban y volvían a ponerse a comer. Cuando hacíamos estas patrullas rutinarias o cuando miss Mary les hacía fotos no nos prestaban más atención que a los leones que no están de caza. Se mantienen fuera de su camino, pero no les tienen miedo.

Yo iba con medio cuerpo fuera del coche buscando huellas en la carretera, igual que hacía Ngui, mi porteador de armas, sentado detrás de mí en la posición exterior. Mthuka, que conducía, vigilaba todo el terreno, hacia adelante y a los lados. Su vista era mejor y más rápida que la de cualquiera de nosotros. Tenía un rostro ascético, delgado e inteligente y llevaba los cortes tribales en punta de flecha de los wakamba en ambas mejillas. Estaba completamente sordo y era hijo de Mkola y un año mayor que yo. No era mahometano como su padre. Adoraba cazar y era un conductor fantástico. Nunca hacía nada imprudente o irresponsable, pero él, Ngui y yo éramos los tres malos principales.

Hacía mucho tiempo que éramos muy buenos amigos y una vez le pregunté cuándo le habían practicado los grandes cortes rituales de la tribu que nadie más tenía. Los que los llevaban tenían cicatrices muy poco profundas.

Se rió y dijo:

—Fue en un ngoma muy grande. Ya sabes. Para poner contenta a una chica.

Ngui y Charo, el porteador de armas de miss Mary, se rieron los dos.

Charo era un mahometano verdaderamente devoto y conocido también por su integridad. No sabía qué edad tenía, por supuesto, pero Pop pensaba que debía de sobrepasar los setenta años. Con el turbante puesto era como cinco centímetros más bajo que miss Mary. Al verlos a los dos de pie mirando juntos más allá de la ciénaga gris hacia donde se hallaban los cobos acuáticos que ahora entraban cautelosamente, contra el viento, en la espesura, el macho grande con sus hermosos cuernos mirando para atrás y a ambos lados desde el último lugar de la fila que entraba, pensé que a los animales aquella pareja de miss Mary y Charo debía de parecerles muy extraña. Ningún animal sentía miedo al advertir su presencia. Lo habíamos visto y comprobado muchas veces. Más que atemorizarles, la pequeña rubia con sahariana verde y el negro aún más menudo con chaqueta azul, parecían interesarles. Era como si les fuera permitido ver un circo o por lo menos algo extremadamente raro, y los animales depredadores, sin duda, se sentían atraídos por ellos. Esa mañana todos estábamos relajados. Era seguro que algo, algo horrible o algo maravilloso, iba a suceder cada día en esta parte de África. Cada mañana el despertar era tan emocionante como si fueras a participar en un descenso de esquí o a manejar un *bobsleigh* en pista rápida. Algo iba a suceder, lo sabías, y generalmente antes de las once. Nunca conocí en África una mañana en que al despertarme no fuera feliz. Por lo menos hasta que recordaba los asuntos sin terminar. Pero esa mañana estábamos relajados ya que, de momento, no teníamos que adoptar decisión alguna y me hacía feliz que los búfalos, que constituían nuestro problema fundamental, estuvieran evidentemente en algún sitio al que no podíamos llegar. Para lo que esperábamos hacer era necesario que viniesen ellos hacia nosotros más que ir nosotros a buscarlos a ellos.

—¿Qué vas a hacer?

—Llevar el coche arriba y dar una vuelta rápida para buscar rastros en la charca grande y luego dirigirme a aquel sitio del bosque que bordea el pantano, comprobar y salir. Estaremos a sotavento del elefante y puede que lo veamos. Probablemente no.

—¿Podemos volver por la zona de los gerenuks?

—Desde luego. Siento que saliésemos tarde. Pero como Pop se marchaba y todo eso.

—Me gusta entrar en esa parte mala. Podré estudiar lo que necesitamos para el árbol de Navidad. ¿Crees que mi león estará allí?

—Probablemente. Pero en ese tipo de terreno no lo veremos.

—Es un cabrón muy listo ese león. ¿Por qué no me dejaron tirarle a aquel león precioso debajo del árbol? Era fácil. Así es como cazan leones las mujeres.

—Los cazan de esa manera y por eso el mejor león de melena negra que haya cazado una mujer puede que tuviera cuarenta tiros. Después sacan unas bonitas fotos y luego tienen que vivir toda la vida con el maldito león mientras les cuentan mentiras a los amigos y a sí mismas.

—Siento mucho haber fallado aquel león maravilloso en Magadi.

—No lo sientas. Deberías estar orgullosa.

—No sé qué me pasó. Tengo que pillarlo y será el de verdad.

—Lo acosamos más de la cuenta. Es demasiado listo. Ahora tengo que dejar que se confíe y cometa algún error.

—No comete errores. Es más listo que Pop y tú juntos.

—Cariño, Pop quería que lo cazases o lo perdieses sin más. Si él no te quisiera, habrías podido matar cualquier clase de león.

—No hablemos de él —dijo ella—. Quiero pensar en el árbol de Navidad. Pasaremos unas navidades maravillosas.

Mthuka había visto que Ngui empezaba a marcarle el rastro y acercó el coche. Nos subimos y dirigí a Mthuka hacia el agua más alejada, en el rincón al otro lado del pantano. Ngui y yo íbamos los dos colgados del lateral buscando huellas. Había rodadas antiguas y huellas de caza que entraban y salían de la ciénaga de papiros. Había huellas frescas de ñúes y huellas de cebra y tommy.

Ahora íbamos más cerca del bosque por las vueltas de la carretera y vimos huellas de un hombre. Luego de otro hombre, con botas. Dado que las huellas se veían imprecisas por la lluvia caída, paramos el coche para mirarlas a pie.

—Tú y yo —le dije a Ngui.

—Sí —respondió sonriendo—. Uno de ellos tiene los pies grandes y anda como si estuviera cansado.

—Uno va descalzo y anda como si el rifle fuera demasiado pesado para él. Para el coche —le dije a Mthuka.

Nos bajamos.

—Mira —dijo Ngui—. Uno anda como si fuera muy viejo y apenas pudiese ver. El de los zapatos.

—Mira —repuse yo—. El que va descalzo anda como si tuviera cinco esposas y veinticinco vacas. Se ha gastado una fortuna en cerveza.

—No llegarán a ningún lado —afirmó Ngui—. Mira, el de los zapatos anda como si fuera a morirse en cualquier momento. Da tumbos bajo el peso del rifle.

—¿Qué crees que están haciendo aquí?

—¿Cómo voy a saberlo? Mira, aquí el de los zapatos está más fuerte.

—Están pensando en la shamba —dijo Ngui.

—Kwenda na shamba.

—Ndio —dijo Ngui—. ¿Cuántos años dirías que tiene el viejo de los zapatos?

—Y a ti qué te importa —le contesté.

Llamamos al coche y cuando llegó nos subimos e indiqué a Mthuka que se dirigiera a la entrada del bosque. Mthuka reía y meneaba la cabeza.

—¿Qué hacíais siguiendo vuestras propias huellas? —preguntó miss Mary—. Ya sé que resultaba muy divertido porque todos os reíais mucho. Pero me pareció bastante tonto.

—Nos divertíamos.

Esa parte de la selva siempre me deprimía. Los elefantes tenían que comer algo y lo más lógico era que se alimentaran de los árboles en vez de destrozar las granjas de los nativos. Pero la devastación era tan grande en proporción a la cantidad que comían de los árboles que derribaban que verlo era deprimente. El elefante era el único animal cuyo número se incrementaba sistemáticamente en todo su hábitat africano. Y aumentó hasta que se convirtieron en un problema tal para los nativos que hubo que matarlos. Y entonces los mataban indiscriminadamente. Había hombres que se dedicaban a eso y disfrutaban con ello. Mataban machos viejos, machos jóvenes, hembras jóvenes y viejas y a muchos les gustaba ese trabajo. Había que controlar a los elefantes. Pero al ver aquel destrozo del bosque y de qué manera derribaban y pelaban los árboles y sabiendo lo que podían hacer en una shamba en una noche empecé a pensar en los problemas del control. Pero no dejaba de buscar todo el tiempo el rastro de los dos elefantes que habíamos visto venir hacia esta parte de la selva. Conocía a aquellos dos elefantes y sabía adónde era probable que fuesen a pasar el día, pero hasta que hubiera visto las huellas y estuviera seguro de que estaban más adelante había que ir con cuidado si miss Mary pensaba internarse por allí en busca de un árbol de Navidad adecuado.

Nos detuvimos, cogí el fusil grande y ayudé a miss Mary a bajar del coche.

—No necesito que me ayuden —dijo.

—Mira, querida —le expliqué—. Tengo que quedarme contigo con el fusil grande.

—Sólo voy a elegir un árbol de Navidad.

—Ya lo sé. Pero por aquí puede suceder cualquier cosa. Y han sucedido, por cierto.

—Pues que se quede Ngui conmigo.

—Charo está aquí.

—Yo soy responsable de ti, querida.

—Y además te pones pesadísimo con eso.

—Ya lo sé.

Entonces llamé a Ngui.

—¿Sí, bwana?

Las bromas se habían terminado.

—Vete a ver si los dos elefantes se han metido al fondo del bosque. Vete hasta las rocas.

—Ndio.

Se fue a través del espacio abierto buscando rastros en la hierba y con mi Springfield en la mano derecha.

—Sólo quiero escoger uno —dijo miss Mary—. Después ya vendremos una mañana y lo sacaremos y nos lo llevaremos al campamento y lo plantaremos mientras esté fresco.

—Adelante —le dije.

Vigilaba a Ngui. Se había detenido una vez a escuchar. Después siguió andando con precaución. Yo seguí a miss Mary, que iba observando los diversos arbustos de espino silvestre para elegir el de mejor tamaño y forma, pero seguía vigilando de reojo a Ngui. Volvió a pararse y a escuchar y después agitó el brazo izquierdo para señalar lo espeso del bosque. Me buscó con la mirada y yo le hice señas de que regresase. Volvió rápido; tan rápido como podía andar sin llegar a correr.

—¿Dónde están? —pregunté.

—Han cruzado y se metieron en el bosque. Los he oído. El macho viejo y su áscari.

—Bien —dije.

—Escucha —susurró—. Faro —y señaló a la espesura, a la derecha. Yo no oía nada—. Mzuri motoca —añadió, lo que significaba, en taquigrafía, «mejor si nos metemos en el coche».

—Trae a miss Mary.

Me volví hacia donde había señalado Ngui. Sólo veía los arbustos plateados, la hierba verde y la línea de altos árboles llenos de lianas y enredaderas colgando. Entonces oí el ruido como un ronroneo grave, cortante. Era el ruido que se hace si pones la lengua contra el velo del paladar y soplas fuerte de modo que la lengua vibre como una caña. Venía de donde había indicado Ngui. Pero yo no veía nada. Corrí hacia adelante el cierre del seguro del 577 y giré la cabeza a la izquierda. Miss Mary se acercaba por un ángulo para ponerse detrás de donde yo estaba parado. Ngui la sujetaba del brazo para guiarla, y ella caminaba como si fuese pisando huevos. Charo la seguía. Entonces oí otra vez el ronroneo rudo, cortante y vi que Ngui se plantaba bien con el Springfield preparado y Charo se adelantaba para coger a miss Mary del brazo. Estaban ya a mi altura y avanzaban en dirección al sitio del coche. Sabía que Mthuka, el conductor, era sordo y no oiría al rinoceronte. Pero en cuanto los viera a ellos sabría lo que pasaba. Yo no quería desviar la vista. Pero lo hice y vi a Charo acercándose apresuradamente con miss Mary al coche de caza. Ngui se movía rápido junto a ellos con el Springfield y volviendo la cabeza para mirar atrás. Mi deber era no matar al rinoceronte. Pero tendría que hacerlo si cargaba contra nosotros y no había escapatoria. Pensé que dispararía el primer cartucho al suelo para hacerle dar la vuelta. Si no se volvía, lo mataría con el segundo cartucho. Muchas gracias, me dije. Es cosa fácil.

Justo en ese momento oí arrancar el motor del coche y lo oí acercarse de prisa en una marcha corta. Empecé a retroceder pensando que un metro es un metro y sintiéndome mejor con cada metro ganado. El coche se puso a mi lado con un giro cerrado y empujé el seguro y salté a coger la agarradera del asiento delantero cuando el rinoceronte apareció rompiendo lianas y enredaderas. Era una hembra grande y venía a todo galope. Desde el coche resultaba ridícula, con la cría galopando tras ella.

—¿Has sacado alguna foto? —pregunté a miss Mary.

—No pude. Estaba justo detrás de nosotros.

—¿No la cogiste cuando salió?

—No.

—Has hecho bien.

—Pero elegí el árbol de Navidad.

—Ya has visto por qué quería cubrirte —dije estúpida e innecesariamente.

—No sabías que estaba allí.

—Vive por estos alrededores y va a beber al arroyo del borde de la ciénaga.

—Todos estabais tan serios —dijo miss Mary—. Nunca había visto tantos bromistas tan serios.

—Hubiera sido terrible tener que matarla, querida. Y estaba preocupado por ti.

—Todos tan serios —declaró otra vez—. Y todos cogiéndome del brazo. Yo ya sabía volver al coche. No hacía falta que nadie me cogiera del brazo.

—Querida —dije—. Sólo te sujetaban del brazo para que no te metieses en un hoyo ni tropezases con nada. Vigilaban el suelo en todo momento. La rinoceronte estaba muy cerca y podía cargar en cualquier momento y no tenemos permiso para matarla.

—¿Cómo sabías que era una hembra con una cría?

—Era lo lógico. Lleva cuatro meses por aquí.

—Confío en que no estuviera precisamente en el sitio de mi árbol de Navidad.

—Sacaremos ese árbol sin problemas.

—Tú siempre prometes cosas —me dijo—. Pero las cosas son mucho mejor y más sencillas cuando está aquí el señor Percival.

—Eso sin duda —repliqué—. Y mucho más fáciles cuando está G. C. aquí. Pero ahora no hay nadie más que nosotros, así que por favor no nos peleemos en África. No, por favor.

—Yo no quiero peleas —dijo ella—. No me estoy peleando. Simplemente no me gusta que todos vosotros los de los chistecitos privados os pongáis tan serios y solemnes.

—¿Has visto alguna vez alguien al que hubiera matado un rinoceronte?

—No —respondió—. Y tú tampoco.

—Eso es cierto —dije—. Ni lo pretendo. Pop tampoco ha visto ninguno.

—No me gustó que os pusierais todos tan serios.

—Era porque no se podía matar a la rinoceronte. Si se le puede matar no hay problema. Y además tenía que pensar en ti.

—Bueno, pues deja de pensar en mí —dijo—. Piensa en que hemos de conseguir el árbol de Navidad.

Estaba empezando a sentirme un tanto irritado y deseé que Pop estuviera con nosotros para cambiar de tema. Pero Pop ya no se hallaba con nosotros.

—Pero al menos volveremos por el territorio de los gerenuks, ¿no?

—Sí —contesté—. Torceremos a la derecha en aquellas piedras grandes de enfrente, derechos a través de la ciénaga de barro al borde del soto de los árboles altos por donde están cruzando ahora aquellos babuinos y seguiremos por la ciénaga hacia el este hasta que lleguemos a la otra bosta de rinocerontes. Entonces tomaremos al sudeste hasta la antigua manyatta y ya nos encontraremos en territorio de gerenuks.

—Será bonito estar allí —dijo ella—. Pero desde luego que echo de menos a Pop.

—Yo también —repuse.

Siempre hay tierras míticas que pertenecen a nuestra infancia. Las solemos recordar y visitar algunas veces cuando estamos dormidos y soñamos. De noche son tan fascinantes como cuando éramos niños. Pero si alguna vez regresas para verlas, ya no están allí. Pero por la noche, si tienes la suerte de soñar con ellas, son tan maravillosas como lo fueron siempre.

En África, cuando vivíamos en la pequeña llanura a la sombra de los grandes espinos, cerca del río, al borde del pantano al pie de la gran montaña, teníamos esas tierras. Ya no éramos niños, en sentido estricto, pero estoy completamente seguro de que en muchos sentidos lo éramos. Infantil se ha convertido en un término despectivo.

—No seas infantil, querida.

—Confío en Dios que lo sea. No seas infantil tú.

Es posible sentirse agradecido de que nadie con quien te relaciones voluntariamente diga: «Sé maduro. Sé equilibrado. Sé ponderado.»

África, siendo tan ancestral como es, transforma a todo el mundo, salvo a los invasores y expoliadores profesionales, en niños. Nadie le dice a nadie en África: «¿Por qué no creces?» Todos los hombres y animales suman un año más de edad cada año y algunos adquieren un año más de conocimiento. Los animales que mueren más pronto aprenden más de prisa. Una gacela joven es madura, equilibrada e integrada a la edad de dos años. Está bien equilibrada e integrada a la edad de cuatro semanas. Los hombres saben que en relación con la tierra son niños y que, como en los ejércitos, madurez y senilidad cabalgan muy juntas. Pero tener corazón de niño no es una desgracia. Es un honor. Un hombre debe comportarse como un hombre. Debe luchar siempre preferiblemente y sensatamente con la ventaja a su favor, pero si es necesario también en inferioridad de condiciones y sin pensar en el resultado. Ha de respetar las leyes y costumbres de su tribu tanto como le sea posible y aceptar la disciplina tribal cuando no lo haga. Pero nunca será un reproche decir que ha conservado un corazón de niño, la sinceridad de un niño, la frescura y la nobleza de un niño.

Nadie sabía por qué Mary necesitaba matar un gerenuk. Eran unas extrañas gacelas de cuello largo y los machos tenían unos cuernos cortos curvados muy fuertes asentados muy delante de la cabeza. Los de aquel territorio era excelentes para comer. Pero las tommy e impala eran mejores para comer. Los chicos pensaban que tendría algo que ver con la religión de miss Mary.

Todo el mundo entendía por qué Mary tenía que cazar su león. Sin embargo, era difícil para algunos de los más viejos que habían estado en cientos de safaris entender por qué tenía que matarlo estrictamente a la manera antigua. Pero todos los malos elementos estaban convencidos de que tenía algo que ver con la religión de Mary igual que la necesidad de cazar el gerenuk alrededor del mediodía. Era evidente que para miss Mary no significaba nada matar el gerenuk de una forma sencilla y normal.

Al final de la partida, o patrulla, de la mañana, el gerenuk estaría en medio del monte espeso. Si avistábamos alguno por pura mala suerte, Mary y Charo descenderían del coche y harían su rececho. El gerenuk se movería receloso, correría o saltaría. Ngui y yo seguiríamos a los dos monteros desde el puesto y nuestra presencia garantizaría que el gerenuk seguiría moviéndose. Finalmente haría demasiado calor para continuar obligando a moverse al gerenuk y Charo y Mary volverían al coche. Que yo sepa nunca nadie ha disparado un tiro en esta forma de caza de gerenuks.

—Malditos gerenuks —comentó Mary—. He visto al macho mirando directamente hacia mí. Pero no pude verle más que la cara y los cuernos. Y luego estaba detrás de otro arbusto y no podía estar segura de si era una hembra. Y luego se desplazó fuera de mi campo visual. Podía haberle tirado, pero igual le hubiera herido sólo.

—Otro día lo pillarás. Creo que has hecho muy bien la caza.

—Si tú y tu amigo no hubierais venido.

—Teníamos que venir, querida.

—Estoy harta. Y ahora supongo que todos querréis ir a la shamba.

—No. Creo que cortaremos directo al campamento y nos tomaremos algo fresco.

—No sé por qué me gusta esta parte tan absurda del país —declaró ella—. Y tampoco tengo nada contra los gerenuks.

—Esto es como una especie de isla desierta. Es como el enorme desierto que tenemos que cruzar para venir aquí. Cualquier desierto está bien.

—Ojalá pudiera tirar bien y rápido y tan de prisa como veo para apuntar. Ojalá no fuera miope. No veía al león aquella vez que tú lo veías y todos los demás también.

—Estaba en un sitio horrible.

—Ya sé dónde estaba y tampoco estaba tan lejos de aquí.

—No —le dije al conductor—. Kwenda na campi.

—Gracias por no ir a la shamba —dijo Mary—. A veces te portas bien con lo de la shamba.

—Tú eres la que es buena con eso.

—No, no es cierto. Me gusta que tú vayas allá y me agrada que aprendas todo lo que debas aprender.

—Ahora no voy a ir por allí hasta que me manden a buscar para algo.

—Te mandarán a buscar, seguro —dijo—. Por eso no te preocupes.

Cuando no íbamos a la shamba, el viaje de regreso al campamento era magnífico. Había un gran claro abierto tras otro. Estaban enlazados entre sí como lagos, y los árboles y arbustos verdes hacían de riberas. Siempre había los traseros blancos cuadrados de las gacelas de

Grant y sus cuerpos castaños y blancos al trotar; las hembras moviéndose ligeras y rápidas y los machos con sus fuertes cuernas orgullosas hacia atrás. Después rodeábamos un largo reborde de arbolillos verdes y ya podíamos vislumbrar las tiendas verdes del campamento con los árboles amarillos y la Montaña detrás.

Ése era el primer día que habíamos estado solos en ese campamento y mientras esperaba sentado bajo la lona del toldo del comedor, a la sombra de un árbol grande, a que Mary volviese de lavarse para poder tomarnos nuestra copa juntos antes del almuerzo confiaba en que no hubiera problemas y fuera un día sencillo. Las malas noticias llegaban rápido, pero no había visto augurios en torno a los fuegos de la cocina. El camión de la leña todavía no había arribado. Traerían también agua y cuando llegasen probablemente traerían noticias de la shamba. Yo me había lavado y cambiado de camisa y puesto unos pantalones cortos y unos mocasines y me sentía cómodo y fresco a la sombra.

La parte posterior de la tienda estaba abierta y a través de ella soplaba la brisa de la Montaña que era fresca debido al frío de la nieve.

Mary llegó a la tienda y dijo:

—¿Por qué no te has tomado una copa? Prepararé una para cada uno.

Se la veía lozana y hermosa con sus pantalones de safari y su camisa recién planchados; mientras ponía Campari con ginebra en los vasos altos y buscaba un sifón frío en el cubo de lona declaró:

—En verdad, me siento muy contenta de hallarme sola contigo. Será como en Magadi, pero más bonito. —Terminó de preparar las bebidas y me dio la mía y chocamos los vasos—. Quiero muchísimo al señor Percival y me encanta tenerle. Pero estar tú y yo solos es maravilloso. No seré mala con eso de que te cuides de mí ni estaré irascible. Lo haré todo, menos que me guste el informador.

—Eres extraordinariamente buena —dije—. Además, siempre lo pasamos estupendamente cuando estamos juntos nosotros dos solos. Pero tienes que tener paciencia cuando me pongo estúpido.

—No eres estúpido y vamos a pasarlo divinamente. Este sitio es mucho más agradable que Magadi y vivimos aquí y lo tenemos todo para nosotros solos. Será estupendo. Ya verás.

Se oyó una tos fuera de la tienda. La reconocí y pensé algo que será mejor no poner por escrito.

—Muy bien —dije—. Adelante.

Era el informador del Departamento de Caza. Un hombre alto de porte digno que llevaba pantalones largos, una camisa deportiva impoluta de color azul oscuro con finas rayas laterales blancas, un chal sobre los hombros y un sombrero bajo. Todas aquellas prendas de vestir parecía que fueran producto de regalos. Reconocí el chal hecho con artículos de comercio que se vendían en uno de los almacenes indios de Laitokitok. Hablaba despacio un inglés preciso con mezcla de acentos.

—Señor —dijo—. Yo tengo la alegría de informarte de que yo he capturado a un asesino.

—¿Qué clase de asesino?

—Un asesino masai. Él está malherido y su padre y su tío están con él.

—¿A quién asesinó?

—A su primo. ¿No lo recuerdas? Tú vendó sus heridas.

—Ese hombre no está muerto. Está en el hospital.

—Entonces sólo él es un asesino frustrado. Pero yo lo he capturado. Yo sé que tú lo mencionarás en el informe, hermano. Por favor, señor, el asesino frustrado se encuentra muy mal y quiere que tú vendas sus heridas.

—Muy bien —dije—. Iré a verlo. Perdona, querida.

—No importa —repuso Mary—. No importa nada.

—¿Yo puedo beber algo, hermano? —preguntó el informador—. Yo estoy cansado de la lucha.

—Y una mierda —contesté—. Perdona, querida.

—Está bien —dijo miss Mary—. No sé de ninguna palabra mejor para expresarlo.

—Yo no quiero decir una bebida alcohólica —aclaró el informador muy digno—. Yo quiero decir sólo un trago de agua.

—Traeremos un poco —le dije.

Al asesino frustrado, a su padre y a su tío se les veía a todos muy abatidos. Los saludé y nos estrechamos todos la mano. El asesino frustrado era un joven moran, un guerrero, y él y otro joven moran habían estado jugando a simular una guerra con sus lanzas. No era por nada, explicaba el padre. Sólo estaban jugando y su hijo había herido al otro joven por accidente. El amigo le había respondido arrojándole su lanza y lo había herido. Y entonces habían perdido la cabeza y se pelearon pero no en serio; no para matar. Pero entonces, cuando vio las heridas de su amigo, tuvo miedo de haberlo matado y se introdujo en la espesura para esconderse. Ahora había vuelto con su padre y su tío y quería entregarse. El padre explicaba todo esto y el muchacho iba asintiendo con la cabeza.

Le dije al padre por medio del intérprete que el otro chico estaba en el hospital y que mejoraba y que había oído que ni él ni sus parientes varones habían presentado acusaciones contra su chico. El padre dijo que él había oído lo mismo.

Habían traído el botiquín de la tienda comedor y curé las heridas del chico. Eran en el cuello, el pecho y en la parte superior del brazo y la espalda y todas supuraban terriblemente. Se las limpié, les eché peróxido por lo del efecto mágico de las burbujas y para matar cualquier bicho, las volví a limpiar, especialmente la herida del cuello, pinté los bordes con mercurocromo, que daba un efecto de color muy convincente y profesional, y después las espolvoreé con sulfato y puse un apósito de gasa y esparadrapo sobre cada herida.

A través del informador, que ejercía de intérprete, les dije a los mayores que por lo que a mí concernía era preferible que los jóvenes se ejercitaran en el uso de las lanzas a que bebieran jerez Golden Jeep en Laitokitok. Pero que yo no era la ley y que el padre debía coger a su hijo y presentarse ante la policía en ese pueblo. También debería solicitar que le examinaran allí las heridas y le prescribieran penicilina.

Tras recibir este mensaje los dos mayores hablaron entre sí y después me hablaron a mí y yo iba gruñendo con seriedad a lo largo de su discurso con ese gruñido específico de inflexiones crecientes que significa que estás prestando al asunto la más profunda atención.

—Ellos dicen, señor, que desean que ti juzgas sobre el caso y que ellos se someterán a tu veredicto. Ellos dicen que todo lo que ellos dicen es verdad y que tú ya has hablado con los otros mzees.

—Diles que deben presentarse con el guerrero en la policía. Es posible que la policía no haga nada puesto que no se ha presentado ninguna denuncia. Deben ir a la boma de policía y deben ir a que le examinen la herida y le apliquen penicilina al muchacho. Hay que hacerlo.

Estreché la mano de los dos mayores y del joven guerrero. Era un chico guapo, delgado y muy derecho pero estaba cansado y las heridas le dolían aunque no flaqueó ni un momento cuando se las desinfecté.

El informador me siguió hasta delante de nuestra tienda dormitorio, donde me lavé cuidadosamente con jabón azul.

—Escucha —le dije—. Quiero que le digas a la policía exactamente lo que he dicho y lo que el mzee me dijo a mí. Si intentas inventarte algo ya sabes lo que pasará.

—¿Cómo puede mi hermano pensar que yo no seré fiel a mi deber? ¿Cómo puede mi hermano dudar de mí? ¿Puede mi hermano prestarme diez chelines? Se los devolveré el primero de mes.

—Diez chelines no te van a sacar del lío en que estás metido.

—Eso yo lo sé. Pero son diez chelines.

—Aquí están, diez.

—¿Quieres enviar algún regalo a la shamba?

—Ya lo haré yo.

—Tú tienes toda la razón, hermano. Siempre tú tienes razón y mucha generosidad.

—Vete a la mierda. Ahora márchate y espera con los masais para ir en el camión. Espero que encuentres a la Viuda y que no te emborraches.

Entré en la tienda y Mary me esperaba. Estaba leyendo el último *New Yorker* y tomándose el Campari con ginebra.

—¿Estaba muy mal?

—No. Pero tenía las heridas infectadas. Una bastante mal.

—No me extraña después de haber estado en la manyatta aquel día. Las moscas eran algo realmente espantoso.

—Dicen que el soplo de la mosca mantiene la herida limpia —dije—. Pero los gusanos me dan escalofríos. Creo que aunque mantienen limpia la herida la agrandan mucho. Y ese muchacho tiene una en el cuello que no aguantará que la agranden demasiado.

—El otro chico estaba peor, ¿verdad?

—Sí. Pero se le trató rápidamente.

—Estás adquiriendo mucha práctica como médico amateur. ¿Crees que podrías curarte a ti mismo?

—¿De qué?

—De lo que tengas alguna vez. No digo sólo cosas físicas.

—¿Como qué?

—No pude evitar oír lo que hablabas de la shamba con el informador. No es que escuchase. Pero, como estabais justo al lado de la tienda y él es un poco sordo, tú hablabas bastante fuerte.

—Lo siento —le repliqué—. ¿Dije algo malo?

—No. Sólo lo de los regalos. ¿Le envías muchos regalos?

—No. Siempre mafuta para la familia y azúcar y cosas que necesitan. Medicinas y jabón. Y le compro chocolate del bueno.

—El mismo que me compras a mí.

—No lo sé. Probablemente. Sólo hay de tres tipos y todos son buenos.

—¿No le haces ningún regalo importante?

—No. El vestido.

—Es un vestido bonito.

—¿Tenemos que hablar de esto, querida?

—No —respondió—. Ya me callo. Pero me interesa.

—Si tú me lo dices, no la veré nunca más.

—Yo no quiero eso —repuso ella—. Me parece maravilloso que tengas una chica que no sabe leer ni escribir y así no tienes que recibir cartas suyas. Me parece maravilloso que no sepa que eres escritor y ni siquiera que existen esas cosas, los escritores. Pero tú no estás enamorado de ella, ¿verdad?

—Me gusta porque tiene una deliciosa falta de pudor.

—Yo también —dijo miss Mary—. A lo mejor te gusta porque es como yo. Es muy posible.

—Tú me gustas más y te quiero.

—¿Y ella qué piensa de mí?

—Te respeta mucho y te tiene mucho miedo.

—¿Por qué?

—Se lo pregunté. Dice que porque tienes una escopeta.

—Y la tengo —dijo miss Mary—. ¿Qué cosas te regala ella?

—Cosas de comer, sobre todo. Cerveza de ceremonial. Ya sabes, todo se basa en intercambios de cerveza.

—¿Qué es lo que tenéis en común, en realidad?

—África, supongo, y una especie de confianza no demasiado simple y algo más. Es difícil de decir.

—Os encontráis bien juntos —dijo ella—. Creo que será mejor que llame para el almuerzo. ¿Comes mejor aquí o allí?

—Aquí. Mucho mejor.

—Pero comes mejor que aquí en lo del señor Singh en Laitokitok.

—Mucho mejor. Pero tú nunca estás allí. Siempre estás ocupada.

—Yo también tengo mis amigos allí. Pero me gusta entrar en la trastienda y verte allí sentado tan contento con el señor Singh comiendo y leyendo el periódico y escuchando el aserradero.

También a mí me encantaba el local del señor Singh y tenía cariño a todos los hijos Singh y a la señora Singh, que se decía que era turkana. Era guapa y muy amable y comprensiva y extraordinariamente limpia y ordenada. Arap Meina, que era mi mejor amigo y socio después de Ngui y Mthuka, era un gran admirador de la señora Singh. Había llegado a esa edad en que el principal atractivo de las mujeres es contemplarlas y me contó muchas veces que la señora Singh era probablemente la mujer más hermosa del mundo después de miss Mary. Arap Meina, a quien durante meses había llamado Arab Minor por equivocación creyendo que era un nombre de tipo de colegio inglés de pago, era lumbwa, que es una tribu relacionada con los masais, o quizás una rama tribal de los masais, y son grandes cazadores y furtivos. De Arap Meina se decía que había sido un gran cazador furtivo de marfil, o al menos un furtivo del marfil que había viajado mucho y que había sido arrestado en muy escasas ocasiones antes de hacerse explorador de caza. Ni él ni yo teníamos ni idea de su edad, pero probablemente ésta rondaba entre los sesenta y cinco y los setenta años. Era un cazador de elefantes muy hábil y valiente y cuando G. C., su comandante, estaba fuera, él llevaba el control de los elefantes en el distrito.

Todo el mundo le quería mucho y cuando estaba sobrio, o desacostumbradamente borracho, tenía un porte exageradamente militar y rígido. Pocas veces me han saludado con la violencia que Arap Meina podía poner en su saludo cuando anunciaba que nos quería tanto a miss Mary como a mí y a nadie más y demasiado para él resistirlo. Pero antes de alcanzar ese estado de saturación alcohólica con sus concomitantes declaraciones de devoción heterosexual perenne, le gustaba sentarse conmigo en la trastienda del bar del señor Singh y contemplar a la señora Singh mientras servía a los parroquianos y hacía sus labores domésticas. Prefería observar a la señora Singh de perfil y yo era completamente feliz observando a Arab Minor mientras observaba a la señora Singh y estudiando las oleografías y cuadros de la pared del Singh original, a quien normalmente pintaban en el momento de estrangular a un león y a una leona; uno con cada mano.

Si había algo que fuera preciso dejar completamente claro con el señor o la señora Singh o si tenía alguna conversación seria con los ancianos masais de la localidad, usábamos de intérprete a un chico educado en la misión que se ponía en el quicio de la puerta con una botella de coca-cola bien visible en la mano. Por lo general yo trataba de utilizar los servicios del chico de la misión lo menos posible ya que, como estaba oficialmente salvado, el contacto con nuestro grupo sólo podía corromperlo. Teóricamente Arap Meina era mahometano, pero yo me había dado cuenta ya hacía mucho de que los mahometanos practicantes no comían nada que él, Arap Meina, «halalase», es decir, matara mediante la degollación ritual por la que la carne era legal para comer si el tajo lo daba un musulmán practicante.

Arap Meina, una vez que había bebido demasiado, le dijo a diversas personas que él y yo habíamos estado juntos en La Meca en los buenos tiempos. Los mahometanos devotos sabían que eso no era verdad. Charo había intentado convertirme al islam veinte años antes y yo había pasado todo un Ramadán con él observando el ayuno. Hacía muchos años que había renunciado a la posibilidad de que me convirtiera. Pero nadie sabía si yo había estado realmente en La Meca, excepto yo mismo. El informador, que creía lo mejor y lo peor de todo el mundo, estaba convencido de que yo había estado muchas veces en La Meca. Willie, un conductor mestizo al que contraté cuando me contó que era hijo de un antiguo porteador de rifles muy famoso y que descubrí que no lo había engendrado, contaba a todo el mundo de manera estrictamente confidencial que íbamos a ir a La Meca juntos. Finalmente fui acorralado por Ngui en una discusión teológica y, a pesar de que no me formuló directamente esa pregunta, le dije para su propia información que nunca había estado en La Meca y que no tenía la más mínima intención de ir. Aquello lo alivió muchísimo.

Mary se había ido a dormir una siestecita en la tienda y yo me senté a la sombra en la tienda comedor a leer y pensar sobre la shamba y Laitokitok. Sabía que no tenía que pensar mucho en la shamba o encontraría alguna excusa para ir. Debba y yo nunca nos hablábamos delante de la gente, excepto cuando yo le decía «Jambo, tu» y ella inclinaba la cabeza con mucha gravedad si estaban presentes otras personas aparte de Ngui y Mthuka. Si sólo estábamos nosotros tres, ella se reía y ellos también y luego los otros se quedaban en el coche o caminaban en otra dirección y ella y yo dábamos un pequeño paseo juntos. Lo que más le gustaba de la vida pública era ir en el asiento delantero del coche de caza entre Mthuka, que conducía, y yo. Siempre se sentaba muy tiesa y miraba al resto del mundo como si nunca los hubiera visto hasta entonces. Algunas veces hacía una cortés inclinación de cabeza a su padre y a su madre, pero otras veces ni los veía. El vestido, que habíamos comprado en Laitokitok, ya estaba muy ajado por delante de sentarse tan tiesa y el color no resistía los lavados que le daba a diario.

Habíamos acordado comprar un vestido nuevo. Para Navidad o cuando consiguiésemos el leopardo. Había varios leopardos, pero éste tenía una importancia especial. Por ciertas razones, para mí era tan importante como para ella el vestido.

—Con otro vestido no tendría que lavar tanto éste —me había explicado.

—Lo lavas tanto porque te gusta jugar con el jabón —le repliqué yo.

—Quizás. Pero ¿cuándo podremos ir juntos a Laitokitok?

—Pronto.

—Pronto no sirve —dijo ella.

—Es todo lo que tengo.

—¿Cuándo vendrás a tomar cerveza por la noche?

—Pronto.

—Odio la palabra pronto. Tú y pronto sois unos hermanos mentirosos.

—Entonces no vendremos ninguno de los dos.

—Tú ven y trae a pronto contigo.

—Lo haré.

Cuando íbamos juntos en el asiento delantero del coche le gustaba tocar el relieve de la vieja funda de cuero de mi pistola. Era un dibujo de flores muy viejo y gastado y ella repasaba el dibujo cuidadosamente con los dedos y luego quitaba la mano y apretaba el muslo con fuerza contra la pistola y la funda. Y entonces se sentaba más tiesa que nunca. Yo le daba un golpecito muy suave con un dedo sobre los labios y ella se reía y Mthuka decía algo en kamba y ella se sentaba muy estirada y apretaba el muslo más fuerte contra la pistolera. Mucho tiempo después de haber empezado con esto descubrí que lo que quería, entonces, era que el repujado de la pistolera le quedase impreso en el muslo.

Al principio sólo le hablaba en español. Lo aprendió muy de prisa y es fácil si empiezas por las partes del cuerpo y las cosas que uno puede hacer y luego la comida y las diversas relaciones y los nombres de animales y aves. Nunca le dije ni una palabra en inglés y empleábamos algunas en swahili, pero el resto era un idioma nuevo compuesto de español y kamba. Los recados los transmitía el informador. Esto no nos gustaba ni a ella ni a mí porque el informador consideraba su deber contarme con todo detalle los sentimientos de ella hacia mí, que él conocía de segunda mano, a través de la madre de ella, la Viuda. Esta comunicación a tres bandas era difícil, a veces embarazosa, pero a menudo interesante y, de vez en cuando, gratificante.

El informador decía:

—Hermano, es mi deber informarte que tu chica te ama mucho, verdaderamente mucho, demasiado. ¿Cuándo tú puedes verla?

—Dile que no ame a un hombre viejo y feo y que no te haga confidencias a ti.

—Yo hablo en serio, hermano. Tú no lo sabes. Ella desea que tú la desposes por tu tribu o por la suya. No hay costes. No hay precios de esposa. Sólo desea una cosa, ser una esposa si memsahib, mi señora, la acepta. Ella comprende que memsahib es la esposa principal. También tiene miedo a memsahib, como tú sabes. Tú no sabes lo serio que es esto. Todo esto.

—No tengo ni la menor idea —le dije.

—Desde ayer tú no puedes imaginar cómo han sido las cosas. Ella solamente me pide que tú demuestres una cierta cortesía y una cierta formalidad con su padre y su madre. El caso se ha reducido a esto. No es una cuestión de pagos. Solamente de ciertas formalidades. Hay ciertas cervezas ceremoniales.

—No tendría que importarle un hombre de mi edad y mis costumbres.

—Hermano, el caso es que a ella le importa. Yo podría contarte muchas cosas. Ésta es una cosa seria.

—¿Qué puede importarle? —exclamé, cometiendo una equivocación.

—Ayer estaba el asunto de cuando tú cogías los gallos de la aldea y los hacías dormir con alguna clase de magia y los ponías dormidos delante de la vivienda de su familia. —(Ninguno de nosotros podía decir choza)—. Esto no se había visto nunca y yo no te pregunto qué magia utilizabas. Pero ella dice que tú saltabas sobre ellos con un movimiento que no se podía ver casi como un leopardo. Desde entonces ella no es la misma. Y luego ella tiene en las paredes de la vivienda las fotos de la revista *Life* de los grandes animales de América y la máquina de lavar, las máquinas de cocinar y hornillos milagrosos y máquinas de revolver.

—Eso lo siento. Fue una equivocación.

—Por eso es que ella lava tanto su vestido. Ella quiere ser como la máquina de lavar para agradarte. Tiene miedo de que tú te sientes lejos de la máquina de lavar y te marches. Hermano, señor, esto es una tragedia. ¿Tú no puedes hacer algo positivo por ella?

—Haré lo que pueda —le dije—. Pero recuerda que lo de hacer dormir a los gallos no es magia. Es un truco. Y cazarlos también es sólo un truco.

—Hermano, ella te ama mucho.

—Dile que no existe la palabra amor. Igual que no existe la palabra perdón.

—Eso es verdad. Pero existe la cosa, aunque no exista la palabra para decirla.

—Tú y yo somos de la misma edad. No es necesario explicarse tanto.

—Yo te cuento esto solamente porque esto es serio.

—No puedo vulnerar la ley si estamos aquí para hacer cumplir la ley.

—Hermano, tú no comprendes. No hay ley. Esta shamba está aquí ilegalmente. No está en territorio kamba. Desde hace cincuenta y seis años hay orden de quitarla y nunca se ha hecho. Ni siquiera hay ley de costumbre. Sólo hay variaciones.

—Continúa —le dije.

—Gracias, hermano. Deja que yo te diga que para la gente de esta shamba tú y bwana Caza sois la ley. Tú eres más ley que bwana Caza porque tú eres más viejo. También porque él está fuera y sus áscaris están con él. Aquí tú tienes tus hombres jóvenes y guerreros como Ngui. Tú tienes a Arap Meina. Todo el mundo sabe que tú eres el padre de Arap Meina.

—No lo soy.

—Hermano, por favor no me entiendas mal. Tú sabes en qué sentido digo padre. Arap Meina dice que tú eres su padre. También tú le devolviste la vida después de que él se muriera en el avión. Tú le devolviste la vida después de que estuviera muerto en la tienda de bwana Ratón. Es sabido. Muchas cosas son sabidas.

—Demasiadas cosas se saben mal sabidas.

—¿Hermano, yo puedo beber algo?

—Si no te veo cogerlo.

—Chin chin —dijo el informador. Había cogido la ginebra canadiense en vez de la Gordon's y mi corazón se lo agradeció—. Tú debes perdonarme —prosiguió—. Yo he vivido toda mi vida con los bwanas. ¿Yo puedo decirte más cosas o tú estás cansado del tema?

—Estoy cansado de una parte, pero otras me interesan. Cuéntame más cosas de la historia de la shamba.

—Yo no lo sé exactamente porque ellos son kamba y yo soy masai. Eso demuestra que hay algo mal en la shamba porque si no yo no viviría aquí. Hay algo malo en los hombres. Tú los has visto. Por alguna razón ellos vinieron aquí al principio. Esto está a mucho camino del país kamba. Aquí no se sigue ni la verdadera ley de la tribu ni ninguna otra ley. Tú también has visto la condición de vida de los masais.

—De eso ya hablaremos otro día.

—Con mucho gusto, hermano, las cosas no están bien. Es una larga historia. Pero déjame que yo te cuente de la shamba. Vaya, tú fuiste allí por la mañana temprano y hablaste a través de mí sobre el ngoma de toda la noche y la gran borrachera con tanta severidad y la gente decía después que se podía ver la horca en tus ojos. Al hombre que todavía estaba tan borracho que no podía entender lo llevaron al río y lo metieron en el agua de la Montaña hasta que él entendió y el mismo día entró en la provincia vecina subiendo la Montaña a pie. Tú no sabes la ley tan importante que eres.

—Es una shamba pequeña. Pero muy bonita. ¿Quién les vendió el azúcar para la cerveza de ese ngoma?

—Yo no lo sé. Pero yo puedo averiguarlo.

—Ya lo sé —le dije y se lo dije.

Yo sabía que lo sabía. Pero era un informador y había sido derrotado por la vida hacía mucho tiempo y eran los bwanas quienes lo habían arruinado aunque él echaba toda la culpa del negativo trance a una esposa somalí. Pero fue un bwana, un gran lord, que era el más grande amigo que jamás tuvieron los masais pero al que le gustaba, decía, hacer cosas por detrás y eso, si lo que decía era cierto, lo había arruinado. Nadie sabe cuánto hay de verdad en lo que dice un informador, pero su descripción de aquel gran hombre la había hecho con tal mezcolanza de admiración y remordimiento que aquello parecía explicar muchas cosas que yo nunca había entendido. Jamás había oído hablar de tendencias traseras en aquel gran hombre hasta que conocí al informador. Siempre expresé mi incredulidad ante algunos de esos sorprendentes relatos.

—Por supuesto que tú oirás —me dijo el informador ahora que la ginebra canadiense ya había elevado su celo informativo— que yo soy agente del Mau-Mau y tú puedes creerlo porque he dicho esas cosas de sus tendencias. Pero eso no es verdad, hermano. Yo amo y yo creo de verdad en los bwanas. Verdad que todos los grandes bwanas menos uno o dos están muertos.

»Yo tenía que haber llevado una vida muy diferente —dijo el informador—. Pensar en todos esos grandes bwanas me llena de determinación para llevar una vida mejor y más buena. ¿Se me permite?

—La última —le contesté—. Y sólo como medicina.

Ante la palabra medicina el informador se iluminó. Tenía una cara ancha muy agradable y bastante noble, cubierta de rayas y arrugas, reflejo de su buen carácter, alegre desenfreno y disipación. No era una cara ascética ni había en ella la más mínima depravación. Era el rostro de un hombre digno que, siendo un masai y habiendo sido arruinado por los bwanas y por una esposa somalí, vivía ahora en una aldea kamba ilegal con la categoría de protector de una viuda y ganaba ochenta y seis chelines al mes traicionando a cualquiera que fuese traicionable. Y así era una cara guapa, deteriorada y jovial, y yo tenía mucho cariño al informador a pesar de desaprobar completamente su vida y haberle dicho varias veces que tal vez fuera mi deber hacerlo ahorcar.

—Hermano —me dijo—. Esas medicinas tienen que existir. ¿Cómo iba a escribir sobre ellas el gran doctor con el nombre holandés en una revista tan seria como el *Reader's Digest* si ellas no existiesen?

—Existen —afirmé—. Pero yo no las tengo. Puedo hacer que te las envíen.

—Hermano, solamente una cosa más. La chica es algo muy serio.

—Si dices otra vez eso, sabré que eres tonto. Te repites, como toda la gente cuando bebe.

—Yo pido disculpas.

—Vete, hermano. Intentaré de verdad enviarte la medicina y

otras buenas medicinas. Cuando te vea la próxima vez estáte preparado para contarme más cosas de la historia de la shamba.

—¿Tú tienes algún mensaje?

—No hay mensajes.

Siempre me chocaba darme cuenta de que el informador y yo teníamos la misma edad. No éramos exactamente de la misma edad,
pero éramos del mismo grupo de edad, lo que era bastante bueno y
bastante malo. Y aquí estaba yo con una mujer a la que quería y que
me quería y toleraba mis errores y se refería a esa chica como mi novia, tolerante porque en cierta forma era un buen marido y por otras
razones de generosidad y bondad y desprendimiento y queriendo que
supiera más cosas de aquel país de las que tenía derecho a saber. Éramos felices por lo menos una buena parte de cada día y casi siempre de
noche y esa noche, juntos en la cama, bajo el mosquitero y con las faldas de la tienda abiertas para poder ver los largos troncos que se con-
sumían en el fuego grande y la maravillosa oscuridad que se abría en
jirones con las ráfagas del viento nocturno en el fuego y se volvía a cerrar rápidamente al caer el viento; éramos muy felices.

—Tenemos demasiada suerte —dijo Mary—. Amo tanto África.
No sé cómo vamos a poder marcharnos nunca.

Era una noche fría con la brisa de las nieves de la Montaña y estábamos arrebujados en las sábanas. Comenzaban los ruidos de la noche y habíamos oído a la primera hiena y tras ella a las otras. A Mary
le encantaba oírlas por la noche. Hacían un ruido agradable y le gustaba África y nos reíamos juntos mientras circulaban en torno al campamento y por detrás de la tienda del cocinero donde estaba la carne
colgada de un árbol. No podían alcanzar la carne, pero no dejaban de
hablar de ella.

—¿Sabes? Si alguna vez te mueres y yo no tengo la suerte de que
muramos juntos, si alguien me pregunta qué es lo mejor que recuerdo
de ti les diré la cantidad de espacio que podías dejar a tu mujer en un
catre de lona. ¿Dónde te pones, en realidad?

—Así, de lado, en el borde. Tengo mucho sitio.

—Podemos dormir los dos cómodamente en una cama donde
una persona sola no podría estar cómoda si hace suficiente frío.

—Ésa es la clave. Tiene que hacer frío.

—¿Podemos quedarnos más en África y no volver a casa hasta la primavera?

—Claro. Quedémonos hasta que se nos acabe el dinero.

Entonces oímos el golpe de una tos de león que andaba cazando por la pradera larga que subía del río.

—Escucha —dijo Mary—. Abrázame bien fuerte y escucha. Ha vuelto —susurró.

—No puedes saber si es él.

—Estoy segura de que es él —afirmó Mary—. Lo he oído suficientes noches. Ha venido de la manyatta, donde mató aquellas dos vacas. Arap Meina dijo que volvería.

Oíamos su gruñido seco mientras avanzaba por el prado hacia donde habíamos hecho la pista para la avioneta.

—Por la mañana sabremos si es él —dije—. Ngui y yo conocemos sus huellas.

—Yo también.

—Muy bien, entonces lo rastreas tú.

—No. Sólo digo que yo también conozco sus huellas.

—Son grandísimas.

Tenía sueño y pensé que si íbamos a ir a cazar leones con miss Mary por la mañana sería mejor dormir un poco. Desde hacía mucho tiempo sabíamos, en algunas cosas, lo que el otro iba a decir o, a menudo, pensar y Mary dijo:

—Será mejor que me meta en mi cama para que puedas estar cómodo y dormir bien.

—Duerme aquí. Yo estoy bien.

—No. No sería bueno.

—Duerme aquí.

—No. Antes de la cacería de un león tengo que dormir en mi cama.

—No me seas una condenada guerrera.

—Soy una guerrera. Soy tu mujer y tu amor y tu pequeño hermano guerrero.

—Muy bien —le dije—. Buenas noches, hermano guerrero.

—Dale un beso a tu hermano guerrero.

—O te metes en tu cama o te quedas aquí.

—Puede que haga las dos cosas —dijo ella.

Durante la noche oí hablar varias veces a un león que cazaba. Miss Mary dormía profundo y respiraba suave. Yo estaba despierto y pensé en demasiadas cosas pero, sobre todo, en el león y en mis obligaciones con Pop, bwana Caza y los otros. No pensé en miss Mary excepto en su estatura, que era de un metro cincuenta y siete, en relación a la hierba crecida y al matorral y que, por muy fría que estuviera la mañana, no tenía que llevar demasiada ropa porque la culata del Mannlicher 6,5 era demasiado larga para ella si llevaba el hombro forrado y podía írsele el rifle al levantarlo para disparar. Estuve despierto pensando en esto y en el león y en la manera en que lo había manejado Pop y qué equivocado estaba la última vez y qué acertado había estado más veces de las que yo había visto un león.

CAPÍTULO II

Antes de que fuese de día, cuando los rescoldos del fuego estaban cubiertos de cenizas grises que se cernían con la brisa de las primeras luces, me puse mis botas altas blandas y un batín viejo y fui a despertar a Ngui a su tienda de abrigo.

Se despertó malhumorado y nada hermano de sangre y recordé que nunca sonreía antes de que el sol estuviese alto y que a veces librarse de donde hubiera estado cuando dormía le llevaba aun más tiempo.

Hablamos junto a las brasas apagadas del fuego de cocina.

—¿Oíste al león?

—Ndio, bwana.

Eso era una frase de cortesía, pero también una brusquedad como ambos sabíamos porque ya habíamos comentado esa frase, «Ndio, bwana», que es lo que un africano le dice siempre al Hombre Blanco para quitárselo de encima de común acuerdo.

—¿Cuántos leones has oído?

—Uno.

—Mzuri —dije yo, queriendo decir que eso estaba mejor y que era correcto y había oído al león. Escupió y tomó rapé y luego me lo ofreció y yo cogí un poco y me lo puse bajo el labio superior.

—¿Era el león grande de memsahib? —le pregunté; sentía la deliciosa punzada veloz del rapé en las encías y el interior del labio.

—Hapana —repuso.

Eso era el negativo absoluto.

Keiti ya estaba de pie junto al fogón de cocina con su sonrisa cortada de duda plena. Se había enrollado el turbante a oscuras y le colgaba una punta que tendría que haber estado metida. Sus ojos también dudaban. No daba la sensación de que hubiera caza de leones en serio.

—Hapana simba kuba sana —me dijo Keiti, con ojos burlones pero como disculpándose de su seguridad absoluta. Sabía que no era el león grande que habíamos oído tantas veces—. Nanyake —agregó, para hacer un chiste madrugador.

Eso significaba, en kamba, un león con edad suficiente para ser guerrero y desposarse y tener hijos pero no suficiente para beber cerveza. Decir eso y hacer el chiste en kamba era una señal de amistad, hecha al amanecer cuando el punto de ebullición de la amistad es bajo, para mostrar, amablemente, que sabía que yo intentaba aprender kamba con los no musulmanes y otras gentes de mal vivir y que él lo aprobaba o toleraba.

Yo andaba en ese asunto del león casi tanto tiempo como podía recordar que hubiera sucedido. En África recuerdas como un mes a la vez si el ritmo es rápido. El ritmo había sido casi excesivo y había habido los presuntos leones asesinos de Salengai, los leones de Magadi, los leones de aquí, contra los cuales ya se habían repetido alegaciones cuatro veces y este nuevo intruso que, de momento, no tenía ficha ni expediente. Éste era un león que había rugido unas cuantas veces y se había ido a cazar las piezas a las que tenía derecho. Pero era necesario demostrárselo a miss Mary y demostrar que no era el león que llevaba tanto tiempo persiguiendo y al que se acusaba de muchas fechorías y cuyas enormes huellas de las patas, la trasera izquierda con una cicatriz, habíamos estado siguiendo tantas veces sólo para acabar viéndolo marchar por el herbazal que conducía al bosque alto del pantano o al matorral espeso del territorio de los gerenuks al lado de la vieja manyatta en el camino de las colinas Chulu. Era tan oscuro, con aquella espesa melena negra, que casi parecía negro y tenía una cabeza enorme que balanceaba muy abajo cuando se dirigía a terrenos a los que Mary no lo podía seguir. Hacía muchos años que lo perseguían y no cabía duda de que no se trataba de un león imaginario.

Ya estaba vestido y me tomaba un té a la luz de la primera hora junto al fuego recién encendido y esperaba a Ngui. Lo vi venir campo a través con la lanza al hombro avanzando con habilidad entre la hierba todavía mojada por el rocío. Me vio y se acercó al fuego dejando tras él un surco entre la hierba mojada.

—Simba dumi kidogo —dijo, explicándome que era un león macho pequeño—. Nanyake —agregó, haciendo el mismo chiste que había hecho Keiti—. Hapana mzuri para memsahib.

—Gracias —le dije—. Dejaré dormir a memsahib.

—Mzuri —contestó y se fue hacia el fuego de las cocinas.

Arab Minor vendría con el informe sobre el gran león de melena negra del que los masais de una manyatta de las colinas del oeste habían informado que había matado a dos vacas y se había llevado una con él. Los masais llevaban mucho tiempo sufriéndolo. Se desplazaba incesantemente y no volvía a los cazaderos como se supone que hacen los leones. Arap Meina tenía la teoría de que ese león había vuelto una vez a comer una presa que un antiguo guarda de caza había envenenado y se había puesto tan enfermo que había aprendido o decidido no volver nunca a la misma presa. Eso explicaría que cambiase tanto de lugar, pero no el carácter azaroso de sus visitas a las aldeas o manyattas de los masais. Ahora la llanura, los salobrales y el monte bajo estaban repletos de caza porque los violentos chaparrones de noviembre habían logrado que creciera buena hierba, y Arap Meina, Ngui y todos esperaban que el león saliese de las colinas y bajase a la llanura, donde podría cazar por las riberas del pantano. Ése era su modo habitual de cazar en este distrito.

Los masais saben ser muy sarcásticos y para ellos su ganado no es sólo su riqueza sino mucho más y el informador me había contado que un jefe había hablado muy mal de mí porque había tenido dos oportunidades de matar a ese león y en vez de hacerlo había esperado para dejar que lo hiciera una mujer. Yo le envié un recado al jefe diciéndole que si sus jóvenes no fueran mujeres que se pasaban todo el tiempo bebiendo jerez Golden Jeep en Laitokitok no tendría ninguna necesidad de pedirme a mí que matase a su león, pero que me preocuparía de que se lo matase la próxima vez que viniera a la zona en la que estábamos. Si se ocupaba de traer a sus jóvenes, yo cogería una lanza con ellos y lo mataríamos de esa manera. Le pedí que viniera al campamento y lo conversáramos.

Apareció en el campamento una mañana con otros tres ancianos y yo envié a buscar al informador para hacer de intérprete. Tuvimos una buena conversación. El jefe explicó que el informador había malinterpretado sus palabras. Bwana Caza, G. C., siempre había matado los leones que era necesario matar y era un hombre muy bravo y hábil y ellos le tenían una gran confianza y un gran afecto. Recordó también que cuando habíamos estado allí la última vez en tiempos de la sequía, bwana Caza había matado a un león y bwana Caza y yo habíamos matado a una leona con los jóvenes. La leona había hecho mucho mal.

Le respondí que ésos eran hechos conocidos y que la obligación de bwana Caza, y en estos momentos la mía, era matar a cualquier león que atacase al ganado, burros, ovejas, cabras o personas. Y eso siempre lo haríamos. Era necesario por la religión de memsahib que ella matase a ese león en particular antes del cumpleaños del niño Jesús. Procedíamos de un país lejano y pertenecíamos a una tribu de ese país donde eso era necesario. Les mostraríamos la piel de ese león antes del cumpleaños del niño Jesús.

Como siempre, me quedé un poco asustado de mi oratoria una vez que hube terminado y tuve la habitual sensación de desaliento ante los compromisos adquiridos. Miss Mary debe de pertenecer, pensé, a una tribu bien guerrera si ella, una mujer, tiene que matar antes del cumpleaños del niño Jesús a un león que merodea desde hace tanto tiempo. Pero por lo menos no había dicho que tenía que hacerlo todos los años. Keiti se tomaba el cumpleaños del niño Jesús muy en serio porque había estado en muchos safaris con bwanas religiosos y hasta devotos. Como pagaban mucho por su safari y tenían poco tiempo, muchos de esos bwanas no permitían que el cumpleaños se interfiriese en su caza. Pero siempre se celebraba una cena especial con vino, y si era posible con champaña, y siempre era una ocasión especial. Ese año era incluso más especial porque estábamos en un campamento fijo y miss Mary se lo tomaba tan en serio y era evidente que tenía un lugar muy importante en su religión y se cuidaba de tanta ceremonia, y en especial la del árbol, a la que Keiti, que amaba el orden y la ceremonia, le daba gran importancia. El rito del árbol le atraía porque en su antigua religión, antes de hacerse musulmán, un plantel de árboles era de la máxima importancia.

El elemento pagano más rudo del campamento pensaba que la religión de la tribu de miss Mary era de las más exigentes puesto que incluía la muerte de un gerenuk en condiciones imposibles; el sacrificio de un león malo y el culto a un árbol que afortunadamente miss Mary no sabía que producía la decocción que estimulaba y enloquecía a los masais para la guerra y para la caza de leones. Tampoco estoy seguro de que Keiti supiese que ésta era una de las propiedades específicas del árbol de Navidad seleccionado por miss Mary, pero cinco de nosotros lo sabíamos y manteníamos cuidadosamente el secreto.

No creían que la caza del león formara parte de las obligaciones navideñas de miss Mary porque habían estado con ella varios meses buscando un felino grande. Pero Ngui había avanzado la teoría de que quizás miss Mary tenía que matar un león grande de melena negra durante el año algo antes de Navidad y como era demasiado baja para verlo entre la hierba alta había empezado pronto. Había empezado su búsqueda en septiembre para matar al león antes de final de año o cuando fuese el cumpleaños del niño Jesús. Ngui no estaba seguro. Pero era justo antes de la otra fiesta grande, la del nacimiento del año, que era día de paga.

Charo no creía nada de todo eso porque había visto demasiadas memsahibs pegar tiros a demasiados leones. Pero no estaba convencido porque a miss Mary nadie la ayudaba. Me había visto a mí ayudar a miss Pauline años antes y todo aquello lo tenía confuso. Tenía mucho cariño a miss Pauline, pero nada comparado con lo que sentía por miss Mary que, evidentemente, era una esposa de otra tribu. Las cicatrices tribales la delataban. Eran unas cicatrices muy fina y delicadamente marcadas en una mejilla y marcas de cortes horizontales muy ligeros en la frente. Eran obra del mejor cirujano plástico de Cuba después de un accidente de coche y nadie podía verlas a no ser que supiera cómo buscar unas cicatrices tribales casi invisibles como Ngui sabía.

Ngui me preguntó un día muy bruscamente si miss Mary era de la misma tribu que yo.

—No —le dije —. Ella es de una tribu de la frontera del norte de nuestro país. De Minnesota.

—Hemos visto las marcas de tribu.

Después, una vez que hablábamos de tribus y de religión, me preguntó si con el árbol del cumpleaños del niño Jesús íbamos a elaborar cerveza y bebérnosla. Le contesté que no lo creía y él dijo:

—Mzuri.

—¿Por qué?

—Ginebra para ti. Cerveza para nosotros. Nadie cree que miss Mary deba beberla a no ser que se lo exija su religión.

—Yo sé que si mata al león no tendrá que beberla.

—Mzuri —dijo—. Mzuri sana.

Ahora esa mañana estaba esperando a que miss Mary se despertase espontáneamente para que estuviera descansada y llevase una buena reserva de sueño normal a la espalda. No estaba preocupado por el león, pero pensaba mucho en él y siempre en relación con miss Mary.

Hay mucha diferencia entre un león salvaje y un león merodeador y el tipo de león que los turistas fotografían en el parque nacional, lo mismo que la hay entre el viejo oso pardo que sigue la cuerda de la trampa y la destroza y te arranca el techo de la cabaña y se come las provisiones y nunca consigues llegar a verlo y los osos del parque de Yellowstone que se acercan a la carretera para que los fotografíen. Es verdad que los osos del parque hieren a gente todos los años y, si los turistas no se quedan dentro del coche, pueden tener problemas. Incluso dentro de sus coches tienen problemas alguna vez y algunos osos se vuelven malos y hay que sacrificarlos.

Los leones de las fotos que están acostumbrados a que les den de comer y los fotografíen algunas veces se alejan del área donde están protegidos y, como han aprendido a no temer a los seres humanos, son fáciles de matar por supuestos deportistas y sus esposas siempre, por supuesto, respaldados por un cazador profesional. Pero nuestro problema no era criticar cómo había matado o mataría a los leones la otra gente sino encontrar y hacer que miss Mary encontrase y matase a un león inteligente, devastador y ya predestinado por unas artes que habían sido definidas si no por nuestra religión sí por ciertas reglas morales.

Miss Mary llevaba ya mucho tiempo cazando bajo esas reglas. Eran reglas severas que a Charo, que amaba a miss Mary, lo impacientaban. A él lo habían dejado malparado los leopardos en dos ocasiones en que las cosas habían ido mal, y pensaba que yo sometía a miss Mary a un ritual de normas demasiado rígidas y levemente peligrosas. Pero yo no las había inventado. Las había aprendido de Pop, y Pop, en la cacería de su último león, mientras realizaba su último safari, quería que las cosas fueran como en los viejos tiempos antes de que la caza de especies peligrosas hubiera quedado desvirtuada y facilitada por los que él siempre llamaba «malditos coches».

Ese león nos había derrotado dos veces y en ambas ocasiones yo había tenido una oportunidad fácil de dispararle, pero no lo había hecho porque le pertenecía a Mary. La última vez Pop había cometido un error porque estaba tan ansioso por que Mary consiguiera el león antes de tener que marcharse que metió la pata, como cualquiera que se esfuerza más de la cuenta.

Luego por la noche nos habíamos sentado junto al fuego y Pop fumaba su pipa y Mary escribía en su diario donde apuntaba todas las cosas que no quería decirnos a nosotros y los disgustos y decepciones y los nuevos conocimientos que no quería exhibir en conversación y los triunfos que no deseaba empañar hablando de ellos. Estaba escribiendo junto a la lámpara de gas de la tienda comedor y Pop y yo estábamos junto al fuego en pijama y batín y botas para protegernos de los mosquitos.

—Es un león condenadamente listo —dijo Pop—. Lo hubiéramos cazado hoy si Mary hubiera sido un poco más alta. Pero fue culpa mía.

Evitaba hablar del error que los dos sabíamos.

—Mary lo conseguirá. Pero recuerda esto. No creo que sea demasiado fiero, sabes. Es demasiado listo. Pero cuando esté herido, sabrá ser muy fiero cuando llegue el momento. No dejes que llegue ese momento.

—Últimamente estoy disparando bien.

Pop no me escuchó. Estaba pensando. Luego dijo:

—Mejor que bien, en realidad. Cuidado con el exceso de confianza, pero sigue con la confianza que tienes. Cometerá un error y lo pillarás. Si se pusiera en celo alguna leona... Entonces sería coser y cantar. Pero ahora están a punto para alumbrar.

—¿Qué clase de error cometerá?

—Oh, alguno cometerá. Tú lo sabrás. Me gustaría no tener que marcharme antes de que Mary lo cace. Cuídala muy bien. Procura que duerma. Lleva mucho tiempo en esto. Déjala descansar y deja que descanse el maldito león. No lo acoséis demasiado. Déjale que coja un poco de confianza.

—¿Algo más?

—Hazla tirar a la carne y coger confianza si puedes.

—Había pensado ponerla a acechar hasta cincuenta metros y luego tal vez veinte.

—Puede funcionar —dijo Pop—. Hemos intentado todo lo demás.

—Creo que funcionará. Luego puede disparar más largo.

—Tira condenadamente —dijo Pop—. Entonces, desde hace dos días ¿quién sabe por dónde anda?

—Creo que ya lo he descubierto.

—Yo también. Pero no la pongas a veinte metros del león.

Hacía más de veinte años que Pop y yo nos habíamos sentado juntos por primera vez junto a un fuego o junto a las cenizas de un fuego para hablar de la teoría y la práctica de cazar animales feroces. No le gustaba y desconfiaba del tiro al blanco o el estilo caza de marmotas.

—Le dan a una pelota de golf en la cabeza del caddy a un kilómetro —comentó—. Un caddy de madera o de hierro, naturalmente. No un caddy vivo. Nunca fallan hasta que tienen que acertarle a un gran cudú bien grande a veinte metros. Entonces no le dan ni a la montaña. Un gran tirador moviendo la maldita escopeta todo alrededor y temblando hasta que yo también temblaba —prosiguió mientras chupaba la pipa—. Nunca te fíes de un hombre hasta que le hayas visto disparar contra algo peligroso y quiera hacerlo realmente de verdad a cincuenta metros o menos. Nunca lo aceptes hasta que le hayas visto tirar a veinte metros. La distancia corta destapa lo que tienen dentro. Los que no valen para nada siempre fallan o se arrepienten a esas alturas, así que nosotros no podemos fallar.

Estaba pensando en esto y en los viejos tiempos felices y en qué bueno había sido todo este viaje y qué horrible sería si Pop y yo ya no volviéramos a salir juntos de caza cuando Arap Meina llegó junto al fuego y saludó militarmente. Siempre saludaba con una gran solemnidad, pero la sonrisa empezaba a insinuársele al bajar la mano.

—Buenos días, Meina —le dije.

—Jambo bwana. El gran león mató según dicen en la manyatta. Arrastró a una vaca un gran trecho dentro del matorral. No volvió a la presa después de haber comido sino que fue en dirección al pantano a beber.

—¿El león con la pezuña marcada?

—Sí, bwana. Puede que ahora haya bajado.

—Bien. ¿Hay otras noticias?

—Dicen que los mau-maus que estaban presos en Machakos se han escapado de la cárcel y vienen por este lado.

—¿Cuándo?

—Ayer.

—¿Quién lo dice?

—Un masai que encontré en la carretera. Había venido en el camión de un mercader hindú. No sabía de qué duka.

—Pide algo de comer. Más tarde tengo que hablar contigo.

—Ndio, bwana —dijo, y saludó.

Su rifle brillaba con el sol matutino. En la shamba se había puesto un uniforme limpio y se le veía muy pulido y muy satisfecho. Tenía dos buenas noticias. Era un cazador y ahora tendría caza.

Pensé que sería mejor ir a la tienda a ver si miss Mary estaba despierta. Si seguía durmiendo, tanto mejor.

Miss Mary estaba despierta, pero no del todo. Si dejaba orden de que la despertasen seguro a las cuatro y media o a las cinco, se levantaba de prisa: era eficiente e impaciente ante cualquier retraso. Pero esa mañana se despertaba despacio.

—¿Qué pasa? —preguntó adormilada—. ¿Por qué nadie me ha llamado? Ya ha salido el sol. ¿Qué pasa?

—No era el león grande, querida. Así que te dejé dormir.

—¿Cómo sabes que no era el león grande?

—Ngui lo comprobó.

—¿Y qué hay del león grande?

—Todavía no ha bajado.

—¿Y eso cómo lo sabes?

—Ha venido Arap Meina.

—¿Vas a salir a buscar el búfalo?

—No. Lo dejaré estar todo. Tenemos algún problemilla.

—¿Puedo ayudar?

—No, querida. Duerme un poco más.

—Creo que dormiré otro ratito, si no me necesitas. Tenía unos sueños maravillosos.

—Mira a ver si puedes recuperarlos. Pide el cachula cuando estés lista.

—Dormiré un poquito más. Eran unos sueños realmente maravillosos.

Busqué bajo la manta y encontré mi pistola con el cinturón y la correa colgando de la funda. Me lavé en la palangana, me aclaré los ojos con solución de ácido bórico, me peiné el pelo con una toalla porque lo tenía cortado tan corto que no hacía falta peine ni cepillo, y me vestí y metí el pie derecho por la correa de la pistolera, la subí y me abroché el cinturón de la funda. En los viejos tiempos nunca llevábamos pistola, pero ahora te ponías la pistola con la misma naturalidad con que te abrochabas la bragueta de los pantalones. Llevaba dos peines de recarga en una bolsa pequeña de plástico en el bolsillo derecho de la guerrera y llevaba la munición extra en un frasco ancho de medicinas con tapón de rosca que había contenido cápsulas para el hígado. En el frasco habían cabido cincuenta cápsulas rojas y blancas y ahora cabían sesenta y cinco postas de punto hueco. Ngui llevaba una y yo otra.

A todo el mundo le encantaba la pistola porque se podía tirar a las gallinas de guinea, a las avutardas, a los chacales, que transmitían la rabia, y podían matarse hienas. A Ngui y Mthuka les encantaba porque soltaba un ladrido seco como de perro y saltaban unas nubecillas de polvo delante de la hiena que corría con el culo bajo y luego el pan pan pan y la hiena aminoraba el galope y empezaba a dar vueltas. Ngui me alargaba un peine lleno que me había sacado del bolsillo y yo lo metía y luego otra vez la nubecilla de polvo, el pan pan y la hiena rodaba patas arriba.

Fui hasta las líneas para hablar con Keiti de lo que había. Le pedí que viniera donde pudiésemos hablar a solas y se quedó en posición de descanso con su aire viejo y sabio y cínico y medio dudoso y medio divertido.

—No creo que vengan aquí —me dijo—. Son mau-maus wakambas. No son estúpidos. Se enterarán de que estamos aquí.

—Mi único problema es si vienen aquí. Si vienen aquí, ¿adónde irán?

—No vendrán aquí.

—¿Por qué no?

—Pienso lo que yo haría si fuera mau-mau. No vendría aquí.

—Pero tú eres un mzee y un hombre inteligente. Y ellos son mau-maus.

—No todos los mau-maus son estúpidos —dijo—. Y ésos son wakamba.

—De acuerdo —dije—. Pero a ésos los cogieron cuando fueron a la reserva como emisarios del Mau-Mau. ¿Por qué los cogieron?

—Porque se emborracharon y empezaron a alardear de lo grandes que eran.

—Sí. Y si vienen por aquí, que hay una shamba kamba, querrán bebida. Necesitarán comida y necesitarán bebida más que cualquier otra cosa si son la misma gente que cogieron presos por beber.

—Ahora ya no serán iguales. Se han escapado de la cárcel.

—Irán a donde haya bebida.

—Probablemente. Pero no vendrán aquí. Son wakambas.

—Debo tomar medidas.

—Sí.

—Te haré saber mi decisión. ¿Está todo en orden en el campamento? ¿Hay alguna enfermedad? ¿Tienes algún problema?

—Todo está en orden. No tengo problemas. El campamento está bien.

—¿Y de carne?

—Necesitaremos carne esta noche.

—¿Ñu?

Movió la cabeza lentamente a los lados y sonrió con sonrisa forzada.

—Muchos no pueden comerlo.

—¿Cuántos pueden comerlo?

—Nueve.

—¿Y qué pueden comer los otros?

—Impala mzuri.

—Hay demasiados impalas aquí y yo tengo dos más —dije—. Tendré la carne esta noche. Pero quiero matarla cuando baje el sol para que se enfríe por la noche con el frío de la Montaña. Y quiero la carne envuelta en estopilla para que las moscas no la estropeen. Aquí somos invitados y yo soy el responsable. No tenemos que desperdiciar nada. ¿Cuánto tiempo tardarían en llegar desde Machakos?

—Tres días. Pero no vendrán aquí.

—Pide al cocinero que me haga el desayuno, por favor.

Regresé a la tienda comedor y me senté a la mesa y cogí un libro de uno de los estantes improvisados a base de cajas de madera vacías. Era el año en que había tantos libros sobre gente que había escapado de campos de prisioneros en Alemania y ese libro era un libro de fugas. Lo volví a colocar y saqué otro. Éste se llamaba *Los últimos recursos* y pensé que sería más entretenido.

Al abrir el libro por el capítulo de Bar Harbor oí el motor de un coche que venía muy de prisa y mirando a través de la parte trasera abierta de la tienda vi que era el Land Rover de la policía que venía a toda velocidad entre las líneas levantando una nube de polvo que se esparcía por todo, incluyendo la colada. El coche descapotado se paró al lado de la tienda con un frenazo digno de una carrera en pista de tierra. El joven agente entró, saludó militarmente y alargó la mano. Era un chico alto con cara poco prometedora.

—Buenos días, bwana —dijo y se quitó la gorra del uniforme.

—¿Quieres desayunar algo?

—No tiene tiempo, bwana.

—¿Qué sucede?

—El globo ha subido, bwana. Andamos en ello. Son catorce, bwana. Catorce de los más desesperados.

—¿Armados?

—Hasta los dientes, bwana.

—¿Son el grupo que se ha escapado de Machakos?

—Sí. ¿Cómo sabes eso?

—El explorador de caza trajo la noticia esta mañana.

—Gobernador —dijo empleando un término de respeto sin ninguna relación con el título de quien gobierna una colonia—. Debemos coordinar nuestro esfuerzo otra vez.

—Estoy a tu servicio.

—¿Cómo lo enfocará, gobernador? ¿La operación combinada?

—El shauri es tuyo. Aquí sólo represento oficiosamente a Caza.

—Sea bueno, gobernador. Ayude a este bruto. Usted y bwana Caza ya me ayudaron otras veces. En estas ocasiones todos hemos de jugar el juego juntos. Jugarlo completo.

—Del todo —le aseguré—. Pero yo no soy policía.

—Pero sin embargo actúa en nombre del maldito Caza. Cooperemos. ¿Qué haría usted, gobernador? Yo cooperaré por completo.

—Yo tendería una red —dije.

—¿Puedo tomar una cerveza? —preguntó.

—Abre una botella y nos la tomaremos a medias.

—Tengo la garganta seca del polvo.

—La próxima vez no lo eches por encima de toda la jodida colada —le dije.

—Perdón, gobernador. Lo siento muchísimo. Pero estaba preocupado con nuestro problema y creía que había llovido.

—Anteayer. Ahora está seco.

—Siga adelante, gobernador. Así que tendería una red.

—Sí —dije—. Aquí hay una kamba shamba.

—No tenía ni idea. ¿Lo sabe el D. C.?

—Sí —dije—. En total hay cuatro shambas donde se hace cerveza.

—Eso es ilegal.

—Sí, pero descubrirás que en África se hace con frecuencia. Te propongo poner un hombre en cada una de las shambas. Si aparece alguno de esos tipejos me lo avisará y entraremos en la shamba y lo apresaremos.

—Vivo o muerto —dijo.

—¿Estás seguro de eso?

—Completamente, gobernador. Son unos tipos desesperados.

—Tendríamos que comprobarlo.

—No hace falta, gobernador. Palabra de honor. Pero ¿cómo le avisarán aquí desde la shamba?

—Previendo esta clase de cosas hemos organizado una especie de cuerpo auxiliar femenino. Son notablemente eficaces.

—Buen asunto. Me alegro de que haya preparado eso. ¿Está muy extendido?

—Del todo. A la cabeza está una chica extraordinariamente entusiasta. Una verdadera clandestina.

—¿Podré conocerla alguna vez?

—Sería un poco delicado yendo de uniforme. Pero lo pensaré.

—Clandestino —reflexionó—. Siempre ha sido mi favorito. Lo clandestino.

—Pudiera ser —dije—. Podemos conseguir algunos paracaídas viejos y hacer prácticas cuando se acabe este número.

—Puede decir sólo un poco más, gobernador. Ya tenemos la red. Lo de la red suena como lo mejor. Pero hay más.

—Yo mantendré el resto de mi fuerza aquí a mano pero con movilidad absoluta para acudir a cualquier zona sensible de la red. Tú ahora vuelve a la boma y ponte en situación de defensa. Luego sugiero establecer un bloqueo de carreteras de día en la curva desde aproximadamente el kilómetro quince de aquí. Calcúlalo con el cuentakilómetros. Y sugiero que a la noche cambies el bloqueo a donde la carretera sale del pantano. ¿Recuerdas dónde perseguimos a los babuinos?

—Nunca lo olvido, bwana.

—Allí, si tienes alguna complicación, estaré en contacto contigo. Ten mucho cuidado con disparar contra la gente durante la noche. Por allí hay muchísimo tráfico.

—Se supone que no tiene que haber ninguno.

—Pues lo hay. Si yo fuera tú, pondría tres carteles fuera de las tres dukas en que se informara de que durante el toque de queda se vigilará rigurosamente en las carreteras. Pueden ahorrarte algunos problemas.

—¿Puede darme alguna gente, bwana?

—No hasta que empeore la situación. Recuerda que te mantengo la red. Te digo lo que haré. Te daré una nota para que puedas telefonear a través de Ngong y bajaré el avión. Lo necesito para otra cosa, de todos modos.

—Bien, bwana. ¿Hay alguna posibilidad de que pueda volar con usted?

—Creo que no —le dije—. Haces falta en tierra.

Escribí la nota pidiendo el avión a cualquier hora a partir del almuerzo de mañana para que trajera el correo y periódicos de Nairobi y para hacer dos horas de vuelo aquí.

—Ahora es mejor que te vayas a la boma —le dije—. Y por favor, muchacho, no vuelvas a venir al campamento al estilo vaquero. Nos llenas de polvo la comida, las tiendas de los hombres y la colada.

—Lo siento muchísimo, gobernador. Nunca volverá a pasar. Y gracias por ayudarme a planificar las cosas.

—Quizás te vea en el pueblo esta tarde.

—Buena señal.

Apuró la cerveza, hizo el saludo y salió y empezó a llamar a voces a su conductor.

Mary entró en la tienda radiante de frescor matutino.

—¿No era ése el chico de la policía? ¿Qué clase de problema hay?

Le conté lo de la banda que se había escapado de la cárcel de Machakos y lo demás. No se impresionó ni lo más mínimo.

Mientras desayunábamos, preguntó:

—¿No crees que es excesivamente caro traer el avión ahora?

—Tengo que tener ese correo de Nairobi y los cables. Debemos localizar los búfalos para hacer esas fotos. Es totalmente seguro que ahora no están en el pantano. Tenemos que saber lo que pasa hacia los Chulus y puede serme muy útil en esta otra tontería.

—No puedo volver con él a Nairobi a buscar cosas de Navidad porque no he conseguido el león.

—Tengo el presentimiento de que conseguiremos el león si nos lo tomamos con calma y le concedemos un descanso y descansas tú. Arap Meina ha dicho que estaba bajando en esta dirección.

—No necesito descansar —dijo ella—. No es justo decir eso.

—Vale. Quiero dejarle coger confianza y que cometa un error.

—Ojalá lo haga.

Hacia las cuatro llamé a Ngui y cuando vino le indiqué que cogiera a Charo y los rifles y una escopeta y dijera a Mthuka que trajese el coche de caza. Mary estaba escribiendo cartas y le dije que había pedido el coche y entonces llegaron Charo y Ngui y sacaron las cajas largas de las armas de debajo de los catres y Ngui montó la gran 557. Estaban buscando cartuchos y contándolos y localizando la munición para el Springfield y el Mannlicher. Era el primero de los emocionantes movimientos de la caza.

—¿Qué vamos a cazar?

—Tenemos que traer carne. Probaremos con un experimento del que estuvimos hablando Pop y yo como entrenamiento para el león. Quiero que mates a un ñu a veinte metros. Charo y tú lo acecharéis.

—No sé si será posible ponerse tan cerca.

—Podrás. No te pongas el jersey. Llévalo y póntelo si refresca al volver a casa. Y súbete las mangas ahora si piensas subírtelas. Por favor, querida.

Miss Mary tenía la manía de enrollarse la manga derecha de la sahariana justo antes de disparar. Quizás fuera sólo doblarle el puño para atrás. Pero eso podía asustar a un animal a cien metros y más.

—Sabes que ya no hago eso.

—Bien. La razón de mencionar el jersey es que puede que te haga la culata del rifle demasiado larga.

—Muy bien. Pero ¿y si hace frío la mañana que encontremos al león?

—Sólo quiero ver qué tal tiras sin él. Ver la diferencia.

—Todo el mundo está siempre haciendo experimentos conmigo. ¿Por qué no puedo salir y disparar y cazar limpiamente?

—Puedes, querida. Ahora vas a hacerlo.

Fuimos en coche más allá de la pista del avión. A nuestra derecha, delante, estaba el terreno quebrado del parque y en una pradera vi pacer dos grupos de ñúes y un macho viejo tumbado no lejos de un grupito de árboles. Se lo indiqué a Mthuka, que ya lo había visto, e indiqué con la mano que hiciéramos un círculo amplio por la izquierda y luego volviésemos a donde no nos pudieran ver detrás de los árboles.

Indiqué a Mthuka que parase el coche y Mary se bajó y Charo tras ella con unos prismáticos. Mary tenía su Mannlicher 6,5 y cuando estuvo en tierra levantó el cerrojo, lo echó atrás, lo movió adelante y vio que el cartucho entraba en la recámara, lo cerró y después quitó la pestaña del seguro.

—¿Ahora qué tengo que hacer?

—¿Viste el macho viejo tumbado?

—Sí. Vi otros dos machos en el rebaño.

—A ver lo cerca de ese macho viejo que podéis llegar Charo y tú. El viento es propicio y tendríais que poder llegar hasta los árboles. ¿Ves el soto?

El viejo macho de ñu estaba allí tumbado, negro y extraño con la cabeza enorme curvada hacia abajo, cuernos muy abiertos y la melena de aspecto salvaje. Charo y Mary se iban acercando ya a la pequeña arboleda y el ñu se levantó. Así parecía aún más raro y con la luz se le veía muy negro. No había visto a Mary y a Charo y se quedó parado de cara a nosotros y con el flanco hacia ellos. Pensé que era un animal hermoso y de aspecto muy extraño y que los tomábamos como una cosa normal porque los veíamos todos los días. No era un animal de aspecto noble pero sí con una apariencia más que extraordinaria y yo estaba encantado de observarlo a él y de observar el lento avance de los dos, Charo y Mary, agachados.

Mary estaba en el límite de los árboles desde donde ahora podría disparar y vimos a Charo ponerse de rodillas y a Mary alzar el rifle y bajar la cabeza. Oímos el tiro y el ruido de la bala contra el hueso casi al mismo tiempo y vimos la silueta negra del macho viejo levantarse en el aire y caer pesadamente de costado. Los otros ñúes salieron disparados al galope y nosotros lanzamos vivas a Mary y Charo y el bulto negro del prado. Mary y Charo estaban parados junto al ñu cuando llegamos los demás en el coche de caza. Charo estaba muy contento y había sacado el cuchillo. Todo el mundo decía:

—Piga mzuri. Piga mzuri sana memsahib. Mzuri, mzuri sana.

Rodeé a Mary con el brazo y le dije:

—Ha sido un tiro estupendo, gatita, y un buen acecho. Ahora dale un tiro de gracia justo debajo de la oreja izquierda.

—¿No tendría que dispararle en la frente?

—No, por favor. Justo en la base de la oreja.

Hizo gestos de que se apartasen todos, quitó la palanca del seguro, levantó el rifle, lo colocó adecuadamente, tomó aliento, lo soltó, apoyó el peso en el pie izquierdo adelantado y disparó un tiro que hizo un pequeño orificio en la base de la oreja izquierda exactamente en la juntura con el cráneo. Las patas delanteras del ñu se relajaron lentamente y la cabeza se le giró con suavidad. Tenía una cierta dignidad en su muerte y pasé el brazo por los hombros de Mary y la hice girarse para que no viera a Charo meter el cuchillo en el punto de entrada que servía para que el viejo macho fuera carne permitida para todos los mahometanos.

—¿No estás contento de lo mucho que me acerqué y lo limpio y bien que lo maté y tal y como tenía que hacerlo? ¿No estás un poco orgulloso de tu gatita?

—Eres maravillosa. Llegaste hasta él fantásticamente y lo dejaste muerto con un solo tiro y ni se enteró de lo que pasaba ni sufrió nada.

—He de decir que me pareció sumamente grande y, querido, me pareció incluso feroz.

—Gatita, vete al coche a sentarte y tómate un trago del frasco de Jinny. Yo voy a ayudarles a cargarlo detrás.

—Ven y tómate un trago conmigo. Acabo de alimentar a dieciocho personas con mi rifle y te quiero y quiero echar un trago. ¿Verdad que Charo y yo llegamos cerca?

—Lo hicisteis fantásticamente. No podíais haberlo hecho mejor.

El frasco llamado de Jinny estaba en un bolso de la vieja cartuchera doble española. Era una botella de Gordon's de una pinta que habíamos comprado en Sultán Hamid y su nombre procedía de otro famoso frasco antiguo de plata al que se le habían acabado por abrir las costuras a demasiados centenares de metros de altura durante una guerra y me había hecho creer por un momento que me habían dado un tiro en las nalgas. El antiguo frasco de Jinny nunca se reparó, pero habíamos bautizado así a aquella botella por el antiguo frasco alto de petaca que llevaba el nombre de una chica en el tapón de rosca de plata y no llevaba el nombre de ninguna guerra en la que hubiera estado presente ni el nombre de los que habían bebido de él y ahora ya estaban muertos. Las batallas y los nombres hubieran cubierto los dos lados del viejo Jinny si lo hubieran grabado de un tamaño modesto. Pero este nuevo Jinny tan poco vistoso tenía poco menos que un status tribal.

Mary bebió de él y yo bebí de él y Mary comentó:

—Sabes, África es el único sitio donde la ginebra pura no sabe más fuerte que el agua.

—Un poquito.

—Oh, lo decía en sentido figurado. Tomaré otro si puedo.

La ginebra sabía muy bien: era limpia, daba un agradable calor y ponía contento y a mí no me sabía nada a agua. Le tendí la bolsa de agua a Mary y le dio unos largos tragos y dijo:

—El agua es estupenda también. No es justo compararlas.

La dejé con el frasco de Jinny en la mano y fui a la parte de atrás del coche que tenía la tapa bajada para poder izar mejor el ñu. Lo subimos entero para ahorrar tiempo y de modo que a los que les gustaban las tripas pudieran coger sus trozos cuando lo desollaran en el campamento. Allí cargado y apretado ya no tenía dignidad y yacía con los ojos vidriosos y el vientre grueso, la cabeza en un ángulo absurdo, la lengua gris asomando, como un ahorcado. Ngui, que había hecho lo más duro de la carga con Mthuka, puso el dedo en el orificio de la bala que estaba justo encima del hombro. Asentí y subí la portezuela trasera y la sujeté y pedí la bolsa de agua a Mary para lavarme las manos.

—Bebe por favor, papá —me dijo—. ¿Por qué tienes cara de preocupación?

—No estoy preocupado. Pero deja que beba. ¿Qué quieres cazar ahora? Tenemos que conseguir una tommy o un impala para Keiti, Charo, Mwindi, tú y yo.

—Me gustaría cazar un impala. Pero hoy no quiero disparar más. Prefiero que no, por favor. No quiero estropearlo. Ahora ya tiro justo donde quiero tirar.

—¿Dónde le apuntaste, gatita? —dije, odiando hacer aquella pregunta. La hice mientras bebía para que resultara más fácil y no demasiado informal.

—En el mismo centro del hombro. Justo en el centro. Ya has visto el agujero.

Había visto una gota grande de sangre que había rodado del minúsculo orificio en lo alto de la cruz hasta el centro del hombro y se había parado allí. La había visto cuando el extraño antílope negro yacía sobre la hierba con la parte delantera todavía viva, pero quieta, y la parte trasera muerta por completo.

—Buena gatita —dije.

—Cogeré el frasco de Jinny —dijo Mary—. No tengo que tirar más. Estoy tan contenta de haberlo cazado como a ti te gustaba. Quisiera que Pop también hubiera estado aquí.

Pero Pop no estaba allí y, sin distancia, casi a quemarropa, le había dado treinta y tantos centímetros más arriba de donde apuntaba, matando a la pieza de un tiro perfecto en la cruz. Así que seguíamos teniendo ciertos problemas.

Íbamos ahora cruzando el territorio del parque justo de cara al viento y con el sol a la espalda. Por delante vi las manchas blancas cuadradas de las ancas de las gacelas de Grant y las colas nerviosas de las gacelas de Thomson que pacían por delante de nosotros y salían corriendo a saltos cuando ya tenían cerca el coche. Ngui sabía qué era lo que pasaba y Charo también. Ngui se volvió hacia Charo y dijo:

—Frasco de Jinny.

Charo lo alargó por encima del respaldo del asiento entre el rifle grande y la escopeta que estaban para arriba en sus soportes. Ngui desenroscó el tapón y me lo tendió. Di un trago y no sabía ni parecido al agua. Yo no podía beber cuando salía con Mary a cazar el león por culpa de la responsabilidad, pero la ginebra me soltaba y todos estábamos tensos después de cazar al ñu, excepto el porteador, que estaba orgulloso y feliz. Miss Mary también estaba orgullosa y feliz.

—Quiere que nos hagas una demostración —dijo ella—. Una demostración, papá. Por favor.

—Muy bien —repuse—. Uno más para la demostración.

Fui a coger el frasco de Jinny y Ngui negó con la cabeza.

—Hapana —dijo—. Mzuri.

Delante, en el siguiente claro, dos tommys macho estaban pastando. Ambos tenían buenas cabezas, excepcionalmente largas y simétricas, y las colas bailaban mientras comían de prisa y con ansia. Mthuka movió la cabeza para indicar que los había visto y giró el coche de manera que cuando se detuviese mi aproximación quedaría a cubierto. Saqué dos cartuchos del Springfield y puse dos con bala, bajé el cerrojo y salí del coche y empecé a andar hacia la espesa mancha de maleza como si no me interesase. No me agaché porque los arbustos eran protección suficiente y había llegado a la conclusión de que en el rececho, cuando había mucha caza en torno, era mejor andar derecho y como con indiferencia. En el caso contrario se corría el riesgo de alarmar a otros animales que te estaban viendo y ellos podrían alarmar al animal que tú perseguías. Acordándome de que miss Mary me había pedido que hiciese una demostración, levanté la mano derecha con cuidado y me di una palmada en el lateral del cuello. Eso se llamaba la localización del tiro que iba a intentar y cualquier otra cosa no valía. Nadie puede asegurar su tiro de ese modo con animales pequeños como las gacelas tommy, que pueden correr. Pero si conseguía darle allí sería bueno para la moral y si no, es porque era obvio que era imposible.

Era un paseo agradable entre la hierba con flores blancas y avanzaba sujetando el rifle detrás pegado a la pierna derecha con la boca apuntando para abajo. Mientras caminaba no pensaba en nada excepto en que era una tarde deliciosa y que tenía suerte de estar en África. Ahora estaba ya en el borde derecho del fondo del claro y tendría que haberme agachado para arrastrarme, pero había demasiada hierba y demasiadas flores y llevaba gafas y era demasiado viejo para arrastrarme. Así que tiré del cerrojo, manteniendo el dedo en el gatillo para que no hiciese ruido, quité el dedo del gatillo y lo bajé a su sitio silenciosamente, comprobé la apertura en la mira trasera y luego seguí un poco más allá del extremo derecho del claro.

Los dos machos de tommy salieron a toda velocidad cuando levanté el rifle. El de más lejos tenía la cabeza vuelta hacia mí cuando aparecí. Hundieron las pequeñas pezuñas para galopar a saltos. Puse al segundo en la mira, cargué el peso sobre el pie izquierdo adelantado, lo mantuve en el punto de mira y lo fui adelantando suavemente y apreté cuando el rifle le había pasado un poquito. Noté el retroceso del arma, el estallido seco, y cuando metía el segundo cartucho vi sus cuatro patas tensadas en el aire y el vientre blanco y luego las patas que bajaban despacio. Anduve hasta él esperando no haberle herido en el trasero y haberlo rastrillado o haberle pegado en lo alto de la espina dorsal por error o en la cabeza y oí que llegaba el coche. Charo se bajó con su cuchillo y corrió hacia la tommy y luego se quedó allí. Yo llegué a su lado y dije:

—Halal.

—Hapana —dijo Charo y tocó los pobres ojos muertos con la punta del cuchillo.

—Halal de todos modos.

—Hapana —repitió Charo.

Nunca lo había visto llorar y ahora estaba a punto de hacerlo. Aquello era una crisis religiosa y él era un hombre viejo y devoto.

—Muy bien —dije—. Hazlo tú, Ngui.

Todos nos habíamos quedado muy callados a causa de Charo. Se volvió al coche y quedamos sólo los no creyentes. Mthuka me estrechó la mano y se mordió los labios. Pensaba en su padre privado de la carne de tommy. Ngui se reía, pero intentaba que no se notase. El porteador de armas que Pop había dejado con nosotros tenía una cara redonda, muy morena, como de elfo. Se llevó las manos a la cabeza de pena. Luego se dio una palmada en el cuello. El porteador parecía contento, alegre y estúpido y contento de haber salido con los cazadores.

—¿Dónde le diste? —preguntó Mary.

—En el cuello, me temo.

Ngui le enseñó el orificio y él, Mthuka y el porteador cogieron el animal y lo lanzaron a la trasera del vehículo.

—En realidad, parece excesivo —dijo Mary—. Cuando te dije que hicieras una demostración, no quería decir que tanto.

Entramos en el campamento circulando con cuidado para dejar a miss Mary y no levantar polvo.

—Ha sido una tarde deliciosa —me expresó—. Gracias a todos, muchísimas.

Se fue hacia su tienda, en la que Mwindi tendría el agua caliente preparada para verterla en la bañera de lona, y yo estaba contento de que ella estuviera contenta de la caza y estaba seguro, ayudado por el frasco de Jinny, de que solucionaríamos todos los problemas y al diablo con una pequeña variación vertical de treinta centímetros a veinticinco metros de un león. Estaba condenadamente seguro de eso. El coche avanzó lentamente hacia la zona donde desollábamos y despiezábamos la carne. Keiti salió con los otros detrás y yo me bajé y dije:

—Memsahib mató un ñu fantásticamente.

—Mzuri —comentó Keiti.

Dejamos encendidas las luces del coche para preparar la carne. Ngui había sacado mi mejor cuchillo y se unía al matarife que había empezado su trabajo y estaba en cuclillas junto al ñu.

Me acerqué y di un golpecito a Ngui en el hombro y me lo llevé lejos de la luz. Estaba entregado al despiece pero comprendió y se retiró rápidamente de la luz.

—Saca una buena pieza de la parte de arriba del anca para la shamba —le dije.

Y le hice una marca con el dedo sobre el cuerpo.

—Ndio —dijo.

Hubiera querido regalar más carne, pero sabía que no era correcto hacerlo y tranquilicé mi conciencia con el hecho de que era necesaria para las operaciones de los dos próximos días y acordándome de eso le dije a Ngui:

—Pon también una buena cantidad de carne de estofado para la shamba.

Después me alejé de las luces del coche hasta el árbol justo pasada la luz del fuego de la cocina, donde la Viuda, su niño y Debba estaban esperando. Vestían sus atuendos brillantes, ya descoloridos, y se apoyaban en el árbol. El niño corrió hacia mí y me golpeó fuerte con la cabeza en la barriga y le di un beso en la coronilla.

—¿Cómo estás, Viuda? —pregunté.

Movió la cabeza.

—Jambo, tu —le dije a Debba.

La besé en la coronilla también y se rió y le pasé la mano por el cuello y la cabeza notando la próxima, crespa hermosura y ella me dio dos cabezadas sobre el corazón y yo la besé otra vez en la cabeza. La Viuda estaba muy tensa y dijo «Kwenda na shamba», que quería decir vámonos a la aldea. Debba no dijo nada. Había perdido su delicioso impudor kamba y le acaricié la cabeza agachada, que tenía un tacto delicioso, y le toqué los sitios secretos detrás de sus orejas y ella levantó la mano, furtivamente, y tocó mis peores cicatrices.

—Mthuka os llevará ahora en el coche —dije—. Hay carne para la familia. Yo no puedo ir. Jambo, tu —agregué, pues es la forma más ruda y más amorosa en que se puede hablar y así se acaban rápidamente las cosas.

—¿Cuándo vendrás? —preguntó la Viuda.

—Cualquier día. Cuando sea mi deber.

—¿Iremos a Laitokitok antes del cumpleaños del niño Jesús?

—Seguro —contesté.

—Kwenda na shamba —dijo Debba.

—Mthuka os llevará.

—Tú vienes.

—*No hay remedio* —dije yo en español.

Era una de las primeras cosas que le enseñé a decir en español y en ese momento la dije con mucho cuidado. Era la cosa más triste que yo sabía en español y pensé que probablemente fuera mejor para ella aprenderla pronto. Pensó que formaba parte de mi religión, que estaba aprendiendo, puesto que no le había explicado lo que significaba. Pero sólo era una frase que tenía que saber.

—*No hay remedio* —dijo muy orgullosa.

—Tienes unas bonitas manos duras —le dije en español. Era una de nuestras primeras bromas y yo la había traducido con mucho cuidado—. Tú eres la reina de los ngomas.

—*No hay remedio* —dijo con modestia. Luego, en la oscuridad, añadió muy de prisa—: *No hay remedio, no hay remedio, no hay remedio.*

—*No hay remedio, tú* —dije yo—. Coge la carne y vete.

Esa noche mientras velaba, escuchaba la cháchara de las hienas disputándose los despojos de la carne y contemplaba la luz del fuego a través de la puerta de la tienda, pensé en que ahora Mary dormía profundamente y feliz por la buena aproximación y la certera muerte del ñu y me pregunté dónde estaría el león grande y qué estaría haciendo ahora en la oscuridad. Me imaginaba que volvería a matar de nuevo en su camino de descenso hacia el pantano. Luego pensé en la shamba y cómo no había remedio ni solución alguna. Me sentía lleno de remordimientos por haberme involucrado en lo de la shamba pero ahora *no hay remedio* y quizás nunca fuera el momento. Yo no empecé aquello. Empezó solo. Luego pensé otro poco en el león y en los maumaus kamba y que tendríamos que esperarlos a partir de mañana por la tarde. Luego, durante un momento, no se oyó ni el menor ruido. Todo se había parado y pensé mierda, probablemente esto es el Mau-Mau kamba y he sido un descuidado y cogí el cañón de la Winchester que había cargado con postas y escuché con la boca abierta para oír mejor y oía latir mi corazón. Luego los ruidos de la noche volvieron a empezar y percibí el ronquido de un leopardo lejos por el arroyo. Era un ruido como el de la cuerda del do de una viola baja rascada por una lima de herrador. Gruñó de nuevo, cazando, y toda la noche empezó a hablar de él y yo puse otra vez la escopeta debajo de la pierna izquierda y empecé a dormirme sintiéndome orgulloso de miss Mary y amándola y estando orgulloso de Debba y sintiendo mucho cariño por ella.

CAPÍTULO III

Me levanté a primera hora y me dirigí a la tienda del cocinero y las líneas. Keiti siempre era conservador, de modo que inspeccionamos el campamento de una manera muy militar y pude ver que no había nada que le inquietase. Nuestra carne estaba colgada envuelta en tela de estopilla y había suficiente para tres días de comida de los hombres. Los más madrugadores ya estaban asando en estacas una parte de ella. Repasamos los planes para interceptar a los mau-maus si venían a alguna de las cuatro shambas.

—El plan bueno pero no vendrán —dijo Keiti.

—¿Oíste anoche el silencio antes del leopardo?

—Sí —dijo, y sonrió—. Pero era leopardo.

—¿No pensaste que podía ser esa gente?

—Sí. Pero no eran.

—De acuerdo —dije—. Por favor, mándame a Mwindi junto al fuego.

Junto al fuego que se había creado juntando los extremos de los troncos sin quemar y poniendo unas cuantas ramas encima de las brasas me senté a tomar mi té. Ahora hacía frío y Mwindi trajo otra tetera consigo. Era tan conservador y amigo de las formas como Keiti y tenía el mismo sentido del humor, salvo que el suyo era más primario que el de Keiti. Mwindi hablaba inglés y lo entendía mejor de lo que lo hablaba. Era un hombre viejo y parecía un chino de cara estrecha y muy negro. Guardaba todas mis llaves y se encargaba de la tienda, hacía las camas, preparaba los baños, lavaba la ropa, limpiaba las botas, traía el té por la mañana temprano y además guardaba mi dinero y todo el dinero que llevábamos para mantener el safari. Ese dinero estaba guardado en el baúl metálico y Mwindi tenía las llaves. Le gustaba que confiaran en él como en los buenos tiempos se confiaba en la gente. Me estaba enseñando kamba, pero no el mismo kamba que yo aprendía de Ngui. Pensaba que Ngui y yo éramos una mala influencia el uno para el otro pero ya era demasiado viejo y demasiado cínico para que le perturbara nada que no fueran las interrupciones en el orden de su trabajo. Le gustaba trabajar y adoraba la responsabilidad y había establecido una rutina ordenada y agradable en la vida del safari.

—¿Bwana quiere algo? —preguntó, de pie con cara solemne y abatida.

—En este campamento tenemos demasiadas armas y demasiada munición —dije.

—Nadie sabe —dijo—. Tú trae escondido de Nairobi. Nadie ve nada en Kitanga. Siempre cargamos escondidas. Nadie ve. Nadie sabe. Tú siempre duerme con pistola junto a la pierna.

—Ya lo sé. Pero si yo fuera del Mau-Mau atacaría este campamento por la noche.

—Si tú fuera de Mau-Mau pasarían muchas cosas. Pero tú no es de Mau-Mau.

—Bien. Pero si tú no estás en la tienda, tiene que haber alguien en la tienda armado y responsable.

—Hace que hacen la guardia afuera por favor, bwana. No quiere nadie dentro de la tienda. De la tienda yo soy responsable.

—Estarán fuera.

—Bwana, ellos tienen que atravesar una llanura abierta para venir a este campamento. Todo el mundo los ve.

—Ngui y yo hemos cruzado el campamento de extremo a extremo tres veces en la higuera y nadie nos vio.

—Yo los ve.

—¿Es verdad?

—Dos veces.

—¿Y por qué no lo dices, entonces?

—No tiene que decir todo lo que ve que tú y Ngui hacen.

—Gracias. Ahora ya sabes lo de la guardia. Si memsahib y yo nos hemos ido y tú te vas de la tienda avisa al guardia. Si memsahib está aquí sola y tú no estás aquí, llama al guardia.

—Ndio —dijo—. ¿No bebe el té? Se enfría.

—Esta noche pondré algunas trampas explosivas alrededor de la tienda y dejaremos una linterna en ese árbol.

—Mzuri. También haremos un fuego muy grande. Keiti ha mandado por leña ahora y así el conductor del camión está libre. Va a una de las shambas. Pero esa gente que dice que viene aquí no viene aquí.

—¿Por qué lo dices tan seguro?

—Porque es estúpido venir aquí a una trampa y no son estúpidos. Ésos son mau-maus wakambas.

Me senté junto al fuego con el nuevo té y me lo tomé despacio. Los masais eran un pueblo pastor y guerrero. No eran cazadores. Los wakamba eran cazadores. Los mejores cazadores y rastreadores que he conocido en mi vida. Y ahora su caza la habían matado entre los hombres blancos y ellos mismos en su reserva y el único sitio donde podían cazar era en las reservas masais. La reserva de ellos estaba superpoblada y sobreexplotada y cuando escaseaban las lluvias no había pasto para el ganado y se perdían las cosechas.

Sentado allí tomando mi té pensaba que la escisión, en el campamento, una escisión amistosa pero una escisión en espíritu y en apariencia, no era entre los creyentes y los no creyentes, ni entre lo bueno y lo malo, ni entre lo antiguo y lo nuevo, sino fundamentalmente entre los cazadores y guerreros activos y los demás. Keiti había sido un hombre de guerra, un soldado, un gran cazador y rastreador y era él quien lo mantenía todo cohesionado con su gran experiencia, conocimiento y autoridad. Pero Keiti era un hombre conservador de considerable riqueza y propiedades y en el tiempo de cambios que vivíamos ahora los conservadores tenían un papel difícil. Los jóvenes que habían sido demasiado jóvenes para la guerra y que nunca habían aprendido a cazar, porque en su país ya no había caza, y eran chicos demasiado buenos e inexpertos para hacerse furtivos y no estaban entrenados para ser ladrones de ganado, admiraban a Ngui y a los chicos malos que se habían hecho camino luchando en Abisinia y después en Birmania. Estaban de nuestra parte en todo, salvo en su lealtad a Keiti, a Pop y a su trabajo. No hacíamos intentos de reclutarlos o convertirlos o corromperlos. Todos eran voluntarios. Ngui me contó toda la historia y confiaba en mí y lo basaba directamente en la lealtad tribal. Yo sabía que nosotros, los cazadores wakamba, habíamos hecho un largo camino juntos. Pero sentado allí, bebiendo el té, y contemplando los árboles amarillos y verdes cambiar de color según les iba dando el sol pensé en lo lejos que habíamos llegado. Terminé el té y fui hasta la tienda y miré dentro. Mary se había tomado su taza de té matutina y la taza vacía estaba en su plato donde el mosquitero colgaba ahora hasta el suelo de lienzo con la sábana al lado del catre. Había vuelto a dormirse y su cara ligeramente morena y su delicioso pelo rubio se aplastaban contra la almohada. Tenía los labios vueltos hacia mí y mientras la miraba dormir, conmovido profundamente como siempre por su hermoso rostro, sonrió levemente en sueños. Me pregunté qué estaría soñando. Luego cogí la escopeta de debajo de las mantas de mi cama y la saqué de la tienda para quitar el cartucho del cañón. Esa mañana era otra mañana en la que Mary podría dormir lo que le hiciera falta.

Fui hasta la tienda comedor y le dije a Nguili, que la estaba limpiando, lo que quería desayunar. Era un sándwich de huevo con el huevo frito pasado y con jamón o beicon y cebolla cruda en rodajas. Si había fruta, tomaría un poco y primero una botella de cerveza Tusker.

G. C. y yo casi siempre tomábamos cerveza para desayunar a no ser que estuviésemos cazando leones. Cerveza antes o con el desayuno era una buena cosa, pero te hacía más lento, posiblemente una milésima de segundo. Por otra parte hacía que las cosas pareciesen mejores algunas veces cuando no eran muy buenas y sentaba muy bien si te quedabas levantado más tarde de la cuenta y tenías ardor de estómago.

Nguili abrió la botella de cerveza y sirvió un vaso. Le encantaba servir cerveza y procurar que la espuma subiese justo a lo último y llegase hasta arriba del vaso sin derramarse. Era muy guapo, casi tan guapo como una chica sin ser afeminado, y G. C. solía provocarle y preguntarle si se depilaba las cejas. Muy bien podría haberlo hecho puesto que una de las grandes diversiones de los pueblos primitivos es arreglarse y volverse a arreglar y eso no tiene nada que ver con ser homosexual. Pero G. C. le provocaba demasiado, pensaba yo, y como era tímido, amable y muy fiel, un excelente mozo de comedor que veneraba a los cazadores y guerreros, algunas veces le llevábamos de caza con nosotros. Todo el mundo se reía un poco de él por su sorpresa maravillada y su ignorancia sobre los animales. Pero aprendía algo cada vez que salía y todos le provocábamos con cariño. Todos nosotros considerábamos que cualquier clase de herida o desastre que nos pasase y que no produjese lesión grave ni fuera fatal era algo extraordinariamente cómico y eso era difícil para aquel chico que era delicado y amable y cariñoso. Quería ser guerrero y cazador, pero en cambio era aprendiz de cocinero y mozo de comedor. En el tiempo que vivíamos allí —y éramos todos tan felices aquel año—, uno de sus grandes placeres, ya que la ley tribal aún no le permitía beber, era servir cerveza a los que les estaba permitido beberla.

—¿Oíste el leopardo? —le pregunté.

—No, bwana. Yo duermo demasiado profundo.

Salió a buscar el sándwich que ya había dicho al cocinero que preparase y volvió a toda prisa para servir más cerveza.

Msembi, el otro mozo de comedor, era alto, guapo y rudo. Siempre llevaba su túnica verde de mozo de comedor como si estuviera participando en un desfile de disfraces. Eso lo conseguía mediante el ángulo que le daba al gorro verde y tenía un modo de manipular la túnica que demostraba que, aunque la respetaba como uniforme de servicio, se daba cuenta de que era un tanto cómica. Para Mary y yo solos no hacían falta dos hombres para el comedor, pero el cocinero se iba a marchar en breve a ver a su familia y llevar las asignaciones a las familias de los hombres y mientras él estuviera fuera cocinaría Msembi. Como todos, menos yo, odiaba al informador, y esa mañana cuando apareció el informador a la entrada de la tienda comedor y tosió discretamente, me miró significativamente, se inclinó cerrando ligeramente los ojos, y salieron ambos.

—Entra, informador —le dije—. ¿Qué noticias hay?

—Jambo mi hermano —dijo el informador. Iba muy arrebujado en su chal y se quitó el gorrito plano—. Hay un hombre de más allá de Laitokitok esperando para verte. Él reclama que su shamba ha sido destruida por elefantes.

—¿Lo conoces?

—No, hermano.

—Sal y envíamelo aquí.

El propietario de la shamba entró y se inclinó en la puerta y dijo:

—Buenos días, señor.

Vi que tenía el pelo cortado al estilo mau-mau de ciudad, separado en el costado con la separación hecha con navaja. Pero eso podía no significar nada.

—¿Y esos elefantes? —le pregunté.

—Vinieron la noche pasada y destruyeron mi shamba —dijo—. Creo que es tu deber controlarlos. Quisiera que tú vengas esta noche y mates uno para que se vayan lejos.

Y dejar el campamento sin guardar y esa tontería en marcha, pensé.

—Gracias por informar de los elefantes —dije—. Muy pronto va a venir aquí un avión y te llevaremos con nosotros y haremos el reconocimiento de los daños que hay en tu shamba e intentaremos localizar a los elefantes. Nos enseñarás tu shamba y los daños exactos que han causado.

—Pero yo nunca he volado, señor.

—Volarás hoy. Y encontrarás que es interesante e instructivo a la vez.

—Pero yo nunca he volado, señor. Y puedo ponerme enfermo.

—Mareado —le dije—. No enfermo. Hay que respetar el idioma. La palabra correcta es mareado. Pero se suministrarán recipientes de papel. ¿No te interesa ver tus propiedades desde el aire?

—Sí, señor.

—Será de lo más interesante. Será casi como si tuvieras un mapa de tus dominios. Adquirirás un conocimiento de sus características topográficas y de su contorno que es imposible lograr por ningún otro medio.

—Sí, señor —dijo.

Me estaba sintiendo un poco avergonzado, pero estaba lo del corte de pelo y en el campamento había material suficiente como para ser digno de una incursión por la fuerza y si a Arap Meina y a Ngui y a mí nos quitaban del medio con una historia de elefantes y búfalos sería fácil de acometer.

Entonces el hombre lo intentó una vez más sin saber que cada vez lo ponía un poco peor.

—No creo que yo deba volar, señor.

—Mira —dije—. Cada uno de cuantos estamos aquí ha volado o ha deseado volar. Es un privilegio para ti ver tu propio país desde el aire. ¿Nunca has tenido envidia de los pájaros? ¿Nunca has deseado ser un águila o incluso un halcón?

—No, señor —dijo—. Pero hoy volaré.

Entonces pensé que, incluso aunque fuera un enemigo nuestro o un tramposo o simplemente quisiera que matasen a un elefante por la carne, había tomado la decisión correcta y honrosa. Salí y le dije a Arap Meina que ese hombre quedaba arrestado y que no se lo informasen pero que lo custodiasen adecuadamente y no le permitiesen salir del campamento ni mirar dentro de las tiendas y que nos lo íbamos a llevar en el ndege.

—Está vigilado —dijo Arap Meina—. ¿Vuelo yo también?

—No. Ya volaste bastante la última vez. Hoy viene Ngui.

Ngui sonrió también y dijo:

—Mzuri sana.

—Mzuri —dijo Arap Meina, y sonrió.

Le dije que haría salir al dueño de la shamba y le pedí a Ngui que fuese a comprobar la manga de viento y a espantar a los animales que pudiera haber en la pista de aterrizaje casera del prado.

Mary apareció en la tienda del rancho con su traje fresco de campaña recién lavado y planchado por Mwindi. Se la veía tan radiante y joven como la mañana y se fijó en que había bebido cerveza con o antes del desayuno.

—Creía que sólo lo hacías cuando estaba aquí G. C. —me dijo.

—No. Muchas veces la bebo por la mañana antes de que te despiertes. No estoy escribiendo y es la única hora del día en que está fresca.

—¿Has sabido algo del león a través de toda esa gente que estaba aquí hablando?

—No. No hay noticias del león. No se le oyó hablar por la noche.

—A ti sí —dijo—. Estuviste hablando con una chica que no era yo. ¿Para qué era para lo que no había remedio?

—Perdona que hablase en sueños.

—Hablabas en español —dijo—. Todo giraba en torno a que no había remedio.

—Entonces debe ser que no hay remedio. Perdona, no recuerdo el sueño.

—Nunca te he pedido que me fueras fiel en sueños. ¿Vamos a ir a cazar al león?

—Pero ¿qué te pasa, querida? Habíamos acordado que no cazaríamos al león aunque bajase. Vamos a dejarlo tranquilo para que coja confianza.

—¿Cómo sabes que no se marchará?

—Es listo, querida. Siempre cambia de sitio después de matar ganado. Pero coge confianza después de matar caza. Estoy intentando meterme en su cabeza.

—Tal vez debieras meterte un poco en tu propia cabeza.

—Querida —dije—. ¿Quieres pedir el desayuno tal vez? Hay hígado de tommy y beicon.

Llamó a Nguili y le pidió el desayuno muy gentilmente.

—¿De qué te sonreías cuando dormías después de tomar el té?

—Oh, eso era mi sueño maravilloso. Encontraba al león y era tan amable conmigo y tan culto y educado. Me dijo que había ido a Oxford, y hablaba con una voz totalmente de la BBC. Yo estaba segura de haberlo conocido antes en algún sitio y entonces de repente me comió.

—Vivimos tiempos muy difíciles —comenté—. Seguro que cuando te vi sonreír era antes de que te comiese.

—Tiene que haberlo sido —dijo ella—. Perdona que me enfadase. Me comió tan de repente. No había dado ninguna muestra de que no le gustase. No rugió ni nada como lo del león de Magadi.

Le di un beso y luego Nguili trajo unas apetitosas rajitas de hígado dorado con beicon del país esparcido por encima, patatas fritas y café y leche de lata y un plato de albaricoques cocidos.

—Tómate un trozo de hígado con beicon, por favor —dijo Mary—. ¿Crees que hoy tendrás un día duro, cariño?

—No. Creo que no.

—¿Tendré posibilidad de volar?

—Me parece que no. Pero tal vez si hay tiempo.

—¿Hay mucho trabajo?

Le conté lo que teníamos que hacer y me dijo:

—Perdona que llegase de mal humor. Era sólo por eso de que me comía el león. Cómete el hígado con beicon y termina la cerveza, querido, y quédate tranquilo hasta que llegue el ndege. Nada ha llegado al punto de *no hay remedio*. Y no vuelvas a pensarlo ni durmiendo.

—Tampoco tú tienes que volver a pensar que te come el león.

—De día nunca lo pienso. No soy de ese tipo de chicas.

—Yo tampoco soy un chico *no hay remedio*.

—Sí. Un poco sí que lo eres. Pero eres más feliz ahora que cuando te conocí, ¿verdad?

—Contigo soy verdaderamente feliz.

—Y has de ser feliz con todo lo demás. Vaya, será maravilloso ver otra vez a Willie.

—Está mucho mejor que cualquiera de nosotros.

—Pero podemos procurar estar mejor —dijo Mary.

No sabíamos a qué hora llegaría el avión, ni siquiera si vendría seguro. No habíamos tenido confirmación del mensaje que había enviado el joven agente de policía, pero yo esperaba el avión a partir de la una aunque si se estaba formando tormenta sobre las Chulus o en el flanco oriental de la Montaña, Willie podía venir antes. Me levanté y miré el horizonte. Había alguna nube sobre las Chulus pero la Montaña tenía buen aspecto.

—Me gustaría poder volar hoy —dijo Mary.

—Ya volarás lo que quieras, querida. Hoy es sólo un trabajo.

—¿Pero podré volar sobre las Chulus?

—Prometido. Volaremos por donde tú quieras.

—Después de que mate al león me gustaría volar a Nairobi a buscar las cosas de Navidad. Luego quiero volver con tiempo para coger un árbol y ponerlo precioso. Elegimos uno bueno antes de que viniera aquel rinoceronte. Estará realmente precioso, pero tengo que ir a buscar todas las cosas para ponerlo y los regalos de todos.

—Después de que matemos al león, Willie vendrá con el Cessna y podrás ver las Chulus y subiremos por la Montaña si quieres y veremos la propiedad y luego te volverás a Nairobi con él.

—¿Tenemos suficiente dinero para hacer todo eso?

—Sin duda.

—Quiero que aprendas y sepas de todo y así no habremos malgastado el dinero. De verdad que no me importa lo que hagas mientras eso sea bueno para ti. Lo único que quiero es que me quieras lo que más.

—Te quiero lo que más.

—Ya lo sé. Pero, por favor, no hagas daño a otras personas.

—Todo el mundo hace daño a otras personas.

—Tú no debieras. No me importa lo que hagas siempre que no hieras a otras personas o destroces su vida. Y no digas que no hay remedio. Eso es demasiado fácil. Cuando todo es fantástico y te inventas tus mentiras y vives en ese extraño mundo que tenéis todos, entonces es simplemente fantástico y a veces encantador y yo me río de ti. Me siento superior a tanta tontería e irrealidad. Trata de entenderme, por favor, porque yo también soy tu hermano. Ese informador asqueroso no es tu hermano.

—Eso se lo inventó él.

—Entonces de repente la tontería se hace tan real como si alguien te cortase un brazo. Cortado de verdad. No como en un sueño. Quiero decir cortarlo de verdad de un tajo como Ngui con el panga. Ya sé que Ngui es tu hermano.

Yo no dije nada.

—Luego cuando le hablas tan áspero a esa chica. Cuando hablas así es como ver a Ngui despiezar caza. No es la vida encantadora que tenemos nosotros donde todo el mundo lo pasa bien.

—¿Tú no lo estás pasando bien?

—No he sido más feliz en mi vida, nunca, nunca. Y ahora que ya tienes confianza en cómo tiro, soy realmente feliz y me siento segura y sólo espero que dure.

—Durará.

—Pero, ¿entiendes lo que quiero decir con eso de que de repente todo se vuelve tan distinto del sueño encantador que es? ¿Del modo que es cuando es como un sueño o la parte más deliciosa de cuando los dos éramos niños? Estamos aquí con la Montaña cada día más bonita que nada y vosotros con vuestras bromas y todo el mundo feliz. Todo el mundo es encantador conmigo y yo también los quiero. Pero luego está esa otra cosa.

—Ya lo sé —dije—. Todo forma parte de lo mismo, gatita. Nada es tan simple como parece. Yo no soy bruto con esa chica. Sólo es una manera de ser correcto.

—Por favor, no seas bruto con ella delante de mí.

—No lo seré.

—Ni conmigo delante de ella.

—No lo seré.

—No vas a llevarla a volar en la avioneta, ¿verdad?

—No, querida. Te lo prometo de verdad.

—Me gustaría que Pop estuviera aquí y que viniera Willie.

—A mí también —dije y salí y observé otra vez el tiempo. Estaba un poco más nublado sobre las Chulus pero el saliente de la Montaña seguía despejado.

—No irás a tirar a ese dueño de shamba desde el avión, ¿verdad?

—No, Dios mío. ¿Creerás que ni lo había pensado?

—Lo pensé cuando te oí hablar con él esta mañana.

—¿Quién tiene malos pensamientos, pues?

—No es que piense cosas tan malas. Todos vosotros de repente hacéis cosas de ese modo terrible como si no tuvieran consecuencias.

—Yo pienso mucho en las consecuencias, querida.

—Pero ahí está esa extraña brusquedad y la inhumanidad y las bromas crueles. En todos vuestros chistes está la muerte. ¿Cuándo empezará otra vez a ser todo agradable y encantador?

—Ahora mismo. Esta tontería sólo durará unos pocos días. No creemos que esa gente venga aquí, y donde vayan los cogerán.

—Quiero que todo sea como era cuando cada mañana nos despertábamos y sabíamos que iba a suceder algo maravilloso. Odio eso de la caza de hombres.

—No hay caza de hombres, querida. Nunca la has visto. Eso sucede arriba en el norte. Aquí todos son nuestros amigos.

—En Laitokitok no.

—Sí, pero a esa gente la cogerán. Por eso no te preocupes.

—Sólo me preocupo por todos vosotros cuando sois malos. Pop nunca era malo.

—¿Piensas eso de verdad?

—Digo malo de la forma que lo sois G. C. y tú. Incluso Willie y tú sois malos cuando estáis juntos.

CAPÍTULO IV

Salí a comprobar el tiempo. Las nubes que se formaban sobre las Chulus seguían su curso y el flanco de la Montaña estaba claro. Mientras miraba me pareció oír el avión. Luego estuve seguro y pedí el coche de caza. Mary salió y nos abalanzamos hacia el coche y salimos del campamento por las rodadas de coche entre la hierba nueva verde hacia la pista de aterrizaje. A nuestro paso la caza se ponía a trotar y después a galopar. La avioneta zumbó sobre el campamento y luego descendió, limpia, plata y azul, preciosas alas brillantes, con los grandes alerones bajados, y por un momento casi le tomamos la delantera antes de que Willie, sonriendo detrás del plexiglás cuando nos pasó el azul de la hélice, posara el aparato de manera que aterrizase con gracioso pavoneo como de garza y después girara en redondo para venir rodando hacia nosotros.

Willie abrió la portezuela y saludó sonriendo:

—Hola, muchachos. —Buscó a Mary con su mirada y le preguntó—: ¿Ya consiguió el león, miss Mary?

Hablaba con una voz cadenciosa y cantarina que poseía el ritmo que tiene un gran boxeador cuando baila adelante y atrás con movimientos perfectos, exactos. La voz de Willie tenía una dulzura que era auténtica, pero yo sabía que también era capaz de decir las cosas más tremendas sin cambiar de tono.

—No he podido cazarlo, Willie —exclamó miss Mary—. Todavía no ha bajado.

—Lástima —dijo Willie—. Tengo que sacar bastante quincalla de aquí. Ngui puede echarme una mano. Montones de correo para usted, miss Mary, y unas cuantas facturas para Papá. Aquí está el correo.

Me lanzó un sobre amarillo grande y lo atrapé.

—Me alegro de ver que conservas los reflejos básicos —dijo Willie—. G. C. te manda recuerdos. Está de camino.

Le di el correo a Mary y empezamos a descargar el avión y a poner las cajas y paquetes en el coche de caza.

—Mejor que no hagas ningún trabajo físico serio, Papá —dijo Willie—. No te canses. Acuérdate de que tenemos que conservarte para el Gran Acontecimiento.

—He oído que lo habían suspendido.

—Sigue en marcha, me parece —repuso Willie—. Aunque no puedo jurarlo.

—Empatados —dijo Mary. Y luego le dijo a Willie—: Venga, vamos al campa.

—Voy, miss Mary —contestó Willie.

Se bajó del aparato con la camisa blanca arremangada, los pantalones cortos de sarga azul y sus zapatones bajos y sonrió encantadoramente a miss Mary al darle la mano. Era guapo, con bellos y alegres ojos y una cara viva de piel tostada y pelo oscuro, y tímido pero sin torpeza alguna. Era la persona más natural y de mejores maneras que he conocido jamás. Tenía toda la seguridad de un gran piloto. Era modesto y estaba haciendo lo que le gustaba en el país que amaba.

Nunca nos habíamos hecho el uno al otro otras preguntas que las de aviones y vuelos. Todo lo demás se daba por supuesto que se entendía. Yo suponía que había nacido en Kenia porque hablaba muy buen swahili y era amable y comprensivo con los africanos, pero nunca se me ocurrió preguntarle dónde había nacido, y por lo que yo sabía podría ser muy bien que hubiera venido a África ya de niño.

Entramos despacio en el campamento con objeto de no levantar polvo y bajamos del coche bajo el árbol grande entre nuestras tiendas y las líneas. Miss Mary fue a ver a Mbebia, el cocinero, para que preparase el almuerzo inmediatamente y Willie y yo nos llegamos hasta la tienda comedor. Abrí una botella de cerveza que todavía estaba fría en la bolsa de lona que colgaba del árbol y serví un vaso para cada uno.

—Cuál es el asunto de verdad, Papá —preguntó Willie.

Se lo dije.

—Lo he visto —dijo Willie—. El viejo Arap Meina parece que lo vigila de muy cerca. Da bastante el tipo, Papá.

—Bueno, comprobaremos lo de su shamba. Puede que tenga una shamba y puede que hayan tenido problemas de elefantes. Comprobaremos lo de los elefantes también. Eso nos ahorrará tiempo y luego lo soltamos aquí y daremos un vistazo general al otro asunto. Me llevo a Ngui. Si hay elefantes y tenemos que ver eso, Meina se conoce todo el territorio y él y Ngui y yo lo haremos y Ngui y yo habremos hecho el reconocimiento.

—Eso parece sensato —replicó Willie—. Para ser una zona tranquila, vosotros muchachos os mantenéis más que ocupados. Aquí viene miss Mary.

Mary entró encantada con la perspectiva del almuerzo.

—Tenemos chuletas de tommy con puré de patatas y una ensalada. Y estará aquí ahora mismo. Y una sorpresa. Muchas gracias por encontrarme el Campari, Willie. Yo voy a tomar uno ahora, ¿vosotros queréis?

—No gracias, miss Mary. Papá y yo estamos tomando cerveza.

—Ojalá pudiera ir, Willie. Pero de todos modos tendré todas las listas hechas y los cheques firmados y las cartas preparadas y en cuanto mate al león volaré con usted a Nairobi para buscar cosas para la Navidad.

—Debe de estar tirando muy bien, miss Mary, por esa estupenda carne que he visto colgada en la estopilla.

—Hay una pierna para usted y les he dicho que la vayan moviendo alrededor con cuidado de que esté todo el día a la sombra y luego que la envuelvan bien justo antes de que se vaya.

—¿Cómo va todo por la shamba, Papá?

—Mi padre político tiene un achaque que es una especie de combinación de pecho y estómago —le dije—. Le he estado poniendo linimento Sloan. La primera vez que se lo froté se pegó un susto tremendo.

—Ngui le dijo que formaba parte de la religión de Papá —dijo Mary—. Ahora todos tienen la misma religión y ha llegado a un punto en que es básicamente espantosa. A las once todos comen bocaditos de arenque y beben cerveza y dicen que forma parte de su religión. Ojalá se quedase aquí, Willie, y me contase qué es lo que pasa de verdad. Tienen lemas horribles y secretos que dan miedo.

—Es el Gran Gichi Manitú contra Todos los Otros —le expliqué a Willie—. Nos quedamos con lo mejor de diversas otras sectas y de la ley y las costumbres tribales. Pero las fusionamos formando un conjunto en el que todos puedan creer. Miss Mary, como procede de la provincia de la frontera del norte, Minnesota, y nunca estuvo en las montañas Rocosas hasta que nos casamos, tiene cierto handicap.

—Papá ha hecho que todos los que no son mahometanos crean en el Gran Espíritu —dijo Mary—. El Gran Espíritu es uno de los personajes peores que he conocido en la vida. Ya sé que Papá se inventa esa religión y la complica más cada día. Él y Ngui y los otros. Pero a veces el Gran Espíritu me da incluso miedo.

—Yo trato de sujetarlo, Willie —dije yo—. Pero se me escapa.

—¿Y qué le parecen los aviones? —preguntó Willie.

—Eso no puedo revelarlo delante de Mary —dije—. Cuando estemos volando ya te diré.

—Cualquier cosa que necesite de mí, miss Mary, cuente con ello —dijo Willie.

—Lo único que deseo es que pudiera quedarse aquí o que G. C. o el señor P. estuvieran aquí —respondió miss Mary—. Nunca había asistido antes al nacimiento de una religión nueva y eso me pone nerviosa.

—Debe de ser que está usted en la línea de la Diosa Blanca, miss Mary. Siempre hay una hermosa Diosa Blanca, ¿no es así?

—Yo no creo que lo sea. Uno de los puntos básicos de la fe según entiendo es que ni Papá ni yo somos blancos.

—Eso es oportuno.

—Toleramos a los blancos y deseamos vivir en armonía con ellos según tengo entendido. Pero en nuestros propios términos. Es decir, en los términos de Papá y Ngui y Mthuka. Es la religión de Papá y es una religión extraordinariamente antigua y ahora él y los demás la están adaptando a los usos y costumbres kamba.

—Nunca había sido misionero, Willie —dije yo—. Es muy estimulante. He tenido mucha suerte de que aquí esté el Kibo, que es casi la réplica exacta de una de las laderas de la sierra del Río del Viento, donde tuve la primera revelación religiosa y mis primeras visiones.

—Nos enseñan tan pocas cosas en la escuela —comentó Willie—. ¿Puedes darme alguna idea general sobre los Ríos del Viento, Papá?

—Los llamamos los padres de los Himalayas —expliqué con modestia—. La sierra baja principal tiene aproximadamente la altura de esa montaña a cuya cima el sherpa Tensing condujo el año pasado a aquel apicultor de Nueva Zelanda de tanto talento.

—¿Podría ser el Everest? —preguntó Willie—. Creo que se dijo alguna cosa sobre ese suceso en el *East African Standard*.

—El Everest era. Ayer estuve todo el día intentando acordarme del nombre durante la clase nocturna de doctrina en la shamba.

—Un buen número el que montó el apicultor con que le subieran tan alto tan lejos de casa —dijo Willie—. ¿Y cómo salió todo, Papá?

—Nadie lo sabe —dije—. A todos les cuesta mucho hablar.

—Siempre tuve el mayor respeto a los montañeros —dijo Willie—. No hay quien les saque nunca una palabra. Son una peña con la boca tan cerrada como el viejo G. C. o como tú mismo, Papá.

—Nervios de acero también —acoté yo.

—Como todos nosotros —dijo Willie—. ¿Probamos esa comida, miss Mary? Papá y yo tenemos que salir y echar una miradita a la finca.

—Lete chakula.

—Ndio memsahib.

Cuando estuvimos en el aire y volando a lo largo del costado de la Montaña observando la selva, los espacios abiertos, el paisaje ondulado y la tierra partida por la línea divisoria de las aguas, viendo las cebras siempre voluminosas desde el aire correr en escorzo debajo de nosotros, el avión giró para coger la carretera, de manera que nuestro invitado, sentado junto a Willie, pudo orientarse al extenderse ante él la carretera y el pueblo. Estaba la carretera que venía del pantano por detrás de nosotros y ahora conducía al pueblo donde se podían ver los cruces de caminos, los almacenes, la bomba de gasolina, los árboles a lo largo de la calle principal y otros árboles que llevaban al edificio blanco y la alta valla de alambre de la boma de policía donde podíamos ver el asta de la bandera con el pabellón al viento.

—¿Dónde está tu shamba? —le pregunté al oído, y cuando apuntó con el dedo Willie viró y pasamos la boma y hacia arriba a lo largo de la falda de la Montaña donde había muchos claros y casas en forma de cono y campos de cultivo que crecían verdes y destacaban en el castaño rojizo de la tierra—. ¿Puedes ver tu shamba?

—Sí. —Y señaló con el dedo.

Entonces su shamba rugió hacia nosotros y se extendió verde y crecida y bien regada delante y detrás del ala.

—Hapana tembo —me dijo Ngui muy bajo al oído.

—¿Rastros?

—Hapana.

—¿Seguro que es tu shamba? —le preguntó Willie al hombre.

—Sí —contestó.

—A mí me parece en muy buen estado, Papá —dijo Willie hacia atrás—. Haremos otra pasada.

—Rastrea bien y despacio.

Los campos pasaron rugiendo de nuevo, pero ahora más despacio y más cerca, como a punto de ponerse a planear. No había daños ni rastros.

—No hace falta que lo pares.

—Yo la vuelo, Papá. ¿Quieres ver el otro lado?

—Sí.

Esta vez los campos ascendieron amable y suavemente como si fueran quizás un disco verde muy correctamente arreglado que un sirviente hábil y educado alzase amablemente para que lo inspeccionásemos. No había daños ni huellas de elefante. Tomamos altura rápido y viramos de manera que yo pudiera ver la shamba en relación con todo lo demás.

—¿Estás bien seguro de que ésa es tu shamba? —le pregunté al hombre.

—Sí —dijo, y era imposible no admirarlo.

Ninguno de nosotros dijo nada. La cara de Ngui no tenía absolutamente ninguna expresión. Miraba a través de la ventanilla de plexiglás y se pasaba cuidadosamente el dedo índice de la mano derecha por la garganta.

—Podríamos muy bien lavar esto y marcharnos a casa —dije.

Ngui puso la mano en el lateral del avión como si cogiera la manilla de la puerta e hizo el movimiento de girarla. Yo moví la cabeza a los lados y se rió.

Cuando aterrizamos en el prado y fuimos rodando hasta donde nos esperaba el coche de caza junto a la manga de viento del poste inclinado, el hombre bajó el primero. Nadie habló con él.

—Vigílalo, Ngui —indiqué.

Luego me acerqué a Arap Meina y lo llevé aparte.

—Sí —dijo.

—Probablemente tenga sed —dije—. Dale un poco de té.

Willie y yo fuimos en el coche de caza hasta las tiendas del campamento. Íbamos los dos en el asiento delantero. Arap Meina iba detrás con nuestro invitado. Ngui se había quedado con mi 30-06 para vigilar el avión.

—Parece que está un tanto pegajoso —comentó Willie—. ¿Cuándo te decidiste, Papá?

—¿El asunto de la ley de la gravedad? Antes de salir.

—Muy considerado de tu parte. Malo para la compañía. Me dejó fuera del negocio. ¿Crees que a miss Mary le interesaría volar esta tarde? Eso nos pondría a todos arriba y podríamos tener un vuelo interesante, instructivo y educativo en cumplimiento de tus obligaciones y estaríamos todos por el aire hasta que me vaya.

—A Mary le gustaría volar.

—Podríamos echar un vistazo a las Chulus y controlar el búfalo y tus otros bichos. A G. C. le gustaría saber dónde están realmente los elefantes.

—Llevaremos a Ngui. Está empezando a gustarle.

—¿Ngui es muy importante en la religión?

—Su padre me vio una vez convertido en serpiente. Era una clase de serpiente desconocida nunca vista antes. Eso tiene una influencia de cierto alcance en nuestros círculos religiosos.

—Lo comprendo, Papá. ¿Y qué estabais bebiendo el padre de Ngui y tú cuando sucedió el milagro?

—Pues sólo cerveza Tusker y cierta cantidad de ginebra Gordon's.

—¿Te acuerdas de qué clase de serpiente era?

—Cómo voy a acordarme. Fue el padre de Ngui el que tuvo la visión.

—Bien, todo lo que podemos hacer de momento es confiar en que Ngui vigile la cometa —dijo Willie—. No quiero que me la cambien por una tropa de simios.

Miss Mary tenía muchas ganas de volar. Había visto al invitado en la parte trasera del coche de caza y se sentía del todo aliviada.

—¿Había daños en su shamba, Papá? —preguntó—. ¿Tendréis que ir allí?

—No. No había daños y no tendremos que ir.

—¿Y cómo va a volver él?

—Hará autostop, supongo.

Tomamos té y yo bebí un Campari con Gordon's y un chorrito de soda.

—Esta vida exótica es estupenda —dijo Willie—. Ojalá pudiera apuntarme. ¿A qué sabe esa cosa, miss Mary?

—Es muy buena, Willie.

—Lo reservaré para la vejez. Dígame, miss Mary, ¿ha visto a Papá convertirse en serpiente alguna vez?

—No, Willie. Lo prometo.

—Nosotros nos lo perdemos todo —dijo Willie—. ¿Adónde le gustaría volar, miss Mary?

—A las Chulus.

Así que volamos a las Chulus pasando por la colina del León y cruzando el desierto particular de miss Mary y después bajando sobre la gran llanura pantanosa con patos y aves acuáticas volando y todos aquellos sitios traicioneros que hacían intransitable esa llanura y que ahora se descubrían con claridad, de manera que Ngui y yo podíamos ver todos nuestros errores y planear una ruta nueva y diferente. Luego volamos sobre la llanura más lejana con las manadas de grandes elanes de color paloma con rayas blancas y cuernos en espiral, los machos robustos con su gracia torpe separándose de las hembras que son los antílopes modelados en forma de vacuno.

—Espero que no haya sido demasiado aburrido, miss Mary —dijo Willie—. Procuraba no molestar al ganado de G. C. y a Papá. Sólo para ver dónde estaban. No quería espantar a los animales ni molestar a su león.

—Ha sido estupendo, Willie.

Luego Willie se marchó, primero rodando por la pista del camión con un rugido creciente según se nos acercaba dando saltos sobre las ruedas de patas bien abiertas como de grulla para despejar la hierba donde estábamos parados y después ascendiendo en un ángulo que te encogía el corazón al verle fijar el rumbo mientras se iba empequeñeciendo a la luz de la tarde.

—Gracias por llevarme —dijo Mary y estuvimos contemplando a Willie hasta que el avión ya no se podía ver—. Ahora vámonos y vamos a ser buenos amantes y amigos y amar a África porque es así. La amo más que a nada.

—Yo también.

Por la noche estábamos los dos tumbados en el catre grande con el fuego afuera y la linterna que había colgado en el árbol que daba luz suficiente para disparar. Mary no estaba preocupada, pero yo sí. Había tantas trampas de alambre y explosivas alrededor que era como estar en una tela de araña. Estábamos muy juntos y ella dijo:

—¿No fue delicioso lo del avión?

—Sí. Willie vuela tan suave. Y también es muy considerado con la caza.

—Pero a mí me asustó al despegar.

—Es que está orgulloso de lo que puede hacer y recuerda que no llevaba nada de carga.

—Nos olvidamos de darle la carne.

—No. Mthuka se la llevó.

—Espero que esta vez esté buena. Debe de tener una mujer encantadora porque es tan feliz y amable. Cuando la gente tiene una mujer mala se les nota lo primero de todo.

—¿Y qué me dices de un mal marido?

—También se nota. Pero algunas veces se tarda más porque las mujeres son más valientes y leales. Bendita Gran Gata, ¿mañana tendremos un día tipo normal y no todas esas cosas malas y misteriosas?

—¿Qué es un día normal? —le pregunté mirando la luz del fuego y la luz estática de la linterna.

—Oh, el león.

—El bueno y gentil león normal. Me pregunto dónde estará esta noche.

—Vamos a dormir y a confiar en que sea feliz como nosotros.

—¿Sabes?, nunca me pareció del tipo realmente feliz.

Pero ya estaba dormida de verdad y respiraba suavemente y doblé mi almohada para hacerla más dura y poder tener una visión mejor de la puerta abierta de la tienda. Los ruidos de la noche eran todos normales y sabía que no había gente por los alrededores. Al cabo de un rato Mary necesitaría más sitio para dormir con comodidad y se levantaría sin despertarse y se iría a su catre, que tenía la cama abierta y preparada bajo el mosquitero, y yo, cuando notase que estaba bien dormida, saldría con un sweater y botas de mosquitos y una gruesa bata y avivaría el fuego y me sentaría junto a él y me quedaría despierto.

Había problemas de diversa índole. Pero el fuego y la noche y las estrellas los hacían parecer pequeños. Sin embargo, estaba preocupado por algunas cosas y para no pensar en ellas me fui a la tienda comedor y me serví un cuarto de vaso de whisky y le puse agua y me lo llevé junto al fuego. Luego tomándome una copa frente a la lumbre sentí añoranza de Pop porque nos habíamos sentado tantas veces juntos y deseé que estuviéramos juntos y pudiera explicarme cosas. En el campamento había material de sobra para que resultara rentable hacer una incursión en toda regla y tanto G. C. como yo estábamos seguros de que había muchos mau-maus en la zona de Laitokitok. Él los había identificado más de dos meses antes sólo para que le informasen de que eso eran tonterías. Yo creía a Ngui en lo de que los mau-maus wakambas no vendrían por allí. Pero pensaba que eran el menor de nuestros problemas. Estaba claro que los mau-maus tenían misioneros entre los masais y estaban organizando a los kikuyu que trabajaban en las talas madereras del Kilimanjaro. Pero no podíamos saber si había alguna organización armada. Yo no tenía autoridad policial y sólo era guardia de caza en funciones y estaba completamente seguro, quizás equivocadamente, de que tendría muy poco apoyo si había problemas. Era como si te encargaran formar un somatén en el Oeste de los buenos tiempos.

G. C. apareció después del desayuno con la gorra inclinada sobre un ojo; traía la cara de muchacho gris y roja de polvo y en la parte trasera del Land Rover venía su gente tan compuesta, jovial y amenazadora como siempre.

—Buenos días, general —me saludó—. ¿Dónde está su caballería?

—Señor —dije—. Está cubriendo al cuerpo de ejército. Esto es el cuerpo de ejército.

—Supongo que el cuerpo de ejército será miss Mary. No te habrás agotado pensando todo esto, ¿verdad?

—También a ti se te ve un tanto cansado de la batalla.

—Estoy condenadamente cansado, la verdad. Pero hay alguna buena noticia. Nuestros muchachos de Laitokitok están todos en el saco finalmente.

—¿Hay órdenes, G. C.?

—Continúe los ejercicios, nada más, general. Nos tomaremos una fría y saludaré a miss Mary y me iré.

—¿Habéis viajado toda la noche?

—No me acuerdo. ¿Saldrá pronto Mary?

—Le avisaré.

—¿Cómo va la puntería?

—Sólo Dios lo sabe —dije devotamente.

—Será mejor que tengamos un código abreviado —dijo G. C.—. Indicaré cargamento recibido si salen como deben salir.

—Yo diré lo mismo si aparecen por aquí.

—Si vienen por este lado me imagino que lo sabré por sus conductos. —Luego, al abrirse el mosquitero—: Miss Mary. Tiene un aspecto encantador.

—Vaya —dijo ella—. Me encanta Chungo. Es absolutamente platónico.

—Memsahib... miss Mary quiero decir —se inclinó sobre su mano—. Gracias por pasar revista a la tropa. Es usted su coronel honoraria, ya sabe. Estoy seguro de que se sienten muy honrados. Por cierto, ¿sabe montar a la amazona?

—¿También está bebiendo?

—Sí, miss Mary —dijo G. C.—. Y si puedo añadiré que no se presentará denuncia por alianza interracial ante su amor declarado por el guardia de caza Chumbo. El comandante de distrito no será informado.

—Los dos bebiendo y tomándome el pelo.

—No —dije yo—. Los dos te queremos.

—Pero, sin embargo, estáis bebiendo —dijo miss Mary—. ¿Qué puedo prepararos para beber?

—Un poco de Tusker con ese delicioso desayuno —dijo G. C.—. ¿Está de acuerdo, general?

—Me voy —dijo miss Mary—. Si queréis hablar de cosas secretas. O beber cerveza con comodidad.

—Querida —dije yo—. Ya sé que durante la guerra la gente encargada de la guerra solía contártelo todo antes de que sucediese. Pero hay numerosos asuntos que G. C. no me cuenta a mí. Y estoy seguro de que hay gente que no le cuenta a G. C. cosas con demasiada antelación. Y además cuando te contaban todas las cosas de la guerra no estabais acampados en pleno corazón del posible país enemigo. ¿Quieres andar vagabundeando por ahí sola conociendo todos los proyectos?

—Nadie me deja nunca andar vagabundeando por ahí sola y siempre me vigilan como si fuera una inútil y fuera a perderme o a herirme. De todas formas estoy harta de tus discursos, de tanto jugar a misterios y peligros. No eres más que un bebedor de cerveza que empieza demasiado pronto y estás haciendo que G. C. adquiera malas costumbres y la disciplina de tu gente es lamentable. He visto a cuatro de tus hombres con todas las muestras de haberse pasado toda la noche bebiendo. Se reían y bromeaban y todavía estaban medio borrachos. A veces resultas ridículo.

Se oyó una tos fuerte a la puerta de la tienda. Salí y allí estaba el informador, más alto, más digno que nunca e impresionante, envuelto en su chal y con el gorro chato, borracho.

—Hermano, se presenta tu informador número —dijo—. ¿Puedo entrar y presentar mis cumplidos a la señora miss Mary y ponerme a sus pies?

—Bwana Caza está hablando con miss Mary. Saldrá en seguida.

Bwana Caza salió de la tienda comedor y el informador le hizo una reverencia. Los ojos normalmente alegres y amables de G. C. se cerraron como los de un gato y arrancaron al informador la capa de embriaguez con que se protegía igual que se pelan las capas exteriores de una cebolla o se quita la piel de un plátano.

—¿Qué se dice por el pueblo, informador? —le pregunté.

—Todos quedaron sorprendidos de que no bajasen volando a la calle mayor a demostrar el poder británico en el aire.

—Hay que decir mostrar —dijo G. C.

—Para respetuosamente informar, yo no he dicho. Yo he enunciado —continuó el informador—. Todo el pueblo sabía que bwana Mzee estaba buscando los elefantes que merodeaban y él no tenía tiempo para demostración aérea. El dueño de una shamba educado en la misión que había volado en el ndege del bwana y él regresaba al pueblo por la tarde y le sigue los talones uno de los hijos del bar y duka que tiene el sij de la barba. El chico es inteligente y todos los contactos son notados. Hay entre ciento cincuenta y doscientos mau-maus y veinte demostrables en el pueblo o en los poblados a corta distancia. Arap Meina apareció en el pueblo poco después de la llegada del dueño de la shamba que había volado y se dedicó a su borrachera y su descuido del deber habitual. Él es voluble para hablar de bwana Mzee, en cuya presencia me estoy. Él cuenta, y son muchos que lo creen, que el bwana ocupa en América una posición que es similar a la del Aga Khan en el mundo musulmán. Él está aquí en África para cumplir una serie de votos que él y memsahib la señora miss Mary han hecho. Uno

de esos votos es por lo que memsahib la señora miss Mary tiene la necesidad de matar a cierto león asesino de ganado señalado por los masais antes del cumpleaños del niño Jesús. Y es sabido y creído que una
gran parte del éxito de todas las cosas depende de esto. Yo he informado en ciertos círculos que, después de que este voto haya sido realizado, el bwana y yo haremos la visita a La Meca en uno de sus aeroplanos. Y se rumorea que una joven muchacha india se muere de amor
por bwana Caza. Y se rumorea...

—Cállate —ordenó G. C.—. ¿Dónde aprendiste eso de seguir los
talones?

—Yo también asisto al cine cuando mi pequeño salario lo permite. Hay mucho que aprender en el cine para un informador.

—Estás casi perdonado —dijo G. C.—. Dime. ¿En el pueblo
consideran al bwana Mzee una persona cuerda?

—Con todo respeto, bwana, él es considerado un loco en la más
grande tradición de hombres santos. Se rumorea también que si la honorable señora miss Mary no mata al león merodeador antes del cumpleaños del niño Jesús, la memsahib habrá de inmolarse en suttee. Se
dice que para esto se ha obtenido el permiso del rajá británico y ya se
han marcado y talado árboles especiales para la pira funeraria de ella.
Éstos son árboles de esos de los que masais hacen la medicina que vosotros dos bwanas conocer. Se dice que en el caso de ese suttee, al cual
todas las tribus han sido invitadas, habrá un ngoma gigante que durará una semana y después del cual el bwana Mzee tomará una esposa
kamba. La muchacha está escogida.

—¿Y no hay otras noticias del pueblo?

—Casi ninguna —replicó el informador modestamente—.
Algunos hablan acerca de la muerte ritual de un leopardo.

—Puedes retirarte —dijo G. C. al informador.

El informador hizo una inclinación y se retiró a la sombra de un
árbol.

—Bueno, Ernie —dijo G. C.—. Me parece que a miss Mary más
le vale matar bien muerto a ese león.

—Sí —dije—. Eso llevo pensando algún tiempo.

—No me extraña que esté un poco irascible.

—No me extraña.

—No se trata del Imperio ni del prestigio blanco, puesto que de momento parece que te has apartado un tanto de nosotros los rostros pálidos. Se ha convertido en algo bastante personal. Tenemos esas ciento cincuenta salvas de licencias de armas inexistentes que tu suministrador envió antes de ser ahorcado si se las encontraban. Creo que quedarían impresionantes en el centro mismo de la pira en un suttee. Por desgracia no conozco los detalles del procedimiento.

—El señor Singh me informará.

—Esto parece que calienta los ánimos a miss Mary —dijo G. C.

—Tengo entendido que es lo normal en un suttee.

—Cazará al león, pero haz las paces con ella y llévalo todo con suavidad y bien y procura que el animal se confíe.

—Ése es el plan.

Hablé con la gente de G. C. y Tony y yo bromeamos un poco y se marcharon rodeando el campamento por muy afuera para no levantar polvo. Keiti y yo hablamos del campamento y de cómo marchaban las cosas y estaba muy contento, así que supe que todo iba perfectamente. Había bajado andando hasta el río y al otro lado de la carretera mientras todavía estaba fresco el rocío y no había visto huellas de gente. Había enviado a Ngui a hacer un amplio círculo pasada la pradera donde estaba la pista de aterrizaje y tampoco había visto nada. Nadie había ido a ninguno de las shambas.

—Pensarán que soy un tonto descuidado porque los hombres se han ido dos veces seguidas a beber por la noche —comentó—. Pero le dije que dijeran que tenía fiebre. Bwana tiene que dormir hoy.

—Lo haré. Pero ahora tengo que irme a ver qué desea hacer memsahib.

En el campamento me encontré a Mary sentada en su silla debajo del árbol más grande escribiendo en su diario. Levantó la vista y entonces sonrió y me alegré sobremanera.

—Siento haberme enfadado —se excusó ella—. G. C. me contó un poco de vuestros problemas. Sólo siento que sucedan en navidades.

—Yo también. Has aguantado mucho y quiero que lo pases bien.

—Lo estoy pasando bien. Es una mañana tan preciosa y disfruto de ella y de observar las aves y de identificarlas. ¿Has visto aquella carraca maravillosa? Soy feliz sólo con mirar los pájaros.

Todo estaba tranquilo en torno al campamento; todos estaban entregados a la vida normal. No me sentía muy a gusto con que Mary tuviera la sensación de que nunca la dejaban cazar sola y yo ya me había dado cuenta mucho antes de por qué los cazadores blancos estaban tan bien pagados como lo estaban y había comprendido por qué cambiaban sus campamentos para llevar de caza a sus clientes por donde pudieran protegerlos concienzudamente. Pop nunca habría llevado a cazar a miss Mary por aquí, lo sabía, y no hubiera consentido ninguna tontería. Pero recordé que las mujeres casi siempre se enamoraban de sus cazadores blancos y sentí la esperanza de que surgiese algo extraordinario que me permitiera ser el héroe de mi cliente y así lograr el amor de mi esposa legítima ante la ley como gran cazador y dejar de ser un molesto guardaespaldas gratuito. Tales situaciones no aparecen con mucha frecuencia en la vida real y, cuando lo hacen, pasan tan rápidamente, puesto que no las dejas desarrollarse, que la cliente cree que eran extremadamente fáciles. Parecía natural que me riñesen y, desde luego, ésa no era la forma en que había de comportarse un cazador blanco de nervios de acero, ese alcahuete que procura lo que la mujer espera.

Me dormí en la silla grande bajo la sombra del árbol grande y cuando me desperté las nubes habían bajado de las Chulus y se veían oscuras sobre la falda de la Montaña. El sol seguía luciendo, pero se presentía la llegada del viento y de la lluvia tras él. Les grité a Mwindi y a Keiti, y cuando nos alcanzó la lluvia, que venía por encima de la llanura y entre los árboles como una cortina blanca compacta primero y luego desgarrada, todo el mundo estaba clavando estacas, aflojando y tensando las cuerdas de los vientos y marcando zanjas. Era una lluvia torrencial y el viento soplaba con violencia. Por un momento pareció que la tienda dormitorio principal iba a volar, pero aguantó cuando la aseguramos bien firme por barlovento. Después el rugido del viento desapareció y la lluvia continuó arreciando. Llovió toda esa noche y casi todo el día siguiente.

Durante la lluvia de la primera noche llegó un policía nativo con un mensaje de G. C.: «Cargamento pasó de largo.» El áscari estaba mojado y había venido andando desde donde se había atascado el camión en la carretera. El río estaba demasiado caudaloso para cruzarlo.

Me pregunté cómo G. C. habría tenido la noticia tan rápidamente y había sido capaz de transmitirla. Debía de haberse encontrado con un explorador que iba a llevársela; nos la había remitido con uno de los camiones hindúes. Ya no había más problema, de manera que me puse la gabardina y salí bajo la fuerte lluvia y fui andando por el barrizal y sorteando los riachuelos y charcos de agua hasta las líneas y se lo dije a Keiti. Se quedó sorprendido de que hubiera habido un mensaje tan pronto, pero se alegró de que se terminase la alerta. Hubiera sido un problema difícil en las condiciones existentes continuar con el ejercicio bajo la lluvia. Dejé a Keiti el encargo de decirle a Arap Meina si se presentaba que podía dormir en la tienda comedor y Keiti dijo que Arap Meina era demasiado inteligente para presentarse a hacer una guardia junto al fuego con esa lluvia.

Resulta que Arap Meina sí que apareció, empapado, pues había hecho todo el camino andando desde la shamba en lo peor de la tormenta. Le di una copa y le pregunté si no quería quedarse y ponerse ropa seca y dormir en la tienda comedor. Pero contestó que prefería volverse a la shamba, donde tenía ropa seca y era mejor para él estar allí porque la lluvia duraría otro día más y, tal vez, dos días. Le pregunté si la había visto venir y dijo que no y que tampoco ningún otro y que, si decían que sí, eran unos mentirosos. Toda la semana parecía que iba a llover y luego las precipitaciones habían llegado sin avisar. Le di una chaqueta vieja de lana para que se la pusiese sobre la piel y un impermeable corto de esquí y le puse dos botellas de cerveza en el bolsillo posterior; se tomó una copita y se puso en marcha. Era un buen hombre y deseé haberlo conocido de toda la vida y que hubiésemos pasado la vida juntos. Me quedé pensando un momento qué raràs habrían sido nuestras vidas en ciertos lugares y con eso me sentí feliz.

Todos estábamos mal acostumbrados con tanto cielo despejado y los hombres viejos soportaban la lluvia con más incomodidad e impaciencia que la gente joven. Además no bebían, porque eran mahometanos, así que no se les podía dar un trago para que entraran en calor cuando estaban calados hasta los huesos.

Se discutía mucho sobre si esa lluvia podía haber caído también en sus tierras tribales de la zona de Machakos y la opinión general era que no. Pero como persistía y llovió sin cesar toda la noche, todo el mundo estaba contento porque probablemente estuviese lloviendo también en el norte. Era agradable estar en la tienda comedor oyendo golpear la lluvia con fuerza y estuve leyendo y bebiendo un poco y no me preocupé de ninguna otra cosa. Me habían dejado sin nada bajo mi control y, como siempre, acogía con gusto la ausencia de responsabilidades y aquella espléndida inactividad, sin obligación alguna de matar, perseguir, proteger, intrigar, defender o participar y daba la bienvenida a la oportunidad de leer. Ya estábamos llegando casi al fondo de la bolsa de los libros, pero todavía quedaban ocultos algunos valiosos textos, mezclados con las lecturas obligatorias y había veinte tomos de Simenon en francés que aún no había leído. Si va a estar lloviéndote encima mientras estás acampado en África no hay nada mejor que Simenon, y con él no me importaba cuánto tiempo lloviera. Te salen quizás tres Simenon buenos de cada cinco, pero un adicto puede leerse los malos cuando llueve y yo los empezaba, los marcaba como malos o buenos: con Simenon no hay grados intermedios y entonces, una vez clasificada media docena y saltado páginas, me los leía tan feliz transfiriendo todos mis problemas a Maigret, aguantando con él sus encuentros con la estupidez y el Quai des Orfèvres, y muy contento con su sagacidad y su entendimiento certero del francés, algo que solamente un hombre de su nacionalidad puede lograr, ya que hay alguna oscura ley que impide a los franceses entenderse a ellos mismos *sous peine des travaux forcés à la perpétuité*.

Miss Mary parecía resignada a la lluvia, que ahora era más continua y no menos fuerte, y había dejado de escribir cartas y estaba leyendo algo que le interesaba. Era *El príncipe* de Maquiavelo. Me pregunté qué sucedería si continuaba lloviendo durante tres o cuatro días. Con la cantidad de obras de Simenon que poseía, yo estaba servido para un mes si interrumpía la lectura y me ponía a pensar entre libros, páginas o capítulos. Llevado por una lluvia persistente, podía pensar entre párrafos, no pensar en Simenon sino en otras cosas y pensé que podría aguantar un mes con toda facilidad y provecho, incluso aunque no hubiese nada de beber y me viera obligado a tomar el rapé de Arap Meina o a probar diferentes destilados de los árboles y plantas medicinales que habíamos llegado a conocer. Viendo a miss Mary, su actitud ejemplar, la belleza de su rostro inmóvil mientras leía, me preguntaba qué le pasaría a una persona que desde poco después de la adolescencia se había nutrido de los desastres del periodismo cotidiano, los problemas de la vida social de Chicago, la destrucción de la civilización europea, los bombardeos de grandes ciudades, las confidencias de quienes bombardeaban otras grandes ciudades en represalia, y todos los desastres, problemas y bajas incalculables a grande o a pequeña escala del matrimonio que solamente alivia algún ungüento analgésico, un remedio primitivo contra las pústulas, la pomada compuesta de violencias más recientes y refinadas, cambios de escenario, extensiones del conocimiento, exploración de las diversas artes, sitios, personas, animales, sensaciones; me preguntaba cuánto podrían afectarla seis semanas de lluvia. Pero entonces recordé lo buena y sana y valiente que era y lo mucho con que había apechugado tantos años y pensé que lo llevaría mejor ella que yo. Cuando pensaba eso vi que dejaba su libro, iba a descolgar su gabardina, se la ponía, se ponía el sombrero de ala blanda y se metía entre lluvia por arriba y por abajo para ir a ver cómo estaban sus tropas.

Los había visto por la mañana y estaban incómodos pero bastante alegres. Todos los hombres tenían tiendas y había picos y palas para hacer zanjas y ya habían visto y sentido la lluvia antes. A mí me parecía que si yo estuviera tratando de mantenerme seco al abrigo de un toldo y pasar un aguacero, preferiría ver cuanta menos gente con ropa impermeable, botas altas y sombrero inspeccionando mis condiciones de vida mejor, especialmente porque no podían hacer nada para mejorarlas, salvo procurar que me sirvieran algún ponche del país. Pero entonces comprendí que ése no era modo de pensar y que la manera de llevarse bien en un viaje era no criticar a tu compañero y, después de todo, pasar revista a las tropas era la única acción positiva que se le podía ofrecer a ella.

Cuando volvió y se sacudió la lluvia del sombrero, colgó el Burberry en el palo de la tienda y se cambió las botas por unas zapatillas secas, le pregunté qué tal estaban las tropas.

—Están muy bien —respondió—. Es maravilloso cómo mantienen el fuego de la cocina al abrigo.

—¿Se pusieron firmes bajo la lluvia?

—No seas malo —dijo ella—. Sólo quería ver cómo hacían para cocinar con esta lluvia.

—¿Y lo has visto?

—Haz el favor de no ser malo y vamos a estar contentos y pasárnoslo bien ya que tenemos esta lluvia.

—Yo lo estaba pasando muy bien. Vamos a pensar en lo maravilloso que será después de la lluvia.

—No me hace falta —replicó ella—. Yo estoy feliz viéndome obligada a no hacer nada. Tenemos una vida tan excitante y maravillosa cada día que es bueno verse obligado a parar y valorarla. Cuando haya pasado, vamos a desear haber tenido tiempo para valorarla más.

—Tendremos tu diario. ¿Te acuerdas de cuando lo leíamos en la cama y te acuerdas de aquel viaje maravilloso por el campo nevado alrededor de Montpelier y el límite oriental de Wyoming después del temporal y las huellas en la nieve y cómo veíamos las águilas y hacíamos carreras con el tren rápido que era el Peligro Amarillo y a lo largo de toda la frontera de Texas y que solías conducir tú? Entonces llevabas un diario precioso. ¿Te acuerdas de cuando el águila atrapó una zarigüeya y pesaba tanto que tuvo que soltarla?

—Esa vez yo siempre estaba cansada y con sueño. Entonces nos parábamos temprano y estaba en un motel con una buena luz para escribir. Es más difícil ahora, levantándonos al salir el sol y no pudiendo escribir en la cama, y tengo que escribir fuera y con tantos insectos y bichos desconocidos que vienen a la luz. Si supiera el nombre de los insectos que me interrumpen sería más sencillo.

—Tenemos que pensar en la pobre gente como Thurber y como Joyce, que al final ya ni podían ver lo que escribían.

—Hay veces que apenas puedo leer lo mío y gracias a Dios que nadie más puede leerlo con las cosas que pongo.

—Ponemos chistes fuertes porque ésta es una compañía de chistes fuertes.

—G. C. y tú hacéis chistes muy fuertes y Pop también. Yo también hago chistes fuertes. Pero no tanto como todos vosotros.

—Hay cosas de éstas que están muy bien en África pero no en otros sitios porque la gente no se da cuenta de cómo es esta tierra y los animales, donde todo es el mundo de los animales y los depredadores. Las personas que no han conocido nunca depredadores no saben de lo que les hablas. Ni la gente que nunca ha tenido que matar la carne que come ni conocen las tribus y lo que es natural y normal. Ya sé que lo explico muy mal, gata, pero me esforzaré y lo escribiré para que se pueda entender. Pero tienes que decir tantas cosas que la mayoría de la gente no va a entender ni aun concebir que se hagan.

—Ya lo sé —replicó Mary—. Y los libros los escriben los mentirosos y ¿cómo puedes competir con un mentiroso? ¿Cómo puedes competir con un hombre que describe cómo disparó contra un león y lo mató y luego se lo llevaron al campamento en un camión y de repente el león resucitó? ¿Cómo puedes competir con la verdad contra un hombre que dice que el Gran Ruaha estaba infestado de cocodrilos? Pero no tienes por qué.

—No —dije—. Y no lo haré. Pero no se les puede reprochar que sean embusteros porque todo escritor de ficción es un mentiroso congénito que inventa para su propio conocimiento y para el de los demás. Yo soy un escritor de ficción, de manera que yo también soy un mentiroso e invento cosas a partir de lo que sé y de lo que he oído. Soy un embustero.

—Pero tú no le mentirías a G. C. ni a Pop, ni a mí sobre lo que hizo un león, o lo que hizo un leopardo, o lo que hizo un búfalo.

—No. Pero eso es privado. Mi excusa es que yo fabrico la verdad al inventarla más verídica de lo que hubiera sido. Eso es lo que hace a los escritores buenos o malos. Si escribo en primera persona, aun haciendo constar que es ficción, los críticos seguirán tratando de demostrar que esas cosas nunca me sucedieron a mí. Eso es tan de bobos como tratar de demostrar que Defoe no era Robinson Crusoe y que, por lo tanto, el libro es malo. Perdona que suelte este discurso. Pero podemos hacer discursos juntos un día de lluvia.

—Me encanta hablar de escribir y de lo que crees y sabes y te importa. Pero sólo podemos hablar los días de lluvia.

—Ya lo sé, gata. Es porque estamos aquí en un tiempo muy raro.

—Ojalá lo hubiera conocido en los buenos tiempos contigo y con Pop.

—Yo nunca estuve aquí en los buenos tiempos. Y sólo lo parecen ahora. En realidad, ahora es mucho más interesante. En los viejos tiempos no hubiéramos podido ser amigos y hermanos como lo somos ahora. Pop nunca me lo hubiera permitido. Cuando Mkola y yo nos hicimos hermanos eso no era respetable. Simplemente se disculpaba. Ahora Pop te dice a ti toda clase de cosas que a mí nunca me hubiera dicho en aquellos tiempos.

—Ya lo sé. Y es un honor para mí que me las diga.

—¿Te aburres, querida? Yo estoy encantado leyendo y sin mojarme con la lluvia. Y tú tienes que escribir cartas también.

—No. Me encanta que hablemos los dos. Es lo que echo de menos cuando hay tanta excitación y nunca estamos solos más que en la cama. Lo pasamos maravillosamente en la cama y me dices cosas deliciosas. Me acuerdo de ellas y de lo divertido que es. Pero ésta es otra clase de conversación.

La lluvia seguía imparable, golpeando con fuerza la lona. Había sustituido a todas las demás cosas y caía sin variaciones de intensidad ni de ritmo.

—Lawrence trató de contarlo todo —dije—. Pero yo no podía seguirle porque había excesivo misticismo cerebral. Nunca me creí que se hubiera acostado con una chica india. Ni siquiera que hubiera acariciado a una. Era un periodista sensible que contemplaba el paisaje de la tierra india y tenía odios y teorías y prejuicios. También escribía maravillosamente. Pero al cabo de un tiempo necesitaba enfadarse para escribir. Había hecho algunas cosas perfectamente y estaba a punto de descubrir algo que la mayor parte de la gente no sabe y empezó a formular demasiadas teorías.

—Yo lo sigo estupendamente —dijo miss Mary—, pero ¿eso qué

tiene que ver con la shamba? Me gusta mucho tu novia porque se parece mucho a mí y creo que sería una esposa suplementaria muy valiosa si la necesitases. Pero no tienes que justificarla con ningún escritor. ¿De qué Lawrence estás hablando, de D. H. o T. E.?

—Muy bien —repuso yo—. Creo que lo que dices es muy sensato y yo leeré a Simenon.

—¿Por qué no vas a la shamba y tratas de vivir allí con la lluvia?

—Me gusta esto —dije yo.

—Es una buena chica —declaró miss Mary—. Y puede pensar que no es muy gentil por tu parte no aparecer cuando llueve.

—¿Hacemos las paces?

—Sí —dijo ella.

—Bien. No quiero hablar de chorradas de Lawrence y los misterios oscuros y nos quedaremos aquí con la lluvia y al diablo con la shamba. De todos modos no creo que a Lawrence le gustase demasiado la shamba.

—¿Le gustaba cazar?

—No. Pero eso no es ningún punto en su contra, gracias a Dios.

—A tu chica tampoco le gustaría entonces.

—No creo que le gustase. Pero gracias a Dios eso tampoco dice nada en su contra.

—¿Lo conociste?

—No. Lo vi una vez con su mujer bajo la lluvia delante de la librería de Sylvia Beach en la rue de l'Odéon. Estuvieron mirando el escaparate y hablando, pero no entraron. Su mujer era grande con traje de tweed y él era pequeño con un abrigo grande y barba y ojos muy brillantes. No tenía buen aspecto y no me gustaba verlo mojarse. Dentro de la tienda estaba calentito y agradable.

—Me pregunto por qué no entrarían.

—No lo sé. Eso era antes de que la gente hablase con la gente que no conocía y mucho antes de que la gente pidiese autógrafos a la gente.

—¿Cómo lo reconociste?

—Había una foto suya en la tienda detrás de la estufa. Yo admiraba mucho un libro de cuentos que escribió que se titulaba *El oficial prusiano* y una novela llamada *Hijos y amantes*. También había escrito cosas preciosas sobre Italia.

—Todo el que sabe escribir tiene que ser capaz de escribir sobre Italia.

—Así es. Pero es difícil hasta para los italianos. Más difícil para ellos que para cualquier otro. Si un italiano consigue escribir algo bueno sobre Italia es un fenómeno. Lo mejor sobre Milán lo escribió Stendhal.

—El otro día dijiste que todos los escritores estaban chiflados y hoy dices que son unos mentirosos.

—¿Dije que estaban todos chiflados?

—Sí, lo dijisteis los dos, G. C. y tú.

—¿Estaba Pop?

—Sí. Dijo que todos los guardias de caza estaban locos y todos los cazadores blancos también y que a los cazadores blancos los habían vuelto locos los guardias de caza y los escritores y los vehículos de motor.

—Pop siempre tiene razón.

—Me dijo que nunca me preocupase de G. C. y de ti porque los dos estabais locos.

—Lo estamos —dije yo—, pero no debes contárselo a otra gente.

—¿Pero tú dices de verdad que todos los escritores están locos?

—Sólo los buenos.

—Pero tú te enfadaste cuando aquel hombre escribió un libro sobre si estabas loco.

—Sí, porque él no sabía nada del asunto ni de cómo funciona. Ni tampoco sabía nada de lo que es escribir.

—Es terriblemente complicado —concluyó miss Mary.

—No trataré de explicártelo. Trataré de escribir algo para enseñarte cómo funciona la cosa.

Así que me senté un rato y volví a leer *La maison du canal* y pensé en los animales que se estarían mojando. Hoy los hipopótamos se lo estarían pasando muy bien. Pero no era un día para los otros animales y sobre todo para los felinos. La caza tenía tantas cosas que le preocupaban que la lluvia sólo sería mala para los que nunca la hubieran sufrido y ésos sólo serían los animales nacidos a partir de las últimas lluvias. Me pregunté si los grandes felinos cazarían bajo la lluvia cuando era así de intensa. Tendrían que hacerlo, para vivir. Sería mucho más fácil acercarse a la caza, pero el león y el leopardo y el guepardo seguro que odiaban mojarse tanto para cazar. Tal vez los guepardos no tanto porque parecían tener algo de perro y una piel hecha para tiempo lluvioso. Los agujeros de las serpientes estarían llenos de agua y las serpientes tendrían que estar fuera y esta lluvia también nos traería a las hormigas voladoras.

Pensé en la suerte que teníamos esta vez en África al vivir tiempo suficiente en un sitio como para conocer los animales individualmente y yo me conocía los agujeros de las serpientes y las serpientes que vivían en ellos. Cuando estuve en África primero siempre andábamos con prisas cambiándonos de un sitio a otro para cazar animales de trofeo. Si veías una cobra era un accidente, como cuando te encuentras una cascabel en la carretera en Wyoming. Ahora conocíamos muchos sitios donde vivían cobras. Seguíamos descubriéndolas por accidente, pero estaban en la zona en que vivíamos y podíamos volver a verlas después y cuando, por accidente, matábamos una era la serpiente que vivía en un sitio concreto y cazaba en su zona igual que nosotros vivíamos en el nuestro y salíamos de él. Había sido G. C. quien nos otorgó ese gran privilegio de llegar a conocer y vivir en una parte maravillosa del país y tener cierto trabajo que hacer para justificar nuestra presencia allí, y siempre me sentí profundamente agradecido por ello.

Los tiempos de cazar animales por sus trofeos hacía mucho que habían terminado para mí. Seguía amando el tiro y matar limpiamente. Pero disparaba para tener la carne que necesitábamos y para apoyar a miss Mary y a los animales que estaban fuera de la ley a causa de lo que se conoce como control de animales merodeadores, depredadores y alimañas. Había matado un impala por el trofeo y un órice por su carne en Magadi que resultó tener unos cuernos lo bastante buenos como para constituirse en trofeo, y había cazado un búfalo solitario en una emergencia que sirvió para carne en Magadi cuando andábamos muy escasos y que tenía un par de cuernos que merecía la pena conservar para recordar aquella pequeña emergencia que habíamos compartido Mary y yo. Ahora lo recordaba con alegría y sabía que siempre lo recordaría con alegría. Era una de esas pequeñas cosas con las que puedes irte a dormir, con las que puedes despertarte de noche y que puedes rememorar si es necesario si alguna vez estás desasosegado.

—¿Te acuerdas de aquella mañana con los búfalos, gatita? —pregunté.

Me miró a través de la mesa del comedor y dijo:

—No me preguntes cosas así. Estoy pensando en el león.

Esa noche después de la cena fría nos fuimos a la cama temprano, porque Mary había escrito su diario al acabar la tarde, y estuvimos tumbados escuchando con qué intensidad caía la lluvia sobre la lona tensa.

Tal vez debido al sonido constante de la lluvia no dormí bien y me desperté dos veces sudando a causa de las pesadillas. La última era muy inquietante y alargué la mano por debajo del mosquitero tanteando en busca de la botella de agua y el frasco de ginebra. Los metí en la cama conmigo y después volví a meter la red por debajo de la manta y el colchón hinchable del catre. Doblé la almohada a oscuras para poder estar tumbado con la cabeza alta y encontré la almohadilla de agujas de abeto y me la puse bajo el cuello. Luego me palpé la pierna para comprobar la pistola y la linterna y luego desenrosqué el tapón del frasco de ginebra.

A oscuras y sintiendo el fuerte ruido de la lluvia tomé un trago de ginebra. Sabía a limpio y a amistad y me dio valor frente a la pesadilla. La pesadilla era de lo peor que podía ser y eso que yo las había tenido muy malas en mis tiempos. Sabía que no podía beber mientras anduviésemos a la caza del león de miss Mary; pero no íbamos a ir a cazarlo al día siguiente con el agua. Esa noche era una mala noche por algún motivo. Estaba mal acostumbrado con tantas noches buenas y había llegado a pensar que ya no tendría pesadillas nunca más. Bueno, pues ahora lo sabía. Quizás fuera porque habíamos asegurado tanto la tienda contra la lluvia que no había una ventilación adecuada. Quizás fuera que no había hecho nada de ejercicio en todo el día.

Me tomé otro trago de ginebra y me supo todavía mejor y más como el viejo Matagigantes. No había sido una pesadilla tan desasosegante, pensé. Las había tenido mucho peores que ésa. Pero lo que sabía era que había estado sin pesadillas, las de verdad que te dejaban empapado de sudor, durante mucho tiempo y que sólo había tenido sueños buenos o malos y la mayoría de las noches sueños buenos. Entonces oí que miss Mary decía:

—Papá, ¿estás bebiendo?

—Sí, ¿por qué?

—¿Puedo tomar un poco?

Alcancé el frasco por debajo de la red y ella alargó la mano y lo cogió.

—¿Tienes el agua?

—Sí —respondí, y se la alargué también—. Tú también tienes la tuya debajo de la cama.

—Pero tú me dijiste que tuviera cuidado con las cosas y no quería despertarte con la luz.

—Pobre gatita. ¿No has dormido?

—Sí. Pero he tenido unos sueños horribles. Demasiado malos para contarlos antes de desayunar.

—Yo también he tenido alguno malo.

—Aquí está el frasco de Jinny —dijo ella—. Por si lo necesitas. Cógeme la mano fuerte, por favor. Tú no estás muerto y G. C. no está muerto y Pop no está muerto.

—No. Todos estamos bien.

—Muchas gracias. Y tú duerme también. No amas a ninguna más, ¿verdad? Blanca, quiero decir.

—No. Ni blanca ni negra ni roja del todo.

—Duerme bien, cielo —dijo ella—. Gracias por esa deliciosa copa de medianoche.

—Gracias por liquidar las pesadillas.

—Es una de las cosas para las que estoy aquí —dijo ella.

Seguí tumbado y pensé en aquello largo rato recordando muchos lugares y tiempos verdaderamente malos y pensé en lo maravilloso que sería ahora después de la lluvia y en que de todas formas no era más que una pesadilla, y entonces me dormí y volví a despertarme sudando otra vez con los terrores, pero escuché atentamente y oí a Mary respirar suave y profundamente y entonces volví a dormir para intentarlo una vez más.

CAPÍTULO V

Por la mañana hacía frío con densas nubes por toda la Montaña. Soplaba otra vez un viento fuerte y caía lluvia a retazos, pero la lluvia intensa y constante se había acabado. Fui hasta las líneas para hablar con Keiti y lo encontré muy contento. Llevaba gabardina y un viejo sombrero de fieltro. Dijo que probablemente al día siguiente haría bueno y le dije que esperaríamos a que memsahib se despertase para meter las clavijas de las tiendas y aflojar las cuerdas mojadas. Estaba contento de que las zanjas hubieran respondido tan bien y que ni la tienda dormitorio ni la tienda comedor se hubieran mojado. Ya había mandado que prepararan un fuego y todo tenía mejor aspecto. Le dije que había soñado que había llovido mucho arriba en la reserva. Era una mentira, pero pensé que era bueno compensar con una mentira bien grande en caso de que tuviéramos buenas noticias de Pop. Si vas a hacer de profeta es mejor profetizar con las probabilidades a tu favor.

Keiti escuchó mi sueño con atención y respeto fingido. Luego me dijo que había soñado que había llovido intensamente hasta el río Tana, que estaba al borde del desierto, y que había seis safaris aislados y que no podrían moverse durante varias semanas. Eso dejaba mi sueño en una pequeñez, tal y como él pretendía. Yo sabía que mi sueño había quedado archivado para comprobarlo, pero pensé que debía reforzarlo. Así que le dije, y esto sí que era verdad, que había soñado que ahorcábamos al informador. Al contarle esto le expliqué el proceso con todo detalle: dónde, cómo, por qué, cómo se lo había tomado él y cómo nos lo habíamos llevado, después, en el coche de caza para que se lo comieran las hienas.

Keiti odiaba al informador y eso desde hacía muchos años y le encantó aquel sueño, pero tuvo cuidado de hacerme saber que él por su parte no había soñado en absoluto con el informador. Yo sabía que eso era importante, pero le proporcioné algunos detalles más acerca de la ejecución. Estaba encantado de oírlos y dijo añorante, pero con toda conciencia:

—No debes hacerlo.

—No puedo hacerlo. Pero tal vez mi sueño sí.

—No debes hacer uchawi.

—No hago uchawi. ¿Me has visto alguna vez hacer daño a un hombre o a una mujer?

—Yo no he dicho que seas mchawi. Sólo he dicho que no debes serlo y que no puede ser ahorcar al informador.

—Si deseas salvarlo puedo olvidar el sueño.

—Buen sueño —dijo Keiti—. Pero puede traer demasiados problemas.

El día siguiente a una fuerte lluvia es un día espléndido para difundir los principios religiosos en tanto que el tiempo durante el que llueve parece alejar la mente de los hombres de la belleza de su fe. Ya había dejado de llover del todo y yo me hallaba sentado junto al fuego tomando té y contemplando la tierra empapada. Miss Mary seguía durmiendo profundamente porque no hacía sol para despertarla. Mwindi vino hasta la mesa junto al fuego con una tetera de té caliente recién preparado y me sirvió una taza.

—Mucha lluvia —comentó—. Ahora acabado.

—Mwindi —le dije—. Tú sabes lo que dijo el Mahdi. «Vemos claramente en las leyes de la naturaleza que la lluvia baja de los cielos en tiempo de necesidad. El verdor y la lozanía de la tierra dependen de la lluvia del cielo. Si cesa por un tiempo, el agua de las estratos altos de la tierra se seca gradualmente. Así vemos que hay una atracción entre las aguas celestiales y las terrenales. La revelación guarda la misma relación con la razón humana que las aguas celestiales con las aguas terrenales.»

—Demasiada lluvia para campi. Muy bueno para shamba —anunció Mwindi.

—«Al igual que con el cese del agua celestial el agua terrenal comienza a secarse gradualmente; así también es el caso de la razón humana, la cual sin la revelación celestial pierde su pureza y su fuerza.»

—¿Cómo sé que es el Mahdi? —preguntó Mwindi.

—Pregúntale a Charo.

Mwindi dio un gruñido. Sabía que Charo era muy devoto pero que no era teólogo.

—Si ahorca informador deja policía ahorcar también —dijo Mwindi—. Keiti me dijo que lo diga.

—Sólo fue un sueño.

—Sueños puede ser muy fuerte. Puede matar como bunduki.

—Contaré sueño a informador. Entonces ya no tiene poder.

—Uchawi —dijo Mwindi—. Uchawi kubwa sana.

—Hapana uchawi.

Mwindi se interrumpió y me preguntó casi bruscamente si quería más té. Estaba mirando hacia las líneas con su antiguo perfil chino y vi lo que quería que viera. Al informador.

Había venido mojado y nada contento. No había perdido su estilo y su galanura, pero se le habían empapado. Tosió su tos de inmediato para que no cupiera duda de que su tos era auténtica.

—Buenos días, hermano. ¿Cómo habéis tú y mi señora resistido el tiempo?

—Ha llovido un poco por aquí.

—Hermano, yo soy un hombre enfermo.

—¿Tienes fiebre?

—Sí.

No mentía. Tenía el pulso a ciento veinte.

—Siéntate y bebe una copa y tómate una aspirina y yo te daré medicinas. Vete a casa y métete en la cama. ¿El coche de caza puede pasar por la carretera?

—Sí. Hay arena hasta la shamba y el coche puede rodear los charcos.

—¿Qué tal la shamba?

—Él no necesitaba la lluvia porque él está irrigado. La shamba está triste con el frío de la Montaña. Hasta las gallinas están tristes. Una chica ha venido conmigo que su padre necesita medicina para el pecho. Tú la conoces.

—Enviaré medicinas.

—Ella no está feliz porque tú no venías.

—Tengo obligaciones. ¿Se encuentra bien?

—Ella está bien pero triste.

—Dile que iré a la shamba cuando sea mi deber.

—Hermano, ¿qué es eso del sueño que yo soy ahorcado?

—Es un sueño que he tenido pero no debo contártelo antes de haber desayunado.

—Pero otros lo han oído antes.

—Es mejor que tú no lo oigas. No era un sueño oficial.

—Yo no puedo soportar que yo sea ahorcado —dijo el informador.

—Yo no te ahorcaré nunca.

—Pero otros pueden comprender mal mis actividades.

—Nadie te ahorcará a no ser que trates con otra gente.

—Pero yo debo tratar constantemente con otra gente.

—Ya entiendes en qué sentido hablo. Ahora vete junto al fuego del campamento y caliéntate y yo te prepararé la medicina.

—Tú eres mi hermano.

—No —le dije—. Soy tu amigo.

Se fue hacia el fuego y abrí el botiquín y saqué Atabrine y aspirinas y linimento y unas sulfas y unas pastillas para la tos y confié en haber dado un pequeño golpe al uchawi. Pero recordaba todos los detalles de la ejecución del informador en creo que la tercera de mis pesadillas y estaba avergonzado de tener semejante imaginación nocturna. Le dije qué medicinas tomar y cuáles dar al padre de la chica. Luego fuimos juntos hasta las líneas y le di a la chica dos latas de bocaditos de arenque y un tarro de cristal de caramelos y le dije a Mthuka que los llevase en el coche a la shamba y que después volviese inmediatamente. La chica me había traído cuatro mazorcas de maíz y no levantó la vista ni un instante cuando le hablaba. Puso la cabeza contra mi pecho como hacen los niños y cuando se subía al coche por el lado de fuera donde nadie podía verla bajó el brazo y con toda la mano me apretó los músculos del muslo. Yo le hice lo mismo cuando ya estuvo en el coche y ella no levantó la vista. Entonces pensé al diablo con todo y la besé en lo alto de la cabeza y se echó a reír con tan poco pudor como siempre y Mthuka sonrió y se marcharon. La pista estaba blanda y con un poco de agua encharcada, pero debajo estaba firme, y el coche de caza desapareció entre los árboles y nadie miró atrás.

Les dije a Ngui y a Charo que haríamos un reconocimiento rutinario hasta donde fuera posible llegar hacia el norte en cuanto miss Mary se hubiera despertado y desayunado. Ya podían sacar las armas para limpiarlas después de la lluvia. Les dije que se asegurasen de dejarles el ánima bien limpia de aceite. Hacía frío y soplaba el viento. El sol estaba oculto. Pero la lluvia había pasado, salvo algún posible chaparrón. Todo el mundo estaba muy atareado y todo iba muy en serio.

Mary estaba contenta en el desayuno. Había dormido bien después de despertarse por la noche y había tenido sueños felices. El sueño malo había sido que a Pop, a G. C. y a mí nos habían matado a todos. No se acordaba de los detalles. Alguien había traído la noticia. Creía que en una emboscada de algún tipo. Quería preguntarle si había soñado con el ahorcamiento del informador, pero pensé que eso sería una interferencia y que lo importante era que se hubiera despertado contenta y encarase bien el día. Pensé que yo era lo bastante bruto y lo bastante inútil como para involucrarme en cosas de África que no entendía, pero no quería implicarla a ella. Ya se involucraba bastante ella sola yendo hasta las líneas y aprendiendo la música y los ritmos de los tambores y las canciones, tratando a todo el mundo tan bien y con tanta amabilidad que se enamoraban de ella. Sé que en los viejos tiempos Pop nunca hubiera permitido eso. Pero los viejos tiempos habían pasado. Nadie lo sabía mejor que Pop.

Cuando ella terminó de desayunar y el coche de caza hubo vuelto de la shamba, Mary y yo hicimos un viaje lo más lejos que el terreno permitía llegar en coche. La tierra se secaba rápido pero todavía resultaba traidora y las ruedas patinaban y se hundían en sitios donde al día siguiente podrían pasar con seguridad. Esto sucedía incluso en el terreno duro y donde habíamos afirmado y endurecido la pista. Hacia el norte donde estaba la arcilla se patinaba y no se podía pasar.

Se veía brotar la hierba nueva verde brillante a través de las charcas y la caza andaba dispersa y no nos prestaba mucha atención. Todavía no había habido gran movimiento de animales, pero vimos huellas de elefantes que habían cruzado la pista por la mañana temprano después de dejar de llover y que iban hacia el pantano. Era el grupo que habíamos visto desde el avión y el macho dejaba una huella muy grande aun contando con el ensanchamiento debido a la humedad del barro.

El día era gris y frío y ventoso por todo el llano y en las rodadas y fuera los chorlitos corrían y comían afanosamente y luego salían volando con su chirlar agudo y montaraz. Había de tres clases diferentes, pero sólo los de una eran realmente comestibles. Pero los hombres no los comían y pensé que dispararles sería malgastar un cartucho. Sabía que seguramente habría zarapitos más arriba en la ciénaga, pero con ellos ya probaríamos otro día.

—Podemos seguir un poco más allá —dije—. Hay un buen resalte de terreno bastante alto donde podemos dar la vuelta —le confié a Mary.

—Pues sigamos.

Entonces empezó a llover y pensé que sería mejor dar la vuelta donde pudiésemos y volver al campamento antes de quedarnos atascados en algún sitio blando.

Cerca del campamento, que apareció felizmente entre los árboles y la bruma, con el humo que se alzaba de los fuegos y las tiendas verdes que se veían confortables y hogareñas, había gangas bebiendo en las pequeñas pozas de agua de la pradera abierta. Me bajé con Ngui a cazar algunas para comer nosotros mientras Mary seguía hacia el campamento. Estaban muy agachadas junto a los charcos y desperdigadas por la hierba corta entre la que crecían cardos. Se alzaron con revuelo y no era difícil abatirlas si tirabas rápidamente cuando se levantaban. Eran gangas de tamaño mediano y eran como torcaces pequeñas y regordetas disfrazadas de perdiz. Me encantaba su vuelo extraño, que era como de paloma o de cernícalo, y la forma maravillosa en que usaban sus largas alas echadas hacia atrás una vez estaban en pleno vuelo. Levantarlas de este modo no era como tirarles cuando venían al agua por la mañana en grandes bandadas e hileras en la estación seca cuando G. C. y yo elegíamos sólo los pájaros que pasaban más alto y los que llegaban alto y pagábamos un chelín de multa cada vez que abatíamos más de un pájaro por tiro disparado. Al levantarlas en mano te perdías el ruido gutural del arrullo de toda la bandada cruzando por el cielo. No me gustaba tirar tan cerca del campamento así que disparé sólo cuatro pares, que darían para al menos dos comidas para nosotros dos o para una buena comida si se presentaba alguien.

Al equipo del safari no les gustaba comerlas. A mí tampoco me gustaban tanto como la avutarda menor, la cerceta, el andarríos o la avefría de espolones. Pero eran muy sabrosas y estarían buenas para cenar. Nuevamente había dejado de llover, pero la neblina y las nubes bajaban hasta el pie de la Montaña.

Mary estaba sentada en la tienda comedor con un Campari con soda.

—¿Cazaste muchas?

—Ocho. Ha sido un poco como tirar a los pichones en el Club de Cazadores del Cerro.

—Salen mucho más rápido que los pichones.

—Creo que sólo lo parece por el aleteo y porque son más pequeñas. Nada sale tan rápido como un pichón de tiro que sea fuerte.

—Vaya, me alegro de que estemos aquí en vez de tirando en el Club.

—Yo también. Me pregunto si puedo volver allí.

—Volverás.

—No lo sé —dije—. Pienso que tal vez no.

—Hay un gran número de cosas a las que no sé si podré volver.

—Desearía que no tuviéramos que volver para nada. Desearía que no tuviésemos ninguna propiedad ni posesiones ni responsabilidades. Me gustaría que sólo tuviésemos un equipo de safari y un buen coche de caza y un par de buenas camionetas.

—Yo sería la anfitriona bajo lonas más popular del mundo. Sé exactamente cómo sería. Llegaría la gente en sus aviones particulares y el piloto saldría y abriría la puerta al hombre y el hombre diría: «Apuesto a que no sabe quién soy. Apuesto a que no se acuerda de mí.

¿Quién soy?» Alguna vez alguien dirá eso y yo le pediré a Charo mi bunduki y le meteré una bala a ese tipo directamente en medio de los ojos.

—Y Charo puede hacer el halal.

—No comen hombres.

—Los wakamba lo hacían. En la época que Pop y tú llamáis siempre los buenos tiempos.

—Tú tienes parte de kamba. ¿Te comerías a un hombre?

—No.

—¿Sabes que yo no he matado a un hombre en toda mi vida? ¿Te acuerdas de cuando quería compartirlo todo contigo y me sentía tan mal porque nunca había matado a un alemán y lo preocupado que se puso todo el mundo?

—Me acuerdo muy bien.

—¿Debo hacer el discurso de cuando mate a la mujer que me robe tu afecto?

—Si me preparas un Campari con soda también.

—Te lo haré y te haré el discurso.

Sirvió el rojo Campari amargo y le puso un poco de Gordon's y luego un chorro de sifón.

—La ginebra es el premio por escuchar el discurso. Ya sé que es un discurso que has oído muchas veces. Pero me gusta hacerlo. Soltarlo es bueno para mí y oírlo para ti.

—Muy bien. Empieza.

—¡Ajá! —dijo miss Mary—. Así que te crees que puedes ser mejor esposa para mi marido que yo. ¡Ajá! Así que crees que estáis perfectamente hechos el uno para el otro, la pareja ideal, y que para él tú eres mejor que yo. ¡Ajá! ¿Así que te crees que tú y él llevaréis juntos una existencia perfecta y que por lo menos tendrá el amor de una mujer que entiende de comunismo, de psicoanálisis y sabe el auténtico significado de la palabra amor? ¿Qué sabrás tú de amor, pingo arrastrado? ¿Qué sabrás tú de mi marido y de las cosas que compartimos y las que tenemos en común?

—Oigan, oigan.

—Déjame seguir. Escucha, especie de harapo, flaca donde tendrías que tener carne y reventando de grasa por donde tendrías que dar muestras de un poco de raza y crianza. Óyeme, mujer. Yo he matado un macho de ciervo inocente a una distancia de trescientos metros bien calculados y me lo comí sin remordimientos. He cazado el kongoni y el ñu, al que te pareces. He disparado y matado a un órice grande y hermoso que es más hermoso que cualquier mujer y tiene unos cuernos más decorativos que los de ningún hombre. He matado más cosas que tú insinuaciones y te digo que o desistes y dejas de poner tanta miel y decirle tanta palabra melosa a mi marido y te marchas de esta tierra o te mato bien muerta.

—Es un discurso maravilloso. No lo habrás hecho nunca en swahili, ¿verdad?

—No hace ninguna falta decirlo en swahili —dijo miss Mary. Después de su discurso siempre se sentía un poco Napoleón en Austerlitz—. Es un discurso sólo para mujeres blancas. Desde luego no es aplicable a tu novia. ¿Desde cuándo un esposo bueno y amante no tiene derecho a tener una novia si la novia sólo aspira a ser una esposa suplementaria? Es una posición honorable. Este discurso se dirige contra cualquier blanca cochina que se crea que ella puede hacerte más feliz que yo. Las advenedizas.

—Es un discurso precioso y cada vez te sale más claro y convincente.

—Es un discurso auténtico —dijo miss Mary—. Es verdad cada una de sus palabras. Pero he intentado quitarle cualquier amargura y cualquier clase de vulgaridad. Espero que no hayas pensado que lo de la miel tiene que ver con la comida.

—No lo he pensado.

—Estupendo. Esas cosas de comer que te trajo eran realmente buenas. ¿Crees que una vez podremos asarlas en las brasas del fuego? Me encantan así.

—Por supuesto que podemos.

—¿Significa algo especial que te trajera cuatro?

—No. Dos para ti y dos para mí.

—Ojalá que alguien estuviera enamorado de mí y me trajera regalos.

—Todo el mundo te trae regalos cada día y lo sabes. La mitad del campamento corta cepillos de dientes para ti.

—Es verdad. Tengo montones de cepillos de dientes. Hasta tengo todavía muchos de Magadi. De todos modos, me alegro de que tengas una novia tan buena. Ojalá todo fuera siempre tan sencillo como es aquí al pie de la Montaña.

—En realidad no es nada sencillo. Sólo que tenemos suerte.

—Ya lo sé. Y tenemos que ser buenos y amables entre nosotros para merecer toda esa suerte. ¡Oh!, espero que mi león venga y yo sea suficientemente alta para verlo con claridad cuando llegue el momento. ¿Sabes cuánto significa eso para mí?

—Creo que sí. Todos lo sabemos.

—Algunos creen que estoy loca, ya lo sé. Pero en los viejos tiempos la gente iba en busca del Santo Grial y del Vellocino de Oro y no se les consideraba chiflados. Un gran elan es mejor y más serio que cualquier copa o cualquier piel de oveja. Me da igual lo santos o dorados que fueran. Todo el mundo tiene algo que desea de verdad y para mí mi león lo significa todo. Y sé bien la paciencia que has tenido con él y la paciencia que han tenido todos. Pero ahora estoy segura de que después de esta lluvia me lo encontraré. Casi no puedo ni esperar a la primera noche que lo oiga rugir.

—Tiene un rugido maravilloso y lo oirás pronto.

—La gente de fuera nunca lo entenderá. Pero él lo compensará todo.

—Ya lo sé. ¿Tú no lo odias, verdad?

—No. Lo amo. Es maravilloso y es inteligente y no tengo que decirte por qué tengo que matarlo.

—No. Ciertamente no.

—Pop lo sabe. Y me lo explicó. Me contó también lo de aquella mujer terrible que todo el mundo disparó a su león cuarenta y dos veces. Es mejor que no hable de ello porque nunca lo entiende nadie.

Nosotros lo entendíamos porque una vez habíamos visto juntos las huellas de nuestro primer gran león. Tenían un tamaño doble del que debían tener las huellas de un león y estaban sobre tierra escasa sobre la que acababa de llover sólo lo necesario para mojarla, de modo que eran una impresión perfecta. Yo había estado batiendo el monte tras un kongoni para hacer carne para el campamento y cuando Ngui y yo vimos las huellas las señalamos con tallos de hierba y vi que se le venía el sudor a la frente. Esperamos a Mary sin movernos y cuando ella vio las huellas respiró hondo. Para entonces ya había visto muchas huellas de león y varios leones muertos, pero aquellas huellas eran increíbles. Ngui no dejaba de menear la cabeza y yo me notaba el sudor en los sobacos y en la ingle. Seguimos las huellas como sabuesos y vimos que había bebido en un manantial lodoso y después había subido el barranco hacia la escarpadura. Nunca jamás había visto huellas semejantes y en el barro del manantial estaban aún más claras.

Yo no sabía si volver en busca del kongoni y correr el riesgo de disparar y hacer quizás que con el ruido del disparo del rifle se marchase de aquel territorio. Pero necesitábamos carne y en aquel territorio no había mucha carne y toda la caza andaba loca porque había tantos depredadores. Nunca matabas a una cebra que no tuviera surcos negros de cicatrices de garras de león en el cuero y las cebras estaban tan asustadizas e inabordables como un órice del desierto. Era tierra de búfalos, rinocerontes, leones y leopardos y a nadie le gustaba cazar allí más que a G. C. y Pop y a Pop lo ponía nervioso. G. C. tenía tantos nervios que había acabado por no tener nervios y nunca admitía la presencia del peligro hasta que había salido de él a tiros. Pero Pop había dicho que él nunca había cazado en aquel territorio sin tener complicaciones y lo había batido bien, haciendo el camino a través de las ciénagas mortales por la noche para evitar el calor, que podía ser de cincuenta grados centígrados a la sombra, muchos años antes de que G. C. estuviese allí o de que los vehículos de motor hubiesen llegado al África oriental.

Estaba pensando en esto cuando vimos las huellas del león y después, cuando empezamos a maniobrar sobre el kongoni, sólo pensaba en ello. Pero el rastro del león seguía en mi pensamiento como si lo hubieran estampado allí y sabía que Mary, que había visto otros leones, se lo debía de haber imaginado avanzando por la senda. Habíamos matado el kongoni, muy comestible, de cara de caballo, torpe y oscuro, que era tan inocente, o más inocente, como podía serlo cualquier cosa, y Mary lo había rematado con un tiro justo donde el cuello se une a la cabeza. Lo había hecho ella para mejorar su puntería y porque era necesario y alguien tenía que hacerlo.

Allí sentado en la tienda pensé en lo aborrecible que sería eso para los vegetarianos auténticos, pero cualquiera que haya comido carne alguna vez tiene que saber que alguien la ha matado y, puesto que Mary se había implicado en lo de matar y quería matar sin infligir sufrimiento, era preciso que aprendiese y practicase. Quienes nunca han cogido peces, ni siquiera una lata de sardinas, y que pararían el coche si hubiera langostas en la carretera, y nunca han comido ni siquiera caldo de carne, no deben condenar a quienes matan para comer y a quienes la carne les pertenecía antes de que el hombre blanco les robara su tierra. ¿Quién sabe lo que siente una zanahoria, o un rabanito, o la bombilla eléctrica usada, o un disco de fonógrafo gastado, o el manzano en invierno? ¿Quién conoce los sentimientos del aeroplano demasiado viejo, del chicle, de la colilla o del libro desechado comido por la carcoma? En mi ejemplar de las normas del Departamento de Caza no se trata ninguno de esos casos ni hay regulación alguna sobre el tratamiento del pián o de las enfermedades venéreas, que era una de mis obligaciones diarias. No había regulación sobre ramas de árboles caídas ni el polvo ni las moscas que pican, aparte de la tse-tsé; ver Áreas de la Mosca. Los cazadores que sacaban licencias de caza estaban autorizados mediante un permiso válido para cazar durante un tiempo limitado en algunos de los territorios de los masais que anteriormente habían sido reservas y que ahora eran áreas controladas y llevaban un cuadro de los animales que tenían permitido cazar y luego pagaban una tasa casi nominal que más tarde les pagaban a los masais. Pero a los wakamba, que solían cazar en el territorio masai para tener carne con gran riesgo de sí mismos, ahora no les permitían hacer eso. Eran perseguidos como furtivos por los Exploradores de Caza, que eran también, en su mayoría, wakambas, y G. C. y Mary creían que los Exploradores de Caza eran más queridos que ellos.

Los Exploradores de Caza eran casi todos ellos de un tipo muy alto de soldados que procedían de los cazadores wakamba. Pero las cosas se estaban poniendo muy difíciles en Ukambani. Habían cultivado su tierra por su cuenta y a su manera tradicional pero abortando el barbecho que debía durar una generación pues los wakamba crecían y su tierra no y se había ido erosionando como todo el resto de África. Sus guerreros siempre habían luchado en todas las guerras en que había participado Gran Bretaña y los masais en ninguna. A los masais los habían mimado, preservado, tratado con un temor que nunca deberían haber inspirado y habían sido adorados por todos los homosexuales como Thessinger, que había trabajado para el Imperio en Kenia o Tanganyika porque allí los hombres eran tan bellos. Los hombres eran muy bellos, extremadamente ricos, eran guerreros profesionales que, ahora ya por mucho tiempo, nunca luchaban. Siempre habían sido aficionados a las drogas y ahora se estaban convirtiendo en alcohólicos.

Los masais nunca mataban caza sino que sólo se cuidaban de su ganado. Los problemas entre masais y wakambas siempre eran por robo de ganado, nunca por matar caza.

Los wakamba odiaban a los masais por presumidos y ricos y protegidos por el gobierno. Los despreciaban por ser hombres cuyas mujeres les eran totalmente infieles y casi siempre con sífilis y ser hombres que no podían rastrear porque tenían los ojos destrozados por enfermedades sucias transmitidas por las moscas; porque sus lanzas se doblaban después de usarse una sola vez; y finalmente, y sobre todo, porque sólo eran valientes bajo el efecto de drogas.

Los wakamba, que amaban la lucha, la lucha auténtica, no la lucha a lo masai que es, generalmente, una histeria masiva que no surge si no es bajo la influencia de las drogas, vivían por debajo del nivel de subsistencia. Siempre habían tenido sus cazaderos y ahora no tenían ningún sitio donde cazar. Les gustaba beber y la ley tribal controlaba estrictamente la bebida. No solían emborracharse, y la embriaguez se castigaba severamente. La carne era la base de su dieta y ahora se había acabado y les prohibían cazarla. Entre ellos los cazadores furtivos eran tan corrientes como los contrabandistas en Inglaterra en sus buenos tiempos y como la gente que introducía licor del bueno en Estados Unidos en los tiempos de la prohibición.

La cosa no estaba tan mal cuando yo vine hace muchos años.

Pero tampoco estaba bien. Los wakamba eran totalmente leales a los británicos. Hasta los hombres jóvenes y los chicos malos eran leales. Pero los jóvenes andaban inquietos y las cosas no eran nada sencillas. El Mau-Mau resultaba sospechoso porque era una organización kikuyu y a los wakamba les repelían los juramentos. Pero algo de infiltración había habido. En la Ordenanza de Protección de los Animales Salvajes no se decía nada de esto. G. C. me había dicho que usase el sentido común, si tenía, y que sólo los mierdas se metían en líos. Como yo sabía que algunas veces podía entrar en esa categoría, intenté emplear el sentido común lo más concienzudamente que podía y evitar gilipolleces tanto como pudiera. Durante mucho tiempo me había identificado con los wakamba y ahora había traspasado la última barrera importante, así que la identificación era completa. No hay otra manera de llevar a cabo esa identificación. Todas la alianzas entre tribus se sellan tan sólo de una manera.

Ahora, con la lluvia, sabía que todos estarían menos preocupados por sus familias y si conseguíamos algo de carne estarían felices. La carne hacía fuertes a los hombres: hasta los ancianos lo creían. De los viejos del campamento pensaba que Charo era el único que puede que fuera impotente y tampoco estaba seguro. Se lo podía preguntar a Ngui y me lo hubiera dicho. Pero no era correcto preguntar una cosa así y Charo y yo éramos muy viejos amigos. Los hombres kamba, si tienen carne para comer, mantienen su capacidad de hacer el amor hasta mucho más allá de los setenta. Pero para un hombre hay ciertas clases de carne que son mejores que otras. No sé por qué he empezado a pensar en esto. Empezó con la caza del kongoni el día que vimos por primera vez las huellas del enorme león de la escarpadura de Rift Valley y desde entonces había circulado por allí como un cuento ancestral.

—¿Qué te parecería salir a pillar una pieza de carne, miss Mary?

—Necesitamos un poco, ¿verdad?

—Sí.

—¿En qué estabas pensando?

—En el problema kamba y en la carne.

—¿Un problema kamba grave?

—No. En general.

—Mejor. ¿Qué has decidido?

—Que necesitábamos carne.

—Bien ¿vamos a buscarla?

—Es buena hora para empezar. Si te gusta andar.

—Me encanta andar. Cuando volvamos me daré un baño y me cambiaré y ya estará el fuego.

Habíamos encontrado el rebaño de impalas por donde solían estar, cerca de donde la carretera cruza el río, y miss Mary había cazado un macho viejo que sólo tenía un cuerno. Estaba muy gordo y en buena forma y yo tenía la conciencia limpia de escogerlo para carne, pues nunca hubiera servido para proporcionar al Departamento de Caza un trofeo digno de exhibir y, como lo habían sacado de la manada, ya no servía para procrear. Mary le había disparado un tiro impecable, que le dio en el hombro, exactamente adonde había apuntado. Charo estaba muy orgulloso de ella y había podido degollarlo con toda legalidad en quizás una centésima de segundo. La puntería de Mary en estos momentos se consideraba ya completamente en manos de Dios y, dado que teníamos dioses diferentes, Charo se adjudicó todo el mérito del disparo. Pop, G. C. y yo ya habíamos visto todos a miss Mary disparar de forma perfecta y hacer blancos asombrosos y tiros primorosos. Ahora le tocaba el turno a Charo.

—Memsahib piga mzuri sana —dijo Charo.

—Mzuri. Mzuri —le dijo Ngui a miss Mary.

—Gracias —le dijo ella—. Ahora ya son tres —me dijo a mí—. Estoy contenta y ahora me siento segura. Es extraño esto de tirar, ¿verdad?

Yo estaba pensando en lo extraño que era y me olvidé de contestarle.

—Es perverso matar cosas. Pero es estupendo tener buena carne en el campamento. ¿Cuándo se hizo la carne una cosa tan importante para todo el mundo?

—Siempre lo ha sido. Es una de las cosas más antiguas y más importantes. África tiene hambre de carne. Pero si matasen la caza del modo que lo hicieron los holandeses en Sudáfrica ya no quedaría nada.

—Pero nosotros ¿conservamos la caza para los indígenas? ¿Para quién cuidamos la caza en realidad?

—Para sí misma y para que el Departamento de Caza gane dinero y para que siga funcionando la banda de los cazadores blancos y para ganar un dinero extra para los masais.

—Me encanta lo de proteger la caza para ella misma —dijo Mary—. Pero todo lo demás es como grosero.

—Todo está muy mezclado —expliqué yo—. Pero, ¿tú has visto alguna vez un país más mezclado?

—No. Pero tú y tu pandilla también estáis muy mezclados.

—Ya lo sé.

—¿Pero tú lo tienes bien claro en la cabeza, realmente?

—Todavía no. De momento estamos en el día a día.

—Bueno, de todos modos me gusta —dijo Mary—. Después de todo nosotros no hemos venido aquí a África a traer el orden.

—No. Vinimos a hacer unas fotos y escribir unos pies para ellas y además divertirnos y aprender lo que pudiésemos.

—Pero no hay duda de que nos hemos mezclado en ello.

—Es cierto. Pero ¿te diviertes?

—Nunca he sido más feliz.

Ngui se había detenido y señalaba hacia el lado derecho de la carretera:

—Simba.

Las huellas eran grandes, demasiado grandes para creérselo.

El pie trasero izquierdo mostraba claramente la vieja cicatriz. Había cruzado la carretera tranquilamente más o menos a la hora en que Mary mataba el impala. Se había metido en el terreno de matorral quebrado.

—Es él —dijo Ngui.

No había la menor duda. Con suerte nos lo podíamos haber encontrado en la carretera. Pero seguramente había sido cauto y nos dejó pasar. Era un león muy inteligente y reposado. El sol estaba casi abajo y con las nubes dentro de cinco minutos no habría luz para disparar.

—Ahora las cosas no son tan complicadas —dijo Mary muy contenta.

—Vete al campamento a por el coche —le indiqué a Ngui—. Nosotros volveremos para esperar con Charo y con la carne.

Esa noche, cuando nos habíamos ido a la cama pero todavía no estábamos dormidos, oímos rugir al león. Estaba al norte del campamento y el rugido llegaba bajo e iba subiendo de tono y después terminaba con un suspiro.

—Voy contigo —dijo Mary.

Nos tumbamos juntos en la oscuridad bajo el mosquitero con mi brazo alrededor de ella y volvimos a oírlo rugir.

—No hay duda de que es él —declaró Mary—. Me alegro de que estemos juntos en la cama cuando lo oímos.

Se desplazaba hacia el norte y el oeste, gruñía roncamente y después rugía.

—¿Está llamando a la leona o es que está enfadado? ¿Qué está haciendo en realidad?

—No lo sé, querida. Creo que está rabioso porque se ha mojado.

—Pero también rugió cuando estaba seco y le seguimos el rastro en el matorral.

—Era una broma, querida. Sólo le oigo rugir. Podré verlo cuando se asiente y mañana ya verás dónde rompe la tierra.

—Es demasiado grande para hacer bromas.

—Tengo que hacer bromas acerca de él si voy a cubrirte. No querrás que empiece a preocuparme por él, ¿verdad?

—Escucha —dijo Mary.

Escuchamos tumbados los dos juntos. No se puede describir el rugido de un león salvaje. Sólo se puede decir que estabas escuchando y el león rugió. No es en absoluto como el rugido del león que sale al empezar las películas de la Metro-Goldwyn-Mayer. Cuando lo oyes, primero lo notas en el escroto y luego te sube a través de todo el cuerpo.

—Me hace sentirme hueca por dentro —dijo Mary—. Es realmente el rey de la noche.

Seguimos escuchando y rugió otra vez, todavía moviéndose hacia el noroeste. Esa vez el rugido terminó con una tos.

—Confiemos en que cace —le dije yo—. No pienses demasiado en él y duerme bien.

—Tengo que pensar en él y quiero pensar en él. Es mi león y lo amo y lo respeto y tengo que matarlo. Para mí significa más que nada, excepto tú y nuestra gente. Tú sabes lo que significa.

—Lo sé demasiado bien —dije—. Pero tienes que dormir, querida. Tal vez ande rugiendo para tenerte despierta.

—Bueno, entonces deja que me tenga despierta —repuso Mary—. Si voy a matarlo, tiene derecho a tenerme despierta. Me gusta todo lo que hace y todo lo que se refiere a él.

—Pero tienes que dormir un poquito, querida. No le gustará que no duermas.

—A él no le importo lo más mínimo. Él me importa a mí y por eso lo mato. Tienes que entenderlo.

—Lo entiendo. Pero ahora debes dormir bien, gatita. Porque mañana por la mañana empezamos.

—Dormiré. Pero quiero oírle hablar una vez más.

Estaba muerta de sueño y pensé que aquella chica, que había vivido toda su vida sin haber deseado jamás matar nada hasta caer entre mala gente en la guerra, llevaba demasiado tiempo implicada en la caza de leones de manera sistemática, cosa que, sin un profesional que la respaldase, no era una ocupación ni un oficio sensato y podía ser muy malo para uno, como obviamente lo era en ese momento. Entonces el león rugió de nuevo y tosió tres veces. Las toses llegaban directamente a la tienda desde la tierra donde andaba.

—Ahora me dormiré —dijo miss Mary—. Espero que no haya tosido porque lo necesitara. ¿Pueden coger resfriados?

—No lo sé, querida. ¿Ahora dormirás un buen sueño?

—Ya estoy dormida. Pero tienes que despertarme mucho antes de la primera luz por muy dormida que esté. ¿Me lo prometes?

—Te lo prometo.

Después se durmió y yo seguí acostado pegado a la pared de la tienda y la sentía dormir suavemente y cuando el brazo izquierdo empezó a dolerme lo retiré de debajo de su cabeza y miré que quedase cómoda y luego me instalé ocupando un trozo pequeño del gran catre y después me puse a escuchar al león. Estuvo callado hasta más o menos las tres en que mató. Después de eso todas las hienas empezaron su

cháchara y el león comió y de tanto en tanto se le oía gruñir bronca-
mente. No llegaba ninguna voz de leona. Una que yo conocía estaba
a punto de tener cachorros y no querría tener nada con él y la otra era
su amiga. Pensé que todavía estaría demasiado mojado para encontrarlo cuando hubiera luz. Pero siempre habría una posibilidad.

CAPÍTULO VI

Por la mañana, mucho antes de que hubiera luz, Mwindi nos despertó con el té. Dijo «Hodi» y dejó el té en la mesa de fuera, junto a la puerta de la tienda. Le llevé dentro una taza a Mary y yo me vestí fuera. Estaba nublado y no se veían las estrellas.

Charo y Ngui vinieron en la oscuridad a recoger las armas y los cartuchos y yo me llevé mi té a la mesa cerca de la cual uno de los chicos que atendían la tienda comedor estaba encendiendo el fuego. Mary estaba lavándose y vistiéndose, todavía entre el sueño y el despertar. Fui andando al terreno abierto más allá del cráneo de elefante y los tres arbustos grandes y encontré que la tierra aún estaba completamente mojada al pisar. Se había secado algo durante la noche y estaría más seca que el día anterior. Pero todavía dudaba de si podríamos llevar el coche mucho más allá de donde me figuraba que el león había cazado y estaba seguro de que más allá y entre ahí y el pantano estaría demasiado mojado.

En realidad, pantano estaba mal dicho. Era un verdadero pantano de papiros con mucha agua corriente y tenía más de dos kilómetros de ancho y quizá seis y medio de largo. Pero la zona a la que llamábamos el pantano comprendía también el área de árboles grandes que lo rodeaban. Muchos de ellos estaban en terreno más o menos alto y había algunos muy hermosos. Formaban una franja forestal en torno al auténtico pantano, pero había partes de ese bosque con tanto árbol derrumbado por los elefantes al comer que eran infranqueables. En ese bosque vivían varios rinocerontes; ahora casi siempre había algún elefante y a veces toda una gran manada. Dos manadas de búfalos lo utilizaban también. En la parte más profunda vivían leopardos que cazaban fuera de allí y era el refugio de nuestro león particular cuando bajaba a alimentarse de la caza de los llanos.

Este bosque de árboles grandes, altos y caídos era el límite occidental de la llanura abierta y boscosa y de los hermosos claros que limitaban por el norte con los rasos salobrales y el terreno quebrado de rocas volcánicas que llevaba a la otra gran ciénaga que quedaba entre nuestro territorio y las colinas Chulus. Hacia el este se extendía el desierto en miniatura que era el territorio de los gerenuks y aún más al este había un terreno quebrado de colinas de matorral que luego iba ascendiendo hacia las faldas del Kilimanjaro. No era exactamente así de sencillo, pero así lo parecía en un mapa o desde el centro de la llanura o en la zona de los claros.

La costumbre del león era cazar en la llanura o en los claros quebrados durante la noche y después, una vez saciado, retirarse al cinturón de bosque. Nuestro plan era localizarlo por la presa y acecharlo allí; o tener la suerte de encontrarlo de camino hacia el bosque. Si cogía confianza suficiente como para no volver del todo al bosque podríamos rastrearlo desde la presa hasta dondequiera que descansase después de ir a beber.

Mientras Mary se vestía y después hacía su camino por el sendero que cruzaba el prado hasta el cinturón de árboles donde estaba escondida la tienda de lona verde de las letrinas yo pensaba en el león. Teníamos que sorprenderlo para tener alguna posibilidad de éxito. Mary estaba disparando bien y se sentía segura de sí misma. Pero si había una sola posibilidad de asustarlo o de espantarlo hacia las hierbas altas o al terreno difícil donde ella no podía verlo a causa de su estatura, tendríamos que dejarlo ir para que cogiera confianza. Esperaba que nos encontrásemos con que se había ido después de alimentarse, beber de las aguas superficiales de alguno de los charcos que todavía quedaban entre el barro del llano, y echarse a dormir en alguna de las islas de matorral de la llanura o de las manchas de árboles de los claros.

El coche estaba listo y Mthuka al volante y yo ya había revisado todas las armas cuando volvió Mary. Ya había luz, pero no la suficiente para tirar. Las nubes estaban aún bien abajo de las laderas de la Montaña y no había señales de sol, no obstante, la luz iba creciendo.

Miré el cráneo de elefante a través de la mira del rifle, pero todavía estaba demasiado oscuro para disparar. Ngui y Charo estaban los dos muy serios y solemnes.

—¿Cómo te encuentras, gatita? —le pregunté a Mary.

—Maravillosamente. ¿Cómo crees que me voy a encontrar?

—¿Has ido al Eygene?

—Naturalmente —dijo—. ¿Y tú?

—Sí. Sólo estamos esperando a que haya un poco más de luz.

—Para mí hay luz suficiente.

—Para mí no.

—Tendrías que hacer algo con tus ojos.

—Les he dicho que estaríamos de vuelta para el desayuno.

—Eso me dará dolor de cabeza.

—Hemos traído algo. Está en una caja ahí detrás.

—¿Charo me ha traído munición suficiente?

—Pregúntale.

Mary habló con Charo, quien le dijo que tenía mingi risasi.

—¿Quieres remangarte la manga derecha? —pregunté—. Me dijiste que te lo recordase.

—No te dije que me lo recordases con un mal humor del demonio.

—¿Por qué no te enfadas con el león en vez de conmigo?

—No estoy enfadada con el león de ninguna de las maneras. ¿Crees que ahora ya tienes bastante luz para poder ver?

—Kwenda na simba —le dije a Mthuka. Y luego a Ngui—: Vete de pie detrás para vigilar.

Arrancamos; los neumáticos agarraban muy bien en la pista, que se iba secando; yo echado hacia afuera con ambas botas fuera de la puerta cortada; el aire frío de la Montaña; la buena sensación del rifle. Me lo llevé al hombro y apunté unas pocas veces. Incluso con las grandes gafas amarillas polarizadas vi que no había luz suficiente para tirar con seguridad. Pero había veinte minutos hasta donde íbamos y la luz se iba incrementando a cada instante.

—Tendremos buena luz —aseguré.

—Sabía que sí —dijo Mary.

Volví la vista hacia ella. Iba sentada con gran dignidad y mascaba chicle.

Subimos por el camino hasta pasada nuestra pista de aterrizaje improvisada. Había caza por todas partes y la hierba nueva parecía que hubiera crecido dos centímetros desde la mañana del día anterior. También brotaban flores blancas, tan tupidas entre la extensión de hierba que todos los campos se veían blancos. Aún quedaba algo de agua en las partes bajas de la pista y le indiqué a Mthuka que saliese de la pista por la izquierda para evitar un agua estancada. La hierba florida patinaba. La luz mejoraba constantemente.

Mthuka vio los pájaros posados abundantemente en los dos árboles a la derecha pasados los dos claros próximos y señaló hacia ellos. Si todavía seguían arriba, era señal de que el león estaba con la presa. Ngui dio una buena palmada encima del coche y nos detuvimos. Recuerdo que pensé que era raro que Mthuka hubiera visto los pájaros antes que Ngui, cuando Ngui estaba mucho más alto. Ngui saltó al suelo y vino agachado para que su cuerpo no alterase la silueta del coche. Me cogió de un pie y apuntó con el dedo a la izquierda hacia la franja de bosque.

El gran león de melena oscura, cuyo cuerpo se veía casi negro, entraba al trote en la hierba alta balanceando la enorme cabeza y los hombros.

—¿Lo ves? —le pregunté a Mary en voz baja.

—Lo veo.

Estaba ya entre la hierba y sólo se le veían la cabeza y los hombros; después sólo la cabeza; la hierba se iba abriendo a los lados y se cerraba tras él. Era evidente que había oído el coche o que había salido temprano hacia el bosque y nos había visto venir por la carretera.

—No tiene sentido que vayas allí —le dije a Mary.

—Todo eso ya lo sé —respondió ella—. Si hubiésemos salido antes, nos lo hubiésemos encontrado.

—No había luz suficiente para tirar. Y si lo hubieses herido, habría tenido que seguirlo allí dentro.

— Habríamos tenido que seguirlo.

—Al diablo con ese rollo del nosotros.

—¿Cómo propones que lo cacemos entonces?

Estaba enfadada, pero sólo enfadada, con la perspectiva de una acción y una culminación fallidas, y el enfado no le impedía comprender que no se le permitiría introducirse entre una hierba más alta que ella detrás de un león herido.

—Espero que coja confianza cuando vea que seguimos adelante sin ni siquiera acercarnos a su presa.

Entonces me interrumpí para decir:

—Sube, Ngui. Sigue poli poli, Mthuka.

Luego, sintiendo a Ngui a mi lado y el coche avanzando lentamente por la pista con mis dos amigos y hermanos vigilando los buitres posados en los árboles, le dije a Mary:

—¿Qué crees que hubiera hecho Pop? ¿Perseguirlo por la hierba y meterse entre los árboles y meterte a ti donde no eres lo bastante alta para ver algo? ¿Qué se supone que hemos de hacer? ¿Que te maten o matar al león?

—No avergüences a Charo con esos gritos.

—No estaba gritando.

—Algunas veces tendrías que oírte.

—Escucha —susurré.

—No me digas escucha y no susurres. Y no digas sobre tus propios pies y a la hora de la verdad.

—Desde luego que algunas veces cazar leones contigo es encantador. ¿Cuánta gente te ha traicionado hasta ahora en eso?

—Pop y tú y no recuerdo quién más. Probablemente G. C. también lo haría. Si tanto sabes, general cazador de leones que se lo sabe todo, si el león ha dejado la presa, ¿por qué no han bajado los pájaros?

—Porque una de las leonas o las dos están comiendo todavía o tumbadas al lado.

—¿Y no vamos a ir a verlo?

—Desde más arriba de la carretera, para no espantar a ninguno. Quiero que todos cojan confianza.

—Ya empiezo a estar un poco cansada de esa frase de «quiero que cojan confianza». Si no puedes variar tu pensamiento, podrías intentar variar el lenguaje.

—¿Cuánto tiempo llevas persiguiendo a este león, querida?

—Parece que desde siempre y podría haberlo matado hace tres meses si G. C. y tú me hubierais dejado. Tuve una oportunidad magnífica y vosotros no me dejasteis aprovecharla.

—Porque no sabíamos que era este león. Podía haber sido un león que había venido de Amboseli por la sequía. G. C. tiene conciencia.

—Los dos tenéis una conciencia de delincuentes obsesos del monte —replicó miss Mary—. ¿Cuándo veremos a la leona?

—Cuarenta y cinco grados a tu derecha unos trescientos metros más adelante de la pista.

—¿Qué fuerza tiene el viento?

—Fuerza dos más o menos —contesté—. Querida, estás un poco obsesionada con el león.

—¿Y quién tiene más derecho que yo? Pues claro que lo estoy. Pero me tomo a los leones muy en serio.

—Yo también, la verdad. Y creo que me preocupo tanto de ellos como tú aunque no lo diga.

—Hablas de ellos en exceso. No te preocupes. Pero G. C. y tú no sois más que un par de asesinos sin conciencia. Condenáis las cosas a muerte y ejecutáis la sentencia. Y G. C. tiene mucha mejor conciencia que tú además y sus hombres están perfectamente disciplinados.

Toqué a Mthuka en el muslo para que parase el coche.

—Mira, querida. Ahí está lo que queda de la cebra que mató y ahí tienes a las dos leonas. ¿Podemos ser amigos?

—Siempre hemos sido amigos —dijo ella—. Interpretas mal las cosas. ¿Puedo usar los prismáticos, por favor?

Le tendí los prismáticos buenos y observó a las dos leonas. Una estaba tan grande con la preñez que parecía un macho sin melena. La otra probablemente fuera una hija ya crecida; quizás sólo una amiga servicial. Las dos estaban tumbadas al abrigo de una isla de matorral; la primera tranquila, con gran dignidad prematernal, las mandíbulas marrones oscurecidas por la sangre; la otra joven y elástica con las quijadas igualmente manchadas. No quedaba gran cosa de la cebra, pero estaban vigilando su propiedad. Por los sonidos que había oído durante la noche no podría decir si eran ellas las que habían cazado para el león o si la cebra la había matado él y ellas se le unieron luego.

Las aves eran numerosas y estaban posadas en los dos árboles pequeños, y en el árbol más grande de una de las islas verdes de arbustos debía de haber cien más. Los buitres se apretaban, encorvados y listos para saltar, pero las leonas estaban demasiado cerca del cuello y el cuarto rayado de la cebra que yacía en tierra. Vi un chacal, tan fino y bonito como un zorro, al borde de una de las manchas de matorral, y otro más. No había hienas a la vista.

—No debemos espantarlas —dije—. Opino que no deberíamos acercarnos nada.

Ahora Mary ya era amiga. Ver leones siempre la excitaba y le gustaba y preguntó:

—¿Crees que cazaron ellas o que cazó él?

—Creo que la mató él y comió lo que quiso y que ellas vinieron mucho después.

—¿Los pájaros vendrían de noche?

—No.

—Hay un número inmenso. Mira aquéllos cómo estiran las alas para secarse, igual que los gallinazos de casa.

—Son excesivamente feos para ser Caza Real, y cuando tienen la peste hematúrica o cualquier enfermedad del ganado pueden extenderla enormemente con las heces. La verdad es que hay demasiados en esta área. Los insectos y las hienas y los chacales sirven para hacer limpieza de cualquier cadáver y las hienas matan a los que están enfermos o son demasiado viejos y se los comen allí mismo y no lo dispersan por todo el país.

Ver a las leonas en su abrigo y aquellos buitres verdaderamente horribles apiñados en tal número en los árboles me había hecho hablar demasiado; eso y que otra vez éramos amigos y que no iba a tener que discutir con mi amada miss Mary a cuenta del león hasta otro día. Entonces además yo odiaba a los buitres y pensaba que su indudable utilidad como carroñeros se había sobrevalorado mucho. Alguien había decidido que eran los grandes eliminadores de basuras de África y los habían declarado Caza Real y no se les podía liquidar en cantidad:

hablar de su papel de portadores de enfermedades era una herejía contra la palabra mágica, Caza Real. Los wakamba encontraban aquello muy divertido y siempre los llamaban los pájaros del rey.

No resultaban nada divertidos ahora avizorando obscenamente los restos de la cebra, y cuando la leona grande se levantó y fue a comer otra vez, dos buitres grandes bajaron tan pronto como llegó a la carne. La leona joven dio un golpe con la cola y cargó contra ellos y ellos se alzaron y batieron pesadamente las alas ante los manotazos que les lanzaba como una gata. Luego se tumbó al lado de la leona grande y empezó a comer y los buitres se quedaron en los árboles, pero los más próximos ya casi perdían el equilibrio a causa del hambre.

A las leonas no les llevaría mucho tiempo terminar lo que quedaba de la cebra y le dije a Mary que probablemente fuera mejor dejarlas comer y seguir por la carretera como si no las hubiésemos visto. Por delante de nosotros había un hato pequeño de cebras y más allá había ñúes y muchas más cebras.

—Me encanta mirarlas —dijo Mary—. Pero, si crees que es mejor, podemos seguir y ver cómo están los salobrales y tal vez veamos búfalos.

De manera que seguimos avanzando hasta el borde del salobral y no vimos rastros de búfalo ni búfalos. Los salobrales estaban todavía demasiado mojados y deslizantes para el coche y también la tierra por el este. En los bordes de la charca encontramos las huellas de las dos leonas en dirección a la presa. Eran huellas recientes y era imposible decir cuándo habían cogido la presa. Pero yo creía que había sido el león el que la mató y Ngui y Charo estaban de acuerdo.

—Quizás si volvemos por el mismo camino por el que hemos venido se acostumbre a ver el coche —dijo Mary—. No me duele la cabeza, pero sería divertido desayunar.

Era lo que yo estaba esperando que me sugiriera.

—Si no disparamos ningún tiro... —me interrumpí porque iba a decir que cogería confianza.

—Tal vez piense que no es más que un coche que pasa para arriba y para abajo —terminó Mary por mí—. Tomaremos un delicioso desayuno y escribiré todas las cartas que tengo que escribir y tendremos paciencia y seremos unos gatitos buenos.

—Tú eres una gatita buena.

—Volveremos en el coche al campamento haciendo turismo y veremos los maravillosos campos de hierba nueva y el desayuno está tan bueno ya por adelantado.

Pero cuando llegamos al campamento a desayunar nos estaba esperando el policía joven con su Land Rover salpicado de barro. El coche estaba debajo de un árbol y sus dos áscaris atrás en las líneas. Se bajó del coche cuando estuvimos allí y en su rostro joven se marcaban sus grandes responsabilidades y preocupaciones.

—Buenos días, bwana —dijo—. Buenos días, memsahib. Veo que han salido de patrulla temprano.

—¿Quieres desayunar algo? —le pregunté.

—Si no es una molestia. ¿Algo interesante, gobernador?

—Sólo iba a controlar los animales. ¿Qué se dice en la boma?

—Los trincaron, gobernador. Los cogieron del otro lado. Al norte de Namanga. Puede avisar a su gente.

—¿Mucho movimiento?

—No tiene detalles todavía.

—Lástima que no hayamos podido pelear aquí.

Miss Mary me lanzó una mirada de advertencia. No le gustaba lo de tener al joven policía para desayunar, pero sabía que era un chico solitario y, aunque era intolerante con los tontos, se sentía amable hasta que vimos al policía agotado en su vehículo lleno de barro.

—Hubiera significado mucho para mí. Gobernador, teníamos un plan casi perfecto. Quizás era el plan perfecto. El único aspecto que me preocupó era la pequeña memsahib aquí. Si usted me perdona que lo digo, señora, esto no es trabajo para una mujer.

—Yo no tenía nada que ver —dijo Mary—. ¿Quiere tomar más riñones con beicon?

—Sí tenía que ver —dijo—. Usted era parte de La Red. Yo la nombra en mi informe. Es quizás no lo mismo que una mención en despachos. Pero todo es parte de mi informe. Algún día quienes luchaban en Kenia estarán muy orgullosos.

—He descubierto que después de una guerra la gente suelen ser unos pelmazos aplastantes —dijo miss Mary.

—Sólo para los que no luchaban —repuso el joven Harry—. Los hombres que luchan y, con su permiso, las mujeres que luchan tienen un código.

—Prueba la cerveza —le dije yo—. ¿Tienes alguna idea de cuándo volveremos a luchar?

—Usted lo sabrá, gobernador, antes que ningún otro lo sabe.

—Eres demasiado amable con nosotros —le dije—. Pero, en fin, supongo que hay gloria suficiente para todos.

—Muy cierto —dijo el joven policía—. De algún modo, gobernador, somos los últimos de los constructores del Imperio. De algún modo somos como Rhodes y doctor Livingstone.

—De algún modo —concluí yo.

Esa tarde fui a la shamba. Hacía frío porque el sol estaba detrás de la nube de la Montaña y soplaba un viento fuerte desde las alturas, donde toda la lluvia que había caído sobre nosotros debía de ser nieve. La shamba estaba a unos mil ochocientos metros y la Montaña tenía más de cinco mil setecientos metros de altura. Cuando caían nevadas intensas los súbitos vientos fríos que bajaban castigaban a los que vivían en la meseta. Más arriba, en las laderas de los montes, las casas, no las llamábamos chozas, estaban construidas en los repliegues de los montes para tener un resguardo del viento. Pero esa shamba recibía toda la fuerza del viento, que esa tarde era muy frío y agrio por el olor del estiércol no del todo helado, y todas las aves y las bestias estaban apartadas del viento.

El hombre al que miss Mary llamaba mi padre político tenía también un resfriado de pecho y fuertes dolores de reuma en la espalda. Le di la medicina y le di masaje y le apliqué linimento Sloan. Ninguno de nosotros los kamba lo considerábamos el padre de su hija, pero como según las leyes y costumbres de su tribu lo era legalmente, yo tenía la obligación de respetarlo. Lo atendimos al socaire de la casa mientras nos miraba su hija, que tenía en brazos al niño de su hermana y llevaba puesto mi último jersey de lana buena y una gorra de pescar que me había regalado un amigo. Mi amigo había mandado bordar mis iniciales en el delantero de la gorra y eso tenía algún significado para todos nosotros. Hasta que ella decidió que la quería, esas iniciales siempre habían sido un engorro. Debajo del jersey de lana llevaba el último traje de Laitokitok ya demasiadas veces lavado. Las normas de etiqueta no me permitían hablar con ella mientras tuviese en brazos al hijo de su hermana y, siendo estrictos, ella tampoco debía ver cómo curaban a su padre. Esto lo resolvía manteniendo la mirada baja todo el tiempo.

El hombre, al que se conocía por un nombre que significa padre político en potencia, no resistía con especial valor la prueba del linimento Sloan. Ngui, que conocía bien el Sloan y no tenía ni la menor consideración por los hombres de esa shamba, quiso que lo frotase yo y me indicó una vez que había dejado caer unos gotas donde no debía. Mthuka, con sus hermosas cicatrices tribales en las mejillas, estaba absolutamente feliz contemplando cómo aquel a quien consideraba un kamba inútil sufría por una buena razón. Yo fui absolutamente ético con el Sloan para desencanto de todos, incluida la hija, y todos perdieron el interés.

—Jambo tu —le dije a la hija cuando salimos, y ella dijo con los ojos bajos y el pecho alto:

—*No hay remedio*.

Nos subimos al coche, nadie saludó con la mano. El frío anulaba las formalidades. De ambas cosas sobraba mucho y todos nosotros nos sentíamos mal al ver la miseria de aquella shamba.

—Ngui —le pregunté—, ¿cómo puede ser que en esta shamba haya hombres tan miserables y mujeres tan hermosas?

—Grandes hombres han pasado por esta shamba —dijo Ngui—. Antes ésta era la ruta del sur hasta hacer la nueva ruta. —Estaba irritado con los hombres de la shamba porque eran kambas sin ningún valor.

—¿Crees que deberíamos tomar esa shamba?

—Sí —dijo—. Tú y yo y Mthuka y los hombres jóvenes.

Estábamos entrando en el mundo africano de irrealidad que defiende y fortalece una realidad más allá de ninguna realidad existente. No se trata de un mundo para evadirse ni un mundo para soñar despierto, sino de un mundo despiadado bien real hecho de la irrealidad de lo real. Si todavía había rinocerontes, y los veíamos cada día pese a la evidente imposibilidad de que exista un animal así, entonces todo era posible. Si Ngui y yo sabíamos hablarle a un rinoceronte, una cosa increíble ya para empezar, en su lengua lo bastante bien como para que nos contestase y yo sabía maldecirlo e insultarlo en español para que se sintiese humillado y se marchase; entonces la irrealidad era razonable, además de ser realidad. El español se consideraba la lengua tribal de Mary y mía y lo creían el idioma para todo de Cuba, de donde procedíamos. Sabían que teníamos también un idioma tribal secreto e interior. Se consideraba también que no teníamos nada en común con los británicos, salvo el color de la piel y la tolerancia mutua. Mientras Mayito Menocal estuvo con nosotros era muy admirado por su voz muy profunda, por cómo olía, por su cortesía y porque había llegado a África hablando tanto español como swahili. También reverenciaban sus cicatrices y, como hablaba swahili con un fuerte acento de Camagüey y tenía aspecto de toro, realmente era casi venerado.

Yo había explicado que era hijo de un rey de su país, de los tiempos en que tenían grandes reyes, y había descrito los miles de hectáreas de tierra que tenía y el número y la calidad del ganado que poseía y las cantidades de azúcar que producía. Dado que el azúcar era el alimento más buscado por los wakamba después de la carne y dado que Pop le confirmó a Keiti que mis palabras eran verdad y dado que era evidente que Mayito era un ganadero con conocimiento y sabía exactamente de lo que hablaba y que cuando hablaba de ello lo hacía con una voz muy semejante a la de un león y que nunca había sido injusto, brutal, despectivo ni arrogante, era verdaderamente querido. En todo el tiempo que pasó en África sólo dije una mentira sobre él. Fue con respecto a sus esposas.

Mwindi, que era un auténtico admirador de Mayito, me preguntó, directamente, que cuántas esposas tenía Mayito. Todos se lo preguntaban y no era el tipo de información que podrían obtener de Pop. Mwindi tenía uno de sus días abatidos y era evidente que había tenido una discusión. Yo no sabía de qué parte se había puesto él, pero era evidente que le habían pedido que plantease aquella pregunta.

Sopesé la pregunta y sus aspectos de extrañeza y dije:

—En su país nadie desearía contarlas.

—Ndio —dijo Mwindi.

Ése era el verdadero lenguaje de los mzees.

La verdad era que Mayito tenía una. Era muy hermosa. Mwindi se fue tan abatido como de costumbre.

Ahora, hoy, de regreso de la shamba, Ngui y yo estábamos comprometidos en esa operación tan característica de los hombres: planear una operación que nunca tendrá lugar.

—Muy bien —dije yo—. Lo tomaremos.

—Bien.

—¿Quién se ocupa de Debba?

—Ella es tuya. Es tu novia.

—Bien. Después de que lo hayamos tomado ¿cómo lo defenderemos cuando manden una compañía de KAR?

—Pides tropas a Mayito.

—Mayito ahora está en Hong Kong. En China.

—Tenemos aeroplano.

—No de ese tipo. ¿Qué hacemos sin Mayito?

—¿Subimos a la Montaña?

—Mucho frío. Ahora hace un frío del demonio, demasiado. Además perdemos la shamba.

—Guerra es mierda —dijo Ngui.

—Eso lo firmo —dije yo; ahora los dos estábamos felices—. No. Tomamos la shamba día a día. El día es nuestra unidad. Ahora tenemos lo que los viejos creen que tendrán cuando mueran. Ahora cazamos bien; comemos carne buena; beberemos bien en cuanto memsahib mate su león; y tendremos los eternos territorios de la caza feliz mientras estemos vivos.

Mthuka estaba demasiado sordo para oír algo de lo que decíamos. Era como un motor que funciona perfectamente pero que tiene los indicadores desconectados. En general eso no pasa más que en los sueños, pero Mthuka era el que tenía la vista más fina de todos nosotros y era el mejor conductor de la selva y tenía una percepción extrasensorial absoluta, si es que existe eso. Cuando llegamos al campamento y paramos el coche, Ngui y yo comprendimos que no había oído ni una palabra de lo que habíamos dicho pero él dijo:

—Está mejor, mucho, mucho mejor.

Había compasión y bondad en sus ojos y comprendí que era un hombre bueno, mejor de lo que yo lo sería nunca. Me ofreció su caja de rapé. Era un rapé seminormal sin ninguno de los añadidos extraños de Arap Meina, pero tenía muy buen sabor y me puse un buen pellizco con tres dedos debajo del labio superior.

Ninguno de nosotros había bebido nada. Mthuka siempre andaba como las grullas en tiempo frío, con los hombros inclinados. El cielo estaba cubierto y la nube bajaba sobre la llanura, y al devolverle la caja de rapé me dijo:

—Wakamba tu.

Los dos lo sabíamos y no había nada que hacer y tapó el coche y yo me fui andando para la tienda.

—¿Estaba en buena forma la shamba? —preguntó miss Mary.

—Está bien. Con un poco de frío y viento.

—¿Puedo hacer algo por alguien de allí?

Qué gatita tan buena y amorosa eres, pensé, y dije:

—No. Creo que todo está bien. Conseguiré un botiquín para la Viuda y le enseñaré a usarlo. Es terrible que los ojos de los niños no se cuiden cuando son wakamba.

—Si son alguien —dijo miss Mary.

—Me voy a hablar con Arap Meina. Por favor, ¿puedes decirle a Mwindi que me llame cuando esté listo el baño?

Arap Meina no creía que el león cazase esa noche. Le dije que me había parecido muy pesado aquella mañana cuando se metía en el bosque. También dudaba que las leonas cazaran esa noche, aunque pudiera ser y el león podría unírseles. Le pregunté si tendría que haber matado yo una presa y atarla o taparla con maleza para tratar de retener al león. Me dijo que el león era demasiado inteligente.

En África una gran parte del tiempo se emplea en hablar. Cuando la gente es analfabeta esto siempre es verdad. Una vez que empieza la caza, raramente se pronuncia una palabra. Todo el mundo entiende a todos y cuando hace calor la lengua seca se te queda pegada en la boca. Pero al planear un día de caza por la noche se suele charlar mucho y es más que raro que las cosas salgan como se planean; especialmente si el plan es muy complicado.

Más tarde, cuando ya estábamos los dos en la cama, el león nos demostró que todos estábamos equivocados. Lo oímos rugir al norte del campo donde habíamos hecho la pista de aterrizaje. Luego se fue desplazando con rugidos de vez en cuando. Después otro león menos impresionante rugió varias veces. Después hubo un largo espacio de silencio. Y después de eso oímos a las hienas y por la manera en que llamaban y por el tono alto y el trémolo de la risa que emitían me convencí de que el león había cazado. Después se oyó el ruido de los leones peleando. Y cuando eso se calmó las hienas empezaron a aullar y a reír.

—Arap Meina y tú habíais dicho que sería una noche tranquila —dijo Mary muy dormida.

—Alguien ha matado algo —contesté.

—Ya os lo contaréis Arap Meina y tú mañana por la mañana. Ahora tengo que dormir para levantarme temprano. Quiero dormir bien para no estar de mal humor.

CAPÍTULO VII

Me senté a comer los huevos con beicon, tostadas, café y mermelada. Mary iba por su segunda de café y parecía muy contenta.

—¿Estamos llegando a alguna parte?

—Sí.

—Pero cada mañana es más listo que nosotros y puede seguir así siempre.

—No, no puede. Vamos a empezar a sacarlo un poco más lejos y cometerá un error y lo cazarás.

Esa tarde, después de almorzar, hicimos control de babuinos. Teníamos que mantener estable la población de babuinos para proteger las shambas, pero lo habíamos estado haciendo de una manera bastante insensata, tratando de pillar a las bandas en campo abierto y disparar sobre ellos cuando corrían a refugiarse en la espesura. No daré detalles, para no entristecer ni enfurecer a los amantes de los monos. Aquellas bestias feroces de colmillos formidables no cayeron sobre nosotros y en el momento en que los alcancé ya tenían la inmovilidad de la muerte. Cuando volvimos al campamento con los cuatro cadáveres asquerosos, G. C. ya había llegado.

Estaba embarrado y parecía cansado pero contento.

—Buenas tardes, general —me dijo; echó una mirada a la parte trasera del coche de caza y sonrió—. De monos, según veo. Dos pares. Espléndido morral. ¿Pensando en que los prepare Roland Ward?

—Había pensado en un cuadro de grupo, G. C.; tú y yo en el centro.

—¿Cómo estás, Papá, y cómo está miss Mary?

—¿No está aquí?

—No. Me dicen que se ha ido a dar un paseo con Charo.

—Está muy bien. El león le ronda un poco por la cabeza. Pero tiene la moral alta.

—La mía está baja —dijo G. C.—. ¿Nos tomamos una copa?

—Me encanta una copa después de andar a monos.

—Vamos a tener caza de monos a lo grande y a gran escala —informó G. C.; se quitó la boina y luego buscó en el bolsillo interior de la guerrera y sacó un sobre de color ante—. Lee esto y apréndete de memoria nuestro papel.

Llamó a Nguili para que trajera bebidas y yo leí las órdenes de operaciones.

—Esto está bien pensado —dije; lo leía saltándome, de momento, los párrafos que no tenían que ver con nosotros y que hubiera tenido que comprobar en el mapa, y buscaba sólo las partes pertinentes.

—Está bien pensado —dijo G. C.—. Mi moral no está baja por eso. Eso es lo que me la mantiene alta.

—¿Y entonces, qué problema tienes con tu moral? ¿Problemas morales?

—No. Problemas de conducta.

—Debes de haber sido un niño problemático increíble. Tienes más problemas que un maldito personaje de Henry James.

—Mejor Hamlet —dijo G. C.—. Y no fui un niño problemático. Era un niño muy feliz y atractivo, sólo un poco gordo.

—Hoy a mediodía Mary ya estaba deseando que volvieras.

—Una chica sensata —dijo G. C.

Entonces los vimos venir cruzando la hierba verde claro del prado nuevo; del mismo tamaño, Charo, el negro más negro que puede ser un negro, con su viejo turbante sucio y chaqueta azul, y Mary, rubia brillante bajo el sol, la ropa verde de caza más oscura al contrastar con el verde claro de la hierba. Venían hablando animadamente y Charo llevaba el rifle de Mary y su libro grande de pájaros. Verlos juntos siempre era como ver un número del viejo circo Medrana.

G. C. salió de lavarse sin ponerse la camisa. Su blancura contrastaba con el rosa castaño de la cara y el cuello.

—Míralos —señaló—. Qué pareja tan encantadora.

—Imagínate que te los encuentras sin haberlos visto nunca.

—La hierba estará más alta que su cabeza dentro de una semana. Ya casi le llega a las rodillas.

—No critiques a la hierba. Sólo tiene tres días.

—Hola, miss Mary —saludó G. C.—. ¿En qué andaban ustedes dos?

Mary se irguió muy orgullosa.

—He matado un ñu.

—¿Y quién le ha dado permiso para eso?

—Charo, Charo dijo que lo matase. Tenía una pata rota. Realmente muy rota.

Charo se cambió de mano el libro y balanceó el brazo flojo para ilustrar cómo estaba la pata.

—Pensamos que querrías un cebo —me dijo Mary—. Lo querías, ¿verdad? Está cerca de la carretera. Después lo oímos llegar, G. C., pero no pudimos verlo.

—Has hecho muy bien en matarlo y además necesitábamos el cebo. Pero, ¿qué hacías cazando tú sola?

—No cazaba. Estaba identificando las aves que tengo en mi lista. Charo no me llevaría donde hubiera animales peligrosos. Entonces vimos el ñu y estaba allí de pie con un aspecto tan triste y aquella pata tan terrible con el hueso salido. Charo dijo que lo matara y lo maté.

—Memsahib piga. ¡Kufa!

—Le di justo detrás de la oreja.

—¡Piga! ¡Kufa! —dijo Charo, y miss Mary y él se miraron muy ufanos.

—Es la primera vez que he tenido la responsabilidad de matar sin que usted o Papá o Pop estuvieran delante.

—¿Puedo darle un beso, miss Mary? —preguntó G. C.

—Desde luego que puede. Pero estoy horriblemente sudada.

Se dieron un beso y luego nos lo dimos ella y yo y Mary dijo:

—También me gustaría darle un beso a Charo, pero ya sé que no debo. Los impalas me han ladrado igual que si fueran perros, ¿saben? Ningún bicho tiene miedo de Charo y de mí.

Le estrechó la mano a Charo y se llevó el libro y el rifle a nuestra tienda.

—Será mejor que vaya a lavarme. Gracias por ser tan amables con lo de matar el ñu.

—Mandaremos el camión a recogerlo y después lo colocaremos donde tiene que estar.

Me fui a nuestra tienda y G. C. se fue a la suya para vestirse. Mary estaba lavándose con jabón de safari y cambiándose de camisa y oliendo una camisa limpia que habían lavado con otro jabón y secado al sol. A los dos nos gustaba ver bañarse al otro, pero yo nunca la miraba cuando G. C. estaba por allí porque sería como algo duro para él. Estaba sentado en una silla delante de la tienda leyendo y vino Mary y me pasó los brazos por el cuello.

—¿Estás bien, querida?

—No —dijo ella—. Estaba tan orgullosa y Charo estaba tan orgulloso y fue un tiro seco como cuando la pelota pega contra la pared del frontón. Ni había oído el tiro cuando Charo y yo ya nos chocábamos la mano. Ya sabes lo que es hacer algo por primera vez teniendo toda la responsabilidad. G. C. y tú lo sabéis y por eso me dio un beso.

—A ti todo el mundo querría besarte en todo momento.

—Puede ser si yo les dejara. O les obligara. Pero ahora fue distinto.

—¿Y por qué te sientes mal, querida?

—Ya lo sabes. No finjas que no lo sabes.

—No, no lo sé —mentí.

—Lo fijé justo en el centro del hombro. Era grande y negro y brillante y lo tenía como a veinte metros. Estaba medio vuelto hacia mí y nos miraba. Le veía los ojos y estaban tan tristes. Parecía que fuera a llorar. Era lo más triste que he visto en mi vida y la pata tenía un aspecto horrible. Tenía esa cara larga tan triste, querido. No tengo que contárselo a G. C., ¿verdad?

—No.

—No tenía que contártelo a ti. Pero como los dos vamos juntos a la caza del león, y ahora he vuelto a perder toda la maldita confianza.

—Ya verás cómo tiras estupendamente. Me siento orgulloso de ir contigo a lo del león.

—Lo más horrible es que también sé disparar bien. Tú lo sabes.

—Recuerdo todos esos tiros estupendos tuyos. Y todas esas maravillosas veces que lo hacías mejor que nadie en Escondido.

—Tú ayúdame a recuperar la confianza. Pero tenemos tan poco tiempo.

—La recuperarás y no se lo contaremos a G. C.

Enviamos el camión a recoger el ñu. Cuando volvió con él, G. C. y yo nos subimos a echarle una ojeada. Ningún animal es guapo cuando está muerto. Aquél yacía barrigón, grande y polvoriento, sin rastro de arrogancia y los cuernos grises y vulgares.

—Mary hizo un tiro realmente fantástico —afirmó G. C.

Los ojos del ñu estaban empañados y tenía la lengua afuera. También la lengua tenía polvo y le habían perforado detrás de la oreja justo en la base del cráneo.

—¿Dónde crees que le apuntó realmente?

—Le disparó a veinte metros tan sólo. Tenía todo el derecho a apuntar ahí arriba si quería.

—Hubiera pensado que le tiraría al hombro —dijo G. C.

No comenté nada. No tenía sentido pretender engañarlo y si decía una mentira G. C. no me lo perdonaría.

—¿Y esa pata? —pregunté.

—Alguien que cazaba de noche en un coche. Pudiera ser alguna otra cosa.

—¿Cuánto tiempo dirías que hace?

—Dos días. Está agusanada.

—Entonces, alguien en la colina. No hemos oído coches por la noche. Con esa pata podría bajar de la colina, de todos modos. Pero seguro que subir no.

—Él no era como tú y yo —dijo G. C.—. Era un ñu.

Nos habíamos parado bajo el árbol de atar las bestias y salimos todos. G. C. y yo volvimos hasta el camión donde todavía estaba el ñu y G. C. le explicó a su explorador jefe y a los otros exploradores de caza que se habían acercado dónde queríamos que colocaran el cebo. Tenían que arrastrarlo hasta el árbol desde la carretera y después colgarlo fuera del alcance de las hienas. Si los leones llegaban hasta allí lo bajarían. Había que llevarlo más allá de donde estaba la presa de la noche anterior. Tenían que ir y subirlo lo más rápido posible y luego volver al campamento. Mi gente tenía colocados todos los cebos para los babuinos y le dije a Mthuka que lavase bien el coche. Dijo que se había parado en el arroyo y lo había lavado.

Todos nos dimos un baño. Mary se bañó primero y la ayudé a secarse con una toalla grande y le sujeté las botas de mosquitos. Se puso un albornoz encima del pijama y salió a tomar una copa con G. C. junto al fuego antes de que se pusieran a cocinar. Yo me quedé con ellos hasta que Mwindi salió de la tienda y dijo «Bathi bwana» y entonces cogí mi bebida y entré en la tienda y me desnudé y me tumbé en la bañera de lona y me enjaboné y me relajé en el agua caliente.

—¿Qué dicen los ancianos que hará el león esta noche? —le pregunté a Mwindi, que estaba doblando mi ropa y preparándome el pijama, el batín y las botas de mosquitos.

—Keiti dice león de Memsahib quizás come cebo quizás no. ¿Qué dice bwana?

—Lo mismo que Keiti.

—Keiti dice tú mganga con el león.

—No. Sólo un poco de medicina buena para averiguar cuándo muere.

—¿Cuándo muere?

—En tres días. No puedo saber cuál.

—Mzuri. Quizás muere mañana.

—No lo creo. Pero puede ser.

—Keiti tampoco cree.

—¿Cuándo cree él?

—En tres días.

—Mzuri. Por favor, tráeme la toalla.

—Toalla junto a la mano. Traigo si quiere.

—Perdona —dije—. En swahili no hay ninguna palabra para decir «perdón».

—Hapana perdón. Sólo dice dónde estaba. ¿Quiere que frota espalda?

—No, gracias.

—¿Estar bien?

—Sí. ¿Por qué?

—Hapana por qué. Pregunta para saber.

—Estoy muy bien.

Me levanté y salí de la bañera y empecé a secarme. Quería decir que me encontraba muy bien y muy relajado y con un poco de sueño y sin muchas ganas de hablar y que hubiera preferido carne fresca a espagueti, pero no había querido cazar nada y que estaba preocupado por mis tres hijos por distintas causas y que estaba preocupado por la shamba y que estaba un poco preocupado por G. C. y preocupadísimo por Mary y que como médico brujo era un farsante, aunque no más farsante que los otros, y que deseaba que el señor Singh no tuviera problemas y que esperaba que la operación en la que estábamos comprometidos para el día de Navidad fuera bien y que desearía tener alguna munición del 220 más y que Simenon escribiera menos libros y mejores. No sabía todo lo que Pop comentaba con Keiti cuando se bañaba, pero sí sabía que Mwindi quería ser amigo y yo también. Pero por algún motivo esa noche estaba cansado y él lo sabía y estaba preocupado.

—Pregunta palabras wakamba —dijo.

Así que le pregunté palabras en wakamba y procuré aprendérmelas de memoria y luego le di las gracias y me fui al fuego para sentarme junto al fuego con un pijama viejo de Idaho abrigado con unas botas de mosquitos bien calientes hechas en Hong Kong y con una bata de lana bien caliente de Pendleton, Oregon, y me tomé un whisky con soda de una botella que el señor Singh me había dado como regalo de Navidad y agua hervida del arroyo que bajaba de la montaña animada con una cápsula de sifón hecha en Nairobi.

Aquí soy un extraño, pensé. Pero el whisky dijo que no y era la hora del día en que el whisky tiene razón. El whisky puede estar tan acertado como equivocado y dijo que no era un extraño y comprendí que estaba en lo cierto a esa hora de la noche. De todos modos mis botas habían venido bien porque estaban hechas con piel de avestruz y me acordé del sitio donde había encontrado la piel en la zapatería de Hong Kong. No, no había encontrado la piel yo. Fue otra persona y entonces pensé en quien había encontrado la piel y en aquellos días y luego pensé en diversas mujeres y en cómo hubieran estado en África y en la suerte que había tenido de encontrar mujeres estupendas que amaban África. Había conocido algunas verdaderamente terribles que sólo habían venido para haber estado aquí y había conocido algunas que eran verdaderos bichos y varias alcohólicas para las que África no había sido más que otro sitio donde explayar mejor su maldad o coger mayores borracheras.

África las atrapó a todas ellas y a todas las cambió algo. Y si no podían cambiar, la odiaron.

Así que yo estaba muy contento de tener a G. C. otra vez en el campamento, y Mary también. Él también estaba feliz de haber regresado porque nos habíamos convertido en una familia y siempre nos echábamos de menos cuando estábamos separados. A él le encantaba su trabajo y creía en él y en su importancia casi con fanatismo. Amaba la caza y quería cuidarla y protegerla y eso constituía prácticamente todo su credo, pienso yo, excepto un sistema ético muy complicado y austero.

Era un poco más joven que mi hijo mayor, y si yo hubiera ido a Addis Abeba a pasar un año y escribir allá mediados los años treinta tal y como había planeado, lo hubiera conocido cuando tenía doce años porque su mejor amigo de entonces era el hijo de los amigos con los que iba a quedarme. Pero no había ido porque en cambio habían ido los ejércitos de Mussolini y al amigo con el que iba a quedarme lo trasladaron a otro puesto diplomático y de ese modo perdí la oportunidad de conocer a G. C. a los doce años. En la época en que lo conocí ya tenía a sus espaldas una guerra muy larga, difícil y nada provechosa, además del abandono de un protectorado británico donde había comenzado una buena carrera. Había estado al mando de tropas irregulares que, si eres honrado, es la forma menos provechosa de hacer una guerra. Si una acción se lleva a cabo perfectamente de manera que casi no tienes bajas e infliges grandes pérdidas al enemigo, el Cuartel General lo considera una matanza reprensible y sin justificación. Si te ves obligado a luchar en condiciones desfavorables y con demasiados riesgos y vences pero tienes una lista grande de bajas, el comentario es: «Pierde demasiados hombres.»

No hay modo de que un hombre honrado al mando de irregulares no se meta en problemas. Es probable que un militar honrado y con talento no pueda esperar nunca nada más que ser destruido.

En la época en que conocí a G. C. ya había empezado exitosamente otra carrera en otra colonia británica. Nunca mostraba rencor y jamás volvía la vista atrás. Ante los espagueti y el vino nos contó que una vez un funcionario civil recién llegado le reprobó el uso de una palabrota porque la mujer de aquel jovenzuelo podría haberlo oído. Sentí rabia de que G. C. tuviera que aguantar a esa gente. Los viejos pukka sahibs han sido descritos y caricaturizados a menudo. Pero nadie se ha ocupado gran cosa de estos nuevos tipos, salvo un poco Waugh al final de *Merienda de negros*, y bien a fondo Orwell en *Días birmanos*. Deseé que Orwell aún estuviera vivo y le conté a G. C. la última vez que lo había visto en París, en 1945, finalizada la guerra, en que apareció vestido con algo parecido a ropa de civil en la habitación 117 del hotel Ritz, donde todavía había un pequeño arsenal, a pedir una pistola prestada porque «ellos» lo perseguían. Quería una pistola pequeña fácil de esconder y le encontré una, pero le advertí de que si le disparaba a alguien con ella probablemente acabara muriéndose, pero que podía tardar un tiempo largo. Pero una pistola era una pistola y pensé que la necesitaba más como talismán que como arma.

Se le veía muy demacrado y parecía en baja forma y le pregunté si no quería quedarse y comer. Le dije que podía darle un par de hombres para que cuidaran de él si «ellos» lo perseguían. Que mi gente conocía a los «ellos» locales y que no lo molestarían ni se entrometerían nunca. Me dijo que no, que con la pistola tenía suficiente. Nos preguntamos por unos cuantos amigos mutuos y se marchó. Mandé a dos tipos que lo cogiesen en la puerta y fuesen detrás de él para comprobar si alguien lo perseguía. Al día siguiente me dieron la información:

—Papá, no lo persigue nadie. Es un tipo fantástico y se conoce París muy bien. Lo comprobamos con fulano y con el hermano de fulano y dicen que nadie va tras él. Está en contacto con la embajada británica pero no es agente. Eso sólo son rumores. ¿Quiere el horario de sus movimientos?

—No. ¿Se lo pasó bien?

—Sí, Papá.

—Me alegro. No nos preocupemos de él. Tiene la pistola.

—Esa birria de pistola —dijo uno de los tipos—. Supongo que se lo habrá advertido, ¿no, Papá?

—Sí. Podía haber cogido la pistola que quisiera.

—Igual hubiera estado más contento con un pincho.

—No —dijo el otro tipo—. Un pincho compromete demasiado. Estaba contento con la pistola.

Y así lo dejamos.

G. C. no dormía bien y a menudo se pasaba la mayor parte de la noche despierto y leyendo en la cama. En su casa de Kajiado tenía una muy buena biblioteca y yo tenía un petate grande lleno de libros que habíamos colocado en la tienda comedor haciendo una estantería con cajas vacías. En el hotel New Stanley de Nairobi había una librería excelente y más abajo de la calle había otra buena y cuando iba por allí compraba la mayoría de las novedades que parecían dignas de leerse. La lectura era el mejor paliativo para el insomnio de G. C. Pero no lo curaba y muchas veces veía la luz de su tienda encendida toda la noche. Como tenía una carrera y como había sido correctamente educado no podía hacer nada con las mujeres africanas. No le parecían guapas ni atractivas y a las que yo conocía y más me gustaban tampoco les interesaba él. Pero había una chica india ismaelita que era una de las personas más deliciosas que he conocido en mi vida y que estaba completamente enamorada de G. C. sin ninguna esperanza. Había logrado convencerlo de que quien estaba enamorada de él era su hermana, que estaba sometida a la más estricta reclusión o purdah, y que ella le llevaba sus recados y regalos. Era una historia triste pero también limpia y feliz y a todos nos gustaba. G. C. no tenía ninguna relación con la chica aparte de hablar con ella amablemente cuando la veía en el comercio de su familia. Él tenía su propio grupo de chicas blancas en Nairobi a las que tenía mucho cariño, y nunca hablaba conmigo de ellas. Con Mary probablemente sí. Pero entre nosotros tres no había cotilleos personales sobre cosas personales serias.

En la shamba era distinto. Allí y en las líneas no había libros que leer, ni radios, y charlábamos. Pregunté a la Viuda y a la chica que había decidido que deseaba ser mi esposa por qué no les gustaba G. C. y al principio no me lo querían decir. Finalmente la Viuda me explicó que no era una cosa que fuera correcto decir. Resultó que era una cuestión de olores. Generalmente toda la gente con el color de la piel como el mío olía muy mal.

Estábamos sentados debajo de un árbol a la orilla del río y yo esperaba a algunos monos que, por sus ruidos, venían bajando hacia nosotros.

—Bwana Caza huele bien —le dije—. Yo lo huelo todo el tiempo. Tiene buen olor.

—Hapana —dijo la Viuda—. Tú huele como shamba. Huele como piel ahumada. Huele como pombe.

A mí no me gustaba el olor del pombe y no estaba muy seguro de que me gustase oler así.

La chica apoyó la cabeza en la espalda de mi camisa de faena que yo sabía que estaba salada de sudor seco. Se frotó la cabeza contra mis omóplatos y después por la nuca y luego se dio la vuelta para que le besase la cabeza.

—¿Ves? —dijo la Viuda—. Tú huele como Ngui.

—Ngui, ¿olemos igual?

—Yo no sé cómo huelo yo. Ningún hombre lo sabe. Pero tú igual que Mthuka.

Ngui estaba sentado apoyado en el lado contrario del tronco mirando corriente abajo. Tenía las piernas para arriba y la cabeza contra el árbol. Tenía junto a él mi lanza nueva.

—Viuda, habla con Ngui.

—No —me respondió—. Yo cuida chica.

La chica había puesto la cabeza en mi regazo y toqueteaba la funda de mi pistola. Sabía que quería que recorriese con mis dedos el perfil de su nariz y de sus labios y que luego acariciase muy suavemente la línea de su barbilla y luego la línea por donde se había hecho cortar el pelo hacia atrás para dejar una línea cuadrada en la frente y en las sienes y tocarla alrededor de las orejas y en lo alto de la cabeza. Éste era un cortejo de gran exquisitez y era todo cuanto podía hacer si la Viuda estaba presente. Pero ella también podía hacer delicadas exploraciones si lo deseaba.

—Eres una bella cruel.

—Ser buena esposa.

—Di a la Viuda que se vaya.

—No.

—¿Por qué?

Me lo dijo y volví a darle un beso en lo alto de la cabeza. Me acarició delicadamente y luego me cogió la mano derecha y la puso donde deseaba tenerla. Yo la abracé fuerte y le puse la otra mano donde debía estar.

—No —dijo la Viuda.

—Hapana tu —dijo la joven.

Se giró y colocó la cabeza donde antes pero hacia abajo y dijo algo en kamba que no pude entender. Ngui miraba río abajo y yo río arriba y la Viuda se había tumbado detrás del árbol con nuestro implacable dolor compartido y yo alargué la mano hacia el árbol y cogí el rifle y me lo coloqué junto a la pierna derecha.

—Duérmete, tú —le dije.

—No. Duerme esta noche.

—Duerme ahora.

—No. ¿Puede tocar?

—Sí.

—Como última esposa.

—Como mi esposa cruel.

Dijo algo más en kamba que tampoco entendí y Ngui dijo:

—Kwenda na campi.

—Yo tengo que estar aquí —dijo la Viuda.

Pero como Ngui echó a andar con paso despreocupado y proyectando una larga sombra entre los árboles, ella caminó un trocito a su lado hablando en kamba. Luego instaló su puesto de guardia unos cuatro árboles más atrás y mirando río abajo.

—¿Han marchado? —preguntó la chica.

Dije que sí y se movió hacia arriba de modo que estábamos tumbados apretados y muy juntos y puso su boca contra la mía y nos besamos muy suavemente. A ella le gustaba jugar y explorar y le encantaban mis reacciones y las cicatrices y me cogía los lóbulos de las orejas con el índice y el pulgar por donde quería que las perforasen. A ella no se las habían perforado nunca y quería que yo sintiese dónde se lo harían por mí y se las palpé con cuidado y las besé y las mordisqueé suavemente.

—Muerde de verdad con dientes de perro.

—No.

Mordió un poquito las mías para mostrarme el sitio justo, y era una sensación muy agradable.

—¿Por qué no te lo has hecho nunca?

—No sé. En nuestra tribu no lo hacemos.

—Es mejor hacerlo. Es mejor y más honesto.

—Nosotros hacemos muchas cosas buenas.

—Ya hemos hecho. Pero quiero ser una esposa útil. No una esposa para jugar o una esposa para dejar.

—¿Quién te va a dejar?

—Tú —dijo.

En kikamba no existe, como ya dije, una palabra para decir amor ni para pedir perdón. Pero le dije en español que la quería mucho y que amaba todo lo suyo desde los pies hasta la cabeza y repasamos todas las cosas amadas y se puso muy contenta de verdad y yo también y pensé que no mentía ni en una de ellas ni en todas.

Tumbado bajo el árbol estuve oyendo a los babuinos que bajaban hacia el río y dormimos un rato hasta que la Viuda volvió a nuestro árbol y me susurró al oído «nyanyi».

El viento soplaba río abajo en nuestra dirección y una manada de babuinos cruzaba la corriente por las piedras del vado saliendo del matorral en dirección al vallado del sembrado de la shamba donde el maíz de nuestro campo tenía tres o cuatro metros de alto. Los monos no podían olernos ni vernos tumbados a la sombra irregular del árbol. Salían silenciosos de la espesura e iban vadeando el río como una patrulla de asalto. En cabeza iban tres grandes machos viejos, uno mayor que los otros, y avanzaban con precaución moviendo las cabezas planas de largo hocico y mandíbulas poderosas para mirar a los lados y atrás. Veía sus grandes músculos y sus hombros robustos y las gruesas nalgas y las colas arqueadas y caídas y sus cuerpos macizos, y detrás de ellos a toda la manada, las hembras y los jóvenes saliendo todavía de la maleza.

La chica se dio vuelta muy despacio para dejarme libre para disparar y levanté el rifle con cuidado y despacio y todavía tumbado lo extendí sobre la pierna y tiré del cerrojo sujetando la bola con el dedo en el gatillo y luego dejándolo ir hacia adelante hasta amartillarlo sin que sonase el clic.

Tumbado, desde esa posición, apunté al hombro del macho mayor y apreté muy suavemente. Oí el golpazo pero no miré lo que había pasado porque me di vuelta y me puse de pie y empecé a disparar sobre los otros dos babuinos grandes. Ambos estaban ya regresando sobre las piedras hacia la espesura y le di al tercero y después al segundo cuando saltaba por encima de él. Busqué con la vista al primero y lo vi tumbado boca abajo en el agua. El último al que le había disparado estaba aullando y disparé y acabé con él. Los demás habían desaparecido de la vista. Cargué otra vez el peine y Debba me preguntó si podía coger el rifle. Lo cogió y se colocó en posición de firmes imitando a Arap Meina.

—Estaba tan frío —dijo—. Ahora está tan caliente.

Al oír los tiros la gente salió de la shamba. Venía con ellos el informador y apareció con la lanza. No se había ido al campamento sino al shamba y supe a qué iba a oler. Olía a pombe.

—Tres muertos —dijo—. Todos generales importantes. General Birmania. General Corea. General Malaya. *Buona notte.*

Había aprendido lo de «*buona notte*» en Abisinia con los KAR. Cogió el rifle que tenía Debba sujeto ahora con recato y contempló los babuinos sobre las piedras y el agua. No era una imagen bonita y le dije al informador que les dijese a los hombres y chicos que los sacaran del río y los apoyaran en la cerca de la plantación con las manos cruzadas sobre el regazo. Después mandaría llevar cuerdas para colgarlos de la valla y asustar a los otros o utilizarlos de cebo.

El informador dio la orden y Debba, muy recatada, formal y distante, observó cómo sacaban del agua a los grandes monos de largos brazos, vientres impúdicos y horribles caras y los subían a la orilla y después los colocaban contra la valla en una composición fúnebre. Una de las cabezas se inclinaba hacia atrás como en contemplación. Las otras dos caían hacia adelante como sumidas en profundos pensamientos. Nos alejamos del lugar camino de la shamba donde estaba aparcado el coche. Ngui y yo íbamos juntos; yo llevaba otra vez el rifle; el informador caminaba a un lado y Debba y la Viuda detrás.

—Grandes generales. Generales importantes —decía Ngui—. ¿Kwenda na campi?

—¿Cómo te sientes, informador compañero? —le pregunté.

—Hermano, yo no tengo sentimientos. Mi corazón está roto.

—¿Cómo es eso?

—La Viuda.

—Es una mujer muy buena.

—Sí. Pero ahora ella quiere que tú seas su protector y ella no me trata con dignidad. Ella desea ir contigo y con el pequeño chico que yo he cuidado como su padre al país de Mayito. Ella desea cuidar a la Debba, que ella desea ser la esposa ayudante de la señora miss Mary. Todos los pensamientos de todos son en esa dirección y ella me habla de eso toda la noche.

—Mal asunto.

—La Debba nunca hubiera debido llevar tu arma. —Vi que Ngui le miraba.

—No la llevaba. La cogió.

—Ella no debía cogerla.

—¿Eso lo dices tú?

—No. Por supuesto no, hermano. El pueblo dice eso.

—Pues que el pueblo se calle o retiraré mi protección.

Era una declaración sin ningún valor. Pero el informador también tenía un valor moderado.

—Además no has tenido tiempo de oír nada en el pueblo porque hace media hora que pasó. No empieces a intrigar (o a terminar una que él sabía).

Habíamos llegado a la shamba con su tierra roja y el gran árbol sagrado y sus chozas bien construidas. El hijo de la Viuda se me abalanzó al estómago y allí se abrazó esperando que le diese un beso en la cabeza. Le di una palmadita en vez del beso y le di también un chelín. Luego recordé que el informador sólo ganaba sesenta y ocho chelines al mes y que un chelín era casi medio día de paga y demasiado para dárselo a un niño, de manera que llamé al informador desde el coche y me palpé el bolsillo de la camisa y descubrí unos billetes de diez chelines pegados por el sudor. Desdoblé dos y se los di.

—No digas sandeces sobre quién coge o no coge mis armas. En toda la shamba no hay un solo hombre que valga una mierda.

—¿Yo dije alguna vez que lo hay, hermano?

—Cómprale un regalo a la Viuda y tenme al corriente de lo que pasa en el pueblo.

—Es demasiado tarde para ir esta noche.

—Baja a la carretera y espera el camión de la Anglo-Masai.

—¿Y si él no viene, hermano?

Normalmente habría dicho: «Sí, hermano.» Y al día siguiente: «Él no vino, hermano.» De manera que aprecié su esfuerzo y su buena disposición.

—Vete al amanecer.

—Sí, hermano.

Sentí compasión por la shamba y por el informador, y la Viuda y las esperanzas y planes de todos ellos, y el coche arrancó y no miramos atrás.

Eso había sucedido hacía varios días, antes de que lloviera y antes de que volviese el león, y no había ninguna razón para pensar ahora en ello, excepto que esta noche sentía lástima por G. C., que a causa de la costumbre, la ley y también quizás por elección propia tenía que vivir solo en el safari y leer toda la noche.

Uno de los libros que habíamos llevado con nosotros era *Demasiado tarde el falaropo* de Alan Paton. Yo lo había encontrado casi ilegible debido a su estilo superbíblico y la cantidad de beatería que contenía. Esa piedad parece que la hubieran preparado en una mezcladora de cemento y luego la hubieran ido llevando a capazos al edificio en construcción del libro, y no era sólo que oliese a santurronería; su piedad era como una mancha de petróleo en el mar después de hundirse un petrolero. Pero G. C. opinaba que era un buen libro, así que iba a leérmelo hasta que mi cerebro dijera que no merecía la pena seguir perdiendo el tiempo con gente tan necia, intransigente y horrible como la que Paton creaba con aquel horrendo sentido del pecado a causa de una acción sucedida en 1927. Pero, cuando por fin lo terminé, comprendí que G. C. tenía razón porque la gente que Paton había tratado de retratar era aquella gente; y como él mismo era algo más que beato, se había esforzado por comprenderlos o al menos no podía condenarlos si no era con más escrituras. Hasta que finalmente la grandeza de su alma le hacía aceptarlos; pero comprendí qué quería decir G. C. al hablar del libro, y era triste pensar en ello.

G. C. y Mary estaban hablando muy felices de una ciudad llamada Londres que yo conocía más que nada de oídas y en la realidad solamente en condiciones absolutamente anormales, así que les oía hablar y pensaba en París, una ciudad que sí conocía en casi todas las circunstancias. La conocía y la amaba tanto que no me gustaba hablar de ella, salvo con gente de los viejos tiempos. En los viejos tiempos todos teníamos nuestros cafés favoritos a los que íbamos solos y donde no conocíamos a nadie más que a los camareros. Esos cafés eran lugares secretos y en aquellos viejos tiempos todo el que amaba París tenía su propio café. Eran mucho mejores que los clubes y allí recibías el correo que no querías que te mandasen a tu piso. Normalmente tenías dos o tres cafés secretos. Tenías uno al que ibas a trabajar y a leer los periódicos. La dirección de ese café no se la dabas a nadie y te ibas allí por la mañana y te tomabas un *café crème* y un *brioche* en la terraza y luego, cuando habían limpiado el rincón donde estaba tu mesa, dentro y al lado de la ventana, trabajabas mientras barrían y fregaban y sacaban brillo al resto del salón. Era agradable tener a otra gente trabajando por allí y eso te ayudaba a trabajar. A la hora en que empezaban a entrar clientes en el café pagabas tu media botella de Vichy y salías y caminabas muelle abajo hasta donde fueras a tomarte un aperitivo y después a almorzar. Había sitios secretos para almorzar y también restaurantes a los que iba gente que conocías.

Los mejores sitios secretos siempre los descubría Mike Ward. Conocía París y amaba esta ciudad más que nadie. En cuanto un francés descubría un sitio secreto, daba allí una fiesta gigante para celebrar el secreto. Mike y yo íbamos a la caza de sitios secretos que tuvieran uno o dos vinitos buenos y un buen cocinero, por lo general borrachín, y estuvieran haciendo un último esfuerzo para que la cosa marchase y no tener que vender o ir a la quiebra. No queríamos sitios secretos que empezaran a tener éxito y a hacerse famosos. Eso era lo que pasaba con los sitios secretos de Charley Sweeny. Cuando te llevaba por allí, el secreto estaba ya tan desvelado que tenías que hacer cola para tener mesa.

Pero Charley era muy bueno para los cafés secretos y tenía un conocimiento maravillosamente certero de los tuyos y de los suyos. Por supuesto éstos eran los cafés menos importantes, los de por la tarde. Eran horas del día en que te podía apetecer hablar con alguien y algunas veces me iba a su café menos importante y otras él venía al mío. A lo mejor decía que quería traer a una chica que deseaba que yo conociese o yo le decía que igual llevaba una chica. Esas chicas siempre estaban a la altura. De otra forma no era serio. Nadie que no fuera tonto conservaba una chica. No querías tenerlas por allí atravesadas durante el día ni querías que te trajeran problemas. Si una muchacha quería ser tu chica y no desentonaba, se lo tomaba en serio y entonces era dueña de las noches que la querías y alimentabas sus veladas y le dabas cosas si las necesitaba. Yo nunca llevé demasiadas chicas para lucirlas ante Charley, que siempre tenía chicas guapas y dóciles y todas eran chicas que trabajaban y todas estaban sometidas a una disciplina perfecta, porque por aquella época mi chica era la portera de casa. Hasta entonces nunca había conocido a una portera joven, y resultaba una experiencia estimulante. Su mejor virtud era que no podía salir nunca, no ya a asuntos de sociedad, sino en absoluto. Cuando la conocí, como inquilino, tenía un novio de la Garde Républicaine. Un tipo con su penacho de plumas, su coraza y su bigote, y su cuartel estaba en el barrio, no muy lejos. Tenía horario fijo de servicios y era un hombre de buena figura y ambos nos dirigíamos el uno al otro muy correctamente llamándonos *Monsieur*.

Yo no estaba enamorado de mi portera, pero por entonces me sentía muy solo por las noches y la primera vez que subió las escaleras y cruzó la puerta, que tenía la llave puesta, y luego la escalera de mano que daba acceso a aquella especie de sobrado donde se hallaba la cama al lado de la ventana, que tenía una vista preciosa sobre el cementerio de Montparnasse, y se quitó las zapatillas de fieltro y se tumbó en la cama y me preguntó si la amaba, le contesté con toda lealtad:

—Naturalmente.

—Lo sabía —me dijo—. Hace demasiado tiempo que lo sé.

Se desnudó rápidamente y yo miraba la luz de la luna sobre el cementerio. Al contrario que la shamba, ella no olía igual pero era limpia y con la fragilidad de una alimentación sólida pero insuficiente y rendimos homenaje a la vista que ninguno de los dos veíamos. Aunque yo la tenía en la cabeza y cuando me dijo que ya había entrado el último inquilino y nos acostamos y me dijo que ella nunca podría amar de verdad a un miembro de la Garde Républicaine. Le dije que a mí *Monsieur* me parecía un hombre estupendo, *un brave homme et très gentil* le dije, y que debía de tener muy buena pinta cuando iba a caballo. Pero me contestó que ella no era un caballo y que también había otros inconvenientes.

Así pues, estaba pensando en esto de París mientras ellos hablaban de Londres y pensé que a todos nos habían educado de manera diferente y que era una suerte que nos llevásemos tan bien y deseé que G. C. no pasase las noches solitario y que yo tenía una suerte del demonio por estar casado con alguien tan encantador como miss Mary y que iba a poner las cosas en orden en la shamba y a procurar ser un buen marido de verdad.

—Estás demasiado callado, general —dijo G. C.—. ¿Te estamos aburriendo?

—La gente joven nunca me aburre. Me encanta la charla despreocupada. Hace que no me sienta un viejo y un estorbo.

—Y un huevo —repuso G. C.—. ¿En qué pensabas con esa mirada tan abstraída? ¿No estarás meditando o preocupado por lo que nos deparará el mañana?

—Cuando empiece a preocuparme por lo que nos deparará el

mañana, verás la luz de mi tienda encendida hasta altas horas de la noche.

—Y un huevo otra vez, general —replicó G. C.

—No digas palabrotas, G. C. —dijo Mary—. Mi marido es una persona sensible y delicada y eso le repugna.

—Me alegro de que algo le repugne —declaró G. C.—. Me encanta ver el lado bueno de su carácter.

—Lo oculta con mucho cuidado. ¿En qué pensabas, cariño?

—Un jinete de la Garde Républicaine.

—¿Lo veis? —dijo G. C.—. Siempre he dicho que tenía un lado delicado. Y aparece totalmente por sorpresa. Es su lado proustiano. Dime, ¿era muy atractivo? Intento tener una mentalidad amplia.

—Papá y Proust vivieron en el mismo hotel —comentó miss Mary—. Pero Papá siempre especifica que en distintas épocas.

—Dios sabe qué pasó de verdad —dijo G. C.

Estaba muy contento esa noche y nada tieso y Mary con su maravillosa memoria para olvidar también estaba feliz y sin problemas. Podía olvidar las cosas del modo más absoluto y encantador que yo hubiera visto nunca. Podía seguir con una pelea después de toda una noche pero al cabo de una semana la olvidaba por completo y de verdad. Tenía en su interior una memoria selectiva que no siempre actuaba a su favor. En su memoria se perdonaba a sí misma y te perdonaba también a ti. En ese momento sólo tenía dos defectos. Era demasiado baja para cazar leones en serio y tenía demasiado buen corazón para poder matar y eso, había decidido yo finalmente, la hacía titubear o encogerse un poco al dispararle a un animal. A mí eso me resultaba atractivo y no me exasperaba. Pero a ella sí que le exasperaba porque en su cabeza había comprendido por qué matábamos y tenía claro que era necesario y había llegado a disfrutar con ello después de pensar que nunca en su vida mataría a un animal tan bonito como un impala y solamente cazaría bestias peligrosas y feas. En seis meses de caza diaria había aprendido a amarla —aun siendo básicamente algo vergonzoso no lo es si se hace limpiamente—, pero había un exceso de bondad en ella que actuaba inconscientemente y la hacía desviarse del blanco. La amaba por eso del mismo modo que no podría amar a una mujer capaz de trabajar en un matadero o sacrificar perros o gatos enfermos o liquidar caballos que se hubieran roto las patas en una carrera.

—¿Cómo se llamaba el guardia? —preguntó G. C.—. ¿Albertina?

—No. *Monsieur*.

—Quiere impresionarnos, miss Mary —dijo G. C.

Siguieron hablando de Londres. Así que yo también empecé a pensar en Londres y no era desagradable aunque sí demasiado ruidoso y nada normal. Me di cuenta de que no sabía nada de Londres, así que empecé a pensar en París y con más detalle que antes. En realidad estaba preocupado por el león de miss Mary, y lo mismo le pasaba a G. C., y simplemente nos enfrentábamos a ello de maneras diferentes. Siempre resultaba suficientemente fácil cuando sucedía en la realidad. Pero lo del león de Mary era algo que estaba pendiente desde hacía mucho tiempo y yo ya quería quitármelo de encima de una maldita vez.

Por fin, cuando los diversos *dudus*, que era un nombre genérico que servía para todos los bichos, escarabajos e insectos, habían formado sobre el suelo de la tienda comedor una capa lo bastante gruesa como para crujir cuando la pisábamos, fuimos a la cama.

—No te preocupes por el mañana —le dije a G. C. cuando se marchaba a su tienda.

—Ven un momento —me dijo. Estábamos parados a medio camino de su tienda y Mary se había ido a la nuestra—. ¿Adónde le había apuntado a aquel infortunado ñu?

—¿No te lo dijo?

—No.

—Vete a dormir —le dije—. De todos modos, nosotros no entramos hasta el segundo acto.

—¿No podríais hacer el viejo número del marido y la mujer?

—No. Charo lleva un mes pidiéndome que haga eso.

—Es una mujer realmente admirable —comentó G. C.—. Incluso tú eres parcialmente admirable.

—Demasiadas admiraciones para admirar.

—Buenas noches, almirante.

—Ponme un catalejo en el ojo ciego y vete a la mierda, Hardy.

—Te estás confundiendo de guerra.

Justo en ese momento rugió el león. G. C. y yo nos dimos la mano.

—Probablemente te ha oído citar mal a Nelson —dijo G. C.

—Lo que está es harto de oíros hablar de Londres a Mary y a ti.

—Anda bien de voz —comentó G. C.—. Vete a la cama, almirante, y duerme un poco.

Por la noche oí rugir al león varias veces más. Luego me dormí y lo siguiente era Mwindi tirándome de la manta a los pies del catre.

—Chai, bwana.

Afuera estaba muy oscuro, pero ya alguien avivaba el fuego. Desperté a Mary con el té pero no se encontraba bien. Se sentía mal y con retortijones fuertes.

—¿Quieres que lo suspendamos, cariño?

—No. Sólo es que me encuentro fatal. Puede que esté mejor después del té.

Salí afuera y me lavé con el agua fría del barreño y me limpié los ojos con ácido bórico, me vestí y me fui hasta el fuego. Vi a G. C. afeitándose delante de su tienda. Terminó, se vistió y se acercó.

—Mary no se encuentra bien.

—Pobre niña.

—De todos modos quiere ir.

—Naturalmente.

—¿Qué tal has dormido?

—Bien. ¿Y tú?

—Muy bien. ¿Qué crees que andaría haciendo anoche?

—Creo que sólo andaba de paseo. Y mostrando su voz.

—Habla mucho. ¿Una cerveza a medias?

—No nos hará daño.

Fui a buscar la cerveza y dos vasos y esperamos a Mary. Salió de la tienda y bajó por el camino a la tienda de letrinas. Regresó y volvió a bajar.

—¿Cómo te encuentras, querida? —le pregunté cuando vino a la mesa junto al fuego.

Charo y Ngui andaban sacando las armas y los prismáticos y la munición de las tiendas y llevándolo todo al coche de caza.

—No me encuentro nada bien. ¿Tenemos algo para esto?

—Sí. Pero te hará sentirte como drogada. También tenemos te-rramicina. Se supone que es buena para las dos clases pero también puede hacer que te sientas rara.

—¿Por qué tengo que pillar algo cuando mi león anda por aquí?

—No se preocupe, miss Mary —dijo G. C.—. La pondremos en forma y el león cogerá confianza.

—Pero es que yo quiero ir tras él.

Era evidente que tenía dolores y noté cómo reaparecían.

—Mira, querida, esta mañana lo dejaremos en paz y que descan-se. De todas formas es lo mejor. Tómatelo con calma y cuídate. De to-das formas, G. C. puede quedarse un par de días más.

G. C. agitó la mano, con la palma para abajo, negando. Pero Mary no lo vio.

—El león es tuyo, así que tómate tu tiempo y ponte en forma para disparar, y cuanto más tiempo lo dejemos solo, más confianza co-gerá. Si esta mañana no nos movemos, será mucho mejor.

Me fui hasta el coche a decir que no salíamos. Luego me fui jun-to al fuego y encontré a Keiti. Parecía saberlo todo, pero era muy dis-creto y educado.

—Memsahib está enferma.

—Ya sé.

—Tal vez espagueti. Tal vez disentería.

—Sí —dijo Keiti—. Yo creo que espagueti.

—Carne demasiado vieja.

—Sí. Tal vez trozo pequeño. Hecho a oscuras.

—Dejamos tranquilo al león y cuidamos a la memsahib. El león coge confianza.

—Mzuri —dijo Keiti—. Poli poli. Tú caza kwali o kanga. Mbebia hace memsahib caldo.

Cuando estuvimos seguros de que el león habría dejado el cebo si había ido a él, G. C. y yo fuimos a echar una ojeada por el campo en su Land Rover.

Le pedí una botella a Ngui. Estaba envuelta en saco mojado y to-davía estaba fría de toda la noche y nos sentamos en el Land Rover a la sombra del árbol y bebimos de la botella y miramos al otro lado de la charca de barro seco y observamos a las pequeñas tommis y el movimiento negro de los ñus y las cebras que con aquella luz parecían de un blanco grisáceo al desplazarse sobre el llano hacia la hierba del borde y al fondo hacia las colinas Chulus. Aquella mañana las colinas se veían de color azul oscuro y parecían muy lejanas. Si te girabas y volvías la vista hacia la gran Montaña, la veías muy cerca. Parecía estar justo detrás del campamento y la nieve se veía consistente y brillaba al sol.

—Podríamos llevar a miss Mary a cazar con zancos —propuse—. Así podría verlo con la hierba alta.

—En las leyes de caza no hay nada que lo prohíba.

—O Charo podría llevar una escalerita como las que tienen en las bibliotecas para llegar a los estantes de arriba.

—Brillante idea —dijo G. C.—. Forraremos los peldaños y así puede descansar el rifle en el peldaño superior.

—¿No crees que tal vez resultaría poco móvil?

—Sería asunto de Charo darle movilidad.

—Sería una estampa preciosa —dije—. Y podríamos montarle un ventilador eléctrico.

—Podríamos hacerla en forma de ventilador —comentó G. C. alegremente—. Aunque entonces probablemente se considerase un vehículo y además ilegal.

—Si la rodamos hacia adelante y miss Mary no parara de trepar por ella como una ardilla, ¿también sería ilegal?

—Cualquier cosa que ruede es un vehículo —dijo G. C. muy ecuánime.

—Yo giro un poco el pie al andar.

—Entonces eres un vehículo. Te prenderé y te echarán seis meses y te deportarán de la colonia.

—Tenemos que tener cuidado, G. C.

—El cuidado y la moderación han sido siempre nuestra divisa, ¿no es así?

—¿Queda algo en esa botella?

—Podemos repartirnos los posos.

CAPÍTULO VIII

El día en que miss Mary cazó su león hacía un día muy bonito. Eso fue prácticamente lo único bonito que hubo. Durante la noche se habían abierto muchas flores blancas y así, con las primeras luces del día, antes de salir el sol todos los prados aparecían como si la luna llena brillase sobre la nieve reciente entre neblinas. Mary estaba levantada y vestida mucho antes de la primera luz. Tenía arremangada la manga derecha de su sahariana y ya había revisado toda la munición de su Mannlicher 256. Dijo que no se encontraba bien y le creí. Contestó lacónicamente a mi saludo y al de G. C. y ambos tuvimos buen cuidado de no hacer broma alguna. Yo no sabía qué tenía ella contra G. C. como no fuera su tendencia a mostrarse desenfadado ante el trabajo indudablemente serio. Que estuviera enfadada conmigo me pareció una reacción más sensata. Si andaba de mal humor pensé que se sentiría malvada y dispararía tan mortíferamente como yo sabía que sabía disparar. Esto casaba con mi última y principal teoría de que tenía demasiado buen corazón para matar animales. Hay gente que tira fácil y suelto; otros son tiradores de una rapidez notable y pese a ello tan controlada que tienen todo el tiempo que necesitan para colocar la bala con tanta exactitud como un cirujano hace la primera incisión; otros tiran mecánicamente y son letales siempre que no suceda algo que interfiera con la mecánica de su disparo. Esa mañana parecía que miss Mary tiraría con fiera determinación, despreciando a todos cuantos no se toman las cosas con la debida seriedad, acorazada tras su precaria condición física, que le proporcionaría una excusa si fallaba, y concentrada totalmente, sin fisuras, en lograr matar o morir. A mí me parecía muy bien. Era un enfoque nuevo.

Esperamos junto al coche de caza a que hubiera luz suficiente para arrancar y todos estábamos muy serios y solemnes. Ngui casi siempre estaba de muy mal humor por la mañana temprano, de modo que se le veía de un talante solemne y taciturno. Charo estaba extraordinariamente solemne, pero ligeramente alborozado. Como un hombre que va a un funeral de un fallecido cuya muerte no sentía demasiado hondamente. Mthuka estaba contento como siempre tras su sordera y vigilaba con sus sagaces ojos el momento en que comenzara a levantarse la oscuridad.

Todos éramos cazadores y aquello era el inicio de ese ritual maravilloso, la caza. Se ha escrito mucha tontería mística sobre la caza, pero es algo que probablemente es mucho más antiguo que la religión. Unos son cazadores y otros no. Miss Mary era cazadora y cazadora valiente y encantadora, pero había llegado a la caza de mayor y no de niña y muchas de las experiencias que le habían sucedido al cazar se le presentaron tan inesperadamente como a la gatita que se hace adulta le llega el primer celo. Clasificaba todos esos nuevos conocimientos y cambios en cosas que nosotros sabíamos y la otra gente no.

Nosotros cuatro, que la habíamos visto experimentar esos cambios y la veíamos ahora, decidida y seria, perseguir durante meses un objetivo contra cualquier clase de probabilidad, éramos como la cuadrilla de un matador muy joven. Si el torero era serio, la cuadrilla lo sería. Conocían todos sus defectos y todos estaban bien pagados de diferentes formas. Todos habían perdido completamente la fe en el matador y todos la habían recobrado muchas veces. Estar allí sentados en el coche o andando en torno a él en espera de que hubiera suficiente luz para partir me recordó mucho cómo son los instantes previos de una corrida. Nuestro matador estaba solemne; así que nosotros estábamos solemnes, ya que, cosa poco habitual, queríamos a nuestro matador. Nuestro matador no estaba bien. Eso hacía aún más necesario que estuviera protegido y se le diera incluso una posibilidad mejor para hacer todo lo que quisiera hacer. Pero allí sentados y recostados y sintiendo el sueño escurrírsenos del cuerpo estábamos tan felices como cazadores. Probablemente nadie es tan feliz como los cazadores con un nuevo día siempre fresco e imprevisible por delante y Mary también era cazadora. Pero ella se había impuesto a sí misma aquella tarea y Pop la había guiado y entrenado y adoctrinado en la forma de matar a un león con la pureza y virtud más absolutas; Pop había hecho de ella su última discípula y le había inculcado la ética que nunca había logrado imponer a otras mujeres de modo que la muerte que diera al león no había de ser del modo como se hacen esas cosas sino del modo ideal en que esas cosas deben hacerse; en Mary, Pop encontró por fin el espíritu de un gallo de pelea en un cuerpo de mujer; un matador fogoso y tardío con el único defecto de que nadie sabía cuál sería el blanco de sus disparos. Pop le había inculcado una ética y luego tuvo que marcharse. Y ahora ella poseía esa ética pero sólo nos tenía a G. C. y a mí y de ninguno de los dos podía fiarse como se fiaba de Pop. Y así ahora salía de nuevo para esa corrida que siempre acababa posponiéndose.

Mthuka me indicó con un gesto que la luz empezaba a ser posible y salimos a través de los campos de flores blancas que el día antes eran prados totalmente verdes. Cuando estuvimos a la altura de los árboles del bosque con la alta hierba seca a nuestra izquierda, Mthuka fue frenando el coche hasta pararlo sin ruido. Volvió la cabeza y vi la cicatriz en forma de flecha de su mejilla y los cortes. No dijo ni palabra y seguí su mirada. El gran león de la melena negra avanzaba hacia nosotros y su enorme cabeza sobresalía de la hierba amarilla. La hierba seca, amarilla, era alta y por encima de ella sólo se le veía la cabeza.

—¿Qué dirías si damos la vuelta despacito y volvemos al campamento? —le susurré a G. C.

—Totalmente de acuerdo —susurró él.

Al hablar nosotros, el león se giró y echó a andar de regreso a la floresta. Lo único que veíamos de él eran los movimientos de la hierba.

Cuando estuvimos de vuelta en el campamento, desayunamos y Mary comprendió por qué habíamos hecho lo que habíamos hecho y estuvo de acuerdo en que era lo correcto y necesario. Pero la corrida se había suspendido una vez más cuando ella ya estaba preparada y en tensión y eso no nos hacía simpáticos. Yo sentía muchísimo que no se encontrase bien y quería que, si le era posible, relajase su tensión. No servía de nada seguir hablando de si por fin el león había cometido un error. Ahora, tanto G. C. como yo estábamos seguros de que ya lo teníamos. No había comido durante la noche y había salido por la mañana a buscar el cebo. Había vuelto a meterse otra vez en la espesura. Esperaría hambriento y, si no se le molestaba, saldría al empezar a oscurecer; eso es lo que haría. Era una lástima que G. C. tuviera que marcharse al día siguiente, pasase lo que pasase, y Mary y yo volviéramos a tener que arreglárnoslas solos. Pero el león había roto su esquema de conducta y había cometido un error muy grave y a mí ya no me preocupaba cómo lo cogeríamos. Hubiera podido alegrarme más de poder cazarlo con miss Mary y sin G. C., pero me gustaba mucho cazar con G. C. también y no era tan tonto como para querer que se montase cualquier número estando solos miss Mary y yo. G. C. había indicado más que bien lo que podría ser. Yo siempre tenía la ilusión de que miss Mary le daría al león exactamente donde debía y que el león caería rodando como ningún otro de los que yo había visto tantas veces y quedaría tan muerto como sólo un león puede quedar. Yo le metería un par si rodaba vivo y eso era todo. Miss Mary habría matado a su león y eso la haría feliz para siempre y yo sólo le habría dado la puntilla y ella lo sabría y me amaría mucho eternamente por siempre jamás, amén. Hacía ya seis meses que esperábamos aquello. Justo en ese momento entró en el campamento un Land Rover nuevo, uno de los modelos recientes más grandes y veloces que no habíamos visto todavía; llegó sobre la maravillosa pradera de flores blancas que un mes antes era puro polvo y barro la semana anterior. El coche lo conducía un hombre de cara roja y estatura media que llevaba un uniforme caqui ya desvaído de la policía de Kenia. Iba cubierto de polvo de la carretera y en las patas de gallo junto a los ojos se le veían unas rayas blancas que destacaban en medio del polvo.

—¿Hay alguien en casa? —preguntó quitándose la gorra al entrar en la tienda comedor.

A través del fondo abierto que daba a la Montaña yo había visto llegar el coche a través de la cortina de muselina.

—Estamos todos —le dije—. ¿Cómo está usted, señor Harry?

—Estupendamente.

—Siéntese y déjeme prepararle algo. Puede quedarse a pasar la noche, ¿no es cierto?

Se sentó y estiró las piernas y movió los hombros con tanto gusto como un gato.

—No podría beber nada. Éstas no son horas de beber para la gente decente.

—¿Qué quiere entonces?

—¿Se tomaría una cerveza a medias?

Abrí la cerveza y la serví y mientras levantábamos los vasos le miré relajarse y sonreír con ojos mortalmente cansados.

—Que pongan sus pertrechos en la tienda del joven Pat. Es aquella verde que está vacía.

Harry Dunn era tímido, agobiado de trabajo, amable e implacable. Le gustaban los norteamericanos y los entendía y le pagaban para hacer cumplir la ley y ejecutar órdenes. Era tan gentil como rudo y no era vengativo ni odiaba ni era nunca estúpido o sentimental. No cultivaba rencores en un país de rencorosos y jamás le vi mostrarse mezquino en nada. Administraba la ley en unos tiempos de corrupción, odios, sadismo y considerable histeria y se esforzaba día tras día más allá del límite que un hombre puede alcanzar razonablemente, no buscando nunca con su esfuerzo ascensos o ventajas porque conocía su valor para lo que hacía. Miss Mary dijo una vez que era como una fortaleza portátil.

—¿Lo pasan bien aquí?

—Muy bien.

—He oído algo. ¿Qué es eso de que tienen que matar un leopardo antes del cumpleaños del niño Jesús?

—Eso es por un artículo ilustrado para esa revista para la que hacíamos fotos en septiembre. Antes de conocernos. Teníamos un fotógrafo y sacó miles de fotos y yo escribí un artículo corto y los pies para las fotos que escogieron. Tienen una foto maravillosa de un leopardo y yo la capté, pero no es mío.

—¿Y cómo se entiende eso?

—Andábamos tras un león grande que era muy astuto. Era del otro lado del Ewaso Ngiro pasado Magadi, debajo de la escarpadura.

—Totalmente fuera de mi ronda.

—Estábamos levantando a ese león y ese amigo mío se subió a

una roca con su secretario para mirar a ver si el león se dejaba ver. El león era para Mary porque tanto él como yo teníamos leones. Así que no sabíamos qué demonios había pasado cuando lo oímos disparar y después que había algo caído en la tierra y rugiendo. Era un leopardo y había una polvareda tan espesa que la nube que se levantaba era como sólida y el leopardo seguía rugiendo y nadie sabía por qué lado de la polvareda aparecería. Ese amigo mío, Mayito, le había dado dos tiros desde lo alto y yo también había disparado al centro de la polvareda y me agaché y me moví a la derecha por donde estaba su salida natural. Entonces asomó la cabeza entre el polvo una sola vez y seguía sonando fatal y le pegué en el cuello y el polvo empezó a descender. Fue como una especie de duelo de pistolas entre el polvo delante de un *saloon* del viejo Oeste. Salvo que el leopardo no tenía pistola, aunque estaba lo bastante cerca como para haber machacado a cualquiera y estaba muy excitado. El fotógrafo sacó fotos de Mayito con el leopardo y de todos con el leopardo y de mí con el leopardo. Era de Mayito, porque él le había dado primero y había vuelto a acertarle. Pero como la mejor foto del animal era una conmigo, la revista escogió ésa y yo les dije que no podían usarla a menos que cazase un buen leopardo yo solo por mi cuenta. Y hasta ahora he fracasado tres veces.

—No sabía que hubiera una ética tan rígida.

—Pues sí, por desgracia. Y ésa es también la ley. Primera sangre y persecución ininterrumpida.

Arap Meina y el explorador de caza jefe habían traído la noticia de que las dos leonas y el león joven habían matado por arriba del borde del salobral. El cebo seguía tapado, excepto por donde las hienas le habían dado tirones, y los dos exploradores lo arreglaron con esmero. En los árboles circundantes había aves y eso seguramente atraería al león, pero los pájaros no podían llegar a los restos de la cebra que estaban lo bastante altos como para llevar al león con seguridad. No había comido ni cazado en toda la noche y, puesto que no tenía hambre ni se le había molestado, era casi seguro que a la tarde lo encontraríamos en campo abierto.

Almorzamos, finalmente, y Mary estaba muy alegre y simpática con todos nosotros. Creo que hasta me preguntó si quería un poco más de carne fría. Cuando le dije que no gracias, que ya había tomado bastante, me dijo que me vendría bien, que un hombre que bebe mucho tiene que comer. Eso no sólo era verdad y muy antigua sino el fundamento de un artículo del *Reader's Digest* que todos habíamos leído. Ahora aquel número del *Reader's Digest* estaba en la letrina. Dije que había decidido ir a las elecciones con una plataforma de borrachines auténticos y no decepcionar ni a uno solo de mis electores. Por lo que contaban, Churchill bebía el doble que yo y acababan de darle el premio Nobel de Literatura. Yo lo único que intentaba era ir aumentando mi cuota de alcohol para estar a una altura razonable por si me daban el premio a mí; ¿quién sabe?

G. C. aseguró que el premio era prácticamente mío y que tenía que ganarlo para presumir sólo porque a Churchill se lo habían dado, al menos en parte, por su oratoria. G. C. dijo que no había seguido los premios tan de cerca como hubiera debido pero que le parecía que muy bien podrían dármelo por mi trabajo en el campo de la religión y por mi dedicación a los nativos. Miss Mary sugirió que si intentase escribir algo de vez en cuando tal vez lo ganase como escritor. Eso me conmovió profundamente y dije que en cuanto ella tuviera el león yo no haría nada más que escribir sólo por complacerla. Declaró que con que escribiese aunque sólo fuera un poquito ya estaría complacida. G. C. me preguntó si tenía planeado escribir algo sobre lo misteriosa que era África, y que, si pensaba escribirlo en swahili, podía conseguirme un libro sobre el swahili de las tierras altas que me resultaría valiosísimo. Miss Mary dijo que ese libro ya lo teníamos y que a ella le parecía que incluso con el libro sería mucho mejor que tratase de escribir en inglés. Yo sugerí que podía copiar trozos del libro para ir consiguiendo un buen estilo de tierras altas. Miss Mary dijo que yo no sabía escribir ni una sola frase correcta en swahili, ni siquiera decirla, y le di la razón en que lamentablemente eso era verdad.

—Pop lo habla tan maravillosamente y G. C. también, y tú eres una desgracia. No conozco a nadie que consiga hablar un idioma tan mal como tú.

Quise decir que una vez, hacía años, parecía que iba a poder hablarlo perfectamente. Pero entonces hice la tontería de no quedarme en África y en vez de eso me volví a Estados Unidos, donde había ido matando mi nostalgia de África de diversas maneras. Luego, antes de poder volver, estalló la guerra de España y me vi envuelto en lo que le estaba pasando al mundo y me involucré en eso para lo bueno y para lo malo hasta que por fin pude volver. No había sido fácil regresar ni romper las cadenas de responsabilidades formadas que, a lo que parece, son tan livianas como una tela de araña pero sujetan como cables de acero.

Lo estábamos pasando todos muy bien haciendo bromas y riéndonos unos de otros y yo hice un par de chistes pero cuidando de mostrarme muy modesto y contrito con la esperanza de recuperar el favor de miss Mary y de que siguiese de buen humor por si aparecía el león. Estaba bebiendo sidra seca Bulwer, pues había descubierto que era una bebida maravillosa. G. C. había traído alguna de los almacenes de Kajiado. Era ligera y refrescante y no te ralentizaba para tirar. Venía en envases de un litro con tapón de rosca y yo solía beberla en vez de agua cuando me despertaba por la noche. Un primo de Mary amabilísimo nos había regalado dos almohadas pequeñas de saco rellenas de agujas balsámicas. Yo siempre dormía con la mía debajo del cuello o, si dormía de mi lado, debajo de la oreja. Tenía el aroma del Michigan de cuando yo era niño y ojalá hubiera podido tener una cesta de hierba dulce para guardarla cuando viajábamos y por la noche ponerla en la cama debajo del mosquitero. La sidra también sabía a Michigan y siempre me acordaba del lagar de sidra y la puerta que nunca estaba cerrada con llave sino sólo con una argolla y un palo y el olor de los sacos que usaban para prensar y luego extendían para secar y después extendían sobre unas tinas hondas en las que los hombres que venían con los carros llenos a pisar las manzanas dejaban la parte del lagar. Más abajo de la presa del molino del lagar había una poza honda donde el remolino del agua que caía daba vueltas para meterse bajo la presa. Si se pescaba con paciencia, allí siempre se cogían truchas y siempre que yo cogía alguna la mataba y la ponía en la cesta grande de mimbre que estaba a la sombra y le ponía una capa de hojas de helecho por encima y luego entraba en el lagar y descolgaba el tanque de metal que estaba en un clavo en la pared encima de las tinas y levantaba la gruesa cubierta de saco de una de las tinas y sacaba un tanque lleno de sidra y me la bebía. Esa sidra que teníamos ahora me traía el recuerdo de Michigan, especialmente con la almohada.

Ahora, sentado a la mesa, me sentía contento porque Mary parecía sentirse mejor y confiaba en que el león apareciera al final de la tarde y ella pudiera matarlo bien muerto y ser feliz por siempre jamás. Terminamos de almorzar y todo el mundo estaba muy animado y todos dijimos que íbamos a dormir una siestecita y que yo llamaría a miss Mary cuando fuera la hora de salir en busca del león.

Mary se durmió casi en cuanto se tumbó en su catre. La trasera de la tienda estaba levantada y venía una grata brisa fresca de la Montaña que atravesaba la tienda. Normalmente dormíamos de cara a la puerta abierta, pero yo cogí las almohadas y las puse dobladas una en cada extremo del catre y me puse la almohadilla balsámica bajo el cuello y me tumbé en el catre tras quitarme las botas y los pantalones y estuve leyendo con la luz buena detrás. Estaba leyendo un libro muy bueno de Gerard Hanley, que había escrito otro muy bueno que se titulaba *El cónsul al atardecer*. Era un libro sobre un león que causaba muchos problemas y mataba prácticamente a todos los personajes del libro. G. C. y yo solíamos leer ese libro por las mañanas en la letrina para inspirarnos. Había unos pocos personajes que el león no mataba, pero todos ellos iban avanzando hacia algún otro tipo de destino fatal, así que en realidad no importaba. Hanley escribía muy bien y era un libro excelente y muy sugestivo cuando andabas implicado en asuntos de leones. Una vez había visto venir a un león a toda velocidad y me quedé impresionado y todavía estoy impresionado. Esa tarde iba leyendo el libro muy despacio porque, como era tan bueno, no quería terminarlo. Esperaba a que el león matase al protagonista o al viejo comandante porque ambos eran personajes muy nobles y simpáticos y yo me había encariñado con el león y deseaba que matase a algún personaje de categoría. No obstante, al león le iban bien las cosas y acababa por matar a otro personaje muy simpático e importante cuando decidí que sería mejor salvar al resto y me levanté y me subí los pantalones y me puse las botas sin cerrar la cremallera y me fui a ver si G. C. estaba despierto. Tosí junto a su tienda tal y como siempre hacía el informador a la entrada de la tienda comedor.

—Pasa, general —dijo G. C.

—No —le respondí—. El hogar de un hombre es su castillo. ¿Estás animado para enfrentarte a los animales feroces?

—Todavía es demasiado pronto. ¿Mary ha dormido algo?

—Todavía está durmiendo. ¿Qué estás leyendo?

—Lindbergh. Es bueno el condenado. ¿Qué leías tú?

—*El año del león*. Ahora estoy sudando el león.

—Llevas un mes leyendo eso.

—Seis semanas. ¿Cómo andas con lo del misticismo del aire?

Aquel año los dos, tardíamente, andábamos llenos de misticismo del aire. Yo había abandonado finalmente el misticismo del aire en 1945 cuando volaba de regreso a casa en un B-17 desvencijado, sin reacondicionar y con excesivas horas de vuelo.

Cuando fue la hora desperté a miss Mary mientras los porteadores de armas sacaban de debajo de las camas el rifle de ella y mi fusil grande y comprobaban cartuchos y municiones.

—Está allí, cariño. Está allí y lo cazarás.

—Es tarde.

—No pienses en nada y súbete al coche.

—Comprenderás que tengo que ponerme las botas.

Yo la estaba ayudando a ponérselas.

—¿Dónde está ese maldito sombrero?

—Aquí está tu maldito sombrero. Camina. No te vayas corriendo al primer Land Rover que veas. Y no pienses en nada más que en acertarle.

—No me digas tantas cosas. Déjame sola.

Mary y G. C. iban en los asientos delanteros con Mthuka, que conducía. Ngui, Charo y yo íbamos en la trasera descubierta con el explorador de caza. Yo comprobaba los cartuchos en el cañón y en el cargador del 30-06, comprobaba los de los bolsillos y revisaba y limpiaba las aberturas traseras de cualquier resto de polvo con un palillo. Mary llevaba su rifle en posición vertical, y así yo tenía una buena visión del cañón pavonado recién limpio y la cinta aislante que sujetaba las hojas del alza hacia abajo, de su cabeza por detrás y de su inefable sombrero. El sol se alzaba ahora justo sobre las colinas y ya habíamos salido de las flores y avanzábamos hacia el norte por el camino viejo que va paralelo a los bosques. En algún lugar a nuestra derecha estaba el león. El coche se detuvo y todos nos bajamos, excepto Mthuka, que se quedó al volante. Las huellas del león salían a la derecha en dirección a un bosquete de árboles y maleza de este lado del árbol solitario, donde se hallaba el señuelo tapado con una pila de maleza. No estaba junto al cebo y tampoco los pájaros, que estaban todos posados en los árboles. Me volví a mirar el sol y no quedaban ni diez minutos para que se escondiese detrás de las últimas colinas por el oeste. Ngui se había subido al hormiguero y oteaba por encima de él. Señalaba con la mano tan cerca de la cara que apenas si se podía ver el movimiento y luego bajó rápidamente del montículo.

—Hiko huko —dijo—. Está allí. Mzuri motoca.

G. C. y yo observamos ambos otra vez el sol y G. C. agitó el brazo para que Mthuka se acercase. Nos subimos al coche y G. C. le indicó a Mthuka dónde quería que nos llevase.

—Pero, ¿dónde está? —preguntó miss Mary a G. C.

G. C. puso la mano en el brazo de Mthuka para que detuviese el coche.

—Dejaremos el coche aquí —dijo G. C. a Mary—. Debe de estar en aquel bosquete de allá al fondo. Papá irá por el flanco izquierdo y le cortará el paso para volver a lo espeso. Nosotros avanzaremos directos hacia él.

El sol todavía brillaba por encima de las colinas al dirigirnos adonde tenía que estar el león. Ngui iba detrás de mí y a nuestra derecha Mary caminaba un poquito delante de G. C. Charo marchaba detrás de éste. Andaban derechos hacia los árboles con maleza rala en la base. Ahora yo ya veía al león y continué ganando terreno a la izquierda caminando adelante y de costado. La luz descubría al enorme león oscuro y largo y castaño dorado gris y nos miraba. Nos estaba mirando y pensé en qué mal sitio se había metido ahora. A cada paso que yo daba le cerraba más la salida al seguro, al que tantas veces había retirado. Ahora el felino no tenía más elección que romper hacia mí o salir hacia Mary y G. C., cosa que no pensaba hacer a menos que estuviese herido, o tratar de llegar al refugio más cercano, que era una mancha espesa de árboles y maleza enmarañada a unos cuatrocientos o quinientos metros al norte. Para llegar allí tenía que cruzar toda la llanura abierta.

Entonces consideré que ya estaba suficientemente a la izquierda y empezamos a movernos hacia el león. Estaba allí parado entre la maleza que le llegaba a los muslos y le vi torcer una vez la cabeza para mirarme; luego volvió a girarla para observar a Mary y a G. C. Tenía una cabeza enorme y oscura pero cuando la movió no me pareció demasiado grande para el cuerpo. Éste era robusto, grande y largo. No sabía a qué distancia del león intentaba G. C. poner a Mary. No los miraba. Miraba al león y esperaba a oír el tiro. Yo ya estaba todo lo cerca que necesitaba y tenía sitio para cogerlo si venía y estaba seguro de que si resultaba herido rompería por mi lado porque su refugio natural estaba detrás de mí. Mary tiene que dispararle pronto, pensé. No puede acercarse más. Pero tal vez G. C. quiera ponerla más cerca. Los miré por el rabillo del ojo, con la cabeza baja, sin apartar la vista del león. Vi que Mary quería tirar y G. C. se lo impedía. No estaban tratando de acercarse más, de manera que me imaginé que desde donde estaban debía de haber ramas o maleza entre Mary y el león. Observé al león y noté el cambio de su coloración cuando el sol tocó el primer pico de las colinas. Ahora había buena luz para disparar pero se iría pronto. Vigilé al león y vi que se desplazaba muy levemente a su derecha y entonces miré a Mary y G. C. Podía verles los ojos. Pero Mary aún no disparaba. Entonces el león se movió otra vez levemente y oí el rifle de Mary y el golpe seco de la bala. Le había dado. El león dio un salto hacia la maleza y luego salió por el otro extremo en dirección a la mancha de monte espeso del norte. Mary le disparaba y estoy seguro de que le había dado. El felino avanzaba a grandes saltos balanceando su gran cabeza. Disparé y levanté una nubecilla de polvo detrás de él. Moví el arma con él y me retuve al pasarlo y volví a quedarme otra vez detrás. G. C. también hacía fuego con la dos cañones grande y vi la polvareda que levantaba. Volví a tirar teniendo al león en la mira y la pasé delante de él y delante de él se levantó una nube de polvo. Ahora corría más pesada y desesperadamente, pero empezaba a verse más pequeño en la mira y casi estaba seguro de llegar al refugio lejano cuando volví a tenerlo en la mira, ya más pequeño y alejándose rápidamente, y lo adelanté ligeramente y un poco por encima y apreté al pasarlo y esta vez no se levantó polvo y lo vi resbalar hacia adelante con la frente en tierra y la gran cabeza cayó en tierra antes de que oyésemos el trastazo de la bala. Ngui me dio un manotazo en la espalda y me abrazó. El león intentaba levantarse y G. C. lo alcanzó y rodó de costado.

Me acerqué a miss Mary y le di un beso. Estaba contenta, pero algo iba mal.

—Tiraste antes que yo —me dijo.

—No digas eso, querida. Disparaste tú y le diste. ¿Cómo iba a tirar antes que tú después de todo este tiempo que llevamos esperando?

—Ndio. Memsahib piga —dijo Charo. Había ido justo detrás de Mary.

—Naturalmente que le acertaste tú. Le diste la primera en la pata, me parece. Y luego volviste a darle.

—Pero tú lo mataste.

—Todos teníamos que impedir que se metiera herido en la espesura.

—Pero tú tiraste primero. Y lo sabes.

—No lo hice. Pregúntale a G. C.

Íbamos caminando todos hacia el león. Era un buen paseo y el león se veía más grande y más muerto según andábamos. El sol se ponía y estaba oscureciendo de prisa. Ya no había luz para disparar. Me sentía exprimido por dentro y muy cansado. Y tanto G. C. como yo estábamos empapados de sudor.

—Por supuesto que le atinó usted, Mary —le dijo G. C.—. Papá no disparó hasta que salió a campo abierto. Usted le dio dos veces.

—¿Por qué no podía tirarle cuando quería, justo cuando estaba allí parado y mirándome?

—Porque había unas ramas que podían desviar la bala o romperla. Por eso la hice esperar.

—Luego se movió.

—Tenía que moverse para que pudiera tirar.

—¿Pero le acerté yo primero de verdad?

—Por supuesto que sí. Nadie se hubiera atrevido a disparar antes de que lo hiciera usted.

—¿No estará diciendo mentiras para que me quede contenta?

Ésa era una escena que Charo ya había visto antes.

—¡Piga! —dijo muy enfadado—. Piga, memsahib. ¡Piga!

Le di una palmada en la cadera a Ngui con la mano de costado y miré a Charo y se alejó.

—Piga —dijo con aspereza—. Piga memsahib. Piga bili.

G. C. se acercó para caminar a mi lado y me dijo:

—¿Por qué sudas tanto?

—¿A qué distancia le apuntaste por encima, hijo de puta?

—Medio metro. Sesenta centímetros. Era un tiro de arco y flechas.

—Mediremos los pasos al volver.

—No se lo creerá nadie.

—Nosotros sí. Es todo lo que cuenta.

—Vete y hazle comprender que acertó el tiro.

—Cree a los chicos. Le partiste el lomo.

—Ya sé.

—¿Te fijaste cuánto tardó en llegar el ruido del impacto de la bala?

—Sí. Vete y habla con ella.

El Land Rover venía detrás. Ahora estábamos ya junto al león y era de miss Mary y ella lo sabía y ahora vio lo maravilloso y largo y oscuro y hermoso que era. Las moscas pardas ya estaban sobre él y aún no tenía velados los ojos amarillos. Pasé la mano por el negro espeso de la melena. Mthuka había parado el Land Rover y se acercó a estrechar la mano de miss Mary. Estaba arrodillada a su lado.

Entonces vimos que venía el camión cruzando el llano desde el campamento. Habían oído los tiros y Keiti salió con todos los hombres menos dos guardias que dejó en el campamento. Venían cantando la canción del león y, cuando se precipitaron fuera del camión, a Mary ya no le cupo duda alguna acerca de quién era el león. He visto muchos leones muertos y muchas celebraciones. Pero ninguna como ésa. Yo quería que fuera toda entera para Mary. Ahora estaba seguro de que para ella ya todo estaba bien y caminé hasta la isleta de árboles y matorral tupido a la que quería llegar el león. Casi lo había logrado y pensé en lo que podía haber sido si G. C. y yo hubiéramos tenido que meternos allí para sacarlo. Quise echarle una ojeada antes de que se hubiera ido la luz. Se hubiera metido allí sólo con cincuenta metros más y ya hubiera estado oscuro cuando nosotros llegásemos. Pensé en lo que hubiera podido pasar y volví a las celebraciones y las fotos. Habían enfocado los faros del camión y del Land Rover sobre Mary y el león y G. C. sacaba fotos. Ngui me trajo el frasco de Jinny de la bolsa de municiones del Land Rover y di un trago pequeño y se lo devolví a Ngui. Dio un trago pequeño y meneó la cabeza y me lo devolvió.

—Piga —dijo, y nos reímos los dos.

Me tomé un largo trago y sentí su calor y cómo la tensión me abandonaba como una culebra que suelta la piel. Hasta ese momento no me había dado realmente cuenta de que por fin teníamos el león. Lo supe en sentido estricto cuando el tiro de arco increíblemente largo lo alcanzó y lo derribó y Ngui me dio un golpe en la espalda. Pero entonces estaba la preocupación de Mary y los nervios y llegar hasta él había sido tan frío y despegado como si fuera el final de un ataque. Ahora con la bebida y la celebración en marcha y las fotografías, esas fotografías odiosas pero necesarias, demasiado de noche, sin flash, sin un profesional que las hiciera bien hechas para inmortalizar en película el león de miss Mary, viendo su cara resplandecer de felicidad al resplandor de los faros y la gran cabeza del león que pesaba demasiado para que pudiera levantarla, orgullosa de sí y amando al león, y yo sintiéndome tan vacío por dentro como un cuarto vacío, viendo la sonrisa como cuchillada de Keiti al inclinarse sobre Mary para tocar la increíble melena negra del león, todos los hombres gorjeando en kikamba como pájaros y cada uno individualmente orgulloso de nuestro león, es nuestro y pertenece a cada uno de nosotros y a Mary porque llevaba meses persiguiéndolo y lo había matado disparando con las frases prohibidas a la hora de la verdad y sobre sus propios pies, y ahora feliz y resplandeciente bajo los faros como un pequeño ángel, no del todo de la muerte, brillante y todo el mundo a sus pies y éste es nuestro león, empezaba a relajarme y a divertirme.

Charo y Ngui le habían contado a Keiti cómo había sido y se acercó a mí y nos estrechamos la mano y me dijo:

—Mzuri sana bwana. Uchawi tu.

—Hubo suerte —respondí, que Dios sabe que había que tenerla.

—Suerte no —dijo Keiti—. Mzuri. Mzuri. Uchawi kuba sana.

Entonces recordé que había pronosticado esa tarde para tener la cabeza del león y que ahora todo había acabado y que Mary había ganado y hablé con Ngui y Mthuka y el porteador de Pop y los demás de nuestra religión y meneamos la cabeza y nos reímos y Ngui quería que me tomara otro trago del frasco de Jinny. Querían esperar a que llegásemos al campamento para la cerveza pero ahora querían que bebiese con ellos. Se limitaban a rozar la botella con los labios. Ahora después de la foto Mary se puso de pie y nos vio bebiendo y pidió el frasco y bebió de él y se lo pasó a G. C. Me lo volvieron a pasar y bebí y después me tumbé junto al león y le hablé muy suavemente en español y le pedí que nos perdonase por haberlo matado y mientras estaba tumbado junto a él busqué sus heridas. Tenía cuatro. Mary le había dado en un pie y en un anca. Mientras le palmeaba el lomo encontré dónde le había acertado yo en la columna vertebral y el orificio más grande que había hecho la bala de G. C. mucho más adelante, detrás del hombro. Yo le palmeaba y le hablaba todo el tiempo en español, pero muchas moscas pardas planas y duras se pasaban de él a mí, así que dibujé un pez en el polvo delante de él con el dedo índice y luego lo borré con la palma de la mano.

En el camino hacia el campamento, Ngui, Charo y yo no hablamos. Oí a Mary preguntarle una vez a G. C. si de verdad yo no había disparado antes que ella y oí que él le contestaba que el león era de ella. Que le había dado la primera y que esas cosas no siempre salían ideal y que cuando un animal estaba herido había que matarlo y que teníamos una condenada suerte y que ya podía estar contenta. Pero yo sabía que su felicidad iba y venía porque no había sido como ella había confiado y soñado y temido y esperado seis meses enteros. Me sentía terriblemente pensando cómo se sentía ella y sabía que para todos los demás aquello no tenía importancia, pero para ella tenía toda la del mundo. Pero si tuviéramos que hacerlo otra vez, no había modo de hacerlo de manera diferente. G. C. y yo la habíamos puesto más cerca de lo que nadie que no fuera un gran tirador se podía permitir. Si el león hubiera atacado cuando ella lo hirió, G. C. sólo hubiera tenido tiempo para un disparo antes de que el león les cayese encima. El fusil grande era tan mortal y eficaz con el león encima como inadecuado para tirarle a doscientos o trescientos metros. Ambos lo sabíamos y no se nos ocurría hacer bromas al respecto. Al apuntar al león a la distancia que lo había hecho, Mary había corrido un inmenso peligro y tanto G. C. como yo sabíamos que a la distancia a la que la había puesto, Mary había tenido, recientemente, una posible desviación de cuarenta centímetros sobre blanco vivo. No era momento de hablar de eso, pero Ngui y Charo también lo sabían y yo hacía mucho tiempo que soñaba con ello. El león, al decidir pelear en la maleza espesa, donde tenía grandes posibilidades de coger a alguien, había hecho su elección y había estado a punto de ganar. No era un león estúpido ni cobarde tampoco. Había intentado llevar el duelo adonde las probabilidades estuvieran a su favor.

Llegamos al campamento y nos sentamos en unas sillas junto al fuego y estiramos las piernas y bebimos bebidas largas. Hubiéramos necesitado a Pop allí, pero Pop no estaba. Le dije a Keiti que llevase cerveza a los de las líneas y luego esperé a que viniese. Llegó tan de repente como se llena una torrentera con la tromba del agua bramando entre espuma después de un aguacero. Sólo el tiempo preciso para decidir quiénes habían de transportar a miss Mary y ya estaba allí el aluvión de los wakamba agachados danzando su danza salvaje saliendo de detrás de las tiendas cantando todos la canción del león. El chico grandote del comedor y el conductor del camión trajeron la silla y la pusieron en el suelo y Keiti, bailando y chocando las palmas, condujo a Mary hasta ella y la izaron y se pusieron a bailar alrededor del fuego con ella y luego salieron hacia las líneas y bailaron alrededor del león que estaba en el suelo y después cruzaron las líneas y siguieron en torno al fuego de las cocinas y del fuego de los hombres y alrededor de los coches y del camión de la leña y adentro y afuera. Los exploradores de caza se habían quitado todo menos los pantalones cortos y así estaba todo el mundo menos los viejos. Yo contemplaba la cabeza clara de

Mary y los hermosos cuerpos negros y fuertes que la transportaban y se agachaban y daban patadas en su danza y luego se iban hacia adelante y levantaban los brazos y la tocaban. Era una buena danza del león salvaje y al final depositaron a Mary en su silla al lado de su silla de campamento junto al fuego y todos le estrecharon la mano y se había acabado. Mary estaba feliz y tuvimos una cena buena y feliz y nos fuimos a dormir.

Por la noche me desperté y no pude volver a dormir. Me desperté muy de golpe y había un silencio absoluto. Luego oí la respiración suave y regular de Mary y sentí un gran alivio por no tener que seguir enfrentándola al león cada mañana. Luego empecé a lamentar que la muerte del león no hubiera sido tal y como ella esperaba y había planeado que fuera. Las celebraciones y la danza auténticamente salvaje y el cariño y la lealtad de todos sus amigos habían anestesiado el desencanto que sentía. Pero estaba seguro de que después de haber salido más de cien mañanas a perseguir un gran león ese desencanto volvería. No era consciente del peligro que había corrido. Tal vez sí y yo no lo sabía. Ni G. C. ni yo queríamos decírselo porque los dos lo habíamos forzado mucho y no habíamos sudado la gota gorda en el fresco de la tarde para nada. Recordaba cómo me habían mirado los ojos amarillos del león y los había bajado y luego había mirado a Mary y G. C. y ya no se los había quitado de encima. Seguí tumbado en la cama recordando cómo el león había hecho noventa metros con salida parada en apenas poco más de tres segundos. Avanza bien pegado al suelo y más rápido que un galgo y no salta hasta que está sobre la presa. El león de Mary pesaría muy bien sus doscientos kilos y era lo bastante fuerte como para haber saltado una boma de espinos alta llevando una res. Hacía años que querían cazarlo y era muy inteligente. Pero nosotros lo habíamos inducido a cometer un error. Estaba contento de que antes de morir se hubiera puesto en aquel alto montículo amarillo curvo con la cola baja y los grandes pies cómodamente por delante y hubiera contemplado su territorio hasta la selva azul y las altas nieves de la gran Montaña. G. C. y yo queríamos los dos que Mary lo matase del primer tiro o que, herido, atacase. Pero él había jugado a su manera. El primer tiro no podía haberle hecho sentir más que un aguijonazo agudo, un cachete. El segundo le había atravesado un múscu-lo de la pata mientras saltaba en dirección al refugio del bosquete al que quería llevarnos a luchar y lo habría sentido, como mucho, como un bofetón. Preferí no pensar lo que habría sido el tiro de lejos en ca-rrera que había tirado yo al bulto con la esperanza de hacer un barrido y derribarlo y que le dio en pleno espinazo de casualidad. Era una bala maciza de grano doscientos veinte y no necesitaba pensar qué habría sentido. Yo nunca me había partido la espalda y no lo sabía. Y me ale-graba de que aquel maravilloso tiro de G. C. desde tan lejos lo hubie-ra matado instantáneamente. Ahora ya estaba muerto y también no-sotros echaríamos en falta salir a cazarlo.

Intenté dormirme, pero continué pensando en el león y en qué movimientos hubiéramos hecho si se hubiera metido en lo espeso del refugio recordando las experiencias de otra gente en las mismas cir-cunstancias y luego pensé al diablo con todo. Esto son cosas para que G. C. y yo las hablemos y para hablarlas con Pop. Deseé que Mary se despertase y dijese: «Estoy tan contenta de tener mi león.» Pero eso era esperar demasiado y eran las tres de la mañana. Me acordé de que Scott Fitzgerald había escrito que en el nosequé nosequé del nosequé nosequé del alma son siempre las tres de la mañana. Durante muchos meses las tres de la mañana habían sido dos horas, u hora y media, an-tes de que tuvieras que levantarte y vestirte y ponerte las botas para ir a cazar el león de miss Mary. Solté el mosquitero y alargué la mano y encontré la botella de sidra. Estaba fresca como la noche y doblé las dos almohadas y las coloqué y me apoyé en ellas con el cuadrante bal-sámico pequeño y basto debajo del cuello y pensé en el alma. Primero tenía que comprobar en mi mente la cita de Fitzgerald. Aparecía en una serie de artículos en la que había abandonado ese mundo y aque-llos viejos ideales tan extremadamente ostentosos y por primera vez se refería a sí mismo como un plato desportillado. Volviendo atrás la me-moria recordé la cita. Decía así: «En una verdadera noche oscura del alma siempre son las tres de la mañana.»

Y sentado despierto en la noche africana pensé que yo no sabía nada en absoluto del alma. La gente siempre andaba hablando y escri-biendo de ella, pero ¿quién sabía algo realmente? Yo no conocía a nadie que supiese nada del alma ni de si existía semejante cosa. Me parecía una creencia bastante rara y estaba seguro de que tendría muchas dificultades si intentaba explicárselo a Ngui y a Mthuka y a los otros aun cuando yo no supiera nada de ella. Antes de despertarme estaba soñando y en el sueño tenía cuerpo de caballo pero cabeza y hombros de hombre y me preguntaba cómo era que nadie lo había sabido hasta entonces. Era un sueño muy lógico y trataba del momento preciso en que se producía el cambio en el cuerpo de modo que fueran cuerpos humanos. Parecía un sueño positivo y razonable y me pregunté qué pensarían de él los demás cuando se lo contase. Ahora estaba despierto y la sidra estaba fría y fresca pero yo todavía notaba los músculos que tenía en el sueño cuando mi cuerpo era un cuerpo de caballo. Aquello no me ayudaba en lo del alma e intenté pensar cómo sería desde el punto de vista de mis creencias. Probablemente lo más cercano a lo que teníamos era un manantial claro de agua fresca que nunca menguaba con la sequía ni se helaba en invierno y no esa alma de la que todos hablaban. Recordé que cuando era niño el equipo de los White Sox de Chicago tenía un tercera base que se llamaba Harry Lord que podía estar echando pelotas fuera de la línea de tercera base hasta que el lanzador contrario se rendía o se hacía de noche y el partido se suspendía. Yo entonces era muy joven y todo era exagerado, pero me acuerdo de que empezaba a oscurecer, porque eso era antes de que hubiera luces en los campos, y Harry seguía echando pelotas fuera y el público le gritaba: «Lord, que el Señor salve tu alma.» Y eso es lo más cerca que he estado del alma en mi vida. Una vez pensé que me habían expulsado el alma con un soplo cuando era niño y que después había vuelto a entrar en mí. Pero por aquellos tiempos era muy egoísta y había oído hablar tanto del alma y había leído tanto sobre ella que había dado por supuesto que tenía una. Después me puse a pensar en que si a miss Mary o a G. C. o a Ngui o a Charo o a mí mismo nos hubiera matado el león ¿nuestras almas hubieran volado a algún sitio? Eso no me lo podía creer y pensé que todos hubiéramos estado simplemente muertos, quizás más muertos que el león, y nadie andaría preocupándose por su alma. Lo peor de todo hubiera sido el viaje a Nairobi y la investigación. Pero lo único que sabía con certeza es que si el león nos hubiera matado a Mary o a mí eso hubiera sido muy malo para la carrera de G. C. Hubiera sido muy mala suerte para G. C. que lo hubiera matado a él. Sin duda hubiera sido muy malo para mi obra si me hubiera matado a mí. Y ni a Charo ni a Ngui les hubiera gustado nada que los matara, y si hubiera matado a miss Mary hubiera sido una gran sorpresa para ella. Era algo que había que evitar y era un alivio no tener que ponerte día tras día en una situación en la que eso pudiera suceder.

Pero ¿qué tenía que ver todo eso con «En una verdadera noche oscura del alma siempre son las tres de la mañana»? ¿Tenían alma miss Mary y G. C.? Por lo que yo sabía, no tenían creencias religiosas. Y si las personas tenían alma debían tenerlas. Charo era un gran creyente mahometano, de modo que habría que adjudicarle un alma. Eso nos dejaba sólo a Ngui y a mí y al león.

Ahora aquí eran las tres de la mañana y estiré lo que hacía poco eran patas de caballo y decidí levantarme y salir y sentarme junto a las brasas del fuego y disfrutar del resto de la noche y la primera luz. Me calcé las botas de mosquito y me puse el albornoz y me abroché la pistolera encima y me fui hasta los rescoldos. G. C. estaba allí sentado en su silla.

—¿Qué es lo que nos tiene desvelados? —inquirió muy bajito.

—Soñé que era un caballo. Era muy vívido.

Le conté a G. C. lo de Scott Fitzgerald y su cita y le pregunté qué pensaba de aquello.

—Cualquier hora puede ser mala al despertarse —dijo—. No sé por qué escogería las tres en concreto. De todas formas, suena estupendamente bien.

—Creo que no es más que miedo y preocupación y remordimientos.

—Y de eso nosotros dos hemos tenido bastante, ¿no es cierto?

—Desde luego; para dar y tomar. Pero creo que a lo que se quería referir era a su conciencia y su desesperación.

—Tú nunca has sentido desesperación, ¿verdad, Ernie?

—Todavía no.

—Si fueras a sentirla probablemente ya la hubieras sentido.

—La he tenido lo bastante cerca como para tocarla, pero siempre la conjuré.

—Hablando de conjurar cosas, ¿una cerveza a medias?

—Iré por ella.

La botella grande de Tusker estaba fría en la bolsa de lona con agua y eché cerveza en dos vasos y dejé la botella sobre la mesa.

—Siento mucho tener que irme, Ernie —dijo G. C.—. ¿Crees que se lo tomará realmente mal?

—Sí.

—Lo soportarás. Y puede que se lo tome perfectamente bien.

CAPÍTULO IX

Fui a la tienda a ver si Mary estaba despierta, pero seguía durmiendo profundamente. Se había despertado y había bebido un poco de té y después había vuelto a dormirse.

—La dejaremos dormir —le dije a G. C.—. Da lo mismo si no despellejamos incluso hasta las nueve y media. Le conviene dormir todo lo que pueda.

G. C. estaba leyendo el libro de Lindbergh, pero yo no tenía estómago para meterme en *El año del león* esa mañana así que leí el libro de aves. Era un libro nuevo muy bueno de Praed y Grant y yo sabía que al cazar un solo animal con demasiado empeño y concentración me había perdido muchas cosas al no observar debidamente a los pájaros. Si no hubieran existido animales hubiéramos podido estar tan contentos observando a las aves, pero yo sabía que eso lo había descuidado terriblemente. Mary lo había llevado mucho mejor. Siempre andaba viendo pájaros en los que yo no me había fijado u observándolos con todo detalle mientras yo permanecía sentado en mi silla de campaña simplemente mirando el paisaje. Ahora al leer el libro de aves comprendí lo idiota que había sido y el mucho tiempo que había desperdiciado.

En casa, sentado a la sombra en la cabecera del estanque, me hacía feliz ver a los pitirres zambullirse a coger insectos del agua y observar cómo el blanco gris de su pecho se veía verde con el reflejo del agua. Me encantaba observar a las palomas hacer el nido en los árboles de Álamo y a los sinsontes cuando cantaban. Ver a las aves migratorias pasar en otoño y en primavera era emocionante y una tarde feliz se pasaba viendo a los avetoros pequeños venir a beber al estanque y observándolos explorar los desagües en busca de ranitas. Ahora aquí en África en torno al campamento había pájaros preciosos en todo momento. Estaban en los árboles y en los espinos y andando por el suelo y yo sólo los veía como trocitos de color que se movían y, en cambio, Mary los amaba y los conocía a todos. No podía comprender cómo me había vuelto tan tonto e insensible con los pájaros y me sentía muy avergonzado.

Comprendí que durante mucho tiempo sólo había prestado atención a los depredadores, a los carroñeros y a los pájaros cuya carne era comestible y a los pájaros que tenían que ver con la caza. Entonces pensé en qué pájaros me había fijado y salió una lista tan larga que ya no me sentí tan mal del todo, pero decidí observar más a los pájaros del campamento y preguntarle a Mary por todos los que no conocía y, sobre todo, verlos de verdad y no pasarles la vista por encima.

Eso de mirar y no ver las cosas era un gran pecado, pensé, y uno en el que era fácil caer. Siempre era el comienzo de algo malo y pensé que no nos merecíamos vivir en el mundo si no lo veíamos. Traté de pensar cómo había llegado a no ver los pajaritos que había por el campamento y pensé que en parte era porque leía demasiado para apartar la mente de la concentración en la caza seria y en parte sin duda por beber en el campamento para relajarme cuando volvíamos de cazar. Sentí admiración por Mayito, que casi no bebía nada porque quería acordarse de todo lo de África. Pero G. C. y yo éramos bebedores y yo sabía que eso no era solamente un hábito y una vía de escape. Era un modo de embotar a propósito una receptividad tan sensible, como lo es un rollo de película, que si se mantenía siempre en ese mismo nivel se hacía insoportable. Estás haciéndolo parecer una causa noble, pensé, y sabes que si G. C. y tú bebéis también es porque os encanta y a Mary le gusta igual y nos lo pasamos muy divertido bebiendo. Ahora será mejor que vayas a ver si está despierta ya, pensé.

De modo que entré y seguía durmiendo. Y siempre estaba preciosa dormida. Cuando dormía, su rostro no mostraba ni felicidad ni infelicidad. Existía simplemente. Pero hoy el perfil estaba demasiado finamente dibujado. Deseé ser capaz de hacerla feliz, pero lo único que se me ocurría hacer para conseguirlo era dejar que siguiera durmiendo.

Salí de nuevo con el libro de los pájaros e identifiqué un alcaudón, un estornino y un abejaruco, y entonces oí movimiento en la tienda y entré y me encontré a Mary sentada al borde de su catre poniéndose los mocasines.

—¿Cómo te encuentras, querida?

—Horrible. Y tú le disparaste el primero a mi león y será mejor que no te vea.

—Me quitaré de en medio un rato.

Salí hasta las líneas y Keiti me dijo que los exploradores de caza estaban planeando hacer un ngoma a lo grande, con todo el mundo bailando en el campamento y que vendría la shamba entera. Keiti dijo que andábamos escasos de coca-cola y le dije que iría a Laitokitok en el coche de caza con Mthuka y Arap Meina y todo el que quisiera comprar alguna cosa en el pueblo. Keiti quería también algo más de posho y yo intentaría conseguir un saco o un par de sacos y además algo de azúcar. A los wakamba les gustaba la harina de maíz que se traía a través de Kajiado y vendían en la duka india cuyo dueño era seguidor del Aga Kan. No les gustaba la de otro tipo que se vendía en los otros almacenes indios. Yo había aprendido a distinguir la del tipo que les gustaba por el color, la textura y el sabor, pero siempre podía equivocarme y Mthuka la comprobaría. La coca-cola era para los mahometanos, que no podían beber cerveza, y para las chicas y las mujeres que vinieran al ngoma. Dejaría a Arap Meina en la primera manyatta masai y él les diría a los masais que vinieran y vieran el león y así estarían bien seguros de que lo habían matado. No se les invitaba al ngoma, que estaba estrictamente reservado para los wakamba.

Paramos delante de las bombas de gasolina y la duka donde comprábamos y Keiti se bajó. Pasé mi rifle atrás a Mwengi, el porteador de armas de Pop, que lo guardó en el armero que habíamos hecho en el respaldo del asiento delantero. Le dije a Keiti que bajaría hasta lo del señor Singh para encargar la cerveza y los refrescos y le indiqué a Mthuka que llenase el depósito del coche y después lo llevase hasta lo del señor Singh y lo dejase a la sombra. No entré en el almacén grande con Keiti sino que fui andando a la sombra de los árboles hasta el del señor Singh.

Dentro estaba fresco y olía a la comida de la cocina de la vivienda y al serrín de la serrería. El señor Singh sólo tenía tres cajas de cerveza pero creía que podía conseguir dos más en un sitio del otro lado de la calle. Tres ancianos masais vinieron desde la cantina de mala fama de al lado. Éramos amigos y nos saludamos con solemnidad y por el olor supe que ya habían estado bebiendo jerez Golden Jeep, lo que explicaba el afecto que se mezclaba con su solemnidad. El señor Singh sólo tenía seis botellas de cerveza frías de manera que le compré dos para ellos tres y una para mí y les dije que miss Mary había matado el león grande. Bebimos a nuestra salud mutua y a la de miss Mary y a la del león y luego me disculpé porque tenía asuntos que tratar con el señor Singh en el cuarto de atrás.

En realidad no había asunto alguno. El señor Singh quería que comiese algo con él y tomase un whisky con agua con él. Tenía algo que decirme que no lograba entender y salí y llevé al chico que había estudiado en la misión para que tradujera. El joven llevaba pantalones y una camisa blanca por dentro y unas botas grandes y pesadas de punta cuadrada que eran la etiqueta de su educación y civilización.

—Señor —dijo—. El señor Singh me solicita que le diga que esos jefes masais se aprovechan permanentemente de usted en lo concerniente a la cerveza. Se congregan en esa taberna de al lado que dice ser salón de té y cuando lo ven venir a usted se acercan exclusivamente para aprovecharse de usted.

—Yo conozco a esos tres ancianos y no son jefes.

—He empleado la designación de jefes al modo que se habla a los europeos —dijo el chico educado en la misión—. Pero la observación que hace aquí el señor Singh es exacta. Abusan de su amistad en lo concerniente a la cerveza.

El señor Singh asintió muy serio con la cabeza y me tendió una botella de White Heather. Había entendido dos palabras del inglés misional: amistad y cerveza.

—Hay que aclarar una cosa para siempre. Yo no soy europeo. Nosotros somos norteamericanos.

—Pero esa distinción no existe. A ustedes se les clasifica como europeos.

—Pues es una clasificación a la que habrá que poner remedio. Yo no soy europeo. El señor Singh y yo somos hermanos.

Añadí agua a mi vaso igual que el señor Singh. Brindamos y luego nos abrazamos. Después nos pusimos de pie y miramos la oleografía del primer Singh estrangulando dos leones, uno con cada mano. Ambos estábamos profundamente conmovidos.

—¿Eres seguidor del niño Jesús según creo? —le pregunté al chagga educado en la misión.

—Soy cristiano —repuso con dignidad.

El señor Singh y yo nos miramos con tristeza y movimos la cabeza. Luego el señor Singh dijo algo al intérprete.

—Aquí el señor Singh dice que guardará las tres botellas de cerveza frías para usted y su gente. Cuando regresen los mzees masais les servirá vino.

—Excelente —dije yo—. ¿Quieres mirar si ha llegado mi gente con el carro de cazar?

Salió al exterior y el señor Singh se dio unos golpecitos en la cabeza con el dedo índice y me ofreció el White Heather en la botella cuadrada rechoncha. Dijo que era una pena que no nos diera tiempo de comer juntos. Le dije que no anduviese de noche por esos puñeteros caminos. Me pregunté si me gustaba el intérprete. Le dije que era maravilloso y que tenía unos recios zapatos negros para demostrar su cristiandad.

—Dos de sus hombres están fuera con el camión de caza —dijo el intérprete al entrar.

—Carro de cazar —dije yo y salí para indicar a Mthuka que entrase.

Entró con su camisa a rayas ajedrezada; alto y encorvado y de labios largos con las hermosas cicatrices kamba de flecha en las mejillas. Saludó a la señora Singh detrás del mostrador donde estaban las piezas de tela, cuentas, medicinas y artículos de novedades y la miró con aprobación. Su abuelo había sido caníbal y su padre era Keiti y él tenía por lo menos cincuenta y cinco años. El señor Singh le dio una de las cervezas frías y me dio a mí la mía que antes había tapado. Mthuka bebió un tercio de la suya y dijo:

—Le llevaré resto a Mwengi.

—No. Tenemos una fría también para él.

—Le llevaré ésta ahora y montaremos guardia.

—Quedan dos —dijo el señor Singh.

Mthuka asintió con la cabeza.

—Dele un orange crush al intérprete —dije yo.

El intérprete dijo con el refresco en la mano:

—Antes de que regresen sus amigos los masais, ¿me permite hacerle algunas preguntas, señor?

—¿Cuáles son las preguntas?

—¿Cuántos aeroplanos tiene usted, señor?

—Ocho.

—Debe de ser usted uno de los hombres más ricos del mundo.

—Lo soy —dije con modestia.

—¿Y entonces, señor, por qué viene usted aquí para hacer las funciones de un guardia de caza?

—¿Por qué algunos van a La Meca? ¿Por qué cualquier hombre va a cualquier sitio? ¿Por qué irías tú a Roma?

—Yo no pertenezco a la fe católica. Yo no iría a Roma.

—Ya sabía yo que tú no eras de esa religión con esos zapatos.

—Tenemos muchas cosas en común con la fe católica, pero nosotros no rendimos culto a imágenes.

—Lástima. Hay muchas imágenes magníficas.

—Me gustaría ser explorador de caza y tener un empleo con usted señor o con el bwana Caza.

En ese preciso momento volvieron a entrar los ancianos masais, que traían a dos nuevos camaradas. Yo no los conocía, pero el más viejo de entre mis amigos ancianos me dijo que tenían muchos problemas con leones que no sólo se llevaban vacuno de las bomas sino también burros, moranis, totos, mujeres y cabras. Les gustaría que miss Mary y yo fuésemos a librarlos de ese terror. Todos aquellos masais estaban ya completamente borrachos y a uno se le detectaba cierta propensión a mostrarse agresivo.

Habíamos conocido a muchos buenos masais y a grandes masais y a masais sin adulterar, pero la bebida era algo tan ajeno a los masais como natural para los wakamba y bajo sus efectos se desquiciaban y algunos ancianos se acordaban de cuando eran una gran tribu dominante de guerreros e invasores en vez de una curiosidad antropológica de adoradores de ganado invadidos por la sífilis. El nuevo camarada anciano estaba borracho a las once de la mañana y era un borracho agresivo. Eso se hizo evidente desde su primera pregunta y decidí hacer uso del intérprete para establecer una distancia formal entre nosotros y también porque, como los cinco ancianos llevaban lanzas largas de morani, cosa que demostraba mala disciplina tribal, era casi seguro que el intérprete sería el primer alanceado puesto que era él quien pronunciaría las palabras provocadoras si es que esas palabras se pronunciaban. Si se producía una disputa con los cinco masais borrachos de las lanzas en la pequeña sala frontal de una tienda de suministros era seguro que uno sería alanceado. Pero la presencia del intérprete significaba que tendrías la oportunidad de cargarte con la pistola a tres de tus amigos borrachos en lugar de a uno o posiblemente dos. Di un poco de vuelta a la pistolera de modo que descansase sobre la parte delantera de la pierna; me tranquilizó que estuviese abrochada y solté el cierre de la funda con el meñique.

—Traduce, zapatones —dije—. Traduce con exactitud.

—Éste aquí dice, señor, que ha oído que una de las esposas de usted, él ha dicho mujeres, ha matado a un león y se pregunta si en su tribu el matar leones es cosa de las mujeres.

—Dile al gran jefe al que no conocía que en mi tribu algunas veces se deja el matar leones a las mujeres, de la misma forma que en su tribu él deja para los jóvenes guerreros el beber jerez Golden Jeep. Hay jóvenes guerreros que se pasan la vida bebiendo y nunca han matado a un león.

El intérprete sudaba intensamente en ese momento y las cosas no mejoraban. El masai, que era un viejo muy guapo de más o menos mi misma edad o posiblemente mayor, habló y el intérprete dijo:

—Dice aquí, señor, que si usted hubiera querido ser cortés y hablar como un jefe a otro jefe hubiera aprendido su lengua de manera que usted y él pudieran hablar de hombre a hombre.

Ya se había acabado, pues, y a bajo coste, así que dije:

—Dile a ese jefe que no conocía hasta ahora que estoy avergonzado de no haber aprendido correctamente su lengua. Mi deber ha sido el de cazar leones. La esposa que he traído aquí tiene el deber de cazar leones. Ayer mató uno y aquí hay dos botellas más de cerveza fría que reservaba para mi gente pero que beberé una de ellas con ese jefe y sólo con él, y el señor Singh proporcionará vino a todos los otros jefes.

El intérprete dijo eso y los masais se acercaron a estrechar la mano. Abroché la correa de la funda y me puse la pistola más atrás contra el muslo, donde le correspondía.

—Un orange crush para el intérprete —le dije al señor Singh.

El intérprete lo cogió, pero los masais que buscaban bronca hablaron animada y confidencialmente con él. El intérprete tomó un trago de su refresco para aclararse la garganta y me dijo:

—Aquí el jefe pregunta con toda confidencialidad cuánto ha pagado usted por esa esposa que mata leones. Dice que una esposa así para criar puede ser de tanto valor como un toro grande.

—Dile al jefe, que veo que es un hombre de gran inteligencia, que pagué dos aeroplanos pequeños y un aeroplano más grande y cien cabezas de ganado por esa esposa.

El anciano masai y yo bebimos juntos y luego me habló otra vez muy de prisa y muy serio.

—Dice que es un precio muy alto por cualquier esposa y que ninguna mujer puede valer tanto. Dice que ha hablado usted de ganado. ¿Eran sólo vacas o había también toros?

Expliqué que el ndege no era con aviones nuevos sino que había sido con aviones usados en la guerra. Dije que el ganado eran todo vacas.

El viejo masai dijo que eso era más comprensible pero que ninguna mujer valía tanto dinero.

Me mostré de acuerdo en que el precio era alto pero que la esposa lo había valido. Ahora, dije, era necesario que regresara al campamento. Pedí otra ronda de vino y le dejé la botella grande de cerveza al anciano. Habíamos bebido con vasos y puse el mío boca abajo sobre el mostrador. El anciano me instó a tomar otro vaso y me serví uno por la mitad y me lo bebí. Nos dimos la mano y olí ese olor a cuero y el humo y la boñiga seca y el sudor que no es desagradable y salí a la luz cortante de la calle donde el coche de caza estaba medio a la sombra de las hojas. El señor Singh había puesto ya cinco cajas de cerveza en la parte de atrás y su chico trajo la última botella fría envuelta en un periódico. Había apuntado la cerveza y la botella de vino para los masais en una libreta y le pagué y le di al intérprete un billete de cinco chelines.

—Preferiría un empleo, señor.

—No puedo darte trabajo más que como intérprete. Y ése te lo he dado y pagado.

—Me gustaría ir con usted de intérprete.

—¿Harías de intérprete entre los animales y yo?

—Podría aprender, señor. Sé hablar swahili, masai, chagga y el inglés, naturalmente, como puede ver.

—¿Hablas kamba?

—No, señor.

—Nosotros hablamos kamba.

—Podría aprenderlo con facilidad, señor. Podría enseñarle a usted a hablar buen swahili y usted podría enseñarme a mí a cazar y el lenguaje de los animales. No tenga usted prejuicios sobre mí porque soy cristiano. Fueron mis padres los que me enviaron a la escuela de la misión.

—¿No te gustó la escuela de la misión? Recuerda que Dios te está escuchando. Oye todas tus palabras.

—No, señor. Odiaba la escuela de la misión. Soy cristiano gracias a la instrucción y a la ignorancia.

—Te llevaremos de caza alguna vez. Pero tendrás que venir descalzo y con pantalón corto.

—Odio estos zapatos, señor. Tengo que llevarlos a causa de bwana McCrea. Si le dijeran que ando sin mis zapatos o que he estado con usted en la tienda del señor Singh me castigaría. Incluso aunque sólo haya bebido coca-cola. La coca-cola es el primer paso, dice bwana McCrea.

—Te llevaremos a cazar alguna vez. Pero tú no eres de una tribu de cazadores. ¿Qué sacarás de bueno? Te asustarás y serás desgraciado.

—Señor, si se acuerda usted de mí le demostraré a usted lo que soy. Con estos cinco chelines haré el primer pago de una lanza en la tienda de Benji. Andaré descalzo por las noches para endurecer mis pies como los de los cazadores. Si usted me pone a prueba, superaré la prueba.

—Eres un buen chico, pero no quiero entrometerme en cosas de religión y no tengo nada que ofrecerte.

—Superaré la prueba que me ponga.

—Kwisha —le dije. Y luego a Mthuka—: Kwenda na duka.

La duka estaba atestada de masais comprando y mirando comprar a otros. Las mujeres te miraban con descaro de la cabeza a los pies y los guerreros jóvenes, con sus coletas untadas de ocre y sus flequillos, eran insolentes y bulliciosos. Los masais olían bien y las mujeres tienen las manos frías y cuando la tienen entre las tuyas nunca la quitan porque les encanta el calor de tu palma y la exploran contentas sin moverla. El de Benji era un almacén activo y bullanguero como un mercado indio en América en tarde de sábado o un día de paga mensual. Keiti había encontrado buen posho y toda la coca-cola y los refrescos que hacían falta para el ngoma y estaba pidiendo unas cuantas cosas innecesarias de las estanterías altas para poder contemplar a la chica india, que era inteligente y encantadora y que estaba enamorada de G. C. desde una gran distancia y a la que todos admirábamos y de la que todos nos hubiéramos enamorado si no fuera inútil, subiendo a cogerlas y bajando a llevárselas. Ésa era la primera vez que había visto cómo le gustaba a Keiti mirar a esa chica y estaba contento de que eso nos diera una leve ventaja sobre él. La chica me habló con su voz encantadora y me preguntó por miss Mary y me dijo lo contenta que estaba con lo del león y, aunque me proporcionaba gran placer verla y oír su voz y que nos estrechásemos la mano, no pude evitar ver lo embelesado que estaba Keiti. Sólo entonces me di cuenta de lo limpia y pulida y bien planchada que llevaba la ropa y que se había puesto su mejor uniforme de safari y el turbante bueno.

Con la ayuda de Mthuka la gente de la duka empezó a sacar los sacos de harina y las cajas de refrescos y yo pagué la cuenta y compré media docena de silbatos para el ngoma. Luego, como la duka tenía poco personal, salí para guardar el rifle mientras Keiti les ayudaba con las cajas. Me hubiera gustado ayudar a cargar, pero eso no se consideraba decente. Cuando estábamos solos cazando, siempre trabajábamos juntos, pero en público esto hubiera sido incomprendido, de manera que me senté en el asiento de delante con el rifle entre las piernas y escuché las peticiones de los masais que querían que los llevásemos con nosotros hacia la Montaña. El chasis de la camioneta Chevrolet sobre el que habíamos montado la carrocería del coche de caza tenía buenos frenos, pero con la carga que íbamos a transportar no podíamos llevar más que unas seis personas más. Yo había visto días en que habían subido una docena o más. Pero era demasiado peligroso en las curvas, que algunas veces hacían que las mujeres masais se mareasen. Nunca bajábamos guerreros por la carretera de la Montaña aunque al subir los recogíamos a menudo. Al principio eso había producido cierto mal sabor, pero ahora ya era una práctica aceptada y los hombres que subíamos con nosotros se lo explicaban a los demás.

Por fin lo tuvimos todo estibado y en la parte de atrás iban cuatro mujeres con sus bolsas, hatillos, calabazas y cargas diversas; en el segundo asiento iban sentadas otras tres con Keiti a su derecha y delante íbamos Mwengi, Mthuka y yo. Arrancamos entre agitar de brazos de los masais y abrí la botella de cerveza fría todavía envuelta en periódicos y se la ofrecí a Mwengi. Se movió hacia mi lado para beber y se sentó más abajo para quedar fuera de la vista de Keiti. Bebí yo y se la pasé a él y bebió a fondo por un costado de la boca para no dejar a la vista la botella de litro. Me la devolvió y se la ofrecí a Mthuka.

—Después —me dijo.

—Cuando se maree alguna mujer —dijo Mwengi.

Mthuka conducía con mucho cuidado, tomando en consideración el peso de la carga en las curvas empinadas. Normalmente entre Mthuka y yo tendría que haber estado una mujer masai; sabíamos que una no se mareaba seguro y dos más iban a prueba en el segundo asiento entre Ngui y Mwengi. Ahora los tres comprendimos que las tres mujeres con Keiti era un desperdicio. Una de ellas era una belleza famosa tan alta como yo, con cuerpo maravilloso y las manos más frías e insistentes que nunca había conocido. Normalmente se sentaba entre Mthuka y yo en el asiento delantero y me cogía la mano y con la otra mano jugaba suave e intencionadamente con Mthuka y nos iba mirando a los dos y se reía cuando notaba reacciones a su cortejo. Era una belleza de lo más clásico, con una piel deliciosa, y no tenía recato alguno. Yo sabía que tanto Ngui como Mthuka le concedían sus favores. Sentía curiosidad por mí y le encantaba provocar reacciones visibles y, cuando la dejábamos en tierra para que se fuese a su manyatta, casi siempre se bajaba con ella alguien más que después hacía a pie el camino hasta el campamento.

Pero hoy vamos por la carretera contemplando todo nuestro propio país y Mthuka no puede tomar ni siquiera un poco de cerveza porque Keiti, su padre, está sentado justo detrás de él y yo pensaba en la moralidad y bebía cerveza con Mwengi; hicimos una marca rasgando el papel que tapaba la botella para señalar el sitio a partir del cual la cerveza restante sería para Mthuka. De acuerdo con una ética elemental, era perfectamente correcto que dos de mis mejores amigos fueran con aquella mujer masai, pero yo no podía hacerlo porque estaba a prueba como mkamba y porque Debba y yo nos importábamos realmente el uno al otro y eso hubiera sido una prueba de irresponsabilidad y libertinaje por mi parte y de que no era una persona seria. Por otra parte, si no respondía, visiblemente, a contactos o incitaciones no buscados también hubiera sido una cosa muy mala. Estas reflexiones sencillas sobre nuestras *moeurs* tribales siempre hacían de los viajes a Laitokitok algo placentero e instructivo aunque a veces, hasta que lo comprendías, podían resultar frustrantes y desorientadoras salvo porque sabías que si deseabas ser un buen mkamba era preciso no sentirse frustrado nunca ni admitir jamás que estabas desorientado.

Por fin avisaron desde la parte de atrás que una mujer estaba mareada e indiqué a Mthuka que detuviese el coche. Sabíamos que Keiti aprovecharía la parada para irse hasta los matorrales a orinar, así que cuando hizo eso con aire muy digno y como casual le pasé la botella de cerveza a Mthuka, que se bebió su parte rápidamente y dejó el resto para Mwengi y para mí.

—Hay que beberla antes de que se caliente.

El coche se llenó de nuevo y en tres paradas descendió todo el pasaje y cruzamos el arroyo y seguimos hacia el campamento atravesando las tierras del parque. Vimos un tropel de impalas atravesando el bosque y salí del coche con Keiti para atajarlos. Parecían de color rojo contra el verde espeso y un macho joven miró para atrás al oírme silbar casi sin ruido. Contuve el aliento, apreté el gatillo con mucha suavidad y le partí el cuello y Keiti corrió hacia él para hacer el halal mientras los demás saltaban y brincaban por el aire para ponerse a cubierto.

No acompañé a Keiti para verle hacer el halal, de manera que era cuestión de su propia conciencia y yo ya sabía que su conciencia no era tan rígida como la de Charo. Pero no quería que el animal quedara inservible para los mahometanos, ya que había querido cobrar la pieza para carne así que avancé despacio sobre la hierba primaveral y cuando llegué ya había cortado el cuello al impala y sonreía.

—Piga mzuri —dijo.

—¿Cómo no? —le contesté—. Uchawi.

—Hapana Uchawi. Piga mzuri sana.

CAPÍTULO X

Debajo de los árboles y más allá, detrás de las líneas, había muchísima gente; en ella destacaban las mujeres con sus atractivos rostros marrones y sus corpiños de tela brillante y preciosos collares y pulseras de grandes cuentas. Habían traído el tambor grande de la shamba y los exploradores de caza tenían otros tres tambores. Era temprano, pero el ngoma ya estaba empezando a tomar forma. Pasamos con el coche entre la gente y los preparativos y nos detuvimos a la sombra y las mujeres salieron y los niños vinieron corriendo a ver los animales que habíamos descargado. Le di el rifle a Ngui para que lo limpiase y me fui a la tienda comedor. El viento de la Montaña soplaba ahora muy fuerte y la tienda estaba fresca y agradable.

—Te llevaste toda la cerveza fría —dijo miss Mary.

Se la veía mucho mejor y más descansada.

—He traído una botella de vuelta. Viene en la bolsa. ¿Cómo estás, querida?

—G. C. y yo estamos mucho mejor. No encontramos tu bala. Sólo la de G. C. A mi león se le ve tan noble y hermoso cuando está blanco y desnudo. Ha recuperado su dignidad como cuando estaba vivo. ¿Os habéis divertido en Laitokitok?

—Sí. Hicimos todos los recados.

—Dele la bienvenida, miss Mary —dijo G. C.—. Enséñeselo todo y que esté cómodo. Ya has visto algún ngoma antes, ¿verdad, buen hombre?

—Sí, señor —le respondí—. También los tenemos en mi país. Y a todos nos gustan mucho.

—¿Es eso que en Estados Unidos llaman béisbol? Yo siempre había creído que era una variedad de juego del chito.

—En mi tierra, señor, los ngomas son un especie de fiesta de la cosecha con danzas folklóricas. Tengo entendido que es algo bastante parecido a su criquet.

—Completamente —dijo G. C.—. Pero este ngoma es totalmente diferente. Será bailado exclusivamente por nativos.

—¡Qué divertido, señor! —exclamé—. ¿Podría yo acompañar a miss Mary, que es como llama usted a esta encantadora damita, al ngoma?

—Ya estoy comprometida —dijo miss Mary—. Asistiré al ngoma con el señor Chungo del departamento de exploradores de caza.

—Y un cuerno, miss Mary —dijo G. C.

—¿El señor Chungo es ese joven tan bien plantado de bigote y pantalón corto en cuya cabeza estaban colocando plumas de avestruz, señor?

—Parecía un buen tipo. Señor. ¿Es uno de sus colegas del departamento de exploradores de caza? He de reconocer, señor, que tienen ustedes un magnífico cuerpo de hombres.

—Estoy enamorada del señor Chungo y es mi héroe —dijo miss Mary—. Me dijo que eras un mentiroso y que no habías tocado al león para nada. Declaró que todos los chicos saben que eres un mentiroso y que Ngui y algunos de los otros sólo fingen ser amigos tuyos porque les regalas cosas todo el tiempo y que no tienen disciplina. Dijo que mirase cómo Ngui había roto tu mejor cuchillo, aquel por el que pagaste tanto dinero en París aquel día que volviste a casa borracho.

—Sí. Sí —dije—. Me acuerdo de haber visto al bueno de Chungo en París. Sí. Sí. Ya me acuerdo. Sí. Sí.

—No. No —dijo G. C. como ausente—. No. No. El señor Chungo no. No es socio.

—Sí. Sí —insistí—. Me temo que sí lo es, señor.

—El señor Chungo me dijo otra cosa interesante. Me dijo que habías usado veneno de flechas kamba en tus balas y que Ngui te lo prepara y que todo ese asunto de risasi moja de matar de un solo tiro es por el efecto del veneno de flechas. Se ofreció a enseñarme lo rápido que corre ese veneno de flechas por la corriente sanguínea probándolo en la sangre que goteaba de su propia pierna.

—Caramba, caramba. ¿No cree usted que sería mejor que asistiera al ngoma con su colega el señor Chungo, señor? Puede que todo esto sea absolutamente reprobable, pero ella sigue siendo una memsahib, señor. Sigue estando sujeta a la Ley de Obligaciones de los Blancos.

—Irá al ngoma conmigo —dijo G. C.—. Prepárenos una copa, miss Mary; o no, lo haré yo.

—Todavía puedo preparar copas —repuso miss Mary—. No tengáis ese aire tan siniestro los dos. Todo lo del señor Chungo me lo he inventado. Alguien tiene que hacer bromas aquí además de Papá y sus paganos y tú y Papá y vuestras travesuras y maldades nocturnas. ¿A qué hora os habéis levantado todos esta mañana?

—No demasiado temprano. ¿Sigue siendo el mismo día?

—Los días se suceden uno al otro y al otro y al otro —dijo miss Mary—. Eso digo en mi poema de África.

Miss Mary estaba escribiendo un gran poema sobre África, pero el problema estaba en que muchas veces lo componía en su cabeza y se olvidaba de escribirlo y entonces acababa yéndose como los sueños. Había escrito algunos versos, pero no quería enseñárselos a nadie. Todos teníamos una gran fe en su poema sobre África y yo la sigo teniendo, pero preferiría que lo escribiera de verdad en un papel. Por entonces todos estábamos leyendo las *Geórgicas* traducidas por C. Day Lewis. Teníamos dos ejemplares, pero siempre andaban perdidos o traspapelados y nunca he conocido un libro que se traspapelase tanto como ése. El único defecto que le he encontrado siempre al mantuano es que hacía a las personas normalmente inteligentes sentirse capaces de escribir también ellos alta poesía. Dante sólo hacía sentirse capaces de escribir alta poesía a los locos. Esto no era verdad, por supuesto, pero por entonces casi nada era verdad y especialmente en África. En África una cosa es verdad al amanecer y es mentira al mediodía y no te merece más respeto que esa laguna perfecta bordeada de hierbas que ves a través de la llanura de sal calcinada por el sol. Has atravesado esa llanura por la mañana y sabes que allí no hay ninguna laguna. Pero ahora está allí absolutamente de verdad, hermosa y creíble.

—¿Dices eso realmente en el poema? —pregunté a miss Mary.

—Sí, por supuesto.

—Entonces escríbelo antes de que empiece a sonar a accidente de tráfico.

—No tienes que estropear los poemas de la gente igual que disparas sobre sus leones.

G. C. me miró con cara de escolar aburrido y yo dije:

—He encontrado mi *Geórgicas*, si lo quieres. Es el que no tiene la introducción de Louis Bromfield. Por eso lo conozco.

—El mío se conoce porque tiene puesto mi nombre.

—Y una introducción de Louis Bromfield.

—¿Quién ese Bromfield? —preguntó G. C.—. ¿Es un nombre de guerra?

—Es un hombre que escribe y que tiene una granja muy conocida en Estados Unidos; en Ohio. Por eso la Universidad de Oxford le encargó que escribiera una introducción, porque su granja es muy conocida. Pasando las páginas puedes ver la granja de Virgilio y los animales de Virgilio y la gente de Virgilio y hasta la austeridad o tosquedad de sus rasgos o figura, he olvidado qué. Debe de ser la tosquedad de su figura si es granjero. De todas formas Louis Bromfield puede verlo y dice que constituye un gran poema o poemas inmortales para todo tipo de lectores.

—Debe de ser la edición que tengo sin Bromfield —dijo G. C.—. Creo que te la dejaste en Kajiado.

—El mío tiene mi nombre puesto —dijo miss Mary.

—Bueno —dije yo—. Y también *En el interior del país swahili* tiene tu nombre puesto y ahora mismo lo tengo en el bolsillo de atrás todo sudado y pegado. Te daré el mío y puedes ponerle tu nombre.

—No quiero el tuyo. Quiero el mío y ¿por qué has tenido que sudarlo hasta dejarlo pegado y estropearlo del todo?

—No lo sé. Es probable que fuera parte de mi plan para estropear África. Pero está aquí. Te aconsejo que cojas el limpio.

—Ése tiene palabras que he escrito yo y que no están en el original y tiene anotaciones.

—Lo siento. Debo de habérmelo metido en el bolsillo a oscuras alguna mañana por equivocación.

—Tú nunca te equivocas —dijo miss Mary—. Eso lo sabemos todos. Y te iría todo mucho mejor si estudiases el swahili en vez de intentar todo el tiempo hablar en esa Lengua Desconocida y no leer nada más que libros en francés. Todos sabemos que sabes leer en francés. ¿Era necesario hacer todo el viaje hasta África para leer en francés?

—Puede ser. No lo sé. Ésta ha sido la primera vez en mi vida que he tenido una colección completa de Simenon y la chica de la librería del pasaje largo del Ritz fue tan amable de enviármelos y luego conseguirlos todos.

—Y luego los dejaste en casa de Patrick en Tanganyika. Todos menos unos pocos. ¿Crees que ellos los leerán?

—No lo sé. Pat es como misterioso en cierto modo como yo. Puede ser que los lea o puede que no. Pero tiene un vecino que tiene una mujer francesa y le vendrá bien tenerlos para ella. No. Pat los leerá.

—¿Has estudiado francés alguna vez y has aprendido a hablarlo correctamente?

—No.

—No tienes remedio.

G. C. frunció el ceño.

—No —dije—. Tengo remedio porque todavía tengo esperanza. El día que no la tenga lo sabrás más que rápido.

—¿En qué tienes esperanzas? ¿En tu holgazanería mental? ¿En coger los libros de los demás? ¿En armar líos de leones?

—Eso es aliteración. Di sólo armar líos.

Ahora me lío la manta para dormir.
Conjugar el verbo liarse y con quién
y lo encantador que eso puede ser.

Conjúgame cada mañana y cada noche
y con fuego, y no nevisca, ni luz de velas
la Montaña fría y cerca si tú duermes.

Los negros cercos de árboles no son tejos
pero la nieve sigue siendo nieve.
Conjúgame una vez la nieve

y por qué la Montaña se acerca
y se va más lejos cada vez.

Conjúgame amor conjugable.
¿Qué clase de falsedades traes?

No era un modo muy amable de hablar especialmente a quienes tenían a Virgilio en mente, pero entonces llegó el almuerzo y el almuerzo siempre era un armisticio en cualquier malentendido y los participantes en él y su excelencia estaban tan a salvo como se decía en otros tiempos que estaban en las iglesias los malhechores con la justicia tras ellos y yo nunca había tenido mucha fe en ese amparo. Así que lo dejamos todo limpio y borramos todo lo de la pizarra y miss Mary se fue a echar una siesta después del almuerzo y yo me fui al ngoma.

Era muy parecido a todos los demás ngomas, excepto que era extraordinariamente agradable y ameno y los exploradores de caza habían hecho un esfuerzo gigantesco. Estaban bailando en pantalón corto y todos llevaban cuatro plumas de avestruz en la cabeza, por lo menos al empezar. Dos plumas eran blancas y las otras dos teñidas de rosa y las sujetaban con toda clase de trucos, desde cintas y correas de cuero a atarlas o engancharlas en el pelo. Llevaban pulseras en los tobillos para bailar y bailaban bien y con una bella disciplina contenida. Había tres tambores y también tambores de latas y bidones de petróleo vacíos. Había cuatro danzas clásicas y tres o cuatro que eran improvisadas. Las mujeres jóvenes y las chicas no empezaban a bailar hasta las últimas danzas. Bailaban todos, pero no entraban en las figuras y bailaban en una segunda fila hasta más al final de la tarde. En la manera en que bailaban los niños y niñas se notaba que estaban acostumbrados a unos ngomas mucho más fogosos en la shamba.

Aparecieron miss Mary y G. C. y sacaron fotos en color y miss Mary fue felicitada por todos y les estrechó la mano a todos. Los exploradores hacían alardes de agilidad. Uno consistía en iniciar una voltereta lateral sobre una moneda que estaba medio enterrada de canto en el suelo y luego parar la voltereta cuando los pies estaban rectos en el aire y bajar la cabeza hacia el suelo flexionando los brazos, coger la moneda con los dientes y después elevarse y saltar para caer de pie y todo en un solo impulso. Era muy difícil y Denge, que era el más fuerte de los exploradores de caza y el más ágil, el más atento y el más garboso, lo hizo estupendamente.

Yo estuve casi todo el tiempo sentado a la sombra y contemplaba el baile y participaba en el ritmo básico golpeando con la base de la mano el fondo de uno de los barriles de petróleo vacíos. Llegó el informador y se coló a mi lado con su chal de imitación Paisley y su bonete.

—¿Por qué tú estás triste, hermano? —preguntó.

—No estoy triste.

—Todo el mundo sabe que tú estás triste. Tú tienes que estar alegre. Tú mira a tu novia. Ella es la reina del ngoma.

—No pongas la mano en mi tambor. Lo apagas.

—Tú tocas el tambor muy bien, hermano.

—Y un carajo. No tengo ni idea de tambor. Pero no hago mal a nadie. Y tú ¿por qué estás triste?

—El bwana Caza me habla muy duro y él me manda marchar. Después de todo nuestro trabajo magnífico él dice que yo no hago nada aquí y él me manda ir a un sitio donde yo puedo ser matado fácilmente.

—Pueden matarte en cualquier sitio.

—Sí. Pero aquí yo soy útil para ti y yo muero feliz.

El baile se iba haciendo ya más desenfrenado. Ver bailar a Debba me gustaba y no me gustaba. Era así de simple y, pensé, eso debe de haberles pasado a todos los seguidores de este tipo de ballet. Sabía que se estaba exhibiendo para mí porque al final bailaba junto al bongo del barril de petróleo.

—Ella es una hermosa chica joven —afirmó el informador—. Y ella es la reina del ngoma.

Seguí tocando hasta el final de la danza y entonces me levanté y encontré a Nguili, que se había puesto su vestido verde, y le pedí que mirase si las chicas tenían coca-cola.

—Ven a la tienda —le dije al informador—. Estás enfermo, ¿no es cierto?

—Hermano, yo tengo una fiebre verdaderamente. Tú puedes tomarme la temperatura y ver.

—Te daré un poco de Atabrine.

Mary seguía haciendo fotos y las chicas estaban de pie, muy tiesas y rígidas, con los pechos apuntando tras los chales, que parecían manteles.

Mthuka estaba reuniendo a algunas de las chicas y supe que Mary intentaba conseguir una buena foto de Debba. Los observé y vi lo tímidos y bajos que Debba tenía los ojos delante de Mary y lo erguida que estaba. No tenía ni rastro del descaro que tenía conmigo y mantenía la posición de firmes como un soldado.

El informador tenía una lengua tan blanca como si le brotase tiza y cuando se la bajé con el mango de una cuchara vi que tenía una gran placa amarilla y otra más blanquecina detrás en la garganta. Le puse el termómetro debajo de la lengua y tenía treinta y ocho con tres de temperatura.

—Estás enfermo, informador, compañero —le dije—. Te daré penicilina y unas tabletas de penicilina y te llevarán a casa en el coche de caza.

—Ya dije yo que estaba enfermo, hermano. Pero a nadie le importa. ¿Puedo tomar una bebida, hermano?

—A mí nunca me ha sentado mal con la penicilina. Puede que te siente bien para la garganta.

—Yo estoy seguro de que sí, hermano. ¿Tú crees que el bwana Caza me permitirá quedarme aquí y servir a tus órdenes ahora que tú puedes certificar que yo estoy enfermo?

—No serás ningún relámpago mientras estés enfermo. Tal vez debiera enviarte al hospital de Kajiado.

—No, hermano, por favor. Tú me puedes curar aquí y yo estaré disponible para todas las emergencias y yo puedo ser tus ojos y tus oídos y tu mano derecha en la batalla.

Dios nos valga, pensé, pero si tiene esas ideas sin llevar encima ni licor ni bang ni nada de nada y con la garganta irritada e infectada y seguramente con anginas tiene muy buena moral incluso aunque no sea más que de boquilla.

Preparé medio vaso de zumo de lima Rose y whisky mitad y mitad que le suavizaría la garganta y después le daría la penicilina y las tabletas y lo llevaría a su casa yo mismo.

El combinado le hizo sentirse mejor de la garganta y con el licor su moral se desbordó.

—Hermano, yo soy un masai. Yo no tengo miedo a la muerte. Yo desprecio a la muerte. Yo fue arruinado por los bwanas y por una mujer somalí. Ella se lo llevó todo: mis propiedades, mis hijos y mi honor.

—Ya me lo contaste.

—Sí, pero yo ahora desde que tú me compraste la lanza yo estoy empezando otra vez en la vida. ¿Tú has mandado traer la medicina que da la juventud?

—Ya viene. Pero sólo devuelve la juventud si la juventud está ahí.

—Está ahí. Yo lo prometo, hermano. Siento cómo ella corre por dentro de mí.

—Eso es la bebida.

—Quizás. Pero yo siento la juventud también.

—Ahora te daré la medicina y luego te llevaré a tu casa.

—No. Por favor, hermano. Yo vine con la Viuda y ella debe ir a casa conmigo. Ahora es demasiado pronto todavía para que ella vaya. Yo la perdí durante tres días en el último ngoma. Yo la esperaré y volveré con ella cuando el camión se marcha.

—Deberías estar en la cama.

—Es mejor que yo espero a la Viuda. Hermano, tú no sabes el peligro que es un ngoma para una mujer.

Tenía cierta idea de ese peligro y no quería que el informador hablase más con la garganta tan mal, pero me preguntó:

—¿Yo puedo tomar sólo una bebida última antes de la medicina?

—Muy bien. Supongo que está bien, médicamente.

Esta vez puse azúcar en el zumo de lima Rose y preparé un buen vaso grande. Si iba a esperar a la Viuda eso podía ir para largo y pronto se pondría el sol y haría frío.

—Nosotros haremos grandes hazañas juntos, hermano —dijo el informador.

—No sé. ¿No crees que antes debiéramos hacer unas cuantas grandes hazañas por separado para ir entrenándonos?

—Tú dices una gran hazaña y yo la haré.

—Pensaré alguna gran hazaña en cuanto estés bien de la garganta. Y ahora yo tengo que hacer muchas hazañas pequeñas.

—¿Yo puedo ayudarte en una pequeña hazaña, hermano?

—En éstas no. Éstas tengo que hacerlas yo solo.

—Hermano, ¿si nosotros hacemos grandes hazañas juntos tú me llevarás a La Meca contigo?

—Puede que no vaya a La Meca este año.

—¿Y el año que viene?

—Si es ése el deseo de Alá.

—Hermano, ¿tú recuerdas a bwana Blixen?

—Demasiado bien.

—Hermano, muchos dicen que no es verdad que bwana Blixen está muerto. Ellos dicen que él ha desaparecido hasta la muerte de sus acreedores y que él volverá otra vez a la tierra como el niño Jesús. En la teoría del niño Jesús. No que él aparecerá y él será el niño Jesús de verdad. ¿En eso puede haber verdad?

—Creo que en eso no puede haber nada de verdad. El bwana Blix está muerto de verdad. Unos amigos míos lo vieron muerto en la nieve con la cabeza rota.

—Demasiados grandes hombres han muerto. Pocos de nosotros quedamos. Tú háblame, hermano, de tu religión de la que yo he oído hablar. ¿Quién es ese gran Señor que encabeza tu fe?

—Lo llamamos el Gichi Manitú el Poderoso. Pero ése no es su verdadero nombre.

—Yo entiendo. ¿Él también ha estado en La Meca?

—Él va a La Meca igual que tú y yo podemos ir al mercado o entrar en una duka.

—¿Tú lo representas directamente según yo he oído?

—En todo cuanto soy digno.

—Pero ¿tú sustentas su autoridad?

—Esa pregunta no te corresponde.

—Yo te pido perdón, hermano, por mi ignorancia. Pero ¿él habla a través de ti?

—Habla a través de mí si así lo elige.

—¿Pueden los hombres que no...?

—No preguntes.

—¿Pueden...?

—Voy a administrarte la penicilina y puedes irte —dije—. No es adecuado hablar de religión en la tienda comedor.

La penicilina oral no le inspiró al informador la confianza que yo esperaba en un protagonista de grandes hazañas en potencia, pero eso podía ser por la decepción de no tener la oportunidad de demostrar su valentía ante la gran aguja. No obstante, le gustó su sabor agradable y se tomó dos cucharadas con fruición. Me sumé a él en otras dos cucharadas por si acaso lo habían envenenado y también porque nunca se sabe lo que puede pasar en un ngoma.

—Esto sabe tan bueno que ¿tú crees que puede tener fuerza, hermano?

—El Gran Manitú también lo toma —dije.

—Alá sea loado —declaró el informador—. ¿Cuándo yo tomo el resto del frasco?

—Por la mañana cuando te despiertes. Si estás despierto por la noche, chupa una de estas pastillas.

—Yo ya estoy mejor, hermano.

—Ahora vete y cuida de la Viuda.

—Yo me voy.

Todo ese tiempo había estado oyendo el batir de los tambores y el fino agitar de las campanillas en los pies y los pitidos de los silbatos de tráfico. No me sentía aún muy festivo ni con ganas de bailar así que, cuando se hubo ido el informador, preparé una ginebra Gordon's con Campari y le añadí un poco de soda del sifón. Si esto combinaba bien con la dosis doble de penicilina, algo quedaría demostrado aunque quizás no fuera en el reino de la ciencia pura. Parecía que se mezclaban armoniosamente y, si acaso, agudizaban el ritmo de los tambores. Escuché con atención para ver si los silbatos de policía sonaban más penetrantes, pero parecía que no se alteraban. Tomé eso como una señal excelente y encontré una de litro de cerveza fría en la bolsa de agua, cuya lona goteaba, y me fui de vuelta al ngoma. Había alguien tocando mi tambor de metal de modo que busqué un buen árbol para sentarme con la espalda apoyada y allí se me unió mi amigo Tony.

Tony era un gran tipo y uno de mis mejores amigos. Era masai y había sido sargento del cuerpo de tanques y había sido un soldado muy valiente y capaz. Si no era el único masai del Ejército británico, seguro que al menos era el único sargento masai. Trabajaba para G. C. en el Departamento de Caza y siempre me daba envidia que G. C. lo tuviera porque era un buen mecánico, leal, entusiasta y siempre jovial y hablaba muy bien inglés, un perfecto masai, naturalmente, swahili, un poco de chagga y un poco de kamba. Tenía una constitución muy poco masai, con piernas cortas bastante arqueadas, pecho ancho y brazos y cuello poderosos. Yo le había enseñado a boxear y hacíamos guantes juntos muy a menudo y éramos muy buenos amigos y camaradas.

—Es un ngoma estupendo, señor —dijo Tony.

—Sí —repuse—. ¿No vas a bailar, Tony?

—No, señor. Es un ngoma kamba.

Ahora estaban bailando una danza muy complicada y las chicas jóvenes bailaban también en una figura copulativa muy intensa.

—Hay algunas chicas preciosas. ¿Cuál te gusta más, Tony?

—¿Cuál le gusta a usted, señor?

—No logro decidirme. Hay cuatro chicas realmente muy bonitas.

—Hay una que es la mejor. ¿Sabe a cuál me refiero, señor?

—Es preciosa, Tony. ¿De dónde es?

—De la shamba kamba, señor.

Era la mejor desde luego, mejor que todas las demás. Los dos la miramos.

—¿Has visto a miss Mary y al capitán de los rangers de caza?

—Sí, señor. Estaban aquí hace un momento. Estoy realmente

contento de que miss Mary haya cazado su león. ¿Se acuerda de los primeros días y el león y las lanzas con los masais, señor? ¿Se acuerda del campamento de la higuera? Ha sido mucho tiempo el que ha tenido que perseguir a su león. Esta mañana le expliqué un proverbio masai. ¿Se lo ha dicho?

—No, Tony. Creo que no.

—Le recité esta sentencia: «Siempre hay mucha tranquilidad cuando muere un gran toro.»

—Eso es muy cierto. Hay tranquilidad incluso ahora con el ruido del ngoma.

—¿Lo ha notado usted también, señor?

—Sí. Y he estado tranquilo por dentro todo el día. ¿Quieres cerveza?

—No, gracias, señor. ¿Habrá boxeo esta noche?

—¿Te apetece?

—Si usted quiere, señor. Pero hay muchos chicos nuevos que probar. Lo haremos mejor mañana sin ngoma.

—Esta noche si tú quieres.

—Quizás sería mejor mañana. Uno de los chicos no es un chico muy bueno. No malo. Pero tampoco bueno. Ya conoce el tipo.

—¿Chico de ciudad?

—Un poquito, señor.

—¿Sabe boxear?

—De verdad no, señor. Pero es rápido.

—¿Pegada?

—Sí, señor.

—¿Qué bailan ahora?

—El baile del boxeo nuevo. ¿Ve? Ahora hacen interiores y ganchos de izquierda como usted los enseñó.

—Mejor que como se lo enseñé.

—Mucho mejor mañana, señor.

—Pero mañana ya os habréis ido.

—Lo había olvidado, señor. Disculpe, por favor. Olvido las cosas desde que murió el gran macho. Lo haremos cuando volvamos. Ahora voy a revisar el camión.

Me fui en busca de Keiti y lo encontré por los alrededores del baile. Se le veía muy alegre y dispuesto.

—Por favor, llévalos a casa en el camión cuando oscurezca —le dije—. También Mthuka puede hacer unos cuantos viajes con el coche de caza. Memsahib está cansada y tendríamos que cenar temprano para irnos a la cama.

—Ndio —asintió.

Encontré a Ngui y me dijo sarcásticamente «Jambo bwana» en la penumbra.

—Jambo tu —le contesté—. ¿Por qué no has bailado?

—Demasiada policía —dijo—. No es mi día de bailar.

—Ni el mío.

Esa noche tuvimos una cena alegre. Mbebia, el cocinero, había hecho filetes empanados con el solomillo del león y resultaban excelentes. En septiembre, cuando comimos filetes del primer león, aquello había sido materia de discusión y algunos lo consideraron una excentricidad o una barbaridad. Ahora todo el mundo los comía y le parecían de una gran exquisitez. La carne era blanca como la de ternera y tierna y deliciosa. No tenía ni el menor sabor a salvajina.

—No creo que nadie pueda distinguirla de una cotoletta a la milanesa en un buen restaurante italiano, salvo que esta carne es mejor —afirmó Mary.

Yo estaba convencido de que era una buena carne desde la primera vez que vi un león desollado. Por aquellos días mi porteador de armas era Mkola y me aseguró que ese solomillo era la mejor carne comestible que existía. Pero entonces estábamos sometidos a la severa disciplina de Pop, que estaba tratando de hacer de mí al menos un sahib semi-pukka, y yo nunca tuve el valor de cortar un solomillo y pedirle al cocinero que lo preparase. Este año, sin embargo, cuando matamos al primer león y le pedí a Ngui que sacase los dos solomillos había sido diferente. Pop dijo que eso era de bárbaros y que nadie comía nunca león. Pero aquél era casi seguro el último safari que haríamos juntos en la vida y estábamos en el punto en que ambos lamentábamos las cosas que no habíamos hecho más que las que sí, de modo que sólo se opuso muy ligeramente, y cuando Mary le explicó a

Mbebia cómo preparar los filetes y cuando todos olimos su buen aroma y cuando él vio que la carne tenía un corte exactamente igual que la de ternera y cómo estábamos disfrutando con ella, probó un poco y también le gustó.

—Comiste oso en Estados Unidos cuando cazabas en las montañas Rocosas. Es como cerdo aunque demasiado graso. También comes cerdo y los cerdos se alimentan con menos limpieza que un oso o un león.

—No me martirices —había dicho Pop—. Ya me estoy comiendo la maldita comida.

—¿Y no está buena?

—Sí. Demonios. Está buena. Pero no me martirices.

—Tome un poco más, señor Pop. Por favor tome un poco más —dijo Mary.

—Muy bien. Tomaré un poco más —dijo poniendo una voz de lamento en falsete agudo—. Pero que no se quede todo el mundo mirándome mientras la como.

Era agradable hablar de Pop, a quien tanto Mary como yo adorábamos y a quien yo tenía más cariño que a ningún otro hombre que hubiera conocido. Mary contó algunas de las cosas que Pop le había dicho en el largo viaje que habían hecho juntos a través de Tanganyika cuando bajamos a cazar a las tierras del río Gran Ruaha y los llanos de Bohoro. Oír aquellas historias imaginando además las que no le habría contado era como tener allí a Pop y pensé que incluso estando ausente podía arreglar las cosas cuando se ponían difíciles.

También entonces era maravilloso estar comiéndose el león y estar con él en una cercanía tan próxima y definitiva y sabrosa.

Esa noche Mary dijo que estaba muy cansada y se fue a dormir a su cama. Yo estuve un rato tumbado despierto y luego salí a sentarme junto al fuego. En mi silla, contemplando el fuego y pensando en Pop y en lo triste que era que no fuera inmortal y lo feliz que me hacía que hubiera podido estar tanto con nosotros y que habíamos tenido la suerte de tener a la vez tres o cuatro cosas que eran como en los viejos tiempos junto con la felicidad de estar juntos y hablar y bromear, me quedé dormido.

CAPÍTULO XI

Caminando por la mañana temprano miraba a Ngui dar zancadas ligeras sobre la hierba y pensaba que éramos hermanos y me parecía estúpido ser blanco en África y recordé cómo veinte años antes me habían llevado a escuchar al misionero musulmán que nos explicó a quienes le oíamos las ventajas de tener la piel negra y las desventajas de la pigmentación del hombre blanco. Yo estaba lo bastante tostado como para pasar por un media-casta.

«Observad al hombre blanco —había dicho el misionero—. Camina al sol y el sol le mata. Si expone su cuerpo al sol, se quema hasta salirle ampollas y pudrirse. Los pobres tienen que quedarse a la sombra y destrozarse con alcohol y bebidas y chutta pegs porque no pueden enfrentarse al horror de que el sol salga al día siguiente. Observad al hombre blanco y a sus mwanamukis, sus memsahibs. La mujer se cubre toda de pintas marrones si se pone al sol; pintas marrones como mensajeras de la lepra. Y si continúan, el sol les desnuda la piel como a una persona que hubiera cruzado por en medio del fuego.»

Era una mañana preciosa y no quise recordar más cosas del Sermón contra el Hombre Blanco. Había sido hacía mucho tiempo y se me habían olvidado la mayoría de los pasajes más animados, pero una cosa que no había olvidado era el cielo de los blancos y cómo eso había resultado ser otra de sus horripilantes creencias que les hacían golpear con palos unas pequeñas bolas blancas por el suelo u otras más grandes a un lado y a otro de unas redes como las que se emplean en los grandes lagos para atrapar peces hasta que el sol les adelantaba y se retiraban al club para destrozarse con alcohol y maldecir al niño Jesús, a no ser que sus wanawakis estuvieran presentes.

Ngui y yo pasamos juntos otra mancha de maleza donde había un agujero de cobra. La cobra debía de estar aún fuera o se había ido de visita sin dejar dirección. Ninguno de nosotros dos era un gran cazador de serpientes. Eso era una obsesión del hombre blanco, pero era una obsesión necesaria porque las serpientes, si se las pisaba, mordían al ganado y a los caballos, y en la granja de Pop había un anuncio permanente ofreciendo recompensas en metálico por cobras y por víboras. Cazar serpientes por dinero era lo más bajo que podía caer un hombre. Sabíamos que las cobras eran bichos de movimientos rápidos y ágiles que buscaban sus agujeros que eran tan pequeños que parecía imposible que pudieran meterse dentro y sabíamos chistes sobre eso. Se contaban cuentos de fieras mambas que se elevaban muy alto sobre las colas y perseguían a los impotentes colonos o a los intrépidos rangers de caza cuando iban a caballo, pero esas historias nos dejaban indiferentes porque procedían del sur, donde se pretendía que había hipopótamos con nombre y todo que deambulaban a lo largo de cientos de kilómetros de tierras secas en busca de agua y que las serpientes protagonizaban gestas bíblicas. Yo sabía que esos relatos tenían que ser verdad porque los habían escrito hombres muy honorables pero que esas serpientes no eran como las nuestras y en África las únicas serpientes que cuentan son las tuyas.

Nuestras serpientes eran tímidas o tontas o misteriosas y poderosas. Yo hice una gran demostración de fervor por la caza de serpientes que no engañó a nadie salvo, quizás, a miss Mary, y todos estábamos en contra de las cobras esputantes porque una había escupido a G. C. Esa mañana, cuando descubrimos que la cobra estaba ausente y no había regresado a su agujero, le dije a Ngui que de todas formas probablemente era el abuelo de Tony y debíamos respetarlo.

Eso le gustó a Ngui puesto que las serpientes eran antepasados de todos los masais. Dije que la serpiente podía muy bien ser un ancestro de su chica de la manyatta masai. Era una chica alta, preciosa, y algo había en ella de serpiente. Ngui quedó halagado y también un poco horrorizado por el posible linaje de su amor ilícito y le pregunté si creía que la frialdad de las manos de las mujeres masais y la extraña frialdad ocasional de otras partes de sus cuerpos podía deberse a la sangre de serpiente. Primero dijo que eso era imposible; las masais siempre habían sido así. Luego, mientras caminábamos juntos en dirección a los árboles altos del campamento, que se mostraban pintados de amarillo y verde contra la base parda y rugosa y las altas nieves de la Montaña, y el campamento no era visible sino sólo los árboles altos que lo marcaban, dijo que podía ser verdad. Las mujeres italianas, afirmó, tenían manos frías y calientes. La mano estaba fría y luego volverse caliente como una fuente termal y en otros sentidos escaldaban como una fuente termal si uno se acordaba de ello. No tenían más bubo, el castigo por relaciones, que las masais. Quizá las masais tenían sangre de serpiente. Le dije que la próxima vez que matásemos una serpiente todos tocaríamos su sangre para ver cómo era. Yo nunca había tocado la sangre que salía de una serpiente porque me resultaban antipáticas y sabía que a Ngui también. Pero quedamos de acuerdo en que tocaríamos la sangre y haríamos que algunos otros, si podían controlar su repugnancia, la tocasen también. Todo eso era en aras de los estudios antropológicos que llevábamos a cabo todos los días, y continuamos andando y pensando en estos problemas y en nuestros propios pequeños problemas, que intentábamos integrar en los más amplios intereses de la antropología, hasta que aparecieron las tiendas del campamento bajo los árboles verdes y amarillos que la primera luz del sol estaba coloreando ahora de un verde oscuro brillante y un dorado reluciente, y veíamos el humo gris de las fogatas en las líneas y el zafarrancho de los exploradores de caza y, junto al fuego delante de nuestras propias tiendas, debajo de los árboles y al sol del nuevo día, la figura de G. C. sentado en una silla de campaña leyendo junto a una mesa de madera con una botella de cerveza en la mano.

Ngui cogió el rifle y se lo puso al hombro con la escopeta vieja y yo me fui hasta el fuego.

—Buenos días, general —dijo G. C.—. Te levantaste temprano.

—Los cazadores tenemos vida dura —dije yo—. Cazamos sobre nuestros propios pies y siempre es la hora de la verdad.

—Pues alguien tendría que certificar esa maldita hora de la verdad. Puedes ir tras ellos sobre tus propios pies. Toma un poco de cerveza.

Sirvió un vaso con mucho cuidado poniendo la boca de la botella en el borde y echándola delicadamente burbuja a burbuja hasta tener lleno el vaso.

—A los ociosos el diablo les da trabajo —dije yo y levanté el vaso que estaba tan lleno que el vaivén ámbar de la cerveza parecía la lengua de una avalancha y me lo llevé suavemente a los labios sin derramar nada y di el primer sorbo con el labio de arriba.

—No está mal para un cazador sin suerte —comentó G. C.—. Manos así de firmes y párpados rojos con ojos inyectados en sangre han hecho la grandeza de nuestra Inglaterra.

—Bajo cascos retorcidos y arenas de hierro bebemos como Dios manda —dije yo—. ¿Has cruzado ya el Atlántico?

—He pasado ya Irlanda —contestó G. C.—. Extraordinariamente verde. Ya sólo puedo ver las luces de Le Bourget. Voy a aprender a volar, general.

—Muchos lo han dicho antes. La cuestión es ¿cómo vas a volar?

—Enderezaré el rumbo y me pondré a volar.

—¿Sobre tus propios pies y a la hora de la verdad?

—No. En un avión.

—Probablemente es mejor en avión. ¿Y trasladarás esos buenos principios a la Vida, hijo mío?

—Bébete la cerveza, Billy Graham —dijo G. C.—. ¿Qué harás cuando me haya ido, general? Espero que no haya crisis nerviosas. Ni traumas. ¿Estás preparado para ello? Espero. No es demasiado tarde para rechazar el flanco.

—¿Qué flanco?

—Cualquiera. Es uno de los pocos términos militares que recuerdo. Siempre deseé rechazarles un flanco. En la vida real siempre se está situando un flanco defensivo y anclándolo en alguna parte. Hasta que rechace un flanco habré estado inmovilizado.

—*Mon flanc gauche est protégé par une colline* —recité recordando demasiado bien—. *J'ai les mitrailleuses bien placés. Je me trouve très bien ici et je reste.*

—Te refugias en una lengua extranjera —dijo G. C.—. Sirve otra y nos iremos a tomar la medida aquella mientras mis bien sazonados rufianes hacen lo que tengan que hacer esta mañana antes de ir a las afueras del pueblo a mendigar toda la vida.

—¿Has leído *Sargento Shakespeare*?

—No.

—Te lo buscaré. Me lo regaló Duff Cooper. Lo escribió él.

—¿No son las *Reminiscencias*?

—No.

Habíamos ido leyendo las *Reminiscencias* publicadas por entregas en uno de los periódicos en edición aérea de papel fino que llegaban a Nairobi en los Comet que aterrizaban en Entebbe. A mí no me habían gustado en el serial del periódico. *Sargento Shakespeare* me había gustado mucho y me gustaba Duff Cooper sin su mujer. Pero su mujer salía tanto en *Reminiscencias* que ni a G. C. ni a mí nos habían atraído.

—¿Cuándo vas a escribir tus reminiscencias, G. C.? —le pregunté—. ¿No sabes que los viejos olvidan las cosas?

—La verdad es que nunca he pensado mucho en escribirlas.

—Pues deberías. Ya no quedan muchos veteranos de verdad. Puedes empezar por las primeras fases. Los volúmenes del principio. *Hace mucho allá lejos en Abisinia* podía ser uno bueno para empezar. Sáltate tus tiempos de universidad y bohemia en Londres y en el continente y pasa a *Un jovencito con los Fuzzy Wuzzies* y luego a tus primeros días en los rangers de caza mientras todavía te acuerdes.

—¿Puedo usar aquel estilo inimitable que te labraste de un bastón de nogal en *Una madre soltera en el frente italiano*? —me preguntó G. C.—. Siempre ha sido el libro tuyo que más me ha gustado, excepto *Bajo dos banderas*. ¿Ése era tuyo, no es cierto?

—No. El mío era *Muerte de un centinela*.

—Buen libro también —sentenció G. C.—. Nunca te lo dije pero yo he hecho de ese libro un modelo de vida. Mi mamá me lo regaló cuando empecé el colegio.

—No querrás en serio ir a medir esa tontería, ¿verdad?

—Sí.

—¿Hemos de llevar testigos neutrales?

—No los hay. Daremos los pasos nosotros.

—Pues entonces vamos. Miraré a ver si miss Mary sigue durmiendo.

Estaba durmiendo y se había bebido el té y parecía que podía dormir muy bien otras dos horas. Tenía los labios cerrados y la cara suave como marfil apoyada en la almohada. Respiraba plácidamente, pero movió la cabeza y me di cuenta de que estaba soñando.

Recogí el rifle del árbol donde lo había colgado Ngui y me subí al Land Rover al lado de G. C. Arrancamos y finalmente tomamos la pista vieja y encontramos el sitio donde miss Mary había disparado al león. Muchas cosas habían cambiado, como siempre cambian en cualquier antiguo campo de batalla, pero encontramos sus casquillos y los de G. C., y afuera a la izquierda encontramos los míos. Me metí uno en el bolsillo.

—Ahora iré en el coche a donde lo matamos y entonces tú cuentas los pasos en línea recta.

Cuando el Land Rover giró en redondo y se paró de este lado del espeso bosquete de árboles y matorral, coloqué el pie un paso a la izquierda del cartucho vacío que había caído más al oeste y empecé a marcar los pasos hacia el vehículo contando los pasos según los daba. Llevaba el rifle al hombro cogido por el cañón con la mano derecha y cuando eché a andar el Land Rover se veía muy pequeño y en escorzo. G. C. paseaba alrededor y el perro grande estaba fuera. También ellos dos parecían muy pequeños y por momentos sólo veía el cuello y la cabeza del perro. Cuando llegué al Land Rover, me detuve ante la hierba aplastada por la primera caída del león.

—¿Cuántos? —preguntó G. C., y se lo dije; movió la cabeza a ambos lados y preguntó—: ¿Has traído el frasco de Jinny?

—Sí.

Dimos un trago cada uno.

—Nunca le diremos a nadie lo largo que fue este tiro —dijo G. C.—. Ni borrachos ni sobrios, con mierdas o con gente decente.

—Nunca.

—Ahora pondremos a cero el cuentakilómetros y tú llevas el coche hasta allí en línea recta y yo cuento los pasos.

Había un par de pasos de diferencia entre nuestras mediciones y una ligera discrepancia entre lo que marcaba el cuentakilómetros y los pasos, de manera que quitamos cuatro pasos del total y luego volvimos al campamento contemplando la Montaña y tristes porque no volveríamos a cazar juntos hasta Navidad.

Una vez G. C. y sus hombres se hubieron ido, me quedé solo con miss Mary y su pena. No estaba realmente solo porque también estaba miss Mary y el campamento y nuestra gente y la gran montaña del Kilimanjaro que todos llamaban Kibo y todos los animales y los pájaros y los nuevos campos de flores y las lombrices que salían de sus huevos bajo tierra para comerse las flores. Estaban las águilas reales que venían y se comían las lombrices; las águilas eran tan comunes como las gallinas, y águilas con pantalones largos de plumas marrones y otras águilas de cabeza blanca andaban juntas con las gallinas de Guinea muy atareadas comiendo lombrices. Las lombrices lograban un armisticio entre todas las aves y todas andaban juntas. Luego llegaron grandes bandadas de cigüeñas europeas a comer lombrices y había hectáreas de cigüeñas moviéndose por una sola extensión de llanura crecida de altas flores blancas. La pena de miss Mary se resistía a las águilas porque para ella las águilas no significaban tanto como para mí.

Nunca había estado tumbada bajo un enebro por encima de la línea del bosque en lo alto de un collado de nuestras montañas con un rifle del 22 esperando a que acudiesen las águilas al reclamo de un caballo muerto que había servido de cebo para un oso hasta la muerte del oso. Ahora era cebo para águilas y luego después volvería a ser cebo para osos. Las águilas planeaban muy alto cuando las veías la primera vez. Te habías arrastrado debajo del arbusto mientras todavía estaba oscuro y habías visto las águilas saliendo del sol cuando despejaba el otro pico del puerto. Ese pico era tan sólo una colina de hierba con una peña sobresaliendo en lo alto y la ladera salpicada de enebros. Allí todo eran tierras altas y muy fácil de andar una vez habías llegado a esa altura y las águilas venían de muy lejos hacia las montañas nevadas que podías ver si te ponías de pie en vez de estar agazapado debajo del arbusto. Eran tres águilas y giraban y planeaban y se mecían en las corrientes y las contemplabas hasta que el sol te ponía manchas en la vista. Entonces los cerrabas y a través del rojo el sol seguía allí. Los abrías y mirabas por el límite lateral de la mancha del sol y podías ver las remeras extendidas y las colas abiertas en abanico y sentir el escrutar de los ojos en sus cabezas. Había hecho frío por la mañana temprano y mirabas el caballo y sus dientes demasiado viejos y ahora tan a la vista cuando siempre habías tenido que levantarle el belfo superior para vérselos. Era un belfo amable y elástico y cuando lo habías conducido a aquel sitio para morir y soltaste el ronzal se paró como siempre se le había enseñado a pararse y cuando le acariciaste la estrella de su cabeza negra donde asomaba el pelo gris se había acercado para pellizcarte en el cuello con los belfos. Había vuelto la vista para mirar al caballo ensillado que habías dejado en el límite del final del bosque como si se preguntase qué hacía allí y qué era ese juego nuevo. Recordaste lo maravillosamente que veía siempre en la oscuridad y cómo te sujetabas a su cola con una piel de oso atravesada sobre la silla para bajar por los senderos cuando tú no podías ver nada de nada y cuando el sendero seguía bosque abajo por el borde de las rocas en la oscuridad. Siempre lo hacía bien y entendía cualquier nuevo juego.

Así que lo habías traído aquí arriba cinco días antes porque alguien tenía que hacerlo y tú no podías hacerlo si no era con delicadeza y sin sufrimiento y qué más daba lo que sucediera después. El problema al final era que se creía que era un nuevo juego y se lo estaba aprendiendo. Me dio un bonito beso con su belfo gomoso y comprobó la posición del otro caballo. Sabía que no lo podías montar por la forma en que se había partido el casco, pero esto era nuevo y quería aprenderlo.

—Adiós, viejo *Kite* —le dije y le cogí la oreja izquierda y le di unos golpecitos con los dedos—. Sé que tú harías lo mismo por mí.

No lo entendió, desde luego, y quiso darme otro beso para demostrar que todo estaba bien, cuando vio aparecer el arma. Creía que podría evitar que la viera, pero la vio y sus ojos sabían lo que era y se quedó muy quieto temblando y le disparé en la intersección de las líneas cruzadas que van del ojo a la oreja contraria y las patas se doblaron inmediatamente bajo su peso y se derrumbó de golpe y ya era un cebo para osos.

Ahora, tumbado bajo el enebro, mi dolor no había acabado. Siempre toda mi vida sentiría lo mismo por el viejo *Kite*, o eso me decía a mí mismo en aquel momento, pero miré sus belfos que ya no estaban allí porque las águilas se los habían comido y sus ojos que también habían desaparecido y a donde el oso lo había abierto de modo que quedaba hundido y el parche de donde el oso comía hasta que yo lo interrumpí y esperé a que bajasen las águilas.

Por fin vino una en picado con un ruido como de proyectil de artillería y frenando con las dos remeras por delante y patas y talones emplumados lanzados hacia adelante para atacar al viejo *Kite* como si tuviera que matarlo. Luego se paseó muy pomposa y empezó a picar en la cavidad. Las otras llegaron más suavemente y con las alas reposadas pero con las mismas largas plumas y los mismos cuellos gruesos, cabezas grandes y picos curvos y ojos dorados.

Allí tumbado las observaba comer del cuerpo del amigo y socio que yo había matado y pensé que eran más bonitas en el aire. Y, puesto que estaban condenadas, las dejé comer un rato y disputarse e ir paseando y troceando lo que sacaban del interior. Deseé tener una escopeta, pero no la tenía. Así que finalmente cogí el Winchester 22 y apunté con cuidado y les tiré a una a la cabeza y a las otras dos al cuerpo. Arrancó a volar pero no lo consiguió y cayó con las alas extendidas y tuve que perseguirla ladera arriba. Casi todos los otros pájaros o animales salen cuesta abajo cuando están heridos. Pero las águilas se van para arriba y cuando alcancé a aquélla y la cogí por las patas por encima de las garras asesinas y le junté las alas pisándola con el mocasín en el cuello y la sujeté y vi aquellos ojos llenos de odio y de desafío pensé que nunca había visto a ningún animal o ave mirarme como me miraba el águila. Era un águila real totalmente adulta y lo bastante grande como para coger corderos monteses y era demasiado grande para sostenerla y ahora que miraba las águilas andando con las gallinas de Guinea y recordaba que esas aves no andan con nadie me sentí triste por la pena de miss Mary pero no podía decirle lo que significaban para mí las águilas ni por qué había matado a aquellas dos, la última golpeándole la cabeza contra un árbol abajo en el bosque, ni lo que había pagado con sus colas en el Ciervo Cojo de la reserva.

Habíamos salido en el coche de caza cuando vimos las águilas y las gallinas de Guinea juntas, y fue en los claros abiertos del bosque que habían quedado tan dañados cuando pasó por allí la gran manada de más de doscientos elefantes a principios de año y arrancaron y derribaron los árboles. Habíamos ido en busca de la manada de búfalos y, quizás, en pos de un leopardo que sabía que vivía allí en la espesura de grandes árboles indemnes cerca de la ciénaga de papiros. Pero no habíamos visto nada, excepto la turbamulta de las orugas y el extraño armisticio entre las aves. Mary había localizado unos cuantos posibles árboles de Navidad más y yo había pensado demasiado en las águilas y en los viejos tiempos. Se da por supuesto que los viejos tiempos eran más sencillos, pero no es así; sólo eran más duros. La reservación era más dura que la shamba. Tal vez no. La verdad es que no lo sabía bien pero sí sabía que los blancos siempre quitaban sus tierras a los otros pueblos y los metían en una reserva y allí podían irse al diablo y quedar tan destrozados como en un campo de concentración. Aquí llamaban reservaciones a las reservas y ponían mucha buena voluntad en el trato a los nativos, ahora llamados africanos, y en su administración. Pero a los cazadores no les permitían cazar ni a los guerreros hacer la guerra. G. C. odiaba a los furtivos porque tenía que tener algo en lo que creer, así que había optado por creer en su trabajo. Naturalmente, él insistía en que si no creyese en su trabajo nunca lo hubiera cogido y puede que en eso también tuviera razón. Incluso Pop, metido en uno de los negocios más turbios que había, el timo de los safaris, tenía una ética muy estricta; la más estricta de todas. Al cliente había que sacarle hasta el último céntimo que se pudiera pero tenía que obtener resultados. Todos los grandes cazadores blancos resultaban conmovedores explicando lo que amaban la caza y lo que odiaban matar animales, pero en general en lo que pensaban era en conservar la caza para el próximo cliente que apareciese. No querían asustar la caza con disparos innecesarios y querían un país que se mantuviese tal cual para poder llevar por allí a otro cliente y a su mujer o a otro par de clientes y que todo pareciera intacto, sin explotar, el África primitiva por la que pasear corriendo a sus clientes y darles los mejores resultados.

Pop me había explicado todo eso una vez muchos años antes y

dijo cuando estábamos en la costa pescando al final del safari: «¿Sabes?, a nadie le permitiría su conciencia hacerle esto a alguien dos veces. Si le caen bien quiero decir. La próxima vez que salgas y necesites transporte mejor te lo traes y yo te buscaré los chicos y puedes cazar en cualquiera de los sitios en que has estado y descubrir otros nuevos y no te costará más que cazar en tu tierra.»

Pero resulta que a la gente rica le gustaba lo mucho que costaba y volvían una y otra vez y cada vez era más caro y que los otros no podían permitirse y que así su atractivo aumentaba. Los ricos viejos se morían y siempre había otros nuevos y los animales iban escaseando y el mercado subía. Y para la Colonia era una industria que producía grandes ingresos y por ese motivo el Departamento de Caza, que era quien controlaba a quienes ejercían esa actividad, había creado, ante su desarrollo, unas nuevas normas éticas que lo reglaban todo, o casi.

No era bueno pensar ahora en la ética y menos bueno todavía pensar en el Ciervo Cojo donde te sentaste en una piel de ciervo mulo delante de un tipi con tus dos colas de águila extendidas con el lado de abajo para arriba de modo que se vieran bien las hermosas puntas blancas y las plumas suaves y no dijiste nada mientras las miraban y te sujetabas la lengua en los tratos. Al cheyenne que las quería con más insistencia no le importaba ninguna otra cosa que no fueran plumas de la cola. Ya estaba por encima de todas las otras cosas o todas las otras cosas ya se habían eliminado. Para él las águilas del territorio de la reserva eran inalcanzables cuando hacían círculos en lo alto del cielo e inalcanzables cuando se posaban sobre un hito de roca gris para vigilar el terreno. A veces se las podía encontrar y matar en una ventisca cuando se refugiaban tras una roca de espaldas al empuje de la nieve. Pero ese hombre ya no se desenvolvía bien durante las ventiscas. Sólo se desenvolvían bien los jóvenes y todos se habían ido.

Estabas sentado y no hablabas y de vez en cuando alargabas la mano y tocabas las colas y dabas golpecitos muy ligeros a las plumas. Pensabas en tu caballo y en el segundo oso que había llegado hasta el caballo por el paso después de matar las águilas mientras el caballo seguía siendo cebo para osos y cómo cuando disparaste y le diste un poco demasiado abajo con aquella mala luz, apuntando desde el lindero del bosque donde el viento era bueno y había rodado una vez y luego se levantó y bramó y palmeó sus dos grandes brazos como para matar algo que le mordía y luego se puso a cuatro patas y avanzó bamboleándose como un camión fuera de la carretera y le disparaste dos veces según venía colina abajo y la última vez tan cerca que notaste el olor a piel quemada. Pensabas en él y en el primer oso. La piel le había resbalado encima y te sacaste las largas garras curadas de oso pardo del bolsillo de la camisa y las colocaste detrás de las colas de águila. Entonces no dijiste nada y empezó el regateo. Hacía muchos, muchos años que no había garras de oso pardo y lograste un buen trato.

Esa mañana no había buenos tratos pero lo mejor eran las cigüeñas. Mary sólo las había visto dos veces en España. La primera vez era en una pequeña ciudad de Castilla en el camino que hacíamos por la meseta hacia Segovia. Ese pueblo tenía una plaza muy bonita y nos habíamos parado allí en pleno calor del día para salir de la luz cegadora y pasar a la fresca oscuridad de la fonda y rellenar las botas de vino. La fonda estaba muy fresca y agradable y tenían cerveza muy fría y en el pueblo había una corrida de toros libre un día al año en la bonita plaza y entonces todo el que quería podía lidiar los tres toros que soltaban de los cajones. Casi siempre había gente herida o muerta y era el gran acontecimiento social del año.

Ese día especialmente caluroso en Castilla miss Mary había descubierto las cigüeñas en su nido sobre la torre de la iglesia, que tantos incidentes taurinos habría contemplado. La mujer del posadero la había llevado a una habitación alta de la casa desde donde podía hacerles fotos y yo hablaba en el bar con el dueño de la empresa local de transportes y mercancías. Hablamos de diferentes pueblos castellanos que siempre habían tenido nidos de cigüeña en sus iglesias y, por lo que pude saber a través del transportista, seguían siendo tan numerosos como siempre. En España nunca molestaba nadie a las cigüeñas. Son una de las pocas aves a las que se respeta de verdad y, naturalmente, daban suerte al pueblo.

El posadero me habló de un compatriota mío, un «inglés» de alguna clase; creían que era canadiense y había pasado algún tiempo en el pueblo con una moto estropeada y sin dinero. Era indudable que en algún momento recibiría dinero y había mandado pedir a Madrid la pieza que necesitaba para la moto, pero ésta no llegaba. En el pueblo a todos les caía bien y deseaban que hubiera estado allí para así poder conocer a un compatriota que podía ser hasta paisano. Había salido a pintar a algún sitio pero dijeron que podía salir alguien a buscarlo y traerlo. La cosa interesante que dijo el posadero era que ese compatriota no hablaba absolutamente nada de español y sólo sabía una palabra: joder. Le llamaban el señor Joder y si quería dejar algún recado para él se lo podía dejar en la fonda. Me pregunté qué mensaje podía dejarle a un compatriota de tan decisivo nombre y finalmente decidí dejar un billete de cincuenta pesetas doblado de cierta forma que los viejos viajeros por España pueden reconocer. Todos se quedaron encantados con eso y todos prometieron que seguramente el señor Joder se gastaría los diez duros esa noche sin salir del bar, pero que tanto él como su esposa se asegurarían de que comiera algo.

Les pregunté qué tal pintaba el señor Joder y el transportista dijo: «Hombre, no es Velázquez ni Goya ni Martínez de León. Eso se lo prometo. Pero los tiempos cambian y ¿quiénes somos nosotros para criticar?» Miss Mary bajó de la habitación de lo alto desde la que había estado haciendo fotografías y dijo que había captado algunas imágenes buenas y claras de las cigüeñas pero que no servirían para nada porque no tenía teleobjetivo. Pagamos y nos bebimos una cerveza fría por cuenta de la casa y todos nos dijimos adiós y salimos en coche de la plaza y la luz cegadora y por la empinada cuesta trepamos por el pueblo hacia el campo abierto y hacia Segovia. Me detuve más arriba del pueblo y volví la vista y vi a la cigüeña macho que llegaba con su bonito vuelo al nido en la pica de la torre de la iglesia. Había bajado al río donde las mujeres golpeaban la ropa y más tarde vimos cruzar la carretera a una nidada de perdices y más tarde en aquellas mismas tierras altas solitarias de monte bajo vimos un lobo.

Eso era ese mismo año que habíamos pasado por España camino de África y ahora estábamos en un bosque verde y amarillo destruido por los elefantes más o menos a la misma hora en que cruzábamos las tierras de la meseta hacia Segovia. En un mundo en el que esto podía suceder había poco tiempo para las penas. Estaba convencido de que nunca volvería a ver España y había vuelto sólo para enseñarle a Mary el museo del Prado. Me acordaba perfectamente de todos los cuadros que amaba de verdad y, por tanto, los poseía tal y como si fueran míos: no tenía necesidad alguna de volver a verlos antes de morir. Pero era muy importante que los viera con Mary si eso era posible y podía hacerse sin componendas ni indignidades. También quería que viera Navarra y las dos Castillas y quería que viera un lobo en la meseta y las cigüeñas y sus nidos en un pueblo. Había querido enseñarle la zarpa de oso clavada en la puerta de la iglesia de Barco de Ávila, pero era demasiado pedir que todavía estuviera allí. Pero encontramos cigüeñas con toda facilidad y hubiéramos podido encontrar más y habíamos visto el lobo y contemplado Segovia desde lo alto de una colina próxima y agradable llegando hasta allí naturalmente por una carretera que los turistas no conocen pero por la que los viajeros pasan naturalmente. Ya no hay carreteras de esas en torno a Toledo pero todavía se puede ver Segovia como se vería si llegases andando por la meseta y estudiamos la ciudad como si quienes la miraban fuera gente que no sabía que estaba allí pero había vivido su vida para verla.

Hay una virginidad con la que llegas, sólo en teoría, ante una ciudad hermosa o un cuadro importante. Eso es sólo una teoría y yo creo que es falsa. Yo me acerco a todas las cosas que he amado en ese mismo estado cada vez pero además es delicioso mostrárselo a alguien más y eso alivia la soledad. A Mary le habían encantado España y África y había aprendido sus cosas secretas naturalmente y las había aprendido casi sin saberlo. Yo nunca le explicaba las cosas secretas; solamente las cosas técnicas o las cómicas y mi mayor placer lo producían sus propios descubrimientos. Es estúpido esperar o tener la pretensión de que a una mujer que amas le gusten todas las mismas cosas que a ti. Pero a Mary le había encantado el mar y vivir en un barquito y adoraba pescar. Le encantaban las imágenes y le había encantado el Oeste de Estados Unidos la primera vez que fuimos juntos allí. Nunca fingía nada y eso era un gran regalo para mí, que había estado unido a una gran simuladora de todo y la vida con una simuladora de verdad le da a un hombre una visión nada atractiva de muchas cosas y puede empezar a anhelar la soledad mucho más que el deseo de compartir las cosas.

Ahora esta mañana con el día que se iba haciendo caluroso y el viento fresco de la Montaña que no se había levantado estábamos trabajando en una nueva pista que saliera del bosque que habían destrozado los elefantes. Después de salir a la sabana abierta después de tener que abrirnos camino con machete en un par de sitios malos vimos la primera gran bandada de cigüeñas comiendo. Eran auténticas europeas blancas y negras y de patas rojas y atareadas con las hormigas como si fueran cigüeñas alemanas y recibiesen órdenes. A miss Mary le gustaban y significaban mucho para ella porque los dos nos habíamos quedado preocupados con un artículo que decía que las cigüeñas estaban extinguiéndose y ahora descubríamos que simplemente habían tenido suficiente sentido común como para venirse a África igual que habíamos hecho nosotros; pero a Mary no le quitaban la pena y continuamos hacia el campamento. Yo no sabía qué hacer con la pena de miss Mary. Resultaba a prueba de águilas y a prueba de cigüeñas y ni frente a las unas ni frente a las otras tenía yo defensa alguna y empecé a comprender de verdad lo grande que era esa pena.

—¿En qué has estado pensando toda la mañana que estás tan callado que no pareces tú?

—En pájaros y sitios y en lo buena que eres.

—Eso es muy amable.

—No lo hacía como ejercicio espiritual.

—Estaré perfectamente. Las personas no entran y salen de pozos sin fondo así sin más, de un salto.

—Van a poner esa especialidad en los próximos Juegos Olímpicos.

— Pues probablemente ganarás tú.

—Tengo mis partidarios.

—Tus partidarios están todos tan muertos como mi león. Es probable que les hubieses pegado un tiro a todos ellos un día en que te sentías especialmente maravilloso.

—Mira, hay otro campo de cigüeñas.

África es un lugar poco propicio para que una gran pena dure mucho tiempo cuando sólo hay dos personas en un campamento y cuando oscurece poco después de las seis de la tarde. No hablamos ni pensamos más en leones y el vacío en el que residía la pena de miss

Mary estaba volviendo a llenarse con las cosas diarias y la extraña bondad de la vida y la venida de la noche. Cuando el fuego bajó, tiré de un tronco largo y pesado de la pila de leña que había traído por la tarde el camión y lo metí entre las brasas y nos sentamos en nuestras sillas y contemplamos cómo la brisa de la noche soplaba en las brasas y contemplamos cómo prendía la madera. Esa noche la brisa era un vientecillo que bajaba de las nieves de la Montaña. Era tan leve que solamente sentías su frescor, pero sólo lo podías ver en el fuego. El viento puede verse de muchas maneras, pero la más agradable es por la noche cuando aviva y baja y alza las llamas de tu fogata.

—Nunca estamos solos con nuestro fuego —dijo Mary—. Me alegro de que ahora estemos nosotros solos y nuestro fuego. ¿Ese tronco arderá hasta la mañana?

—Creo que sí —dije yo—. Si no sube el viento.

—Ahora resulta extraño encarar la mañana sin el león y tú no tienes problemas ni preocupaciones, ¿verdad?

—No. Ahora todo está tranquilo —mentí.

—¿Echas de menos todos los problemas que teníais G. C. y tú?

—No.

—Tal vez ahora podamos conseguir fotos de los búfalos realmente bonitas y otras buenas fotos en color. ¿Crees que los búfalos se han ido?

—Creo que estarán más lejos, hacia las Chulus. Ya lo sabremos cuando Willie traiga el Cessna.

—¿No es extraño que la Montaña lanzase todas esas piedras hace cientos y cientos de años y quedase un sitio al que es imposible ir que está cerrado absolutamente para todo el mundo y nadie puede llegar allí desde que los hombres empezaron a andar con ruedas?

—Ahora están perdidos sin sus ruedas. Los nativos ya no quieren hacer de porteadores y la mosca mata a los animales de carga. Las únicas partes de África que quedan son las que están protegidas por desiertos y por la mosca. La mosca tse-tsé es el mejor amigo de los animales. Sólo mata a los animales de fuera y a los intrusos.

—¿No es extraño que amemos sinceramente a los animales y a pesar de ello tengamos que matar alguno casi cada día para comer carne?

—No es peor que cuidar a tus gallinas y tomar huevos para desayunar y comer pollitos cuando te apetece.

—Es distinto.

—Claro que lo es. Pero es el mismo principio. Ha venido tanta caza con la hierba nueva que no tendríamos que tener problemas de leones en mucho tiempo. Ahora que hay tanta caza ya no tienen ningún motivo para molestar a los masais.

—De todas formas los masais tienen demasiado ganado.

—Sin duda.

—Algunas veces me da la impresión de que somos tontos protegiendo sus rebaños por ellos.

—Si en África no te sientes tonto la mayor parte del tiempo es que eres tonto de remate —dije yo con bastante énfasis, creo.

Pero la noche ya había avanzado lo suficiente como para que apareciesen las generalizaciones, del mismo modo que algunas estrellas se mostraban reticentes en su distancia y desinterés y otras siempre parecían descaradas por su claridad.

—¿No crees que deberíamos irnos a la cama?

—Vayamos —dijo ella—. Y seremos buenos gatitos y olvidaremos todo lo que vaya mal. Y cuando estemos en la cama podremos oír la noche.

De manera que nos fuimos a la cama y fuimos felices y nos amamos el uno al otro sin pena alguna y escuchamos los ruidos de la noche. Una hiena vino cerca de la tienda después de que hubiésemos dejado el fuego y yo me metiera por debajo del mosquitero y entre las sábanas y las mantas y me tumbase con la espalda apoyada en la lona de la pared de la tienda con Mary bien cómoda ocupando la mayor parte del catre. La hiena chilló varias veces con su extraño tono ascendente y otra le contestó y fueron pasando por el campamento y luego más allá de las líneas. Veíamos el resplandor del rescoldo de la fogata que crecía cuando llegaba viento y Mary comentó:

—Nosotros, los gatitos, en África con nuestro buen fuego seguro y los animales haciendo su vida nocturna. Me quieres de verdad, ¿eh?

—¿Tú qué crees?

—Creo que sí.

—¿No lo sabes?

—Sí, lo sé.

Al cabo de un rato oímos toser a dos leones mientras cazaban y las hienas callaban. Luego mucho más al norte, hacia el lindero del bosque de piedra, en territorio de los gerenuks, oímos rugir a un león. Era el rugido vibrante y poderoso de un león grande y abracé fuerte a Mary y el león después tosió y gruñó.

—Es un león nuevo —susurró.

—Sí —dije yo—. Y no sabemos de nada contra él. Tendré muchísimo cuidado con cualquier condenado masai que hable en su contra.

—Nosotros lo cuidaremos muy bien, ¿verdad? Y entonces será nuestro león, de la misma manera que nuestro fuego es nuestro fuego.

—Le dejaremos que sea el león de sí mismo. Eso es lo que de verdad le interesa.

Ahora ya estaba dormida y al cabo de un rato yo estaba dormido y cuando me desperté y oí otra vez al león ella se había ido y la oí respirar suavemente en su cama.

CAPÍTULO XII

—¿Memsahib enferma? —preguntó Mwindi mientras arreglaba las almohadas para que Mary pudiera estar tumbada con la cabeza hacia el amplio fondo abierto de la tienda y probaba con la palma de la mano el colchón hinchable del catre antes de estirar bien las sábanas sobre el colchón y someterlas bien fuerte.

—Sí. Un poco.

—Puede ser comer el león.

—No. Ya estaba enferma antes de matar al león.

—León corre muy lejos muy rápido. Muy triste y muy enfadado cuando muere. Puede ser hace veneno.

—Y una mierda —dije yo.

—Hapana una mierda —dijo muy serio Mwindi—. Bwana capitán rangers de Caza también come león. Él también enfermo.

—Bwana capitán rangers de Caza enfermo del mismo enfermedad mucho tiempo antes en Salengai.

—Él come león también en Salengai.

—Mingi mierda —dije yo—. Él enfermo antes que yo mato león. Hapana come león en Salengai. Come león aquí después safari de Salengai. Cuando león desollado en Salengai todo guardar en cajas. Nadie come aquella mañana. Tú recordar mal.

Mwindi encogió los hombros bajo la larga túnica verde.

—Come león bwana capitán rangers de Caza enfermo. Memsahib enferma.

—¿Quién come león y está bien? Yo.

—Shaitani —dijo Mwindi—. Yo ver a ti enfermo de morir antes. Muchos años antes cuando tú hombre joven tú enfermo de morir después tú mata león. Todos saben tú muere. Ndege sabe. Bwana sabe. Memsahib sabe. Todos recordar cuando tú muere.

—¿Y comí el león?

—No.

—¿Estuve enfermo antes de matar a aquel león?

—Ndio —dijo Mwindi algo dudoso—. Muy enfermo.

—Tú y yo hablamos demasiado.

—Nosotros son mzees. Muy bien hablar si quiere hablar.

—Kwisha hablar —dije. Estaba harto de jerigonza y no tenía una gran opinión de la idea que se estaba elaborando—. Mañana memsahib va a Nairobi en el ndege. Doctor en Nairobi cura enfermedad. Vuelve de Nairobi bien y fuerte. Kwisha —añadí, para significar se ha acabado.

—Mzuri sana —dijo Mwindi—. Yo pone maleta todo.

Salí de la tienda y Ngui estaba esperándome debajo del árbol grande. Tenía mi escopeta.

—Sé dónde hay dos kwale. Los cazaremos para miss Mary.

Mary no había vuelto todavía y encontramos los dos francolines empolvándose en un calvero de tierra seca al borde de los grandes árboles de la fiebre. Eran pequeños y macizos y muy bonitos. Los espanté con el brazo y salieron corriendo agachados hacia la maleza y cacé a uno en el suelo y al otro cuando se levantaba.

—¿Hay más? —le pregunté a Ngui.

—Sólo ese par.

Le tendí el arma y salimos de regreso al campamento, yo llevando los dos pájaros, regordetes, de ojos claros y tibios con las suaves plumas ondeando al viento. Haría que Mary los buscase en el libro de aves. Estaba casi seguro de no haberlos visto antes y podían ser una variedad local del Kilimanjaro. Uno haría un buen caldo y el otro le iría muy bien si tenía ganas de alimento sólido. Le daría un poco de terramicina y también clorodina para asegurarme. No estaba muy seguro de la terramicina aunque parecía que no le producía reacciones adversas.

Estaba sentado en una silla cómoda al fresco de la tienda comedor cuando vi que Mary llegaba a nuestra tienda. Se lavó y luego se acercó y entró por la puerta de la tienda y se sentó.

—¡Ay Dios! —exclamó—. ¿Podemos no hablar de ello?

—Puedo llevarte y traerte en el coche de caza.

—No. Es tan grande como un coche fúnebre.

—Toma esto ahora y a ver si puedes retenerlo.

—¿Sería terrible tomar un gimlet para subirme la moral?

—Se supone que no hay que beber, pero yo siempre lo he hecho y aquí sigo.

—Pues yo no estoy muy segura de si estoy aquí o no. Sería agradable averiguarlo.

—Lo averiguaremos.

Preparé el gimlet y luego dije que no había prisa para tomar la medicina y que si quería fuera a tumbarse en la cama a descansar y leer si le apetecía o que yo le leería en voz alta si lo prefería.

—¿Qué has cazado?

—Un par de francolines pequeños. Como perdices pequeñas. Los traeré dentro de un ratito y podemos mirarlos. Son para tu cena.

—¿Y el almuerzo?

—Tenemos un buen caldo de tommy y puré de patatas. Te quitarás esto de encima en seguida y no es tan fuerte que no puedas comer. Dicen que la terramicina lo cura mejor que el yatren de los buenos tiempos. Pero me sentiría más a gusto si tuviésemos yatren. Estaba convencido de que teníamos en el botiquín.

—Tengo sed todo el rato.

—Sí, lo recuerdo. Enseñaré a Mbebia a hacer agua de arroz y la tendremos en una botella siempre fresca en la bolsa de agua y podrás beber todo lo que quieras. Es buena para la sed y te da fuerzas.

—No sé por qué tengo que ponerme mala con algo. Llevamos una vida maravillosamente sana.

—Gatita, puede que incluso hayas cogido la fiebre.

—Pero si tomo mi medicina para la malaria cada noche y te la hago tomar a ti cuando se te olvida y siempre nos ponemos las botas para los mosquitos para estar junto al fuego por la noche.

—Es cierto. Pero en el pantano después del búfalo nos picaron cientos de veces.

—No, docenas.

—A mí, cientos.

—Porque eres más grande. Pásame los brazos por los hombros y abrázame fuerte.

—Somos gatos con suerte —dije—. Todo el mundo coge la fiebre cuando va a un territorio donde hay mucha y nosotros hemos estado en dos realmente malos.

—Pero yo me tomé mis medicinas y te hacía acordarte de las tuyas.

—Por eso no cogimos la fiebre. Pero también estuvimos en tierras con mucha enfermedad del sueño y ya sabes la cantidad de moscas tse-tsé que había.

—Pero no eran tan malas en el Ewaso Ngiro. Me acuerdo de llegar a casa por las tardes y que picaban como rizadores de pestañas al rojo vivo.

—Nunca he visto rizadores de pestañas al rojo vivo.

—Yo tampoco pero así es como picaban en los bosques espesos donde vivían los rinocerontes. El que persiguió a G. C. y a Kibo hasta el río. Sin embargo era un campamento estupendo y nos lo pasábamos tan bien la primera vez que empezamos a cazar solos. Era veinte veces más divertido que tener a alguien con nosotros y yo era muy buena y obediente, ¿te acuerdas?

—Y llegábamos muy cerca de todo en los grandes bosques verdes y era como si fuéramos los primeros seres humanos que anduvieran por allí.

—¿Te acuerdas de donde estaba el musgo y unos árboles tan altos que casi nunca entraba la luz del sol y caminábamos con más sigilo que los indios y me llevaste tan cerca del impala que ni nos veía y de cuando encontramos la manada de búfalos justo al otro lado del río del campamento? Era un campamento maravilloso. ¿Te acuerdas del leopardo que pasaba por el campamento cada noche? Era como tener a Boise o al señor Willy andando de noche por la Finca en casa.

—Sí, gatita, y ahora no vas a ponerte enferma de verdad porque la terramicina ya te habrá hecho efecto esta noche o mañana por la mañana.

—Me parece que ya me está haciendo efecto ahora.

—Cucu no puede haber dicho que era mejor que el yatren y el carbsone si no fuera realmente buena. Estas drogas milagrosas te dan aire de espectro mientras esperas a que te hagan efecto. Pero me acuerdo de cuando la droga milagrosa era el yatren y entonces lo era de verdad.

—Tengo una idea maravillosa.

—¿Qué idea es, querida gatita?

—Acaba de ocurrírseme que podíamos hacer que viniera también Harry en el Cessna y que tú y él podíais mirar todo lo de vuestros animales y todos los problemas y después yo volvería con él a Nairobi a ver a un buen médico que me mirara esta disentería o lo que sea y podría comprar regalos de Navidad para todos y todas las cosas que tendríamos que tener para Navidad.

—Aquí la llamamos el cumpleaños del niño Jesús.

—Yo sigo llamándola Navidad —dijo ella—. Y hay un montón enorme de cosas que nos hacen falta. No es una cosa demasiado extravagante, ¿no crees?

—Creo que sería estupendo. Mandaremos aviso a través de Ngong. ¿Para cuándo quieres el avión?

—¿Qué tal sería pasado mañana?

—Pasado mañana es el día más maravilloso que hay una vez pasado mañana.

—Entonces voy a tumbarme tranquilamente y a sentir la brisa de la nieve de nuestra Montaña. Tú vete a prepararte una copa y a leer y a ponerte cómodo.

—Iré a enseñar a Mbebia cómo se hace el agua de arroz.

A mediodía Mary se encontraba mucho mejor y por la tarde volvió a dormir y al anochecer ya se encontraba perfectamente bien y tenía hambre. Me quedé encantado de la eficacia de la terramicina y de que no le produjera reacciones adversas y le dije a Mwindi, tocando la madera de la culata del arma, que yo había curado a miss Mary con una dawa secreta muy poderosa pero que iba a mandarla a Nairobi al día siguiente en el ndege para que un doctor europeo confirmase la curación.

—Mzuri —dijo Mwindi.

De modo que aquella noche comimos ligero pero bien y felices y el campamento era otra vez un campamento feliz y la enfermedad y la desgracia sobrevenidas por comerse la carne del león, que había hecho un fuerte desafío de poderes por la mañana, desaparecieron como si el tema ni siquiera se hubiera planteado alguna vez. Siempre había teorías así que venían a explicar cualquier desgracia y lo primero y lo más importante de todo era que algo o alguien tenía la culpa. A miss Mary se le atribuía una mala suerte extraordinaria e inexplicable, y siempre se encontraba en proceso de expiarla, pero al mismo tiempo también se decía que a otras personas les traía suerte. Además era muy querida. Arap Meina le rendía auténtico culto y Chungo, el jefe de exploradores de caza de G. C., estaba enamorado de ella. Arap Meina rendía culto a muy pocas cosas porque su religión había acabado por embrollársele sin remedio, pero había llegado a una adoración por miss Mary que, en ocasiones, alcanzaba unas cimas de éxtasis que prácticamente rayaban en lo violento. Amaba a G. C. pero eso era una especie de fascinación de colegial mezclada con devoción. Llegó a encariñarse mucho conmigo y a llevar ese sentimiento hasta tal punto que tuve que explicarle que a mí me gustaban las mujeres y no los hombres aunque sí que era capaz de sentir una amistad profunda y duradera. Pero todo el amor y la devoción que había ido repartiendo por toda esta vertiente del Kilimanjaro con absoluta sinceridad y casi siempre con devoción correspondida, y dedicados por igual a hombres, mujeres, niños, chicos y chicas y a toda clase de alcohol y de hierbas euforizantes disponibles, y había muchas, los concentraba ahora en miss Mary mediante su gran capacidad para el afecto.

Arap Meina no era de una galanura suprema, si bien de uniforme tenía una gran elegancia y marcialidad con las orejeras siempre pulcramente enrolladas por encima de las orejas de manera que formasen un lazo al estilo del de las diosas griegas en sus cabellos formando una especie de nudo de Psique modificado. Pero podía ofrecer la sinceridad de un viejo cazador furtivo de elefantes arrepentido y con tan impecable conducta que se la podía ofrendar a miss Mary casi como si se tratase de la virginidad. Los wakamba no son homosexuales. Los lumbwa no lo sé, porque el único lumbwa que he conocido íntimamente fue Arap Meina pero diría que a Arap Meina le atraían fuertemente ambos sexos y que el hecho de que a miss Mary el pelo cortado tan corto a la africana le diese el rostro de un muchacho camita puro en aquel cuerpo tan femenino como el de una joven esposa masai era uno de los factores que fueron transformando la devoción de Arap Meina por ella en auténtica veneración. No la llamaba Mama, que es la forma como los africanos se refieren normalmente a una mujer blanca casada cuando no les parece bien decir memsahib, sino siempre Mami. A miss Mary nunca la había llamado nadie Mami y le dijo a Arap Meina que no se dirigiese a ella con ese nombre. Pero ése era el título más elevado que había conservado de sus contactos con la lengua de los blancos, así que la llamaba Mami, miss Mary o miss Mary Mami, dependiendo de que hubiera estado tomando sus hierbas o cortezas euforizantes o simplemente hubiera estado en contacto con su viejo amigo, el alcohol.

Estábamos sentados junto al fuego después de cenar hablando de la devoción de Arap Meina por miss Mary y yo preocupado porque no lo había visto ese día cuando miss Mary dijo:

—No es malo para todo el mundo estar enamorado de todo el mundo como pasa aquí en África, ¿o sí?

—No.

—¿Estás seguro de que no acabará pasando algo horrible de repente por ese motivo?

—Por ese motivo les pasan cosas horribles constantemente a los europeos. Beben demasiado y se lían todos unos con otros y después le echan la culpa a la altitud.

—Hay algo en la altitud o en que la altitud sea en el ecuador. Es el primer sitio que conozco donde una copa de ginebra pura sabe igual que el agua. Y eso es así de verdad de manera que tiene que haber algo en lo de la altitud o en algo.

—Seguro que algo hay. Pero los que trabajamos duro y cazamos a pie y sudamos el alcohol y trepamos por la maldita escarpadura y subimos y bajamos por la Montaña no tenemos que preocuparnos por el alcohol. Se marcha por los poros. Mira, querida, tú andas más yendo y viniendo a la letrina de lo que la mayoría de las mujeres que vienen por aquí de safari andan en toda África.

—Vamos a no mencionar la letrina. Ahora el camino es estupendo y aquello siempre está bien provisto de las mejores lecturas. ¿Has terminado ya ese libro del león?

—No. Lo reservo para cuando no estés.

—No reserves demasiadas cosas para cuando no esté.

—Sólo he guardado eso.

—Espero que ahí aprendas a ser cauto y bueno.

—Si ya lo soy.

—No, no lo eres. G. C. y tú algunas veces sois unos demonios y ya lo sabes. Cuando pienso que un buen escritor como tú y un hombre valioso y mi marido y que por las noches hagas esas cosas terribles con G. C.

—Tenemos que estudiar a los animales de noche.

—Tampoco lo hacéis. Sólo hacéis cosas endemoniadas para presumir delante del otro.

—No creo que eso sea así realmente, gatita. Hacemos esas cosas para divertirnos. Cuando dejas de hacer cosas por diversión lo mismo daría estar muerto.

—Pero no tenéis por qué hacer cosas con las que te puedes matar y pretender que el Land Rover es un caballo y que estáis corriendo el Grand National. Ninguno de los dos monta lo bastante bien como para participar en esa carrera en Aintree.

—Eso es completamente cierto y por eso tenemos que limitarnos al Land Rover. G. C. y yo practicamos los deportes sencillos de cualquier honrado ciudadano.

—Sois el par de ciudadanos más peligrosos y menos honrados que he conocido en mi vida. Y ya no intento corregiros más porque ya sé que es inútil.

—No hables mal de nosotros sólo porque vayas a marcharte.

—No es eso. Es que por un momento me he horrorizado al pensar en vosotros dos y la idea que tenéis de la diversión. De todas formas, gracias a Dios, G. C. no está aquí así que no estaréis juntos los dos solos.

—Tú pásatelo bien en Nairobi y que te vea el médico y compra todo lo que quieras y no te preocupes de esta manyatta. Estará bien llevada y en orden y nadie correrá riesgos innecesarios. Tendré el local limpio y agradable mientras tú no estés y te sentirás orgullosa.

—¿Por qué no escribes algo y así estaré realmente orgullosa?

—Puede que también escriba algo. ¿Quién sabe?

—No me importa lo de tu novia siempre y cuando me quieras más. Me quieres más, ¿verdad?

—Te quiero más y te querré todavía más cuando regreses de la ciudad.

—Quisiera que pudieras venir tú también.

—Yo no. Odio Nairobi.

—Para mí es completamente nuevo y me gusta conocerlo y también hay gente agradable.

—Tú vete y pásatelo bien y vuelve.

—Ahora desearía no tener que ir. Pero será divertido volar con Willie y después me divertiré volando de regreso y estando otra vez con mi gatito grande y lo divertido de los regalos. ¿Te acuerdas que tienes que conseguir un leopardo? Ya sabes que le prometiste a Bill que tendrías un leopardo antes de Navidad.

—No me olvido, pero sería mejor hacerlo y no preocuparme más.

—Sólo quería estar segura de que no lo habías olvidado.

—No lo había olvidado. Y también me lavaré los dientes y me acordaré de apagar las estrellas por la noche y sacar la hiena.

—No te hagas el gracioso. Me voy de viaje.

—Ya lo sé y no tiene nada de gracia.

—Pero volveré y traeré grandes sorpresas.

—La mejor sorpresa y la más grande es siempre ver a mi gatita.

—Es mucho mejor cuando es en nuestro propio avión. Y tendré una sorpresa especial y maravillosa, pero es un secreto.

—Creo que deberías irte a dormir, gatita, porque, aunque ahora vayamos ganando con la medicina, tienes que descansar bien.

—Llévame a la cama en brazos como creía que me ibas a llevar esta mañana cuando creía que iba a empezar a morirme.

De modo que la cogí y pesaba justo lo que debe pesar una mujer a la que amas cuando la levantas en tus brazos y no era ni demasiado larga ni demasiado corta y no le colgaban esas piernas largas de grulla de las bellezas norteamericanas demasiado altas. La podía llevar muy bien y con facilidad y se deslizó en la cama con tanta suavidad como baja por la rampa un barco bien botado.

—¿No es un sitio maravilloso la cama?

—La cama es nuestra patria.

—¿De quién es eso?

—Mío —dije no poco orgulloso—. Y aún es más impresionante en alemán.

—¿No es estupendo que no tengamos que hablar en alemán?

—Sí —dije—. Sobre todo porque no sabemos.

—Pues tu alemán resultaba muy impresionante en Tanganyika y en Cortina.

—Era falso. Por eso sonaba tan impresionante.

—Yo te quiero muchísimo en inglés.

—Yo también te quiero y duerme bien y mañana tendrás un buen viaje. Vamos a dormir los dos como buenos gatitos y a estar muy contentos porque vas a ponerte bien del todo.

Cuando Willie zumbó sobre el campamento salimos corriendo hacia donde estaba la manga de viento que colgaba fláccida contra el poste pelado y le miramos aterrizar breve y suave sobre las flores aplastadas que el camión le había allanado. Descargamos y cargamos el coche de caza y eché una mirada al correo y los telegramas mientras Mary y Willie charlaban en el asiento delantero. Separé las cartas de Mary y las mías y puse la del señor y señora en el montón de Mary y abrí los telegramas. No había ninguno verdaderamente malo y había dos alentadores.

En la tienda comedor Mary tuvo su correo en la mesa y Willie y yo compartimos una botella de cerveza mientras yo abría las cartas que pudieran parecer más inquietantes. No había nada que no se resolviese dejándolo sin contestar.

—¿Cómo va la guerra, Willie?

—Todavía aguantamos en el palacio de gobierno, creo.

—¿Torr's?

—En nuestras manos, definitivo.

—¿El New Stanley?

—¿Ese oscuro territorio maldito? He oído que G. C. ha llevado una patrulla de azafatas de vuelo al menos hasta el grill. Parece ser que un tipo que atiende por Jack Block mantiene la posición. Muy gallardo empeño.

—¿Quién tiene el Departamento de Caza?

—No me gustaría decirlo, ciertamente. Según mis últimos informes estaba más bien a gana o pierde.

—Conozco a Gana —dije yo—. Pero ¿quién es ese Pierde?

—Uno nuevo, sospecho. He oído decir que miss Mary cazó un gran león muy hermoso. ¿Nos lo llevaremos para allá, miss Mary?

—Por supuesto, Willie.

Por la tarde dejó de llover tal y como Willie había dicho y después de que se marcharan en el avión me sentía muy solo. No había querido ir a la ciudad y sabía que me iba a sentir muy feliz solo con mi gente y los problemas y la tierra que amaba, pero me sentía solo sin Mary.

Siempre me sentía solo después de llover, pero tenía la suerte de tener mis cartas, que no me importaron nada cuando llegaron, y las puse otra vez en orden y ordené también los periódicos. Eran el *East African Standard*, las ediciones aéreas del *Times* y el *Telegraph*, los dos en aquel papel que parecía piel de cebolla, un *Times Literary Supplement* y una edición aérea de la revista *Time*. Abrir las cartas era medianamente aburrido y me alegré de estar en África.

Una carta que mis editores me remitían diligentemente por correo aéreo a un coste considerable era de una mujer de Iowa:

Guthrie Center, Iowa
27 de julio, 1953

Mr. Ernest Hemingway
La Habana, Cuba

Hace varios años, leí su libro Al otro lado del río y entre los árboles, *cuando salió por entregas en el* Cosmopolitan. *Después de la bella descripción de Venecia del comienzo, esperaba que el libro continuara así y tuviera una considerable altura, pero me quedé ampliamente decepcionada. Sin duda era una oportunidad de destapar la podredumbre que PRODUCE las guerras, tanto como señalar la hipocresía de la propia organización militar. En vez de eso, su oficial estaba disgustado ante todo porque ÉL había tenido la DESGRACIA PARTICULAR de perder dos compañías de tropas y, a resultas de ello, no había obtenido un ascenso. Apenas si muestra un poco o* NINGÚN *dolor por sus jóvenes soldados. Más que nada parecían los esfuerzos inútiles de un viejo que intenta convencerse a sí mismo y a otros viejos de que las mujeres jóvenes, bellas e incluso ricas pueden amar a un hombre anciano por sí mismo, no porque pueda proporcionarles riqueza y una posición preeminente.*

Más tarde se publicó El viejo y el mar, *y pregunté a mi hermano, que es maduro y pasó cuatro años y medio en el Ejército durante la LL guerra mundial, si este libro era más maduro emocionalmente que* Al otro lado..., *pero compuso una mueca y dijo que no.*

Es asombroso que un grupo de personas pueda otorgarle a usted el premio Pulitzer. Por lo menos no todo el mundo está de acuerdo.

El recorte pertenece a la columna «Con el café» de Harlan Miller, publicada en The Des Moines Register and Tribune, *y hace tiempo que quería enviárselo a usted. Añada simplemente que Hemingway es emocionalmente inmaduro y un horrible pelmazo y la reseña estará completa. Ha tenido usted cuatro «esposas», y si no ha alcanzado una buena moralidad, por lo menos tendría que haber sacado un poco de sentido común de sus errores pasados. ¿Por qué no escribe usted* ALGO *que valga la pena antes de morirse?*

Sra. G. S. Held

A aquella mujer no le había gustado el libro de ninguna de las maneras y estaba en su perfecto derecho. Si yo hubiera estado en Iowa le habría devuelto el dinero que se había gastado como recompensa a su elocuencia y a la referencia a la LL guerra mundial. Supuse que quería decir segunda y no Larga y Latosa y leí el recorte que había insertado:

Tal vez he sido un poco puntilloso con Hemingway: el escritor más sobrevalorado de nuestro tiempo, pero aun así un estupendo escritor. Sus principales defectos: (1) escaso sentido del humor; (2) un realismo de tipo juvenil; (3) mínimo idealismo, o ninguno; (4) fatuidad de pelo en pecho.

Disfrutaba sentado en la tienda comedor vacía a solas con mi correspondencia e imaginándome al hermano emocionalmente maduro poniendo su mueca quizá en la cocina ante un refrigerio de la nevera o sentado ante el aparato de televisión viendo a Mary Martin haciendo de Peter Pan y pensé lo amable que era esa señora de Iowa al escribirme y lo agradable que hubiera sido tener ahora aquí a su hermano emocionalmente maduro haciendo muecas y moviendo la cabeza en este momento.

No se puede tener todo, viejo amigo escritor, me dije con filosofía. Lo que ganas en directos lo pierdes en indirectos. Tienes que olvidarte del hermano emocionalmente maduro, simplemente. Olvídalo, te lo digo yo. Tienes que hacerlo solo, muchacho. Así que me olvidé de él y seguí leyendo a Nuestra Señora de Iowa. En español pensé en ella como *Nuestra Señora de los Aldabonazos* y ante la aparición de tan espléndido nombre me sentí invadido de piedad y calor whitmanianos. Pero procura seguir dirigiéndolos hacia ella, me advertí a mí mismo. No permitas que te lleven hacia el de las muecas.

También era estimulante leer el homenaje del joven y brillante columnista. Tenía esa catarsis simple pero inmediata que Edmund Wilson ha llamado «la sacudida del reconocimiento», y reconocer la calidad de aquel joven columnista que sin duda hubiera tenido un futuro brillante en el *East African Standard* si hubiera nacido en el Imperio y, en consecuencia, hubiera estado en condiciones de asegurarse un permiso de trabajo, me hizo pensar de nuevo, del mismo modo que uno se aproxima al borde de un precipicio, en el muy amado rostro del hermano de las muecas de mi corresponsal, pero ahora mis sentimientos hacia él habían cambiado y ya no me seguía sintiendo atraído por él como antes sino que, más bien, lo veía sentado en medio de las plantas de maíz, las manos incontrolables en la noche mientras oía crecer los tallos del maíz. En la shamba teníamos maizales que crecían tan alto como crece el maíz en el Medio Oeste. Pero nadie los oía crecer de noche porque las noches eran frías y el maíz crecía por la tarde y de noche, incluso aunque hubiera crecido de noche, no podías oírlo por culpa de la cháchara de las hienas y los chacales y las voces de los leones cuando andaban cazando y el ruido que hacían los leopardos.

Pensé al diablo con esa zorra estúpida de Iowa escribiendo cartas a personas que no conoce sobre cosas de las que no sabe nada y le deseé la gracia de una muerte feliz cuanto antes, pero recordé su última frase: «¿Por qué no escribe usted ALGO que valga la pena antes de morirse?», y pensé tú qué te crees, zorra ignorante de Iowa, yo ya he hecho eso y volveré a hacerlo muchas veces más.

Berenson estaba bien, cosa que me alegró, y estaba en Sicilia, lo que me preocupó innecesariamente puesto que él sabía mucho más de lo que estaba haciendo que yo. Marlene tenía problemas, pero había tenido un triunfo en Las Vegas y adjuntaba los recortes. Tanto la carta como los recortes eran conmovedores. La casa de Cuba estaba perfectamente, pero había muchos gastos. Todos los animales estaban bien. Todavía había dinero en el banco de Nueva York, lo mismo que en el banco de París, pero flojeando. En Venecia todos estaban bien, excepto los que habían sido recluidos en clínicas de reposo o se estaban muriendo de enfermedades incurables diversas. Uno de mis amigos había resultado herido de gravedad en un accidente de tráfico y recordé aquellas repentinas zambullidas en unas nieblas que no había luz que penetrase cuando bajábamos por la costa por las mañanas temprano. Por la descripción de las diversas fracturas me temí que, él, que amaba el tiro más que ninguna otra cosa, no podría volver a tirar. Una mujer que conocía, admiraba y amaba tenía cáncer y no le daban ni tres meses de vida. Otra chica que conocía desde hacía dieciocho años, y cuando la vi por primera vez tenía dieciocho años, y a la que quería y habíamos sido amigos y la amaba mientras estuvo casada con dos maridos y logró hacer cuatro fortunas con su inteligencia y conservarlas, espero, y ganar todas las cosas tangibles y contables y utilizables y almacenables y pignorables de la vida y perder todas las otras, me escribía una carta repleta de noticias, cotilleos y angustia. Contenía noticias verdaderas y la angustia no era fingida y contenía las lamentaciones a las que todas las mujeres tienen derecho. Fue la carta que me puso más triste de todas porque decía que ahora no podía venir a África, donde hubiera tenido una buena vida incluso aunque no fuera más que por dos semanas. Supe entonces que, como no iba a venir nunca más, no volvería a verla, a no ser que su marido me la enviase con alguna misión de negocios. Iría a todos los sitios a los que siempre le había prometido llevarla pero a los que yo no iría. Ella podía ir con el marido y ponerse nerviosos juntos. Él siempre tenía que tener a mano un teléfono para conferencias a larga distancia que le resultaba tan necesario como a mí ver la salida del sol o a Mary contemplar las estrellas por las noches. Podría gastar dinero y comprar cosas y acumular posesiones y comer en restaurantes carísimos y Conrad Hilton abría, o terminaba o proyectaba hoteles para ella y para su marido en todas las ciudades que alguna vez planeamos visitar juntos. Ahora no tenía problemas. Con la ayuda de Conrad Hilton podía recuperar su mejor aspecto para estar cómodamente encamada nunca a más distancia de un teléfono que el alcance de su mano y cuando se despertase por la noche podría saber con toda certeza lo que es la nada y qué valor tiene esta noche y practicar contando su dinero para dormirse y así poder despertarse tarde y no encontrarse demasiado pronto con un nuevo día. Tal vez Conrad Hilton pudiera abrir un hotel en Laitokitok, pensé. Entonces sí que ella podría venirse aquí y ver la Montaña y en el hotel habría guías que la llevasen a conocer al señor Singh y a Brown y a Benji y quizá hubiera una placa que señalara el sitio de la antigua boma de la policía y podrían comprar lanzas de souvenirs en los locales de la Anglo-Masai Stores Ltd. Todas las habitaciones tendrían cazadores blancos corrientes fríos y calientes y todos ellos con cintas de piel de leopardo en los sombreros, y en la mesilla de noche al lado del teléfono en vez de la Biblia de los Gedeones tendrían ejemplares de *Cazador blanco, corazón negro* y *Algo de valor* con la firma autógrafa de los autores e impresos sobre papel especial para todo uso y con los retratos de los autores en la parte de atrás de la sobrecubierta hechos con tinta que resplandeciese en la oscuridad.

Pensar en ese hotel y en los proyectos para decorarlo y gestionarlo incluyendo safaris las veinticuatro horas, todos los animales garantizados, durmiendo cada noche en tu habitación con televisión coaxial conectada, y los menús y el personal de recepción todos ellos comandos anti Mau-Mau y los mejores cazadores blancos, y los pequeños detalles con los huéspedes tal como que la primera noche al cenar cada huésped encontrase junto a su plato un nombramiento de guardia de caza honorario y la segunda noche, y última para la mayoría, el de miembro honorario de la Asociación de Cazadores Profesionales del África Oriental me estaba encantando pero no quería elaborarlo con demasiada perfección hasta que estuviésemos Mary y G. C. y Willie y yo juntos.

Miss Mary, como había sido periodista, tenía una magnífica y poderosa inventiva. Jamás la había oído contar una historia dos veces de la misma forma y siempre tenía la sensación de que la iba remodelando para ediciones posteriores. También necesitábamos a Pop porque quería que me diera permiso para montarlo de cuerpo entero y colocarlo en el vestíbulo en caso de que llegara a morirse algún día. Puede que encontrase algo de oposición por parte de su familia, pero teníamos que hablar de todo el proyecto y llegar a la decisión más razonable. Pop nunca había manifestado mucho amor por Laitokitok, a la que más o menos consideraba una trampa de pecado y creo que quería que lo enterrasen en los cerros altos de su país. Pero al menos podríamos discutirlo.

Ahora, al comprender que como mejor se toma la soledad es con bromas, burlas y desprecio frente a la peor de las posibles salidas de cualquier cosa y que el humor macabro es el más válido si no el más duradero puesto que es intrínsecamente del momento y con frecuencia mal entendido, me reí leyendo aquella carta tan triste y pensando en el nuevo Laitokitok Hilton. El sol ya casi se había puesto y sabía que a aquellas horas Mary ya estaría en el New Stanley y muy probablemente en la bañera y deseé que esa noche se lo pasara bien en la ciudad. A ella no le gustaban los tugurios que yo frecuentaba y probablemente iría al club Travelers o a algún sitio así y me alegré de que fuera ella y no yo quien tenía oportunidad de divertirse de esa manera.

Dejé de pensar en ella y pensé en Debba y que habíamos prometido llevarla a ella y a la Viuda a comprar tela para los vestidos que se harían para las festividades del cumpleaños del niño Jesús. Esa compra oficial de vestidos con mi novia presente y eligiendo la tela que yo pagaría mientras nos contemplaban cuarenta o sesenta mujeres y guerreros masais era el acontecimiento más formal y definitivo que Laitokitok podía ofrecer esta temporada y probablemente cualquier otra. Ser escritor es una desgracia pero también algunas veces es un consuelo y me preguntaba, incapaz de dormir, cómo habría manejado Henry James esa situación. Lo recordaba de pie en el balcón de su hotel de Venecia fumando un buen cigarro puro y preguntándose qué estaría pasando en aquella ciudad en la que es mucho más difícil estar al margen de los problemas que meterse en ellos y cuando no podía dormir por las noches siempre obtenía un gran consuelo pensando en Henry James de pie en el balcón de su hotel contemplando la ciudad y viendo pasar la gente, cada uno con sus necesidades y sus obligaciones y sus problemas, sus pequeñas economías y su felicidad pueblerina y la vida normal y bien organizada del canal, y pensaba en James, que no conocía ni uno de los sitios a los que ir, y se quedaba en el balcón con su puro. Contento ahora por la noche, que podía dormir o no según quisiera, me gustaba pensar en Debba y en James a la vez y me preguntaba cómo sería si le quitaba a James de los labios el cigarro consolador y se lo entregaba a Debba, que se lo pondría en la oreja o quizá se lo daría a Ngui, que había aprendido a fumar puros en Abisinia donde como fusilero de los KAR se enfrentó, algunas veces, a tropas blancas y a sus seguidores de campamento y los venció y aprendió muchas otras cosas. Luego dejé de pensar en Henry James y su cigarro consolador y en el encantador canal que me había imaginado con un buen viento que acudía a ayudar a todos mis amigos y hermanos que tenían que luchar contra la marea y ya no me interesaba pensar en la figura sólida y rechoncha con su cabeza calva y su dignidad ambulatoria y problemas de línea de salida y pensé en Debba y en el gran lecho de madera pulida a mano cubierto de pieles, ahumado, oliendo a limpio de la casa grande y las cuatro botellas de cerveza sacramental que había pagado por usarlo, iba con buenas intenciones, y la cerveza tenía el nombre propio adecuado tradicional de la tribu; creo que era, entre las muchas cervezas rituales, la que se conocía como La Cerveza para Dormir en el Lecho de la Suegra y era el equivalente a poseer un Cadillac en los círculos de John O'Hara si es que aún queda alguno de esos círculos. Confié caritativamente en que quedasen círculos de ésos y pensé en O'Hara, gordo como una boa que se hubiera tragado todo un cargamento de esa revista llamada *Collier's* y arisco como una mula a la que hubieran picado moscas tse-tsé, avanzando pesadamente para morirse sin reconocerlo y le deseé suerte y mucha felicidad recordando francamente divertido la corbata de lazo de ribete blanco que llevaba en la fiesta de su presentación en Nueva York y los nervios de la anfitriona al presentarlo y su temeraria esperanza de que no se desintegraría. Por muy mal que le vayan las cosas, no hay ser humano que no se anime acordándose de O'Hara en su época más brillante.

Pensé en nuestros planes para la Navidad, que siempre me gustó y recordaba en muchos países. Sabía que esa Navidad iba a ser o bien maravillosa o bien absolutamente horrible porque habíamos decidido invitar a todos los masais y a todos los wakamba y ésa era la clase de ngoma que podía acabar con los ngomas si no se hacía correctamente. Estaría el árbol mágico de miss Mary, que los masais reconocerían como lo que realmente era aunque miss Mary no lo hiciera. No sabía si debíamos decirle a miss Mary que su árbol era en realidad un árbol con potentes efectos de tipo marihuana porque el problema tenía muchos ángulos. Primero, miss Mary estaba absolutamente decidida a que fuera esa clase de árbol en particular y los wakamba lo habían aceptado como algo que formaba parte de las desconocidas costumbres tribales de Thief River Falls lo mismo que la exigencia de tener que matar a un león. Arap Meina me había confiado en secreto que con ese árbol él y yo podíamos andar borrachos durante meses y que si un elefante se comía el árbol que había seleccionado miss Mary estaría borracho, el elefante, varios días.

Sabía que miss Mary habría pasado una buena noche en Nairobi porque no era tonta y era la única ciudad que teníamos y había salmón ahumado fresco en el New Stanley y un jefe de camareros comprensivo que hacía la vista gorda. Pero el pescado de los grandes lagos, el pescado sin nombre, estaría tan bueno como siempre y habría curris diversos aunque ella no debería tomarlos nada más pasar la disentería. Pero estaba seguro de que habría cenado bien y confiaba en que ahora estuviera en algún buen club nocturno y pensé en Debba y en que iríamos a comprar la tela para aquellas dos deliciosas montañitas que llevaba con tanto orgullo y modestia y en cómo el tejido se las destacaría como ella sabía muy bien y en cómo iríamos viendo los diferentes estampados y en cómo las mujeres masais con sus faldas largas y las moscas y sus maridos dementes y pretenciosos de la barbería nos observarían con su descaro insatisfecho y su belleza sifilítica de manos frías y cómo nosotros, los kamba, que a ninguno nos habían perforado una oreja jamás pero éramos altivos y, aun peor, insolentes por demasiadas cosas que los masais nunca sabrían, palparíamos los paños y miraríamos los estampados y compraríamos otras cosas para darnos importancia en el almacén.

CAPÍTULO XIII

Cuando Mwindi trajo el té por la mañana yo ya estaba levantado y vestido y sentado junto a las cenizas de la hoguera con dos jerseys y una chaqueta de lana. Se había puesto muy frío por la noche y me preguntaba qué significaría eso de cara al tiempo para hoy.

—¿Quiere fuego? —preguntó Mwindi.

—Pequeño fuego para hombre solo.

—Yo mandar —dijo Mwindi—. Tú mejor come. Memsahib marcha, tú olvida comer.

—No quiero comer antes de cazar.

—Tal vez caza muy larga. Come ahora.

—Mbebia no está despierto.

—Todos hombres viejos despiertos. Sólo hombres jóvenes dormir. Keiti dice que tú come.

—Muy bien, comeré.

—¿Qué quiere comer?

—Huevas de bacalao y patatas salteadas.

—Tú come hígado de tommy y beicon. Keiti dice memsahib dice que dice que tú toma píldora para fiebre.

—¿Dónde están las píldoras para la fiebre?

—Aquí. —Y sacó el frasco—. Keiti dice que yo vigila que tú come.

—Bueno —dije yo—. Me las como.

—¿Qué pone? —preguntó Mwindi.

—Botas de media caña y cazadora abrigada para empezar y la camisa de piel con munición para cuando haga calor.

—Yo avisa preparar otra gente. Hoy día muy bueno.

—¿Sí?

—Todos piensan eso. También Charo.

—Muy bien. Yo también espero un buen día.

—¿Tú no tiene algún sueño?

—No —le dije—. La verdad es que no.

—Mzuri —dijo Mwindi—. Decir a Keiti.

Después de desayunar salimos directo hacia las Chulus por la pista buena que iba al norte por el territorio de los gerenuks. La pista desde la vieja manyatta a las colinas donde debían de estar ahora los búfalos en su regreso hacia la ciénaga estaba gris de barro y era traidora. Pero la seguimos hasta donde pudimos y entonces dejamos allí a Mthuka con el coche porque sabíamos que se iría secando con el sol. El sol ya torraba la llanura y lo dejamos y tomamos hacia arriba de los pequeños cerros empinados y cortados cubiertos de rocas de lava y con la hierba nueva espesa y mojada por la lluvia. No queríamos matar a ningún búfalo, pero era preciso tener dos rifles porque en esas colinas había rinocerontes y el día anterior habíamos visto tres desde el Cessna. Los búfalos debían de estar de camino hacia los ricos pastos nuevos en las orillas de la ciénaga de papiros. Quería contarlos y fotografiarlos si era posible y localizar al enorme macho viejo de cuerna maravillosa que hacía más de tres meses que no veíamos. No queríamos asustarlos ni que supiesen que los seguíamos, sino solamente controlarlos para poder fotografiarlos bien fotografiados cuando Mary volviese.

Encontramos la gran manada de búfalos que iba avanzando más abajo de nosotros. Estaban los orgullosos toros de la manada, las grandes vacas viejas, machos jóvenes, y las hembras jóvenes y los terneros. Veíamos la curvatura de las cuernas y las acusadas arrugas, el barro seco y las placas gastadas de la piel, el denso negro en movimiento y la enorme masa gris y los pájaros, pequeños y de pico afilado y atareados como estorninos en un prado. La manada se movía despacio, comiendo mientras avanzaba, y tras ellos la hierba desaparecía y hasta nosotros llegaban el fuerte olor a ganado y tras él las moscas. Yo me había puesto la sahariana por encima de la cabeza y conté ciento veinticuatro reses. El viento era favorable, de modo que a los búfalos no les llegaba nuestro olor. Los pájaros no nos veían porque estábamos más altos que ellos y las únicas que nos encontraban eran las moscas; pero, como es evidente, no les iban con el cuento.

Era casi mediodía y hacía mucho calor y no lo sabíamos pero la suerte la teníamos aún por delante. Tomamos el coche y recorrimos las tierras del parque y todos íbamos observando cada árbol probable. El leopardo que perseguíamos era un leopardo que causaba problemas y la gente de la shamba nos había pedido que lo matáramos porque les había matado dieciséis cabras y yo lo cazaba en nombre del Departamento de Caza y por eso estaba permitido usar el coche para perseguirlo. El leopardo, que oficialmente antes era una alimaña pero ahora era Caza Real, nunca había sabido de su recalificación y ascenso, porque si no nunca hubiera matado esas dieciséis cabras que lo convertían en criminal y lo devolvían a la categoría más baja del escalafón. Dieciséis cabras eran demasiadas cabras para matar en una noche, sobre todo si lo más que podía comerse era una cabra. Y encima, además, ocho de las cabras pertenecían a la familia de Debba.

Llegamos a un claro muy bonito y a la izquierda había un árbol grande, una de cuyas ramas grandes se extendía a la izquierda en una paralela perfecta y otra más frondosa en línea recta a la derecha. Era un árbol verde y tenía una copa de follaje muy tupido.

—Ése es un árbol ideal para leopardos —le dije a Ngui.

—Ndio —repuso muy quedo—. Y hay un leopardo en ese árbol.

Mthuka nos había visto mirar y, aunque no nos podía oír ni podía ver al leopardo desde su sitio, detuvo el coche. Me bajé con el viejo Springfield que llevaba sobre las rodillas y cuando estuve bien plantado en tierra vi al leopardo estirado con todo su peso en la rama alta de la derecha del árbol. Todo su largo cuerpo moteado estaba pintado por las sombras de las hojas que se movían con el viento. Estaba a veinte metros de altura en un sitio ideal para pasar aquel hermoso día y el mayor error de su vida había sido matar innecesariamente aquellas dieciséis cabras.

Levanté el rifle aspirando aire una sola vez y soltándolo despacio y apunté con mucho tiento al punto en el que el cuello le abultaba detrás de la oreja. Estaba alto y preciso y aplastado, largo y pesado, contra la rama y saqué el casquillo del cartucho y le tiré al hombro. Se produjo un fuerte impacto y cayó en semicírculo. La cola para arriba, la cabeza para arriba, el lomo para abajo. Cayó con el cuerpo curvado como una luna creciente y se dio contra el suelo con un golpe pesado.

Ngui y Charo me daban palmadas en la espalda y Charo me estrechaba la mano. El porteador de armas de Pop me estrechaba la mano llorando porque la caída del leopardo había sido algo emocionante. Y me daba también el apretón de manos secreto de los kamba una y otra vez. Al instante recargué el arma con la mano libre y Ngui, muy excitado, llevaba el 577 en vez de la escopeta cuando nos acercamos con mucho cuidado a ver el cuerpo del azote asesino de las dieciséis cabras de mi padre político. El cuerpo del leopardo no estaba allí.

En el suelo se detectaba el hueco del impacto, y el rastro de la sangre, brillante y a goterones, conducía a un bosquete espeso de matorral a la izquierda del árbol. Era tan tupido como las raíces de un manglar y ya nadie me daba el apretón de manos secreto de los kamba.

—*Caballeros* —dije en español—. La situación ha cambiado radicalmente.

Desde luego que había cambiado. Yo ya me sabía las instrucciones que me había enseñado Pop, pero cada leopardo herido dentro de un matorral espeso es un leopardo herido diferente. No hay dos que actúen de la misma forma, salvo que siempre vienen y vienen en serio. Por eso le había apuntado a la base de la cabeza y el cuello primero. Pero ahora era demasiado tarde para autopsias y tiros fallidos.

El primer problema era Charo. Los leopardos le habían herido dos veces y era un hombre viejo, nadie sabía cómo de viejo, pero sin duda lo bastante como para ser mi padre. Estaba tan excitado como un perro de caza antes de soltarlo.

—Tú quítate de aquí rápido y quédate en el jodido coche.

—Hapana, bwana —respondió.

—Ndio demonios claro que ndio —le dije yo.

—Ndio —contestó, pero no decir «ndio bwana» era un insulto.

Ngui había cargado el calibrador del Winchester 12 con SSG, que es posta gruesa en cristiano. Nunca habíamos tirado a nada con SSG y yo no quería líos, así que tiré del expulsor y lo llené con cartuchos para pluma de perdigón del 8 recién salidos de la caja y me llené los bolsillos con el resto de la munición. A poca distancia una carga de perdigón fino con una escopeta bien cebada es tan sólida como una bala y recordé haber visto los efectos en un cuerpo humano con el pequeño agujero azul negro por los bordes en la espalda de la cazadora de cuero y toda la carga dentro del pecho.

—Kwenda —le dije a Ngui, y empezamos a seguir el reguero de sangre.

Yo iba cubriendo a Ngui, que rastreaba, con la escopeta y el porteador de Pop se había quedado en el coche con el 577. Charo no se había subido al techo sino que se había instalado en el asiento de atrás con la mejor de las tres lanzas. Ngui y yo íbamos a pie siguiendo el rastro de sangre.

Recogió una esquirla afilada de hueso con una mancha de sangre y me la pasó. Era un trozo de clavícula y me lo puse en la boca. Es algo que no tiene explicación. Lo hice sin pensar. Pero eso nos ligaba más de cerca al leopardo y lo mordí y noté el sabor de la sangre fresca que sabía como la mía y comprendí que el leopardo no había perdido solamente el equilibrio. Ngui y yo seguimos las trazas de sangre hasta que se metieron en el manglar que era aquel bosquete de arbustos. Las hojas del matorral eran muy verdes y brillantes y el rastro del leopardo, que estaba hecho de saltos de longitud irregular, penetraba allí y había sangre en las hojas de abajo, a la altura del hombro, donde se había arrastrado para adentrarse.

Ngui se encogió de hombros y meneó la cabeza. Ahora los dos estábamos muy serios y no había ningún Hombre Blanco que hablara en voz baja y suficiente desde la altura de sus grandes conocimientos, ni había ningún Hombre Blanco que diera órdenes enfurecido y atónito ante la estupidez de sus «chicos» y los insultara como a perros indecisos. No había más que un leopardo herido con muy pocas probabilidades a su favor al que habían herido en lo alto de una rama de un árbol, había sufrido una caída a la que ningún ser humano podría sobrevivir y se había asentado en un lugar donde, si conservaba su magnífica e increíble vitalidad de felino, podría lesionar o herir gravísimamente a cualquier ser humano que entrase en su busca. Deseé que nunca hubiera matado aquellas cabras y que yo nunca hubiera firmado un contrato para cazar y ser fotografiado por ninguna revista nacional de gran tirada y mordí con satisfacción el trozo de clavícula e hice señas con el brazo al coche. La punta afilada del hueso astillado me había hecho un corte en el interior de la mejilla y ahora notaba el sabor conocido de mi propia sangre mezclada con la sangre del leopardo y empleando el plural mayestático dije:

—Twendi kwa chui. Vayamos a por el leopardo.

No nos resultaba muy fácil ir a por el leopardo. Ngui tenía el Springfield 30-06 y tenía también buena vista. El porteador de armas de Pop llevaba el 577 que lo tiraría de culo si lo disparaba y tenía tan buena vista como Ngui. Yo llevaba el amado, quemado una vez, reculado tres, suavizado por el uso. El viejo Winchester de émbolo modelo 12, que era más rápido que una serpiente y que después de treinta y cinco años de estar juntos era casi tan íntimo como un amigo y compañero cuyos secretos compartía y cuyos triunfos y desastres no revelaba sino a ese amigo que un hombre tiene para toda la vida. Cubrimos los sarmientos enlazados y entrecruzados del matorral a partir de la entrada del rastro de sangre a la izquierda, el extremo oeste desde donde veíamos el coche por un ángulo, pero no lográbamos ver al leopardo. Entonces volvimos atrás reptando y atisbando entre la oscuridad de las raíces hasta llegar al otro extremo. No habíamos visto al leopardo y volvimos a reptar hasta las hojas verde oscuro donde había sangre aún fresca.

El porteador de armas de Pop estaba parado detrás de nosotros con el calibre grande preparado y yo me senté y empecé a disparar cartuchos del 8 a la maraña de raíces atravesándolas de izquierda a derecha. Al quinto tiro el leopardo lanzó un enorme rugido. El rugido venía de muy adentro de la espesura y un poco a la izquierda de las hojas con sangre.

—¿Tú lo ves? —pregunté a Ngui.

—Hapana.

Cargué de nuevo el largo tubo del cargador y rápidamente disparé dos veces hacia donde había oído el rugido. El leopardo volvió a rugir y después tosió dos veces.

—Piga tu —le dije a Ngui y él disparó hacia donde venía el rugido.

El leopardo rugió otra vez y Ngui dijo:

—Piga tu.

Disparé otros dos tiros en dirección al rugido y el porteador de armas de Pop dijo:

—Ya lo veo.

Nos pusimos de pie y Ngui lo veía pero yo no.

—Piga tu —le dije, y él contestó:

—Hapana. Twendi kwa chui.

Así que volvimos a entrar pero esta vez Ngui sabía adónde íbamos. Sólo pudimos entrar alrededor de un metro, pero había una elevación en el terreno del que salían las raíces. Ngui me dirigía dándome golpecitos en las piernas a un lado o a otro según íbamos arrastrándonos. Entonces vi una oreja del leopardo y las pintas pequeñas de lo alto del bulto de su cuello y el hombro. Apunté a donde se unían hombro y cuello y volví a disparar y no hubo rugidos y volvimos a salir reptando y los tres juntos rodeamos la isleta de espesura por el extremo del oeste hasta donde estaba el coche en el lado más alejado.

—Kufa —dijo Charo—. Mzuri kufa sana.

—Kufa —replicó Mthuka.

Los dos podían ver al leopardo pero yo no.

Se bajaron del coche y todos nos acercamos allí y le indiqué a Charo que se mantuviese detrás con la lanza. Pero él me dijo:

—No. Está muerto, bwana. Yo lo vi morir.

Cubrí a Ngui con la escopeta mientras se abría camino golpeando con el panga las raíces y la maleza como si fueran nuestros enemigos o todos nuestros enemigos y luego entre él y el porteador de armas de Pop arrastraron el leopardo hasta sacarlo y lo cargamos en la trasera del coche. Era un buen leopardo y lo habíamos cazado muy bien y alegremente como hermanos sin cazadores blancos ni rangers de caza ni exploradores de caza y era un leopardo kamba condenado por hacer matanzas inútiles en una shamba kamba ilegal y todos éramos wakambas y estábamos sedientos.

Charo fue el único que examinó de cerca el leopardo porque había sido herido por leopardos en dos ocasiones y me mostró dónde le había metido la carga de postas desde cerca casi al lado de la primera herida de bala en el hombro. Yo ya sabía que sería así porque las raíces y el montículo habían desviado los otros tiros, pero yo me sentía feliz y orgulloso de todos nosotros y de nuestro día y de regresar al campamento y la sombra y la cerveza fría.

Llegamos al campamento haciendo sonar el claxon del coche y todo el mundo salió y Keiti estaba contento y yo creo que orgulloso. Salimos todos del coche y Charo fue el único que se quedó para mirar el leopardo. Keiti se quedó con Charo y el desollador se hizo cargo del leopardo. No le hicimos ninguna fotografía. Keiti me preguntó «¿Piga picha?» y yo le dije «Piga mierda».

Ngui y el porteador de armas de Pop llevaron las armas a la tienda y las pusieron sobre la cama de miss Mary y yo llevé las cámaras y las colgué. Le dije a Msembe que pusiera la mesa fuera debajo del árbol y trajera sillas y toda la cerveza fría y coca-cola para Charo. Le dije a Ngui que no se molestase en limpiar ahora las armas y que fuera a buscar a Mthuka; que beberíamos cerveza ceremonial.

Mwindi dijo que debía darme un baño. Tendría el agua lista en un instante. Le dije que me bañaría en la tina y que, por favor, me buscase una camisa limpia.

—Tú debes dar baño grande —me dijo.

—Ya me daré baño grande más tarde —repuse.

—¿Dónde viene toda la sangre? ¿De chui?

Eso era una ironía pero cuidadosamente encubierta.

—De ramas de árboles.

—Lava bien con jabón azul. Yo pone la cosa roja.

Siempre usábamos mercurocromo en vez de yodina si lo encontrábamos, aunque algunos africanos preferían el yodo porque hacía daño y por tanto lo consideraban una medicina más poderosa. Me lavé y froté los arañazos abiertos y los limpié y Mwindi me los pintó con cuidado.

Me puse la ropa limpia y sabía que Mthuka, Ngui, el porteador de armas de Pop y Charo estaban poniéndose ropa limpia.

—¿El chui vino?

—No.

—¿Entonces por qué todos estar felices?

—Un safari muy divertido. Caza muy divertida toda la mañana.

—¿Por qué tú quiere ser africano?

—Voy a hacerme kamba.

—Puede ser —dijo Mwindi.

—Puede ser por cojones.

—Aquí viene tus amigos.

—Hermanos.

—Hermanos puede ser. Charo no tu hermano.

—Charo muy buen amigo.

—Sí —dijo Mwindi con tristeza alargándome un par de zapatillas que sabía que me apretaban un poco y observando el daño que me hacían al ponérmelas—. Charo buen amigo. ¿Tiene mucho mala suerte?

—¿Cómo?

—De todos modos. Y un hombre afortunado.

Salí a unirme a los demás, que estaban de pie ante la mesa y Msembi con la túnica verde y el gorro verde preparado con la cerveza en el gastado cubo de lona verde. Las nubes estaban muy altas en el cielo y el cielo era el cielo más alto del mundo y volví la vista a la tienda y vi la Montaña alta y blanca por encima de las nubes.

—Caballeros —dije, e hice una inclinación y todos nos sentamos en las sillas de los bwanas y Msembi sirvió cuatro vasos altos de cerveza y la coca-cola de Charo.

Charo era el más viejo, de manera que le cedí la vez y Mwindi sirvió primero la coca-cola. Charo se había cambiado el turbante por otro ligeramente menos gris y llevaba una guerrera azul con botones de latón abrochada en el cuello con un broche de capa que yo le había dado hacía veinte años y unos elegantes pantalones cortos bien arreglados.

Una vez servidas las bebidas me puse de pie y pronuncié el brindis:

—Por la reina.

Bebimos todos y luego dije:

—Por el señor Chui, caballeros. Es Caza Real.

Bebimos de nuevo con gravedad y protocolo pero con entusiasmo. Msembi rellenó los vasos esta vez empezando por mí y terminando por Charo. Sentía un gran respeto por los mayores pero le resultaba difícil guardar el respeto a la bebida gaseosa frente a la cerveza Tusker.

—A *noi* —dije haciéndole una reverencia a Ngui, que había aprendido italiano en los burdeles conquistados en Addis Abeba y de las amantes abandonadas precipitadamente por un ejército en desbandada. Y añadí—: *Wakamba rosa è la libertà, wakamba rosa triomferà.*

Apuramos los vasos hasta el final y Mwindi los llenó de nuevo.

El siguiente brindis fue un poco grosero pero, dada la tendencia de los tiempos y la necesidad de dotar a nuestra nueva religión de algún tipo de programa realizable que más adelante se pudiera dirigir hacia los más altos y nobles fines, pronuncié: «Tunaua.»

Éste lo bebimos con solemnidad aunque noté ciertas reservas en Charo y cuando nos sentamos dije: «Na jehaad tu», para tratar de ganarme el voto musulmán. Pero es un voto difícil de ganar y todos sabíamos que él sólo estaba con nosotros en la hermandad y en el ritual de la cerveza y que nunca estaría con nosotros en lo de la nueva religión o la política.

Msembi se acercó a la mesa y nos sirvió otra vez y dijo que la cerveza ya estaba quisha y yo dije que aquello era una mierda de organización y que a ensillar y a irnos inmediatamente a Laitokitok a por más cerveza. Mthuka dijo: «Kwenda na shamba.» Así que decidimos ir a la shamba y recoger unas pocas botellas de cerveza si tenían para mantener el grupo hasta que llegásemos a otra shamba donde hiciesen cerveza o a Laitokitok. Ngui dijo que yo debía recoger a mi novia y a la Viuda y que Mthuka y él estaban de acuerdo en la tercera shamba masai de la carretera. El porteador de armas de Pop dijo que por él estaba bien y que él sería el protector de la Viuda. Queríamos llevarnos a Msembi, pero éramos cuatro y con la Viuda y mi novia seis y no sabíamos con qué masais nos podíamos topar. Laitokitok siempre estaba lleno de masais.

Me fui hasta la tienda y Mwindi tenía el arcón de hojalata abierto y había sacado la vieja chaqueta de tweed de Hong Kong donde tenía el dinero guardado en los bolsillos interiores con solapa abotonada.

—¿Cuánto dinero quiere? —preguntó.

—Cuatrocientos chelines.

—Mucho dinero —dijo—. ¿Qué hace tú? ¿Compra esposa?

—Comprar cerveza, tal vez posho, medicinas para la shamba, regalos de Navidad, una lanza nueva, llenar el coche de gasolina, comprar whisky para mtoto de policía, comprar bocaditos de arenque.

Se rió con lo de los bocaditos de arenque.

—Coge quinientos —dijo—. ¿También quiere chelines duros?

Los chelines duros se guardaban en una bolsa de cuero. Contó treinta y me los dio y preguntó:

—¿Pone chaqueta buena?

La chaqueta que más le gustaba que me pusiera era una especie de chaqueta de montar que también procedía de Hong Kong.

—No. La cazadora de cuero. Coge la de cuero con cremallera.

—Lleva también lana. Baja frío de Montaña.

—Vísteme como quieras —le dije—. Pero ponme las botas muy fáciles.

Tenía preparados unos calcetines de algodón recién lavados y me los puse y me calzó las botas dejándolas abiertas sin subir las cremalleras de los lados. Ngui entró en la tienda. Llevaba pantalones cortos limpios y una camisa deportiva nueva que no le había visto nunca. Le dije que solamente llevaríamos el 30-06 y me dijo que ya tenía munición. Pasó un trapo al arma grande para limpiarla y la puso debajo del catre. No la habíamos disparado y como con el Springfield habíamos tirado con detonantes no corrosivos se podía limpiar por la noche.

—Pistola —dijo serio y yo metí la pierna derecha por el lazo del extremo de la pistolera y él me abrochó la correa grande a la cintura.

—Frasco Jinny —dijo Mwindi y le alargó a Ngui el grueso cesto español de cuero.

—¿Dinero? —preguntó Ngui.

—Hapana —contesté yo—. Dinero kwisha.

—Demasiado dinero —dijo Mwindi.

Él tenía la llave con la que había cerrado el arca de metal donde guardaba el dinero.

Salimos hacia el coche. Keiti seguía benevolente y le pregunté muy serio qué aprovisionamientos necesitaba. Dijo que trajese un saco de posho si había del bueno que traían en el correo de Kajiado. Parecía triste cuando nos marchamos y la cabeza le caía un poco hacia adelante y a un lado aunque sonreía con su sonrisa quebrada.

Lamenté la equivocación de no haberle preguntado si quería venir pero ya estábamos de camino hacia la shamba. Era una carretera ya muy gastada y lo estará aun más antes de que esto se acabe, pensé.

CAPÍTULO XIV

Mthuka no tenía ropa de fiesta, salvo una camisa limpia con dibujos a cuadros y los pantalones con remiendos limpios. El porteador de armas de Pop llevaba una camisa deportiva amarilla sin ningún dibujo que casaba muy bien con la de Ngui, que era de un rojo color muleta. Lamenté ir vestido tan convencionalmente, pero como me había rapado la cabeza el día antes de irse el avión y luego me había olvidado de ello, me parecía que si me quitaba la gorra tendría un aspecto un tanto barroco. Por desgracia mi cabeza afeitada o incluso rapada muy corta parece más que nada una historia plástica de una tribu muy remota. No es que sea tan espectacular como el gran valle del Rift ni mucho menos, pero hay rasgos históricos en el terreno que podrían interesar al mismo tiempo a arqueólogos y a antropólogos. No sabía cómo se lo tomaría Debba y llevaba una gorra vieja de pescar con una visera larga y no me preocupaba ni me importaba mi aspecto cuando entramos en la shamba y nos detuvimos a la sombra del árbol grande.

Mthuka, según supe luego, había enviado por delante a Nguili, el chico joven que quería ser cazador pero estaba trabajando de segundo asistente de comedor, para avisar a la Viuda y a mi novia de que íbamos a ir a buscarlas para llevarlas a Laitokitok a comprar los vestidos para el cumpleaños del niño Jesús. Ese chico era todavía un nanake en kamba y, por lo tanto, legalmente no podía beber cerveza, pero había hecho el viaje muy de prisa para demostrar que sabía correr y allí estaba sudando muy contento apoyado en el tronco del árbol grande y procurando no respirar muy fuerte. Me bajé del coche para estirar las piernas y dar las gracias al nanake.

—Corres mejor que un masai —le dije.

—Soy un kamba —respondió, tratando con todas sus fuerzas de respirar sin fatiga y me imaginé lo que le debía costar.

—¿Quieres subir a la Montaña?

—Sí. Pero no es correcto y yo tengo mi trabajo.

Justo entonces se nos unió el informador. Llevaba puesto el Paisley y andaba con gran dignidad balanceándose sobre los talones.

—Buenas tardes, hermano —saludó, y vi que Ngui se giraba y escupía ante la palabra hermano.

—Buenas tardes, informador —le dije—. ¿Cómo está tu salud?

—Mejor —respondió—. ¿Yo puedo subir contigo arriba a la Montaña?

—No puedes.

—Puedo servir de intérprete.

—Ya tengo un intérprete en la Montaña.

El niño de la Viuda vino y me dio un cabezazo en la barriga. Le di un beso en lo alto de la cabeza y se cogió de mi mano y se quedó allí muy derecho.

—Informador —le dije—. No puedo pedir cerveza a mi padre político. Por favor, tráenos cerveza.

—Yo veré qué cerveza hay.

Si te gustaba la cerveza de shamba estaba bien, sabía como la hecha en casa en Arkansas en tiempos de la ley seca. Había un hombre que era zapatero y que había combatido muy bien en la primera guerra mundial que fabricaba una cerveza muy parecida que solíamos beber en la sala delantera de su casa. Aparecieron mi novia y la Viuda y mi novia se subió al coche y se sentó al lado de Mthuka. Mantenía la vista baja salvo en breves miradas de triunfo que lanzaba a las otras mujeres de la aldea y llevaba un vestido lavado demasiadas veces y un pañuelo de comercio muy bonito en la cabeza. La Viuda se sentó entre Ngui y el porteador de armas de Pop. Mandamos al informador a buscar otras seis botellas de cerveza, pero sólo había cuatro en la aldea. Se las di a mi padre político. Debba no miraba a nadie y se sentaba muy erguida con los pechos apuntando en el mismo ángulo que la mandíbula.

Mthuka arrancó el coche y nos fuimos dejando allí a todo el pueblo, gente envidiosa o murmuradora, muchos niños, las cabras, las madres lactantes, las gallinas, los perros y mi suegro.

—*¿Qué tal tú?* —pregunté a Debba.

—*En la puta gloria.*

Era la segunda frase que más le gustaba en español. Es una frase extraña y no hay dos personas que la traduzcan igual.

—¿Te hirió el chui?

—No. No fue nada.

—¿Era grande?

—No mucho.

—¿Rugió?

—Muchas veces.

—¿Hizo daño a alguien?

—A nadie. Ni siquiera a ti.

Apretaba su muslo contra la funda de cuero repujado de la pistola y después me puso la mano izquierda donde quería ponerla.

—Mimi bili chui —dijo.

Ninguno de nosotros era erudito en swahili pero me acordé de los dos leopardos de Inglaterra y alguien tendría que saber de leopardos hace mucho tiempo.

—Bwana —dijo Ngui y su voz sonaba con la misma aspereza que dan el amor o la rabia o la ternura.

—Wakamba tu —le dije.

Se echó a reír y rompió la aspereza del mal humor.

—Tenemos tres botellas de Tusker que Msembi robó para nosotros.

—Gracias. Cuando llegue el gran alzamiento, apagaremos y comeremos bocaditos de arenque.

—Carne fría de primera —dijo Ngui.

—Mzuri —dije yo.

Entre la gente wakamba no hay homosexualidad. En los tiempos antiguos a los homosexuales, tras un juicio de King-ole, que según me había explicado Mwindi significaba cuando la gente se agrupaba formalmente para matar a un hombre, los condenaban, los ataban durante unos días en el río o en cualquier agujero con agua para ablandarlos y después los mataban y se los comían. Ése sería el triste destino de muchos dramaturgos, pensé. Pero, por otra parte, y si tienes otra parte en África eres afortunado, se consideraba de muy mala suerte comerse cualquier parte de un homosexual, incluso aunque lo hubieran ablandado en el Athi en una poza casi clara, y, de acuerdo con algunos de mis amigos más viejos, un homosexual sabía peor que un kobo y podía producirte llagas en cualquier parte del cuerpo pero especialmente en las ingles y en los sobacos. También se castigaban con la muerte las relaciones con animales aunque era una práctica que no se consideraba tan nefanda como la homosexualidad y Mkola, que era el padre de Ngui, dado que yo había demostrado matemáticamente que yo no lo podía ser, me había contado que un hombre que hubiera retozado con sus ovejas o sus cabras era tan sabroso como un ñu. Keiti y Mwindi no comían ñu pero eso era una parte de la antropología en la que yo aún no había penetrado. Y mientras yo pensaba en estos hechos y confidencias y con gran cariño hacia Debba, que era una buena chica kamba, dotada de modestia y auténtica y primaria insolencia, Mthuka paró el coche debajo de un árbol y desde allí veíamos la gran brecha del corte del terreno y el débil brillo de los tejados de hojalata de Laitokitok contra el azul del bosque de la Montaña que se alzaba con sus faldas blancas y su cima plana para otorgarnos nuestra religión y nuestra larga y duradera esperanza y por detrás estaba toda nuestra tierra que se extendía como si fuéramos en el avión pero sin movimientos, tensiones ni gastos.

—Jambo tu —le dije a Debba, y ella contestó:

—*La puta gloria.*

Dejamos que ella y la Viuda, que había ido muy feliz entre Ngui y el porteador de armas de Pop con sus camisas roja y amarilla y las armas negras y las piernas delicadas, abrieran las latas de bocaditos de arenque y las dos latas de sucedáneo de salmón holandés. No sabían abrirlas correctamente y se les rompió una de las llaves, pero Mthuka levantó la tapa de la lata con unos alicates y dejó a la vista un falso salmón ahumado que constituía la gloria de Holanda en África y comimos todos, intercambiándonos los cuchillos y bebiendo de las mismas botellas. Debba limpió el gollete de la botella y los labios con el pañuelo de la cabeza la primera vez que bebió pero yo le dije que el chancro de uno era el chancro de todos y después bebimos sin más ceremonias. La cerveza estaba más caliente que fría, pero, a dos mil quinientos metros de altura y con todo el país que veíamos debajo y detrás y los sitios que veíamos ahora como si fuésemos águilas, era una cerveza deliciosa y nos la terminamos con la carne fría. Guardamos las botellas para cambiarlas y pusimos las latas juntas, quitándoles las llaves, y las dejamos debajo de un arbusto de brezo junto al tronco del árbol.

No teníamos allí exploradores de caza así que no había nadie que vendiese su legado wakamba para denunciar a sus hermanos ni cultos a miss Mary ni el verdugo o los cachorros de la policía de manera que en cierto modo éramos libres y volvíamos la vista a un territorio donde nunca había estado ninguna mujer blanca, incluida miss Mary, a no ser que contase cuando la habíamos llevado sin ganas pero con la excitación de los niños a la cubierta a la que nunca había pertenecido ni sabido que su penas igualan a sus pequeñas glorias.

De manera que volvimos la vista hacia nuestro país y a las colinas Chulus que estaban tan azules y raras como siempre y todos estábamos felices de que miss Mary nunca hubiera estado allí y luego volvimos al coche y le dije a Debba, tontamente: «Tú serás una esposa inteligente», y ella, inteligentemente, tomó posesión de mi sitio y de su bien amada pistolera y dijo: «Soy tan buena esposa ahora como pueda serlo nunca.»

La besé en la ondulada cabeza y continuamos subiendo por la hermosa carretera que daba vueltas raras y se retorcía Montaña arriba. Los tejados de hojalata del pueblo seguían reluciendo al sol y al ir estando más cerca veíamos los eucaliptos y la carretera de verdad que, con intensa sombra y británica fuerza, ascendía hacia el pequeño fuerte y la cárcel y las residencias de descanso a las que las personas que participan en la administración de la justicia y el papeleo británico venían a descansar cuando eran demasiado pobres para volver a su país de origen. No íbamos a subir a interrumpir su descanso aunque eso suponía perdernos la vista de los jardines rocosos y el arroyo saltarín que, mucho más adelante, se convertía en el río.

La caza del león de miss Mary había sido una larga caza y todos, excepto los fanáticos, conversos y verdaderos creyentes en miss Mary, estaban cansados de ella hacía mucho tiempo. Charo, que no era de ninguno de esos grupos, me había dicho: «Tírale al león cuando ella le tire y acabemos con esto.» Me había negado con la cabeza porque yo no era un creyente sino un seguidor y había hecho la peregrinación a Santiago de Compostela y había valido la pena. Pero Charo meneó la cabeza disgustado. Era musulmán y hoy no había musulmanes con nosotros. No necesitábamos a nadie para cortarle el cuello a nada y todos estábamos a la espera de nuestra nueva religión que tendría su primera estación en cualquier cruz que hubiera fuera de la tienda de suministros de Benji. Esa estación era un surtidor de gasolina y Debba y la Viuda elegirían en el interior de la tienda la tela para hacer sus vestidos para el cumpleaños del niño Jesús.

No era correcto que yo entrase con ella aunque me encantaban los distintos vestidos y olores del lugar y las masais que conocíamos, las wanawakis, ansiosas y sin comprar nada y con los cornudos de sus maridos más arriba de la calle bebiendo jerez sudafricano Golden Jeep con la lanza en una mano y la botella de Golden Jeep en la otra. Les ponían los cuernos a la pata coja o con los dos pies en el suelo y yo sabía dónde estarían y bajé a la sombra de los árboles por el lado derecho de la estrecha calle que aun así era más ancha que las puntas de nuestras alas como sabían todos cuantos vivían o pasaban por allí y yo andaba con cuidado y, o eso esperaba, sin insolencia ni exhibición de pistola hacia la cantina de los masais donde dije «Sopa» y estreché unas cuantas manos frías y volví a salir sin beber. Ocho pasos a la derecha entré en lo del señor Singh. El señor Singh y yo nos dimos un abrazo y la señora Singh me dio la mano y luego se la besé, cosa que siempre le gustaba puesto que era turkana y yo había aprendido a besar manos muy bien y era como un viaje a París del que nunca había oído hablar pero hubiera adornado el día más claro que París pudiera tener. Entonces mandé a buscar al intérprete educado en la misión, que entró y se quitó los zapatos de la misión y se los tendió a uno de los muchos chicos del señor Singh, siempre con turbante limpio y maliciosa cortesía.

—¿Cómo está usted, Singh? —le pregunté a través del intérprete.

—Bastante bien. Aquí. Con el negocio.

—¿Y la bella señora Singh?

—Cuatro meses hasta el bebé.

—*Felicidades* —dije en español y besé otra vez la mano de la señora Singh al estilo de Alvarito Caro, entonces marqués de Villamayor, una ciudad en la que habíamos entrado una vez y de la que nos echaron por la fuerza.

—¿Y todos los jóvenes Singh están bien como espero?

—Todos bien excepto el tercer chico, que se ha hecho un corte en la mano en la serrería.

—¿Quiere que se la mire?

—Ya se la han curado en la misión. Con sulfamidas.

—Excelente para los niños. Pero a los viejos como usted y yo nos destroza los riñones.

La señora Singh se rió con su risa turkana más sincera y el señor Singh dijo:

—Espero que su memsahib esté bien. Que sus hijos estén bien y que los aviones estén bien.

El intérprete tradujo «en una óptima condición» al referirse a los aviones y yo le pedí que no se pusiera pedante.

—La memsahib, miss Mary, está en Nairobi. Ha ido en el avión y regresará en el avión. Todos mis hijos están bien. Y todos los aviones están bien si Dios quiere.

—Hemos sabido las noticias —dijo el señor Singh—. El león y el leopardo.

—Cualquiera puede matar un león y un leopardo.

—Pero el león era de miss Mary.

—Naturalmente —dije yo, sintiendo crecer mi orgullo por la bella, escultural, sólida, irascible y encantadora miss Mary, cuya cabeza era como una moneda egipcia, los pechos de Rubens y el corazón de Bemidji, o Walker, o Thief River Falls, cualquier ciudad donde hiciera cuarenta y cinco grados bajo cero en el invierno. Era una temperatura que producía corazones cálidos que también sabían ser fríos.

—Para miss Mary no hay problemas con un león.

—Pero era un león difícil. Muchos han sufrido por ese león.

—El gran Singh los estrangula a dos manos —dije yo—. Miss Mary tenía un Mannlicher del 6,5.

—Ésa es un arma pequeña para semejante león —dijo el señor Singh y entonces comprendí que había hecho el servicio militar, de manera que esperé a que hablara primero.

Era demasiado listo para hablar primero y la señora Singh dijo:

—¿Y el leopardo?

—Cualquier hombre ha de ser capaz de matar un leopardo antes de desayunar.

—¿Quiere comer algo?

—Con permiso de la señora.

—Coma, por favor —dijo ella—. No es nada.

—Iremos al cuarto trasero. Usted no ha bebido nada.

—Ahora podemos beber algo juntos si lo desea.

El intérprete pasó al cuarto de atrás y el señor Singh vino con una botella de White Heather y una jarra de agua. El intérprete se había quitado los zapatos para enseñarme sus pies.

—Solamente he llevado los zapatos puestos cuando estaba a la vista de los informadores de religión —me explicó—. No he hablado del niño Jesús excepto con desprecio. No he rezado mis oraciones de la mañana ni las de la noche.

—¿Y qué más?

—Nada.

—Te califico de converso negativo —le dije.

Me puso la cabeza en la barriga y empujó fuerte como hacía el hijo de la Viuda.

—Piensa en la Montaña y en los eternos territorios de la caza feliz. Puede que necesitemos al niño Jesús. Habla siempre de él con respeto. ¿De qué tribu eres?

—De la misma que usted.

—No. ¿Cómo estás inscrito?

—Masai-Chagga. Somos la frontera.

—En las fronteras siempre ha habido hombres de valor.

—Sí, señor.

—En nuestra religión o en nuestra tribu nunca digas señor.

—No.

—¿Cómo te portaste cuando te circuncidaron?

—No fui el mejor, pero bien.

—¿Por qué te hiciste cristiano?

—Por ignorancia.

—Podría ser peor.

—Yo nunca seré musulmán —y empezó a añadir señor, pero lo detuve.

—Es un camino extraño y muy largo y tal vez sería mejor que tirases esos zapatos. Yo te daré un buen par viejo y así podrás amoldarlos a tus pies.

—Gracias. ¿Puedo volar en el avión?

—Por supuesto. Pero eso no es para niños ni chicos de misión.

Entonces hubiera dicho perdón pero esa palabra no existe en swahili ni en kamba y no es más que un modo de emplear una lengua puesto que se advierte que no has de cometer errores.

El intérprete me preguntó por los arañazos y le dije que me los había hecho con los espinos y el señor Singh asintió con la cabeza y enseñó al intérprete el corte que se había hecho en el pulgar en septiembre con la sierra. Era un corte muy impresionante y me acordaba de cuándo había sucedido.

—Pero hoy también ha luchado con un leopardo —me dijo el intérprete.

—No hubo lucha. Era un leopardo mediano que había matado dieciséis cabras en la shamba kamba. Murió sin llegar a pelear.

—Todo el mundo dice que usted tuvo que luchar con él con sus brazos y que lo mató con la pistola.

—Pues todo el mundo miente. Matamos al leopardo primero con un rifle y después con una escopeta.

—Pero una escopeta es para cazar pájaros.

El señor Singh se rió y me pregunté algunas cosas más sobre él.

—Eres un chico de misión estupendo —le dije al intérprete—. Pero las escopetas no son siempre para los pájaros.

—Pero en principio. Por eso se dice escopeta en vez de rifle.

—¿Y qué opina un jodido babu? —pregunté en inglés al señor Singh.

—Los babus están en los árboles —dijo el señor Singh hablando por primera vez en inglés.

—Siento buena amistad por usted, señor Singh —dije—. Y respeto a su gran antepasado.

—Yo respeto a todos sus grandes antepasados aunque no los haya mencionado usted.

—No eran nada.

—Ya oiré hablar de ellos en el momento adecuado —dijo el señor Singh—. ¿Bebemos algo? La mujer, la turkana, trae más comida.

El intérprete estaba ahora ávido de conocimientos y ese anhelo le venía a la altura del pecho y él era medio chagga y tenía el pecho bajo pero fuerte.

—En la biblioteca de la misión hay un libro que dice que el gran Carl Akely mató un leopardo con sus propias manos. ¿Usted se lo puede creer?

—Si tú quieres.

—Se lo pregunto de verdad como un muchacho que desea saber.

—Eso fue antes de mis tiempos. Muchos hombres se han hecho la misma pregunta.

—Pero yo necesito saber la verdad.

—Pues de eso no hay mucho en los libros. Pero el gran Carl Akely fue un gran hombre.

No le podías apartar del anhelo de conocimiento puesto que tú lo habías perseguido toda tu vida y habías tenido que contentarte con hechos, coordenadas y declaraciones concedidas en la embriaguez o recibidas bajo presión. Ese chico, que se había quitado los zapatos y se frotaba los pies en el suelo de madera de la sala trasera del señor Singh y tenía tantas ansias de conocimiento que no veía que al señor Singh y a mí nos resultaba embarazoso aquel modo de endurecerse los pies en público, pasaba, tan descalzo como un perro de caza, de la geometría plana a algo mucho más allá de todo cálculo.

—¿Puede usted justificar el hecho de tomar a una africana como amante?

—Nosotros no nos justificamos. Eso es función del juzgado. La policía da los pasos.

—No tantas sutilezas, por favor —dijo—. Si me perdona, señor.

—Señor es una palabra más bonita que bwana. En algún tiempo hasta significaba algo.

—¿Puede usted aceptar una relación así, señor?

—Si una chica ama a un hombre y no hay coacción, para mí no hay pecado siempre que se hagan las previsiones adecuadas para que la sucesión sea *per stirpes* y no *per capita*.

Aquello produjo un bloqueo inesperado y me quedé tan contento como el señor Singh de haberlo introducido sin cambiar el paso. El chico regresó a los fundamentos básicos que le habían inculcado.

—Es un pecado a los ojos de Dios.

—¿Acaso tú llevas a Dios encima y qué clase de gotas utilizas para garantizarle una visión perfecta?

—Por favor, no se burle de mí, señor. He dejado todo atrás para entrar a su servicio.

—Yo no tengo servicio. Somos los últimos individuos libres en un país ligeramente más grande que Connecticut y creemos en un lema del que se ha abusado mucho.

—¿Puede decirme ese lema?

—Los lemas son una pesadez, chico de la misión... Vida, libertad y la búsqueda de la felicidad. —Luego, por borrar el maleficio de haber ofrecido un lema y también porque el señor Singh se estaba poniendo solemne y parecía dispuesto a reengancharse, agregué—: Mantén las tripas bien dispuestas y recuerda que en cualquier país extraño siempre hay un rincón que será Inglaterra eternamente.

No podía librarse de lo que debía de ser su sangre chagga o puede que la cepa masai y dijo:

—Pero usted es funcionario de la Corona.

—Nominal y temporalmente. ¿Qué es lo que quieres? ¿El chelín de la reina?

—Me gustaría aceptarlo, señor.

Era un poco duro hacer aquello pero más duro y peor compensado es el conocimiento. Saqué del bolsillo un chelín duro y se lo puse en la mano. Nuestra reina estaba preciosa y brillaba en su plata y le dije:

—Ahora ya eres un informador; no, eso no es correcto —añadí al ver que al señor Singh aquella fea palabra le había molestado—. Ahora quedas nombrado intérprete temporal del Departamento de Caza y se te remunerará con un estipendio de setenta chelines al mes durante el tiempo que yo ocupe el cargo de ranger de caza eventual en funciones. A la finalización de mi mandato tu nombramiento quedará extinguido y recibirás una gratificación de setenta chelines a partir de la fecha de finalización del mandato. Esa gratificación será pagada con cargo a mis fondos particulares y tú declaras en este acto y momento que no tienes ninguna reclamación pendiente contra el Departamento de Caza ni harás en el futuro ninguna clase de reclamaciones al Departamento de Caza ni ninguna otra, etc., y que Dios tenga piedad de tu alma. La gratificación se hará en un único pago. ¿Cuál es su nombre, joven?

—Nathaniel.

—En el Departamento de Caza te llamarás Peter.

—Es un nombre muy honorable, señor.

—Nadie ha pedido tus comentarios y tus obligaciones estarán estrictamente limitadas a interpretar con totalidad y precisión lo que se diga cuando se te requiera para ello. Tu contacto será Arap Meina, quien te dará cualquier instrucción adicional. ¿Quieres cobrar un anticipo?

—No, señor.

—Entonces ya puedes retirarte y puedes ir a endurecerte los pies en los cerros detrás del pueblo.

—¿Está usted enfadado conmigo, señor?

—En absoluto. Pero cuando seas mayor descubrirás que el método socrático de adquisición del conocimiento está muy sobrevalorado y que si no haces preguntas a la gente no te dirán mentiras.

—Buenos días, señor Singh —dijo el antiguo converso calzándose los zapatos por si había por la zona algún espía de la misión—. Buenos días, señor.

El señor Singh lo saludó con la cabeza y yo dije «Buenos días».

Una vez que el muchacho se hubo marchado por la puerta de atrás el señor Singh fue hacia la puerta con la mente casi ausente y luego dio la vuelta para servir otra copa de White Heather y pasarme la jarra de agua fresca y se puso cómodo y dijo:

—Otro jodido babu.

—Pero no una mierda.

—No —dijo el señor Singh—. Pero pierde usted su tiempo con él.

—¿Cómo es que nunca habíamos hablado en inglés hasta ahora?

—Por respeto —contestó el señor Singh.

—El primer Singh, su antepasado, ¿hablaba inglés?

—No lo sé —dijo el señor Singh—. Fue antes de nacer yo.

—¿Qué graduación tenía usted, señor Singh?

—¿Quiere también mi número de registro?

—Perdón —dije yo—. Y el whisky es suyo. Pero hizo usted durar mucho lo de la lengua desconocida.

—Fue un placer —replicó el señor Singh—. Aprendí mucha lengua desconocida. Si usted quiere, estaría encantado de entrar a su servicio como voluntario sin paga. En estos momentos informo a tres servicios gubernamentales distintos, ninguno de los cuales coordina su información ni tiene ningún enlace adecuado.

—Las cosas no son siempre exactamente lo que parecen, pero es un Imperio que lleva funcionando mucho tiempo.

—¿Le parece admirable cómo funciona ahora?

—Soy extranjero e invitado y no critico.

—¿Le gustaría que yo le pasara información?

—Si me da copias de todas las otras informaciones que proporcione.

—No hay copias de las informaciones orales, a no ser que tenga una cinta magnetofónica. ¿Tiene usted cinta magnetofónica?

—Aquí no.

—Con cuatro cintas magnetofónicas se podría ahorcar a medio Laitokitok.

—No tengo el menor deseo de ahorcar a medio Laitokitok.

—Tampoco yo. ¿Quién iba a comprar en la duka?

—Señor Singh, si hiciéramos las cosas correctamente, provocaríamos un desastre económico pero ahora tengo que irme a donde dejamos el coche.

—Lo acompañaré andando si no le importa. Tres pasos hacia atrás y a la izquierda.

—Por favor, no se moleste.

—No es molestia.

Dije adiós a la señora Singh y le dije que pasaríamos con el coche para recoger tres cajas de Tusker y una de coca-cola y salimos a la acogedora calle principal y única de Laitokitok.

Los pueblos de una sola calle producen la misma sensación que un barco pequeño, un canal estrecho, la cabecera de un río o el sendero sobre un paso. A veces Laitokitok, después de la ciénaga y las diversas tierras quebradas y el desierto y las colinas prohibidas de las Chulus, parecía una capital importante y otros días parecía la rue Royale. Hoy era Laitokitok sin más con reminiscencias de Cody, Wyoming, o Sheridan, Wyoming, en los viejos tiempos. El señor Singh y yo fuimos dando un paseo agradable y relajado del que ambos disfrutábamos y llegamos a la tienda de Benji con su bomba de gasolina, los escalones anchos como de un almacén del lejano Oeste y muchos masais rodeando la camioneta de caza. Me paré junto a ella y le dije a Mwengi que yo me quedaría con el rifle mientras él iba a comprar o a beber algo. Dijo que no, que prefería quedarse con el rifle. Así que subí los escalones y entré en la tienda abarrotada. Debba y la Viuda todavía estaban mirando telas con ayuda de Mthuka y desechaban un estampado tras otro. Yo odiaba ir de compras y eso de rechazar telas, de manera que me fui hasta el final del largo mostrador en forma de Laitokitok y me puse a comprar medicinas y jabones. Cuando tuve eso metido en una caja empecé a comprar latas de conserva, sobre todo bocaditos de arenque, sardinas, silts, gambas en conserva y varias clases de sucedáneos de salmón junto con un montón de latas de carne envasada en el país que adquiría para regalar a mi padre político y después compré dos latas de cada uno de los tipos de pescado importados de Sudáfrica, incluyendo una variedad cuya etiqueta ponía simplemente PESCADO. Luego compré media docena de latas de langosta Cape Spiny y me acordé de que andábamos escasos de linimento Sloan y compré un frasco y media docena de pastillas de jabón Lifebuoy. A esas alturas ya tenía una muchedumbre de masais mirándome comprar. Debba miró hacia allí y sonrió con orgullo. La Viuda y ella seguían sin poder decidirse y ya no les quedaban ni media docena de piezas de tela por inspeccionar.

Mthuka vino por el mostrador y me dijo que el depósito del coche ya estaba lleno y que había encontrado posho bueno del que quería Keiti. Le di un billete de cien chelines y le indiqué que pagase las compras de las chicas.

—Diles que se compren dos vestidos —le dije—. Uno para la cambia y otro para el cumpleaños del niño Jesús.

Mthuka sabía que ninguna mujer necesita dos vestidos nuevos. Ella necesitaba el suyo viejo y uno nuevo. Pero se acercó hasta ellas y se lo dijo en kikamba y Debba y la Viuda bajaron la vista, todo su impudor trocado en una resplandeciente veneración tal y como si yo acabase de inventar la electricidad y se hubieran encendido las luces por toda África. No busqué su mirada y seguí comprando, ahora por la zona de los frascos de caramelos y los distintos tipos de tabletas de chocolate con nueces diversas y sin ellas.

En esos momentos ya no sabía cómo andaba de dinero pero ya teníamos la gasolina y el posho en el coche y le dije al pariente del dueño que me atendía detrás del mostrador que lo preparase todo y lo pusiese en cajas con mucho cuidado y que ya volvería a recogerlo y a por la cuenta. Eso les daba a Debba y a la Viuda más tiempo para elegir y yo llevaría el coche de caza a casa del señor Singh y recogería los productos embotellados.

Ngui había ido a lo del señor Singh. Había encontrado el tinte que queríamos para teñir mis camisas y saharianas de color masai y nos bebimos juntos una botella de Tusker y le llevamos una a Mthuka al coche. Mthuka cumplía con su deber, pero la próxima vez sería diferente.

Delante de Ngui el señor Singh y yo conversamos de nuevo en lengua desconocida y en una jerigonza swahili de escaso vuelo.

Ngui me preguntó en kamba si me gustaría follarme a la señora Singh y me quedé encantado de ver el gran actor que era el señor Singh, aunque tal vez fuera que nunca había tenido tiempo u oportunidad de aprender kamba.

—Kwisha maru —le dije a Ngui, y parecía que sonaba a galimatías.

—*Buona notte* —dijo él, y nos chocamos las botellas.

—Piga tu.

—Piga tu.

—Piga chui tu —le explicó Ngui, creo que ya un poco achispado, al señor Singh, quien hizo una reverencia de felicitación e indicó que aquellas tres botellas eran por cuenta de la casa.

—Jamás —dije yo en húngaro—. Nem, nem, soha.

El señor Singh dijo algo en lengua desconocida y yo le dije por señas que me diera la factura, y se puso a hacerla.

—*Vámonos, es tarde* —le dije a Ngui en español.

—*Avanti Savoia* —me contestó—. Nunaua.

—Eres un cabrón —le dije.

—Hapana —respondió—. Hermano de sangre.

Así que cargamos las cosas con la ayuda del señor Singh y de varios de sus hijos. Era comprensible que el intérprete no pudiera ayudarnos porque a un chico de la misión no se le podía ver jamás llevando una caja de cerveza. Pero tenía un aire tan triste y estaba tan evidentemente turbado por las palabras nunaua que le pedí que llevase la caja de coca-colas.

—¿Puedo ir con usted cuando conduzca?

—¿Por qué no?

—Podía haberme quedado a vigilar el rifle.

—El primer día no se empieza vigilando el rifle.

—Perdón. Sólo quería decir que podía haber relevado a su hermano kamba.

—¿Cómo sabes que es mi hermano?

—Usted se dirigió a él llamándolo hermano.

—Es mi hermano.

—Tengo mucho que aprender.

—No dejes que eso te desanime —dije poniendo el coche junto a los escalones de la entrada principal de Benji's donde esperaban los masais que querían que los llevásemos hacia la Montaña.

—Que se jodan todos—dijo Ngui.

Ésa era la única frase que sabía en inglés o por lo menos la única que empleaba, porque durante algún tiempo el inglés se había considerado el idioma del verdugo, de los funcionarios del gobierno, los empleados y los bwanas en general. Era una hermosa lengua, pero en África se estaba convirtiendo en una lengua muerta cuyo uso se toleraba pero no se aprobaba. Como Ngui era mi hermano y la había empleado, yo también la utilicé a mi vez y dije:

—Los largos y los cortos y los bajos y los altos.

Echó una mirada a los masais que nos importunaban y que si hubiera nacido en tiempos no tan pasados como para quedar fuera del arco de mi vida habría disfrutado cenándose y dijo en kamba:

—Todos altos.

—Intérprete —dije y me corregí—: Peter, ¿tendrías la bondad de entrar en la duka y decirle a mi hermano Mthuka que ya estamos listos para cargar?

—¿Cómo reconoceré a su hermano?

—Es un kamba tu.

A Ngui no le parecían bien ni el intérprete ni sus zapatos y ya andaba moviéndose con la sólida insolencia de un kamba desarmado entre las lanzas de los masais que se habían reunido con la esperanza del transporte sin ondear como pendones sus Wassermanns positivos en el asta de sus lanzas.

Por fin salieron todos y cargamos las compras. Me bajé para dejar el volante a Mthuka y que se subiesen Debba y la Viuda y fui a pagar la cuenta. Sólo me sobraron diez chelines de la compra y ya veía la cara de Mwindi cuando llegase a casa sin dinero. No era sólo mi ministro de hacienda, también se había proclamado a sí mismo guardián de mi conciencia.

—¿Cuántas masais podemos coger?

—Sólo Kamba y otras seis.

—Demasiadas.

—Otras cuatro.

Así que cargamos y Ngui y Mwengi escogieron y Debba muy excitada y erguida, orgullosa y sin mirar. Íbamos tres en el asiento de delante y cinco detrás con Solo Kamba y la Viuda con Ngui y Kmui y las cuatro segundas favoritas sentadas en los sacos de posho y las compras en la trasera. Podíamos haber cogido dos más, pero había un par de sitios malos en la carretera donde las masais se mareaban siempre.

Bajamos la colina, que era el término que empleábamos para designar la falda baja de la gran Montaña, y Ngui iba abriendo las botellas de cerveza que en la vida wakamba son tan importantes como cualquier otro sacramento. Pregunté a Debba cómo estaba. Había sido un día largo y, en cierto modo, duro, y con las compras y el cambio de altitud y las curvas tenía más que derecho a sentirse como quisiera. Ahora la sabana se extendía ante nosotros y todos los elementos del terreno y ella se apoderó de la funda repujada de la pistola y dijo:

—*En la puta gloria*.

—Yo también —le dije, y le pedí rapé a Mthuka.

Me lo pasó y yo se lo pasé a Debba, que me lo volvió a pasar, sin tomar nada. Era un rapé muy bueno; no tan fuerte como el de Arap Meina pero lo bastante como para hacerte saber que tenías rapé cuando te lo metías debajo del labio superior. Debba no podía tomar rapé pero le pasó la caja, con todo su orgullo cuando bajábamos por la colina, a la Viuda. Era un excelente rapé de Kajiado y la Viuda lo tomó y se lo devolvió a Debba, que me lo dio a mí y yo se lo devolví a Mthuka.

—¿Tú no tomas rapé? —pregunté a Debba.

Ya sabía la respuesta y era un tontería preguntarlo y la primera cosa no deliciosa que habíamos tenido en todo el día.

—Yo no puedo tomar rapé —me dijo—. Yo no estoy casada contigo y no puedo tomar rapé.

Sobre eso no había nada que decir, así que no dijimos nada y puso otra vez la mano sobre la pistolera que verdaderamente adoraba, y que había sido repujada en Denver y ninguna otra cosa había sido mejor repujada, por Heiser y compañía, con un precioso dibujo de flores pulido y suavizado con grasa para sillas y aligerado y destruido por el sudor y todavía ligeramente incrustado de la mañana de aquel día y me dijo:

—Yo te tengo a ti entero en la pistola.

Y yo respondí algo muy grosero. Entre los kamba siempre hay impudor en las mujeres que lo llevan hasta la insolencia y mucho más allá si no hay amor. El amor es una cosa terrible que no le deseas a tu vecino y que es, en todos los países, una fiesta móvil. La fidelidad no existe ni se da nunca por supuesta, salvo en el primer matrimonio. La fidelidad del marido quiero decir. Ése era el primer matrimonio y yo tenía poco que ofrecer, excepto lo que tenía. Era poco pero no carecía de importancia y ninguno de nosotros tenía la más mínima duda.

CAPÍTULO XV

Resultó ser una velada de lo más tranquila. Debba no quiso bañarse en la tienda ni la Viuda tampoco. Tenían miedo de Mwindi, que tenía que traer el agua caliente, y tenían miedo de la gran bañera de lona verde y sus seis patas. Era algo comprensible y comprendido.

Habíamos ido dejando alguna gente en las manyattas masais y ya habíamos pasado el estadio de las bravatas, y las cosas, en la oscuridad y en un sitio determinado, estaban un poquito tranquilas y no había rechazo alguno ni indicios de ello. Le había dicho a la Viuda que se fuera, pero yo era su protector y no sabía si ella, según las leyes kamba, tenía derecho a estar allí. Yo estaba dispuesto a reconocerle cualquier derecho que tuviera según esas leyes kamba y además era una mujer muy agradable y delicada y de buenas maneras.

El informador había aparecido durante el período de intranquilidad y tanto Debba como yo le habíamos visto robar la botella de grasa de león. Era una botella grande del Grand MacNish y Debba y yo sabíamos que Ngui la había adulterado con grasa de gran elán antes de que él y yo hubiéramos decidido ser hermanos. Era como un whisky al ochenta y seis por ciento en vez de al ciento por ciento y nos despertamos para verlo robarla y Debba se rió muy alegremente, siempre reía alegremente y dijo «Chui tu» y yo dije *No hay remedio. La puta gloria,* dijo ella.

No teníamos un gran vocabulario y no éramos grandes conversadores y no necesitábamos intérpretes excepto las leyes kamba y nos dormimos uno o dos minutos con la Viuda de implacable guardia. También ella había visto al informador robar la botella con la grasa de león más blanca de lo normal que todos conocíamos bien y había sido su tos lo que había llamado nuestra atención.

En ese momento llamé a Msembi, el buen chico duro que hacía de mozo de comedor y era cazador y no campesino kamba pero no era un cazador hábil y desde la guerra se había visto reducido al papel de sirviente. Todos éramos sirvientes puesto que yo servía al gobierno, por medio del Departamento de Caza, y también servía a miss Mary y a una revista llamada *Look*. Mi servicio a miss Mary se había terminado, temporalmente, con la muerte de su león. Mi servicio a *Look* se había terminado temporalmente, y yo esperaba que definitivamente. Pero estaba equivocado, por supuesto. Pero ni a Msembi ni a mí nos importaba nada servir y ninguno de los dos habíamos servido ni a nuestro Dios ni a nuestro rey tan bien como para ponernos quisquillosos por eso.

Las únicas leyes son las leyes tribales y yo era un mzee, que significa un anciano que al mismo tiempo conserva la condición de guerrero. Es difícil ser ambas cosas y los mzees más viejos se resienten de la irregularidad de su posición. Hay que desprenderse de alguna cosa, o de todas, y no tratar de mantenerlo todo. Yo aprendí esa lección en un sitio llamado el Schnee Eifel donde fue preciso pasar de las posiciones ofensivas a posiciones defensivas. Renuncias a lo que habías ganado con gran esfuerzo como si no te hubiera costado una perra gorda y te transformas en eminentemente defensivo. Es difícil de hacer y muchas veces deberían fusilarte por hacerlo; pero te fusilarían más de prisa si no hicieras el ajuste.

Así que le había dicho a Msembi que sirviera la cena al cabo de media hora en la tienda comedor y que pusiera la mesa con cubiertos para Debba, para la Viuda y para mí. Quedó absolutamente encantado y lleno de energía y malicia kambas y se fue a llevar las órdenes. Por desgracia las cosas no salieron así. Debba era valiente y *la puta gloria* es un sitio mucho mejor que el que la mayoría de la gente llegará a alcanzar en su vida. La Viuda sabía que eran órdenes duras y sabía que nadie conquistó África en un día ni en una noche determinados. Pero así es como iba a ser.

Keiti acabó con ello en nombre de su lealtad a los bwanas, a la tribu y a la religión musulmana. Tuvo el valor y el buen gusto de no delegar sus órdenes en nadie y vino y golpeó con los nudillos el poste de la tienda y preguntó si podíamos hablar. Yo podía haber dicho que no; pero soy un chico disciplinado. No con doce de los mejores, según la disciplina de Pop, sino con la disciplina implacable de todas nuestras vidas.

—No tienes derecho a tomar a la joven chica por la fuerza —me dijo Keiti. En esto estaba equivocado. Nunca jamás había habido violencia alguna—. Esto puede causar grave problema.

—Muy bien —dije—. ¿Hablas en nombre de todos los mzees?

—Yo soy el más anciano.

—Entonces dile a tu hijo, que es más viejo que yo, que traiga el coche de caza.

—No está aquí —dijo Keiti, y sabíamos eso y su falta de autoridad sobre sus hijos y por qué Mthuka no era musulmán, pero para mí era demasiado complicado.

—Yo conduciré el coche —dije—. No es una cosa muy difícil.

—Por favor, lleva a la joven chica con su familia. Yo voy contigo si quieres.

—Llevaré a la chica, a la Viuda y al informador.

Ahora Mwindi estaba de pie, con la túnica verde y el gorro, al lado de Keiti porque sabía que para Keiti hablar en inglés era una tortura.

Msembi no pintaba nada allí, pero adoraba a Debba como todos nosotros. Ella fingía dormir y era la esposa que todos hubiéramos deseado comprar, aun sabiendo todos que nunca seríamos dueños de nada que hubiésemos comprado.

Msembi había sido soldado y los dos poderosos ancianos lo sabían y eran conscientes de su traición cuando se convirtieron al islamismo y, puesto que todo el mundo acaba siendo anciano en algún momento, atacó rápidamente su complacencia y con auténtico sentido procesal africano, empleando títulos, que habían sido abolidos, y sus propios conocimientos de la ley kamba, dijo:

—Nuestro bwana puede guardar a la Viuda porque tiene un hijo y él la protege oficialmente.

Keiti asintió con la cabeza y Mwindi asintió con la cabeza.

Para dar por finalizado aquello y lamentándolo mucho por Debba, que en su sensación de gloria ya había comido la cena y dormido la noche como no nos estaba permitido dormirla pero como la habíamos dormido tantas veces sin juicios de aquellos arrogantes ancianos que habían obtenido su rango exclusivamente, no, eso no era justo, por antigüedad, dije hacia el interior de la tienda:

—*No hay remedio*. Kwenda na shamba.

Ése fue el principio del fin del día de mi vida que más oportunidades de felicidad me había ofrecido.

CAPÍTULO XVI

Habiendo aceptado la decisión de los ancianos, acompañé a Debba, a la Viuda y al informador a la shamba, donde dejé a Debba junto con las cosas que le había comprado y me volví al campamento. Las cosas que había comprado lo hacían diferente y las dos tenían la tela para sus vestidos. No pensaba hablar con mi padre político ni darle explicaciones y todos nos comportamos como si regresáramos, un poco tarde quizá, de una expedición de compras. Había visto el bulto de la botella de Grand MacNish que contenía la grasa de león adulterada envuelta en el chal Paisley del informador, pero eso no significaba nada. Teníamos grasa de león mejor que ésa y la tendríamos aun mejor si la quisiéramos y hay pocas satisfacciones pequeñas comparables a saber que alguien, de escritor para arriba, y hasta arriba hay un largo camino, te roba algo y se cree que no lo has descubierto. A los escritores nunca se les debe dejar que lo sepan porque les podrías destrozar el corazón si tuvieran y algunos tienen y quién habría de juzgar la actividad del corazón de otro hombre a no ser en una competición. Pero con el informador la cuestión era otra, pues concernía, indefectiblemente, a su grado de lealtad, que ya era un tema en discusión. Keiti odiaba al informador, con razones de peso, porque había servido a sus órdenes en los viejos tiempos y tenían muchas viejas cuestiones sin resolver que se remontaban a cuando el informador tenía un destino de conductor de un camión y ofendió a Keiti con insolencia entonces juvenil y con traicioneras murmuraciones sobre aquel gran noble que era, por otros motivos que los que daba el informador, un hombre retraído. Keiti había amado a Pop desde el mismo momento en que entró a su servicio y, dado el odio de los kamba a la homosexualidad, no podía tolerar que un conductor de camión masai acusase a un blanco y mucho menos aún a uno de tanto renombre y cuando, como hacían en Nairobi cada noche, los gamberros pintaban de carmín los labios de la estatua erigida en su honor, Keiti volvía la vista al pasar a su lado. Charo, que era un musulmán más devoto que Keiti, sí la miraba y se reía igual que todos nosotros. Pero cuando Keiti había aceptado la paga de la reina, la había aceptado para siempre. Era un auténtico victoriano y el resto de nosotros, que habíamos sido eduardianos y después georgianos y otra vez eduardianos durante un breve período para volver a convertirnos en georgianos y ser ahora sincera y absolutamente isabelinos dentro de los límites de nuestra capacidad de servicio y nuestras lealtades tribales, teníamos pocas cosas en común con el victorianismo de Keiti. Esa noche yo me sentí tan mal que no quise hacer de ello algo personal ni pensar en cosas personales y especialmente no ser injusto con alguien a quien yo admiraba y respetaba. Pero sabía que Keiti estaba más escandalizado de que Debba y la Viuda y yo nos sentásemos juntos a cenar en la mesa de la tienda comedor que preocupado por las leyes kamba porque era un hombre mayor y tenía cinco esposas para él solo y una esposa joven y guapa y ¿quién era él para gobernar nuestra moralidad o nuestra falta de ella?

De noche, conduciendo, tratando de no amargarme y pensando en Debba y en la arbitraria privación de nuestra felicidad formal que podía haber sido pasada por alto por cualquiera sin tener en cuenta su antigüedad, pensé si torcer a la izquierda y bajar por ese camino rojo a la otra shamba donde encontraría a dos de nuestro grupo y no a la mujer de Lot ni a la de Putifar sino a la de Simenon y ver si podía trocar pián por amor verdadero. Pero tampoco eso era lo que había que hacer, así que seguí hacia casa y aparqué el coche y me senté en la tienda comedor y leí a Simenon. A Msembi también le había sentado terriblemente aquello, pero ni él ni yo éramos conversadores tampoco.

Me hizo una sugerencia muy caballerosa: que él iría con el chófer del camión y traerían a la Viuda. Le dije que eso hapana y leí un poco más de Simenon.

Msembi se sentía cada vez peor y no tenía ningún Simenon que leer y su siguiente sugerencia fue que él y yo cogiéramos el coche y nos fuéramos a por la chica. Dijo que era una costumbre kamba y que no había que pagar nada más que una multa. También dijo que la shamba era ilegal y nadie tenía derecho a llevarnos a juicio y yo había hecho muchos regalos a mi padre político además de haber matado un leopardo por él ese mismo día.

Pensé todo eso y decidí que no. Algún tiempo antes había pagado el precio tribal para dormir en la cama de mi madre política que es una cosa bastante ruda de hacer. ¿Cómo iba a saber eso Keiti? Se suponía que él lo sabía todo, pero el artificio que habíamos montado estaba muy bien arreglado y posiblemente era más rudo que lo que sabía. De esto no estaba seguro porque yo lo admiraba y respetaba mucho, especialmente desde Magadi. Allí había rastreado sin tener por qué hacerlo y con sus dos serpientes sobre las mejillas bajo el turbante hasta que yo quedé vencido y Ngui tenía dificultades. Había hecho aquel rastreo con un calor de cuarenta grados y medio a la sombra según el termómetro bueno del campamento y la única sombra que tuvimos fue cuando yo, vencido, quise tomar un descanso bajo un arbolito y tomando su sombra por el mejor regalo respirando profundamente y tratando de calcular las millas a las que estábamos del campi, aquel sitio fabuloso que tenía la sombra maravillosa de las higueras y el arroyo rumoroso y las bolsas de agua rezumando frescor.

Ese día Keiti nos había machacado sin hacer ostentación alguna y yo no le respetaba sin motivos. Pero esta noche todavía no estaba seguro de por qué había intervenido. Siempre lo hacen por tu propio bien. Pero sí sabía una cosa: Msembi y yo no podíamos volver como vulgares borrachines y reiniciar la operación.

Se supone que los africanos nunca se sienten mal por nada. Esto es una invención de los blancos que están ocupando temporalmente su tierra. Se dice que los africanos no sienten dolor porque no lloran, es decir, algunos de ellos no lloran. Pero no exteriorizar el dolor que se les inflige es una cosa tribal y un gran lujo. Mientras nosotros en Estados Unidos tenemos televisión, cine y esposas caras siempre con crema suavizante para las manos y la cara por la noche, y el abrigo de visón salvaje, no de rancho, en algún sitio refrigerado y con un papelito como el del prestamista para sacarlo, los africanos de las mejores tribus tienen el lujo de no mostrar el dolor. Nosotros, los mois, como nos llamaba Ngui, nunca hemos conocido las cosas realmente duras, excepto en la guerra que es una vida nómada y tediosa con la compensación ocasional de los combates y el placer del saqueo otorgado como le tira un hueso a su perro un amo al que le importa un bledo. Nosotros, los mois, que en ese momento éramos Msembi y yo, habíamos probado lo que es saquear una población y los dos conocíamos, aunque de ese tema no había que hablar nunca sino sólo compartirlo en secreto, la mecánica y los procedimientos para llevar a cabo lo que la Biblia quería decir con la frase de pasaron a los hombres por el filo de la espada y se llevaron cautivas a las mujeres. Ahora eso ya no se hacía, pero quien lo hubiera hecho era un hermano. Los hermanos buenos son difíciles de encontrar pero con un mal hermano te puedes topar en cualquier pueblo.

El informador era mi hermano según él declaraba continuamente. Pero yo no lo había elegido. En la cosa que ahora teníamos, que no era un safari y en la que la palabra bwana estaba muy cerca de ser un insulto directo, Msembi y yo éramos buenos hermanos y esa noche, sin mencionarlo, los dos recordamos que los traficantes de esclavos que llegaban desde el mar por las diferentes rutas eran todos musulmanes y yo sabía que por eso Mthuka, que tenía la incisión en forma de flecha en ambas mejillas, nunca se convertiría ni podría haberse convertido nunca a esa religión elegante en la que su padre, Keiti, y el querido y honrado Charo, y Mwindi, el honrado y experto esnob, habían sido acogidos.

Así que nos quedamos allí sentados compartiendo nuestra pena. Nguili vino una vez, con la humildad con que debe venir un nanake. Pero deseoso de unir a la nuestra su pena, si se le permitía. Pero no se le podía permitir y le di un cachete cariñoso en el culo vestido de verde y dije: «Morgen ist auch nach ein Tag.» Ésta es una antigua frase alemana que significa lo contrario de no hay remedio, que es una frase verdadera y hermosa pero que me hacía sentirme tan culpable por haberla implantado allí como si mi culpa fuera la de un derrotista o colaboracionista. La traduje con esmero al kamba ayudado por Msembi y luego, sintiéndome culpable de andar soltando frases, le pedí a Ngui que buscase mis lanzas porque iba a salir de caza cuando subiera la luna.

Era algo más que un poco teatral pero también Hamlet es así. Todos estábamos profundamente conmovidos. Probablemente yo fuera el más conmovido de los tres por haber cometido el viejo error de no sujetar la lengua.

Ahora la luna estaba ya por encima del lomo de la Montaña y deseé tener un buen perro grande y no haber declarado que iba a hacer algo que me convertiría en un hombre mejor que Keiti. Pero lo había hecho, de modo que revisé las lanzas y me puse los mocasines blandos y di las gracias a Nguili y salí de la tienda comedor. Había dos hombres de guardia con rifles y munición y una linterna en el árbol justo fuera de la tienda y dejé esas luces a mi espalda y dejé la luna sobre mi hombro derecho e inicié la larga caminata.

El mástil de la lanza tenía un buen tacto y pesaba y llevaba esparadrapo enrollado para que no resbalase la mano con el sudor. Cuando usas la lanza es frecuente sudar mucho por los sobacos y por los antebrazos y el sudor corre por el palo. Los rastrojos de hierba resultaban agradables bajo los pies y luego noté la lisura de las rodadas de neumático que conducían a la pista de aterrizaje que habíamos hecho y la otra pista que llamábamos la gran carretera del norte. Ésa era la primera noche que había salido solo con la lanza y hubiera deseado tener uno de los viejos Honest Ernies o el perro grande. Con el pastor alemán siempre sabías si había algo en la siguiente mancha de arbustos porque pasaba detrás inmediatamente y avanzaba con el hocico pegado a tu rodilla. Pero estar convenientemente asustado como lo estaba yo cuando sales de noche con la lanza es un lujo que tienes que pagar y, como los mejores lujos, la mayor parte del tiempo merece la pena. Mary, G. C. y yo habíamos compartido muchos lujos y algunos de ellos habían sido potencialmente costosos pero, de momento, todos habían valido lo que costaban. Eran las estupideces de la vida cotidiana con su erosión inclemente las que no merecían ese precio, pensé y revisé mentalmente los diversos arbustos y árboles muertos que tenían nidos de cobra y confié en no pisar ninguna si habían salido a cazar.

En el campamento había oído a dos hienas, pero ahora estaban calladas. Oí a un león hacia arriba por la manyatta vieja y resolví mantenerme alejado de la manyatta vieja. No tenía valor suficiente para subir allí de todas formas y además era territorio de rinocerontes. Al frente, en la llanada, a la luz de la luna, veía algo dormido. Era un ñu y me aparté de él o de ella: resultó ser él; y entonces volví de nuevo a la pista.

Había muchas aves nocturnas y chorlitos y vi fenecos con sus orejas de murciélagos y liebres saltando, pero sus ojos no brillaban como cuando las cruzábamos en el Land Rover porque yo no llevaba luz y la luna no reflejaba. La luna estaba ya bien alta y daba una buena luz y seguí por la pista muy contento de haber salido esa noche y sin preocuparme de si algún animal decidía presentarse. Todas las tonterías sobre Keiti y la chica y la Viuda y el banquete perdido y la noche en la cama me parecían sin importancia y miré atrás y ya justo no veía las luces del campamento pero veía la Montaña alta y de cumbre cuadrada y brillaba blanca a la luz de la luna y confié en no toparme con nada que matar. Siempre podía matar al ñu, tal vez, pero si lo hacía tendría que desnudarlo y después quedarme allí con el cadáver para que las hienas no lo atacasen o si no correr al campamento y coger la camioneta y parecer un fanfarrón y recordé que sólo seis de nosotros comíamos ñu y que quería un poco de carne buena para cuando miss Mary estuviese de vuelta.

De modo que seguí andando a la luz de la luna oyendo moverse a los animales pequeños y chillar a los pájaros cuando se alzaban desde el polvo de la pista y pensé en miss Mary y en qué estaría haciendo en Nairobi y qué aspecto tendría con el nuevo corte de pelo y si se lo habría cortado o no y en las formas de su cuerpo y en que casi no había diferencia entre las formas de su cuerpo y las formas del cuerpo de Debba y en que tendría a miss Mary de regreso a las dos del día siguiente a mañana y en que todo eso eran cosas condenadamente buenas de cualquier modo.

En ese momento ya estaba casi donde miss Mary había cazado su león y oía a un leopardo que cazaba por el borde de la ciénaga grande a la izquierda. Pensé si seguir hasta las charcas de sal, pero me di cuenta de que si lo hacía me tentaría algún animal, de modo que di la vuelta y tomé de nuevo la pista gastada en dirección al campamento mirando a la Montaña y sin cazar nada de nada.

CAPÍTULO XVII

Por la mañana Mwindi trajo té y le di las gracias, lo tomé fuera de la tienda junto a los rescoldos del fuego pensando y recordando mientras me lo bebía y después me vestí y fui en busca de Keiti.

No iba a ser el día completamente tranquilo y dedicado a la lectura y la contemplación que yo esperaba. Arap Meina apareció en la lona abierta de la tienda comedor y saludó marcialmente y dijo:

—Bwana, hay pequeños problemas.

—¿De qué tipo?

—Nada grave.

En lo que oficiaba de sala de recepción en la zona de más allá de los fuegos de cocina, donde había varios árboles grandes, estaban los hombres principales de dos manyattas masais. No eran jefes porque un jefe es un hombre que ha aceptado dinero o una medalla barata de los británicos y es un vendido. Eran simplemente los cabezas de sus aldeas, separadas entre sí por veintitantos kilómetros y las dos habían tenido problemas relacionados con los leones. Me senté en mi silla fuera de la tienda con mi bastón de mzee y procuré ir soltando gruñidos inteligentes y solemnes cuando entendía o no entendía algo y Mwindi y Arap Meina hacían de intérpretes. Ninguno de nosotros éramos sabios masais pero se trataba de hombres buenos y serios y sus problemas tenían un fundamento evidente. Uno de los hombres tenía cuatro largos surcos en un hombro con aspecto de haber sido hechos con un rastrillo para heno y el otro en algún momento había perdido un ojo y exhibía una herida antigua impresionante que le salía un poco por encima de la línea de nacimiento del pelo y bajaba, pasando por el ojo tuerto, casi hasta la punta del mentón.

A los masais les encanta hablar y discutir pero ninguno de aquellos dos hombres era locuaz y les dije a ellos y a quienes habían ido con ellos y estaban allí parados sin decir nada que nos ocuparíamos de sus problemas. Para hacer eso tuve que decírselo a Mwindi, que luego se lo dijo a Arap Meina, que luego se lo dijo a nuestros clientes. Yo me apoyaba en mi bastón de mzee que tiene un chelín de plata aplastado y embutido a golpes en la punta e iba gruñendo en el más puro masai que suena un poco como Marlene Dietrich cuando expresa placer sexual, comprensión o afecto. Los sonidos varían. Pero son profundos y con una inflexión ascendente.

Nos estrechamos todos las manos y después Mwindi, a quien le encantaba anunciar las peores noticias posibles, dijo en inglés:

—Bwana, hay dos mujeres con bubu.

Bubu es cualquier clase de enfermedad venérea, pero el término incluye también el pián sobre el cual los autores no se ponen de acuerdo. Indudablemente el pián viene de una espiroqueta muy similar a la de la sífilis, pero la opinión está dividida en cuanto a cómo se adquiere. Se dice que hay gente que adquiere la vieja framboesia por beber de un vaso ajeno o por sentarse imprudentemente en el asiento de un retrete público o por besar a un extraño. En mi limitada experiencia nunca he conocido a nadie con tan mala suerte.

Pero a esas alturas yo ya conocía el pián casi tan bien como conocía a mi hermano. Hay que decir que tenía mucho contacto con ellos sin haber sido nunca capaz de apreciarlos en lo que verdaderamente valían.

Las dos señoras masais eran muy guapas ambas y eso me reafirmó en mi teoría de que, en África, cuanto más guapa seas, más pián pillas. A Msembi le encantaba practicar la medicina y sacó todos los remedios para el pián sin pedírselos. Hice una limpieza general y arrojé los resultados a las brasas todavía vivas de la fogata. Después pinté los bordes de la lesión con violeta de genciana por lo del efecto psicológico. La violeta de genciana tiene un efecto maravilloso en la moral del paciente e inspira al médico y a los espectadores con su delicioso color morado matizado de oro. E instituí la práctica de pintar también un lunar en la frente del marido.

Después de eso, para no correr riesgos, espolvoreaba la lesión, a veces teniendo que contener la respiración mientras manipulaba, con sulfatiazol y luego la untaba con aureomicina y le aplicaba un apósito. Siempre daba también penicilina oral y, si el pián no se iba, después de la cura diaria administraba penicilina en dosis tan altas como nos pudiéramos permitir. Después me quitaba el rapé de la axila y ponía la mitad detrás de las orejas de los pacientes. A Msembi esta parte del tratamiento le encantaba, pero le pedí que me trajera una palangana de agua y una pastilla del siempre seguro jabón azul Nekko al dos por ciento para lavarme las manos después de estrechársela a cada una de las pacientes. Tenían siempre unas manos preciosas y frías y una vez que le has cogido la mano a una mujer masai nunca te la quiere soltar, incluso estando en presencia de su marido. Eso puede ser cosa tribal o algo personal hacia el doctor que cura el pián. Era una de las pocas cosas que no podía preguntarle a Ngui porque no teníamos vocabulario para hablarlo. A cambio de los servicios recibidos, un masai podía traerte un poco de harina. Pero eso solía ser excepcional.

El paciente que venía a continuación no podía inspirar ni a un médico aficionado. Era un hombre prematuramente viejo a juzgar por su dentadura y sus genitales. Respiraba con dificultad y tenía cuarenta de fiebre. Tenía la lengua blanca y pastosa y vi bolsas y cavidades blancas en la garganta cuando le aplasté la lengua. Al tocarle el hígado levemente, el dolor era casi insoportable. Dijo que le dolía mucho la cabeza, el vientre, el pecho y que no podía evacuar desde hacía mucho. No sabía cuánto. Si hubiera sido un animal, hubiera sido mejor pegarle un tiro. Pero como era un hermano de África le di cloroquina para la fiebre por si era paludismo, un catártico suave, aspirina para los dolores si le seguían y hervimos una jeringuilla y le hicimos tumbarse boca abajo en el suelo y le pusimos un millón y medio de unidades de penicilina en la carne negra, cansada y hundida de la nalga izquierda. Era desperdiciar la penicilina. Todos lo sabíamos. Pero si vas a por todas hay que ir y todos nos sentíamos tan afortunados con la religión que tratábamos de ser buenos con todos cuantos estaban fuera de ella y procuraban atesorar penicilina en el viaje ya en marcha hacia los eternos territorios de la caza feliz.

Mwindi, que había penetrado en el espíritu de todo eso y que llevaba su túnica verde y su gorrito verde y pensaba que todos nosotros éramos unos vagabundos no islámicos pero también éramos vagabundos kamba, anunció:

—Bwana, hay otro masai con bubu.

—Tráelo aquí.

Era un buen chico, guerrero todavía, y orgulloso aunque avergonzado de su defecto. Era lo clásico. Era un chancro duro y no nuevo y después de palparlo calculé mentalmente la penicilina que nos quedaba y recordé que un hombre no debe sentir pánico nunca y que teníamos un avión que podía traer más y le dije al chico que se sentase y hervimos la jeringuilla y la aguja otra vez, aunque no sabía yo qué podría coger con ellas que fuera peor que lo que tenía, y Msembi le limpió con algodón y alcohol un trozo de las nalgas, que eran esta vez fuertes y planas como debe ser el culo de un hombre, y le di el pinchazo y vigilé el minúsculo chorrito oleoso que era la señal de mi ineficacia y el desperdicio de lo que ahora era como el huésped, y por medio de Mwindi y Arap Meina le dije al chico, ya de pie y con su lanza, cuándo tenía que volver y que tenía que venir seis veces y luego llevar al hospital una nota que yo le daría. No nos dimos la mano porque era más joven que yo. Pero nos sonreímos y le vi orgulloso de haberse sometido a la aguja.

Mthuka, que no tenía nada que hacer allí, había remoloneado para observar las prácticas de medicina, con la esperanza de que tuviera que emprender algún ejercicio de cirugía porque yo la cirugía la hacía siguiendo un libro que me sujetaba Ngui y que tenía unas láminas fascinantes en colores, algunas de las cuales se desplegaban y se abrían de manera que se veían a la vez los órganos de la parte delantera y de la parte trasera del cuerpo. A todos les encantaba la cirugía, pero hoy no había habido cirugía y Mthuka se acercó, largo y elástico y sordo y con aquellas cicatrices maravillosas hechas hacía mucho tiempo para agradar a una chica, y con su camisa a cuadros y el sombrero que en otros tiempos había sido de Tommy Shevlin, dijo:

—Kwenda na shamba.

—Kwenda —le dije; y a Ngui—: dos armas. Tú y yo y Mthuka.

—¿Hapana halal?

—Muy bien. Trae a Charo.

—Mzuri —dijo Ngui porque hubiera sido insultante cazar una buena pieza de carne y no hacer que la degollasen legalmente para los ancianos musulmanes. Keiti sabía demasiado bien que todos nosotros éramos chicos malos pero ahora que teníamos el respaldo de una religión seria, y yo le había explicado que esa religión tenía un origen tan antiguo si no más antiguo que la Montaña, Keiti se la tomaba en serio. Creo que hubiéramos podido engañar a Charo, lo que hubiera sido hacer una cosa terrible puesto que él tenía el consuelo de su propia fe que estaba mucho mejor organizada que la nuestra, pero nosotros no hacíamos proselitismo y ya habíamos dado un gran paso cuando Charo tomó nuestra religión en serio.

Miss Mary odiaba lo que conocía de la religión, que era muy poco, y no estoy seguro de que en nuestro grupo todos quisieran que ella fuera miembro. Si lo hubiera sido por derecho tribal la habrían aceptado y la habrían obedecido y respetado como tal. Pero en una admisión por votación no estoy convencido de que lo consiguiese. Por supuesto, en su propio grupo, con los exploradores de caza a la cabeza y dirigidos por el magnífico, bien almidonado, erguido y guapo Chungo, la hubieran elegido para Reina de los Cielos. Pero en nuestra religión no iba a haber ningún Departamento de Caza y planeábamos abolir para todos, excepto nuestros enemigos, tanto la pena de azotes como la pena capital, y no existiría la esclavitud, excepto para quienes hiciésemos prisioneros personalmente, y el canibalismo se abolía completa y absolutamente, excepto para quienes decidieran practicarlo. Sin duda Miss Mary no habría obtenido el mismo número de votos que lograría entre su gente.

Así que nos fuimos a la shamba y envié a Ngui a buscar a Debba y con ella sentada a mi lado, sujetando con una mano la funda repujada de la pistola, sacamos a Debba, que iba recibiendo los saludos de niños y ancianos como si recibiera el saludo de un regimiento del que fuera coronel honorario. Por entonces tomaba como modelo de su comportamiento en público las fotografías de los semanarios ilustrados que yo le había regalado y entre ellos había escogido entre la gracia y dignidad de los miembros importantes de las casas reales como escogía entre los rollos de tela en la duka. Nunca le pregunté quién era el modelo de su comportamiento público, pero era ya un año de ver fotografías de pompa y boato y tenía mucho donde escoger. Yo había tratado de enseñarle el modo de levantar la mano y ondular los dedos con que la princesa Aspasia de Grecia me saludaba a través del barullo lleno de humo del Harry's Bar de Venecia, pero en Laitokitok todavía no teníamos Harry's Bar.

Así que ahora iba recibiendo saludos y yo adoptaba una benevolencia estirada mientras salíamos por la carretera que subía entre curvas por la falda de la Montaña donde tenía esperanzas de cazar algún animal lo bastante grande, gordo y suculento como para dejar a todo el mundo contento. Cazamos diligentemente y nos tumbamos casi hasta la noche en una manta vieja en el lado alto de un cerro esperando algún animal que saliera a comer en la campa abierta. Pero no apareció ninguno y cuando fue hora de irse a casa maté un macho de tommy que era todo lo que necesitábamos. Lo centré en el alza y sentados los dos hice que Debba pusiera el dedo en el gatillo delante del mío y mientras lo seguía con la vista sentí la presión de su dedo y su cabeza contra mí y pude notar que procuraba no respirar. Entonces dije «piga» y apretó el dedo al tiempo que yo apretaba el mío contra el gatillo solamente una mínima sombra de tiempo más rápido y la gacela, que mientras estaba comiendo movía sin cesar el rabo, cayó muerta con las cuatro patas para arriba insólitamente rígidas y Charo salió corriendo hacia ella con sus pantalones cortos destrozados y la vieja guerrera azul y su turbante ajado y le cortó el cuello y la hizo legal.

—Piga mzuri —dijo Ngui a Debba cuando ella se volvió hacia él y trató de adoptar sus maneras reales y no pudo y empezó a llorar y a decir «Asanta sana».

Nos quedamos allí sentados y ella lloraba y después se paró sin más. Miramos a Charo hacer su trabajo y el coche de caza vino de detrás de lo alto del cerro y fue hasta el animal y Mthuka se bajó y abrió la portezuela de atrás y él y Charo, muy pequeño visto a tanta distancia y pequeño también el coche tan grande, se agacharon y levantaron y lanzaron el cuerpo en la trasera del coche. Después el coche subió por la colina hacia nosotros, cada vez más grande al acercarse. Hubo un momento en que tuve ganas de medir los pasos de distancia del tiro. Pero eso hubiera sido una cosa de pollitos y un hombre tiene que poder tirar a cualquier distancia además de contar la compensación adecuada por tirar cuesta abajo.

Debba lo miró como si fuera el primer antílope que veía en su vida y metió el dedo en el orificio por donde había pasado la bala en la misma cruz de ambos hombros y yo le dije que no manchase el suelo con la sangre. El suelo tenía unas parrillas de hierro para que la carne quedase elevada por encima del calor del coche y que el aire pudiera circular y aunque siempre estaba bien lavado era un poco como el de una carnicería.

Debba dejó su animal y el coche siguió cuesta abajo con ella sentada entre Mthuka y yo y los dos sabíamos que estaba en un estado extraño pero no dijo nada de nada y sólo se apretaba fuerte contra mi brazo y se apretaba fuerte contra la pistolera repujada. Ya en la shamba adoptó el aire regio pero no ponía el corazón en ello y Ngui descuartizó la gacela y arrojó las tripas y los pulmones a los perros y abrió el estómago y lo limpió y metió en la bolsa del estómago el corazón, los riñones y el hígado y se la dio a un niño para que la llevase a casa de Debba. Mi suegro estaba allí y lo saludé con la cabeza. Se llevó la bolsa blanca y mojada con su contenido rojo y morado y entró en la casa, que era una construcción verdaderamente muy bonita con su tejado cónico y sus paredes rojas.

Yo salí del coche y ayudé a bajar a Debba.

—Jambo tu —le dije y ella no dijo nada y entró en la casa.

Ya estaba oscuro y cuando llegamos al campamento el fuego ardía y habían colocado allí mi silla y la mesa con las bebidas. Mwindi tenía preparada el agua para el baño y me bañé, enjabonándome con esmero, y después me puse un pijama, las botas para los mosquitos y un albornoz grueso y me fui junto al fuego. Keiti me estaba esperando.

—Jambo bwana —me dijo.

—Jambo, señor Keiti —dije yo—. Hemos matado un tommy pequeño. Charo te habrá dicho que es correcto.

Sonrió y supe que volvíamos a ser amigos. Tenía la sonrisa más limpia y agradable de cuantas yo había conocido.

—Siéntate, Keiti —le dije.

—No.

—Te estoy muy agradecido por lo que hiciste anoche. Actuaste correctamente y exactamente tal y como debías. He ido viendo al padre de la chica desde hace tiempo, y he hecho las visitas y regalos necesarios. Esto tú no tenías modo de saberlo. El padre no vale nada.

—Lo sé. Las mujeres gobernar la shamba.

—Si tengo un hijo de la chica, será educado correctamente y podrá escoger entre ser soldado, médico o abogado. Esto es exacto. Si desea ser cazador, puede quedarse conmigo como hijo mío. ¿Está claro?

—Está muy claro —dijo Keiti.

—Si tengo una hija, le daré una dote o se puede venir a vivir conmigo como mi hija. ¿Está claro?

—Está claro. Mejor, puede ser, quedar con la madre.

—Yo lo haré todo de acuerdo con la ley y la costumbre kamba. Pero no puedo casarme con la chica y traerla a casa por culpa de unas leyes estúpidas.

—Uno de tus hermanos puede casar con ella —dijo Keiti.

—Ya lo sé.

Ahora el caso ya estaba cerrado y éramos tan buenos amigos como siempre.

—Me gustaría venir una noche y cazar con lanza —dijo Keiti.

—Yo sólo estoy aprendiendo —repuse—. Soy muy tonto y sin perro es muy difícil.

—Nadie conoce la noche. No yo. No tú. Nadie.

—Yo quiero aprender.

—Aprenderás. Pero tienes cuidado.

—Lo tendré.

—Nadie conoce la noche excepto en un árbol o algún sitio salvo. La noche pertenece a animales.

Keiti era demasiado delicado para hablar de la religión, pero vi la mirada en el ojo de alguien a quien han conducido a la cima de una colina y ha visto las tentaciones del mundo extendidas ante él y eso me recordó que no debíamos corromper a Charo. Me daba cuenta de que ahora íbamos ganando y de que ahora podría traer a Debba y a la Viuda a una cena con menús impresos y tarjetas para colocar a los invitados. Ganando, pues. Empujé un poquito más para lograr otro punto.

—Por supuesto, en nuestra religión todo es posible.

—Sí. Charo me contó vuestra religión.

—Es muy pequeña pero muy antigua.

—Sí —dijo Keiti.

—Bueno, buenas noches pues —le dije—. Si todo está en orden.

—Todo está en orden —dijo Keiti y yo dije otra vez buenas noches y él volvió a inclinarse y sentí envidia de Pop porque Keiti era un hombre suyo. Pero, pensé, ahora tú empiezas a tener también tus propios hombres y, aunque Ngui no llegue a compararse nunca con Keiti, sin embargo en muchos aspectos es más duro y más divertido y los tiempos han cambiado.

Por la noche me acosté y escuché los ruidos nocturnos y trataba de entenderlos todos. Lo que Keiti había dicho era verdad: nadie conoce la noche. Pero yo iba a aprendérmela si podía solo y a pie. Pero yo iba a aprendérmela y no quería compartir eso con nadie. Se comparte el dinero y una mujer no se comparte ni yo compartiría la noche. No podía dormirme y no quería tomar una pastilla porque quería oír la noche y todavía no había decidido si saldría al salir la luna. Sabía que no tenía la suficiente experiencia con la lanza para cazar solo sin meterme en problemas y que era mi obligación y también un delicioso y gran placer estar en el campamento cuando volviese miss Mary. También era mi obligación y un maravilloso placer estar con Debba, pero estaba seguro de que ella dormiría bien por lo menos hasta que saliese la luna y después de salir la luna todos pagábamos la felicidad o el dolor que hubiéramos comprado. Estaba tumbado en el catre con la vieja escopeta confortablemente rígida a mi lado y con la pistola, que era mi mejor amiga y mi crítica más severa de cualquier falta de reflejos o de decisión, confortablemente metida entre mis piernas en la funda repujada que tantas veces había pulido Debba con su manos y pensé que era una gran suerte conocer a miss Mary y que me hubiera hecho el gran honor de casarse conmigo y con miss Debba la reina de los ngomas. Ahora que teníamos nuestra religión era sencillo. Ngui, Mthuka y yo podíamos decidir lo que era pecado y lo que no lo era.

Ngui tenía cinco esposas, cosa que sabíamos que era verdad, y veinte cabezas de ganado, cosa que todos dudábamos. Yo sólo tenía una esposa legal por culpa de las leyes norteamericanas, pero todo el mundo recordaba y respetaba a miss Pauline, que había estado en África hacía mucho tiempo y era muy querida y admirada especialmente por Keiti y Mwindi y yo sabía que pensaban que ella era mi esposa india morena y que miss Mary era mi esposa india rubia. Todos estaban convencidos de que miss Pauline estaba cuidando la shamba de mi país mientras yo traía a miss Mary a éste y nunca les dije que miss Pauline había muerto porque se hubieran puesto todos muy tristes. Ni les hablamos de otra esposa que no les hubiera gustado y que había sido cambiada de categoría de manera que ya no ostentaba ese rango ni esa posición. Incluso entre los más moderados y escépticos de los ancianos la opinión general era que si Ngui tenía cinco esposas yo tenía que tener por lo menos doce, dada la gran diferencia entre nuestras fortunas.

También era creencia general que yo estaba casado con miss Marlene que, a juzgar por cartas y fotografías que había recibido, suponían que estaba trabajando para mí en una pequeña shamba de recreo que yo tenía y que se llamaba Las Vegas. Todos sabían que miss Marlene era la autora de *Lili Marlene* y mucha gente creía que Lili Marlene era ella y todos la habíamos oído cientos de veces cantar una canción titulada *Jonny* en el viejo fonógrafo de manivela cuando la *Rapsodia en azul* era una novedad y miss Marlene, entonces, cantaba esa canción que siempre los conmovía profundamente a todos, y cuando yo estaba sombrío o decaído, que por aquellos días era raras veces, alejado de mi shamba de recreo, Molo, que era medio hermano de Ngui, me preguntaba si la ponía y yo decía ponla y él daba cuerda al fonógrafo portátil y todos nos sentíamos felices oyendo la voz hermosa, profunda, fuera de tono de aquella bella esposa inexistente que cantaba en la shamba de recreo que tan bien y lealmente llevaba por mí.

Ésta es la materia de la que se hacen las leyendas y el hecho de que se supusiera que una de mis esposas era Lili Marlene no era impedimento para la religión. Había enseñado a Debba a decir *Vámonos a Las Vegas* y a ella le encantaba el sonido de la frase casi tanto como *No hay remedio*. Pero siempre tenía miedo de miss Marlene, aunque tenía una gran foto suya vestida con lo que a mí me parecía nada en la pared encima de su cama, junto a los anuncios de la lavadora y aparatos para eliminar basuras y filetes de cinco centímetros de grueso y jamón al corte e ilustraciones de los mamuts, del caballito con pezuñas de cuatro dedos y del tigre de colmillos de sable que había recortado de la revista *Life*. Ésas eran las grandes maravillas de su nuevo mundo y la única que le daba miedo era miss Marlene.

Como ahora estaba despierto y no estaba seguro de que fuera a dormir nunca más, pensé en Debba y en miss Marlene y en miss Mary y en otra chica que conocí y que, entonces, quería mucho. Era una chica norteamericana ágil de largas piernas y con esos dones neumáticos tan norteamericanos que tanto admiran quienes no saben que un pecho pequeño, duro y bien formado es mucho mejor. Pero esa chica tenía unas buenas piernas de negra y era muy amorosa aunque siempre se estaba quejando de algo. Pero era lo bastante agradable como para pensar en ella por la noche cuando no podías dormir y yo escuchaba la noche y pensé un poco en ella y en la cabaña y en Key West y el albergue y los diversos sitios de juego que frecuentábamos y el frío cortante de las mañanas en que habíamos cazado juntos con el viento soplando en la oscuridad y el sabor del aire de las montañas y el olor de la salvia en aquellos días pasados en que le importaba ir a cazar cosas que no fueran dinero. Ningún hombre está nunca realmente solo y las supuestas horas oscuras del alma cuando siempre son las tres de la mañana son las mejores horas de un hombre si no es alcohólico ni tiene miedo de la noche y de lo que le traerá el día. Yo tenía tanto miedo como cualquier hombre de mi tiempo y tal vez más. Pero con los años el miedo había ido viéndolo como una forma de estupidez a clasificar junto a los números rojos, y coger una enfermedad venérea o comer caramelos. El miedo es un vicio de niños y aunque a mí me gustaba sentir cómo se acercaba, como cualquier otro vicio, no era algo para hombres crecidos y lo único de lo que había que tener miedo era de la presencia de un peligro real e inminente de una forma que fueras consciente de él y no hacer el tonto si eras responsable de otras personas. Ése era el miedo mecánico que hacía que te picase la cabeza ante un peligro real y si perdías esa reacción es que era hora de dedicarse a otro tipo de trabajo.

De modo que pensé en miss Mary y en lo valiente que había sido durante los noventa y seis días que había perseguido a su león, no siendo lo bastante alta como para verlo bien nunca; haciendo una cosa nueva sin conocimientos suficientes y con herramientas inadecuadas; arrastrándonos a todos con ella de manera que todos estuviésemos levantados una hora antes de amanecer y hartos de leones, sobre todo en Magadi, y Charo, fiel y leal a miss Mary pero ya viejo y cansado de leones, me había dicho:

—Bwana mata león y termina todo. Ninguna mujer mata nunca león.

CAPÍTULO XVIII

Era un hermoso día para volar y la Montaña estaba muy cerca. Me senté contra el árbol y miré los pájaros y la caza que pastaba. Ngui vino a pedir órdenes y le dije que él y Charo tenían que limpiar y engrasar todas las armas y afilar y aceitar las lanzas. Keiti y Mwindi estaban quitando la cama rota para llevarla a la tienda vacía del bwana Ratón. Me levanté para ir a verla. No estaba muy rota. Una de las patas de tijera del centro tenía una grieta larga y uno de los palos principales que sujetan la lona estaba partido. Era fácil repararla y dije que buscaría madera y haría que la cortasen a medida y la terminasen en la serrería del señor Singh. Keiti, que estaba muy contento de que llegase miss Mary, dijo que usaríamos el catre del bwana Ratón que era idéntico y me volví a mi silla y al libro de identificar pájaros y a tomar más té. Me sentía como alguien que se hubiera vestido para una fiesta demasiado pronto; esa mañana era como de primavera en una alta meseta alpina y mientras iba hacia la tienda comedor a desayunar me preguntaba qué nos depararía el día. Lo primero que me deparó fue el informador.

—Buenos días, hermano —dijo el informador—. ¿Cómo está tu buena salud?

—Nunca ha estado mejor, hermano. ¿Qué hay de nuevo?

—¿Yo puedo entrar?

—Naturalmente. ¿Has desayunado?

—Horas antes. Yo desayuné en la Montaña.

—¿Por qué?

—La Viuda estaba tan difícil que yo la dejé para ir yo a vagabundear solo por la noche como tú haces, hermano.

Sabía que eso era mentira y le dije:

—¿Quieres decir que fuiste andando hasta la carretera y lograste que uno de los chicos de Benji te llevara en el camión a Laitokitok?

—Algo así, hermano.

—Sigue.

—Hermano, hay cosas desesperadas en marcha.

—Sírvete a tu gusto y cuéntame.

—Eso está preparado para Nochebuena y Navidad, hermano. Yo creo que es una matanza.

Hubiera querido decirle «¿nuestra o de ellos?», pero me controlé.

—Cuéntame más —dije mirando la cara orgullosa, morena, arrugada del informador mientras se llevaba a sus labios rojigrises un vaso de ginebra canadiense con un destello de angostura.

—¿Por qué no bebes Gordon's? Vivirías más años.

—Yo conozco mi sitio, hermano.

—Y tu sitio está en mi corazón —dije yo citando al difunto Fats Waller.

Al informador se le saltaron las lágrimas.

—Así que esa noche de san Bartolomé es para Nochebuena —dije—. ¿Es que nadie tiene un poco de respeto al niño Jesús?

—Es una matanza.

—¿Mujeres y niños también?

—Nadie dijo eso.

—¿Quién dijo qué?

—Eso se hablaba en Benji's. Eso se hablaba mucho en las tiendas masais y en el Salón de Té.

—¿Van a matar a los masais?

—No. Los masais estarán todos aquí en tu ngoma por el niño Jesús.

—¿Es popular el ngoma? —pregunté para cambiar de tema y demostrarle que las noticias de inminentes matanzas no significaban nada para mí, un hombre que había estado en la guerra zulú y cuyos antepasados habían acabado con George Armstrong Custer en Little Big Horn. Ningún hombre que haya ido a La Meca sin ser musulmán, igual que otros van a Brighton o a Atlantic City, puede inquietarse por unos rumores de matanzas.

—El ngoma es el tema favorito en la Montaña —dijo el informador—. Si no fuera por la matanza.

—¿Qué dijo el señor Singh?

—Él fue grosero conmigo.

—¿Va a tomar parte en la matanza?

—Probablemente él es uno de los jefes.

El informador desenvolvió un paquete que tenía en su chal. Era una botella de whisky White Heather en una caja.

—Un regalo del señor Singh —dijo—. Yo te aconsejo que tú lo examinas con cuidado antes de beber, hermano. Yo nunca he oído este nombre.

—Peor para ti, hermano. Puede que el nombre sea nuevo, pero es un buen whisky. Todas las marcas nuevas de whisky siempre son buenas cuando empiezan.

—Yo tengo información para ti del señor Singh. Él sin ninguna duda ha hecho servicio militar.

—Es difícil de creer.

—Yo estoy seguro de esto. Nadie podía insultarme a mí como el señor Singh hizo que no hubiera servido al rajá.

—¿Crees que el señor y la señora Singh son elementos subversivos?

—Yo haré averiguación.

—Hoy las novedades han sido un poco brumosas.

—Hermano, ésta fue una noche difícil. La frialdad del corazón de la Viuda, mis vagabundeos por la Montaña.

—Tómate otra copa, hermano. Pareces de «Cumbres Borrascosas».

—¿Eso fue una batalla, hermano?

—En cierto modo.

—Tú tienes que contarme de eso algún día.

—Recuérdamelo. Ahora quiero que pases la noche en Laito-kitok, sobrio, y tráeme alguna información que no sea una mierda. Vete al hotel Brown y duerme allí. No, duerme en el porche. ¿Dónde dormiste anoche?

—En el suelo del Salón de Té debajo de la mesa de billar.

—¿Borracho o sobrio?

—Borracho, hermano.

Mary esperaría seguro a que abriesen el banco para poder recoger el correo. Era un buen día para volar y no había señales de que se estuviese formando algo y yo no creía que Willie tuviera ninguna prisa por salir. Puse un par de botellas de cerveza frías en el coche de caza y Ngui, Mthuka y yo nos fuimos a la pista de aterrizaje con Arap Meina detrás. Meina montaría guardia junto al avión y estaba gallardo y elegante con su uniforme y su 303 recién engrasado y pulido con la correa incluida. Dimos una pasada por la pradera para que los pájaros se echasen a volar y después nos retiramos a la sombra de un árbol grande y Mthuka apagó el motor y todos nos sentamos y nos pusimos cómodos, Charo había venido en el último momento porque era el porteador de armas de miss Mary y lo correcto era que fuera a recibirla.

Era ya pasado el mediodía y abrí una de las botellas de litro de Tusker y Mthuka y Ngui y yo bebimos de ella. Arap Meina estaba castigado a causa de una reciente borrachera, pero sabía que más tarde yo le daría un poco.

Les conté a Ngui y Mthuka que la noche anterior había soñado que teníamos que rezar al sol cuando salía y volver a rezar al sol cuando se ponía.

Ngui dijo que él no pensaba arrodillarse como un conductor de camellos o un cristiano ni siquiera por la religión.

—No hace falta arrodillarse. Te giras de cara al sol y rezas.

—¿Para qué rezábamos en el sueño?

—Para vivir con valor, morir con valor e ir directos a los eternos territorios de la caza feliz.

—Ya somos valientes ahora —dijo Ngui—. ¿Por qué tenemos que rezar para eso?

—Reza por algo que te guste, si es para el bien de todos nosotros.

—Rezaré por cerveza, carne y una esposa nueva con manos fuertes. Podéis compartir la esposa.

—Es un buen rezo. ¿Tú por qué rezas, Mthuka?

—Para que nos quedemos este coche.

—¿Por algo más?

—Cerveza. Que no muere. Lluvia buena en Machakos. Territorios de caza feliz.

—¿Por qué rezas tú? —me preguntó Ngui.

—África para los africanos. Kwisha Mau-Mau. Kwisha toda enfermedad. Lluvia buena en todas partes. Territorios de caza feliz.

—Rezar para divertirse —propuso Mthuka.

—Rezar dormir con esposa de señor Singh.

—Hay que rezar por cosas buenas.

—Llevar esposa de señor Singh a territorios de caza feliz.

—Demasiada gente quiere estar en religión —dijo Ngui—. ¿Cuánta gente cogemos?

—Empezaremos con un pelotón. Tal vez hagamos una sección, o tal vez una compañía.

—Compañía demasiado grande para territorios de caza feliz.

—Eso creo yo también.

—Tú mandar territorios de caza feliz. Hacemos un consejo pero tú mandar. No Gran Espíritu. No Gichi Manitú. Hapana rey. Hapana Camino de la Reina. Hapana S. E. Hapana C. D. Hapana niño Jesús. Hapana policía. Hapana Guardia Negra. Hapana Departamento de Caza.

—Hapana —dije yo.

—Hapana —dijo Mthuka.

Pasé la botella de cerveza a Arap Meina.

—¿Eres un hombre religioso, Meina?

—Mucho —contestó.

—¿Bebes?

—Sólo cerveza, vino y ginebra. También puedo beber whisky y todos los alcoholes blancos o de color.

—¿Te has emborrachado alguna vez, Meina?

—Tú habrías de saberlo, padre.

—¿Qué religiones has tenido?

—Ahora soy musulmán. —Charo se echó hacia atrás y cerró los ojos.

—¿Y qué fuiste antes?

—Lumbwa —dijo Meina. A Mthuka se le agitaban los hombros—. Nunca he sido cristiano —añadió con dignidad.

—Hablamos demasiado de religión y yo todavía soy delegado en funciones de bwana Caza y celebraremos el cumpleaños del niño Jesús dentro de cuatro días —miré mi reloj de pulsera—. Vamos a despejar el campo de pájaros y bebernos la cerveza antes de que venga el avión.

—El avión ya está llegando —dijo Mthuka.

Arrancó el motor y le pasé la cerveza y se bebió un tercio de lo que quedaba. Ngui se bebió otro tercio y yo la mitad de un tercio y le pasé el resto a Arap Meina. Ya íbamos levantando cigüeñas a toda velocidad en la aproximación y viéndolas después del acelerón enderezar sus patas como si recogieran el tren de aterrizaje y comenzar a volar de mala gana.

Vimos venir al aeroplano azul y plata y patilargo y zumbar sobre el campo y entonces salimos a toda marcha bordeando el lateral del claro y ya estaba frente a nosotros y pasaba por encima con los grandes alerones bajados y aterrizaba sin un solo salto y ahora ya hacía un círculo con el morro alto y elegante llenando de polvo las flores blancas que nos llegaban a las rodillas.

Miss Mary quedaba ahora de nuestro lado y salió sin excesiva prisa. La abracé y la besé y luego les estrechó la mano a todos, el primero Charo.

—Buen día, Papá —dijo Willie—. Préstame a Ngui para pasarle algo de esto. ¡Está un pelín cargado!

—Debes de haber comprado todo Nairobi —le dije a Mary.

—Todo lo que me podía permitir. No quisieron venderme el club Muthaiga.

—Ha comprado el New Stanley y el Torr's —dijo Willie—. Así siempre tendremos habitación segura, Papá.

—¿Qué más has comprado?

—Quería comprarme un Comet —dijo Willie—. Ahora se pueden encontrar algunos de auténtica ganga, ¿sabes?

Nos fuimos al campamento en el coche con miss Mary y yo sentados muy juntos delante. Willie hablaba con Ngui y Charo. En el campamento. Mary quiso que le descargaran las cosas en la tienda vacía del bwana Ratón y yo tenía que mantenerme alejado y no mirar. También me había mandado no mirar nada con detalle en el avión y no había mirado. Había un gran fajo de cartas, periódicos y revistas y algunos telegramas y me los había llevado a la tienda comedor y Willie y yo estábamos tomándonos una cerveza.

—¿Buen viaje?

—Poco pesado. Ahora el suelo ya no se pone realmente caliente con estas noches frías. Mary vio sus elefantes en Salengai y una buena manada de perros salvajes.

Entró miss Mary. Había recibido todas las visitas oficiales y estaba radiante. Todos la querían mucho, la recibían muy bien, y le habían hecho mucha ceremonia. Le encantaba el título de memsahib.

—No sabía que la cama de Mousi estuviera rota.

—¿Está rota?

—Y no te he dicho nada del leopardo. Déjame darte un beso. G. C. se rió con tu telegrama sobre eso.

—Han tenido su leopardo. Ya no tienen que preocuparse. Nadie tiene que preocuparse. Ni siquiera el leopardo.

—Cuéntamelo todo.

—No. En algún momento cuando volvamos a casa te enseñaré el sitio.

—¿Puedo ver el correo que ya hayas terminado?

—Ábrelo todo.

—¿Qué te pasa? ¿No te alegras de que esté de vuelta? Lo estaba pasando maravillosamente en Nairobi o por lo menos salía todas las noches y todo el mundo era encantador conmigo.

—Todos ensayaremos para ser encantadores contigo y muy pronto esto será igual que Nairobi.

—Sé bueno, Papá, por favor. Esto es lo que me encanta. Sólo fui a Nairobi para curarme y comprar regalos de Navidad y sé que querías que me divirtiese.

—Bien, y ahora ya has vuelto. Dame un buen beso anti-Nairobi bien apretado.

Estaba delgada y luminosa con sus pantalones caqui y firme dentro de ellos y olía muy bien y tenía el pelo de oro plateado, cortado corto, y me uní de nuevo a la raza blanca o europea con tanta facilidad con la que un mercenario de Enrique IV dijera que París bien valía una misa.

Willie estaba feliz de ver la unión y dijo:

—Papá, ¿alguna otra noticia aparte del chui?

—Ninguna.

—¿Ningún problema?

—Por la noche la carretera es un escándalo.

—A mí me parece que se fían demasiado poco de que el desierto es imposible de cruzar.

Mandé traer un cuarto trasero de carne para Willie, y Mary se fue a nuestra tienda con sus cartas. Llevamos a Willie al avión y se marchó. Las caras de todos se iluminaron al ver el ángulo que dio al aparato y luego, cuando ya no era más que una mota de plata lejana, tomamos el camino de regreso a casa.

Mary era amante y amorosa y Ngui se sentía dolido porque no lo había llevado. Pronto llegaría el anochecer y habría tiempo y los enormes periódicos aéreos británicos y el brillo de la luz que se retira y el fuego y un copa larga.

Al diablo con eso, pensé. Me he complicado demasiado la vida y las complicaciones crecen. Ahora leeré cualquier *Time* que miss Mary no quiera y ya la tengo aquí y disfrutaré con el fuego y disfrutaremos de nuestra copa y después de la cena. Mwindi estaba preparándole su baño en la bañera de lona y el mío era el segundo baño. Pensé que el agua me limpiaría de todo y lo absorbería en el baño y cuando hubieran vaciado y lavado la bañera de lona y la hubieran llenado otra vez con latas de petróleo llenas de agua caliente del fuego, me tumbaría en el agua y me empaparía y me enjabonaría con jabón Lifebuoy.

Me sequé con la toalla y me puse un pijama y mis viejas botas para mosquitos chinas y un albornoz. Desde que se había ido Mary era la primera vez que me daba un baño caliente. Los británicos se bañaban todas las noches si era posible. Pero yo prefería fregarme bien en la palangana por las mañanas cuando me vestía y otra vez cuando volvíamos de cazar y por las noches.

Pop odiaba esto porque el ritual del baño era uno de los pocos ritos supervivientes del safari a la antigua. Así que cuando estaba con nosotros yo me empeñaba en tomar baños calientes. Pero con la otra forma de lavarte, encontrabas mejor las garrapatas que hubieras cogido durante el día y podías hacer que Mwindi o Ngui te quitaran las que tú no alcanzabas. En los viejos tiempos, cuando cazaba solo con Mkola, teníamos niguas que se nos metían por debajo de las uñas de los pies y cada noche había que sentarse y con la luz de la linterna él me quitaba las mías y yo le quitaba las suyas. Eso no se podía hacer con un baño, pero tampoco teníamos baño.

Pensaba en los viejos tiempos y qué dura era la caza, o más bien, qué sencilla. En aquellos días pedir que te enviasen un avión quería decir que eras insoportablemente rico y no estabas dispuesto a molestarte en estar en ningún lugar de África donde para viajar todo fueran dificultades o quería decir que te estabas muriendo.

—¿Cómo estás de verdad después del baño, querida, y lo pasaste bien?

—Estoy bien y perfecta. El doctor me recetó lo mismo que estaba tomando y un poco de bismuto. La gente estuvo muy amable conmigo. Pero te eché de menos todo el tiempo.

—Tienes un aspecto magnífico —dije yo—. ¿Cómo has conseguido ese corte de pelo a lo kamba que te sienta tan bien?

—Esta mañana me lo corté un poco más recto por los lados —dijo ella—. ¿Te gusta?

—Cuéntame cosas de Nairobi.

—La primera noche me encontré con un hombre encantador y me llevó al club Travelers y no estaba mal y luego me llevó al hotel.

—¿Cómo era?

—No me acuerdo muy bien de él, pero era muy amable.

—¿Y la segunda noche?

—Salí con Alec y su chica y fuimos a un sitio que estaba enormemente lleno. Había que vestirse y Alec no iba vestido. No recuerdo si nos quedamos allí o si fuimos a algún otro sitio.

—Suena estupendo. Igual que Kimana.

—¿Tú qué has hecho?

—Nada. Salí a un par de sitios con Ngui y Charo y Keiti. Creo que fuimos a una cena de alguna iglesia. ¿Qué hiciste la tercera noche?

—Realmente no me acuerdo, querido. Ah, sí. Alec y su chica y

G. C. y yo fuimos a alguna parte. Alec estaba imposible. Fuimos a un par de sitios más y luego me llevaron a casa.

—El mismo tipo de vida que hemos llevado aquí. Sólo que quien se puso imposible fue Keiti en vez de Alec.

—¿Qué le pasaba?

—Algo que no sé muy bien —dije—. ¿Cuál de estos *Times* prefieres leer?

—Ya he visto uno. ¿Tú tienes alguna preferencia?

—No.

—No me has dicho que me quieres o que estás contento de que ya haya vuelto.

—Te quiero y estoy contento de ya hayas vuelto.

—Eso es estupendo y estoy tan contenta de estar en casa.

—¿Pasó algo más en Nairobi?

—Hice que aquel hombre tan encantador con el que salí me llevase al museo Coryndon. Pero creo que se aburrió.

—¿Qué comiste en el Grill?

—Había un pescado muy bueno de los grandes lagos. En filetes, pero eran como de perca o de lucio. No decían qué pez era. Simplemente lo llamaban samaki. Y había un salmón ahumado fresco realmente bueno que traen en avión y había ostras. Creo, pero no me acuerdo bien.

—¿Tomaste vino griego seco?

—Cantidad. A Alec no le gustaba. Creo que estuvo en Grecia y Creta con ese amigo tuyo de la RAF. Tampoco le gusta.

—¿Alec estaba realmente imposible?

—Sólo con pequeñeces.

—Vamos a no ponernos imposibles con nada.

—Vamos. ¿Te preparo otra copa?

—Muchas gracias. Keiti está aquí.

—¿Qué quieres?

—Tomaré Campari con sólo un poquito de ginebra.

—Me gusta cuando estás en casa en la cama. Vayámonos a la cama nada más cenar.

—Bien.

—¿Me prometes que no saldrás esta noche?

—Te lo prometo.

Así que después de cenar me senté y leí la edición aérea del *Time* mientras Mary escribía su diario y luego se fue con la linterna a la tienda de letrinas por el sendero recién abierto y yo apagué la luz de gas y puse la linterna en el árbol y me desvestí doblando mis cosas con cuidado y poniéndolas encima del arcón a los pies de la cama y me introduje en mi cama metiendo la barra del mosquitero por debajo del colchón.

Era temprano pero estaba cansado y con sueño. Al cabo de un rato miss Mary vino a mi cama y puso la otra África en algún sitio aparte e hicimos nuestra propia África de nuevo. Era un África distinta de donde yo había estado y al principio notaba que el rojo me inundaba el pecho y luego lo acepté y no pensé en nada y sentí solamente lo que sentía y Mary estaba deliciosa en la cama. Hicimos el amor y después volvimos a hacerlo y luego, después de hacer el amor una vez más, tranquilamente y a oscuras y sin palabras y sin pensar y después como una lluvia de estrellas en una noche fría, nos dormimos. Tal vez hubiera una lluvia de estrellas. Hacía frío suficiente y había claridad suficiente. En algún momento de la noche Mary se fue a su cama y dijo: «Buenas noches, bendito.»

Me desperté cuando empezaba a haber luz y me puse un jersey y las botas para mosquitos encima del pijama y me até el batín con la correa de la pistola y salí a donde Msembi estaba encendiendo el fuego a leer los periódicos y a tomarme el té de la tetera que había traído Mwindi. Primero ordené todos los periódicos y luego me puse a leerlos empezando por los más antiguos. La temporada de caballos debía de estar a punto de acabar justamente ahora en Auteuil y en Eughien, pero en aquellas ediciones aéreas inglesas no había resultados de las carreras francesas. Fui a ver si miss Mary estaba despierta, y estaba levantada y vestida, fresca y radiante y echándose gotas en los ojos.

—¿Cómo estás, querido? ¿Qué tal has dormido?

—Maravillosamente —dije—. ¿Y tú?

—Hasta ahora mismo. Me volví a dormir inmediatamente en cuanto Mwindi trajo el té.

La cogí en mis brazos sintiendo el temprano frescor matutino de su camisa y su delicioso cuerpo. Picasso la había llamado una vez tu Rubens de bolsillo y era un Rubens de bolsillo, pero rebajada a cincuenta kilos y nunca había tenido una cara de Rubens y ahora yo la notaba limpia, recién lavada y le susurré una cosa.

—¡Oh, sí! ¿Y tú?

—Sí.

—¿No es maravilloso estar aquí solos con nuestra Montaña y nuestra preciosa tierra y nada que nos lo estropee?

—Sí. Ven a tomar el desayuno.

Hizo un buen desayuno con hígado de impala a la parrilla con beicon y media papaya de la ciudad con limón exprimido por encima y dos tazas de café. Yo me tomé un café con leche de lata pero sin azúcar y me hubiera tomado otro, pero no sabía qué íbamos a hacer y no quería tener el café encharcándome el estómago hiciéramos lo que hiciésemos.

—¿Me has echado de menos?

—¡Oh, sí!

—Yo te echaba muchísimo de menos pero había tantas cosas que hacer. Realmente no sobraba nada de tiempo.

—¿Viste a Pop?

—No. No vino a la ciudad y yo no tenía tiempo ni medio de transporte para ir allá.

—¿Viste a G. C.?

—Vino una noche. Me dijo que te dijera que usaras tu propio criterio pero que te atuvieses estrictamente al plan tal y como está trazado. Me hizo aprendérmelo de memoria.

—¿Y eso es todo?

—Es todo. Me lo aprendí de memoria. Ha invitado a Wilson Blake para Navidad. Vendrán la noche antes. Me dijo que te dijera que estés preparado para que te guste su jefe. Wilson Blake.

—¿Eso también te lo hizo aprender de memoria?

—No. Sólo fue un comentario. Le pregunté si era una orden y me dijo que no, que era una sugerencia esperanzada.

—Estoy abierto a las sugerencias. ¿Cómo estaba G. C.?

—No estaba imposible como estaba Alec. Pero está cansado. Dice que nos echa de menos y está muy impertinente con todos.

—¿Y eso?

—Creo que está empezando a cansarse de los tontos y es brusco con ellos.

—Pobre G. C. —comenté.

—Ejercéis una mala influencia en vosotros mismos.

—Tal vez sí —dije—. O tal vez no.

—Bueno, creo que tú eres una mala influencia para él.

—¿No hemos hablado ya de esto antes una o dos veces?

—Esta mañana no —dijo miss Mary— Y desde luego recientemente tampoco. ¿Has escrito algo mientras estuve a fuera?

—Muy poco.

—¿No has escrito cartas?

—No. Ah, sí, le escribí a G. C. una vez.

—¿Y qué hacías con todo tu tiempo?

—Pequeñas tareas y trabajitos de rutina. Hice un viaje a Laitokitok después de que matásemos a ese pobre leopardo.

—Bueno, iremos a coger el verdadero árbol de Navidad y eso será algo que ya estará hecho.

—Bien —dije—. Tenemos que coger uno que podamos traer en la trasera del coche de caza. He mandado fuera el camión.

—Vamos a coger ese que ya está elegido.

—Bien. ¿Has descubierto qué árbol es?

—No, pero lo encontraré en el libro de árboles.

—Bien. Pues vamos a cogerlo.

Finalmente salimos en busca del árbol. Keiti venía con nosotros y llevábamos palas, pangas, sacos para las raíces del árbol, armas grandes y pequeñas en el armero del respaldo del asiento de delante y yo le había dicho a Ngui que trajese cuatro botellas de cerveza para nosotros y dos de coca-cola para los musulmanes. Estaba claro que salíamos a llevar a cabo algo que, salvo por la naturaleza del árbol, que podía tener borracho a un elefante durante dos días si éste se alimentaba de él, íbamos a hacer algo tan bueno e intachable que podría escribir algo sobre ello en cualquier publicación religiosa.

Todos salíamos con nuestros mejores propósitos y vimos algunos rastros y no comentamos nada. Leíamos el registro de lo que había cruzado la carretera esa noche. Y vi unas gangas volando a largos saltos hacia el agua pasado el salobral y Ngui también las vio. Pero no hicimos comentarios. Éramos cazadores pero esa mañana trabajábamos para el Departamento Forestal de nuestro Señor, el niño Jesús.

En realidad trabajábamos para miss Mary de manera que sufrimos un gran cambio en nuestra alianza. Todos éramos mercenarios y estaba perfectamente asumido que miss Mary no era una misionera. Ni siquiera estaba sometida a órdenes cristianas; no tenía que ir a la iglesia como hacían otras memsahibs y ese árbol era su shauri, de la misma forma que lo había sido el león.

Entramos en el bosque de troncos verde oscuro y amarillos al lado de nuestra carretera vieja que se había cubierto de hierbas y maleza desde que habíamos estado por allí la última vez, y salimos al claro donde crecían los árboles de hojas plateadas. Ngui y yo hicimos un círculo, él por un lado y yo por el otro, para comprobar si aquel rinoceronte hembra y su cría estaban en la espesura. No encontramos nada más que algunos impalas y el rastro de un leopardo muy grande. Había estado cazando por la orilla de la ciénaga. Medí a palmos las huellas de sus patas y volvimos a unirnos a los zapadores forestales.

Decidimos que sólo unos pocos podían cavar a la vez y dado que Keiti y miss Mary daban órdenes los dos, nosotros nos fuimos a la linde de los árboles grandes y nos sentamos y Ngui me ofreció su caja de rapé. Tomamos ambos y observamos el trabajo de los expertos forestales. Todos trabajaban duro, excepto Keiti y miss Mary. A nosotros nos parecía que el árbol no iba a caber de ningún modo en la trasera del coche de caza pero cuando por fin lo sacaron de la tierra resultó evidente que sí y que era hora de que nos acercásemos y ayudásemos a cargar. El árbol tenía muchas espinas y no era fácil de cargar, pero finalmente lo introdujimos entre todos. Se pusieron sacos empapados de agua sobre las raíces y se amarró con casi la mitad de su longitud sobresaliendo por detrás del coche.

—No podemos volver por el mismo sitio que vinimos —dijo miss Mary—. El árbol se romperá con esas curvas.

—Iremos por un nuevo camino.

—¿Puede pasar el coche?

—Seguro.

A lo largo de ese camino a través del bosque nos topamos con las huellas de cuatro elefantes y había boñiga fresca. Pero el rastro iba más al sur que nosotros. Eran machos de considerable tamaño.

Yo llevaba el arma grande entre las rodillas porque Ngui y Mthuka y yo habíamos visto los tres esas huellas donde cruzaban la carretera norte en el camino de ida. Debían de haber cruzado desde el curso de agua que desaguaba en el pantano de las Chulus.

—Ahora todo es despejado hasta el campamento —le dije a miss Mary.

—Eso es bueno —respondió—. Así podremos levantar el árbol en buen estado.

Ya en el campamento, Ngui y Mthuka y yo nos quedamos atrás y dejamos que voluntarios y especialistas cavaran el hoyo para el árbol. Cuando estuvo excavado el hoyo, Mthuka quitó el coche de la sombra y lo acercó y descargaron el árbol y lo plantaron y quedaba muy bonito y alegre delante de la tienda.

—¿No es precioso? —preguntó miss Mary. Y yo estuve de acuerdo en que lo era.

—Gracias por traernos de vuelta por ese camino tan bonito y por no preocupar a nadie con los elefantes.

—No se habrían detenido allí. Tienen que ir más al sur para estar bien a cubierto y comer. No nos hubieran molestado.

—Ngui y tú fuisteis muy listos en eso.

—Eran aquellos machos que vimos desde el avión. Ellos eran listos. Nosotros no.

—¿Adónde irán ahora?

—Puede que se queden a comer un tiempo en el bosque del pantano de arriba. Después cruzarán la carretera de noche y subirán a aquel territorio cerca de Amboseli que suelen frecuentar los elefantes.

—Tengo que ir a ver si terminan todo correctamente.

—Yo voy a subir por la carretera.

—Tu novia está allí debajo del árbol con su carabina.

—Ya lo sé. Nos ha traído harina de maíz. Voy a llevarla a su casa en coche.

—¿No le gustaría venir a ver el árbol?

—No creo que lo entendiese.

—Quédate a comer en la shamba si te apetece.

—No me lo han pedido —dije.

—¿Entonces estarás de vuelta para el almuerzo?

—Antes.

Mthuka llevó el coche hasta el árbol donde esperaban y les dijo a Debba y a la Viuda que subieran. El niño de la Viuda me dio su acostumbrado golpe en el estómago con la cabeza y yo se la acaricié. Se instaló en el asiento de atrás con su madre y con Debba pero yo me bajé e hice que Debba viniese a sentarse delante. Había sido una chica valiente viniendo al campamento, trayendo la harina de maíz y esperando bajo el árbol de siempre hasta que llegásemos y no quería que llegara a la shamba en el coche sentada en un sitio distinto del habitual. Pero miss Mary con su amabilidad en lo de la shamba nos había puesto a todos en un compromiso que equivalía a darnos una libertad condicional.

—¿Has visto el árbol? —pregunté a Debba.

Se rió bajito. Sabía qué clase de árbol era.

—Iremos y dispararemos otra vez.

—Ndio —me dijo y se sentó muy derecha al pasar entre las cabañas de fuera y pararnos debajo del árbol grande. Me bajé a ver si el informador tenía algunas muestras botánicas preparadas para el transporte, pero no localicé nada. Probablemente las tenga en el herbario, pensé. Cuando volví, Debba se había ido y Ngui y yo nos subimos al coche y Mthuka preguntó adónde íbamos.

—Na campi —dije. Y luego pensé y añadí—: Por la carretera grande.

Hoy teníamos suspense, suspendidos entre nuestra nueva África africana y la vieja África que habíamos soñado e inventado y el regreso de miss Mary. Pronto tendríamos el regreso de los exploradores de caza que trajera G. C. y la presencia del gran Wilson Blake que tenía poder para decidir la política y trasladarnos o echarnos fuera o cerrar una zona u ocuparse de que a alguno le cayeran seis meses tan fácilmente como nosotros podíamos llevar una pieza de carne a la shamba.

Ninguno de nosotros estaba muy animado, pero nos encontrábamos relajados y no afligidos. Cazaríamos un gran elán para tenerlo el día de Navidad y yo iba a procurar que Wilson Blake se lo pasase bien. G. C. me había pedido que procurase que me cayera bien y lo intentaría. La vez que lo conocí no me había caído bien, pero probablemente había sido por mi culpa. Había procurado que me cayera bien, pero probablemente no lo había intentado lo suficiente. Quizás me estuviera haciendo demasiado viejo para que me gustase la gente cuando lo intentaba. Pop jamás intentó ni lo más mínimo que le cayeran bien. Era cortés o moderadamente cortés y entonces los observaba con sus ojos azules, ligeramente inyectados en sangre y entrecerrados y parecía que los viera. Los vigilaba a ver si cometían un error.

Sentado en el coche bajo el alto árbol de la ladera, decidí hacer algo especial para mostrar mi simpatía y aprecio por Wilson Blake. No había muchas cosas en Laitokitok que pudieran interesarle y yo no me lo podía imaginar verdaderamente contento en una fiesta celebrada en su honor en alguna de las shambas masais de bebidas ilegales ni en la parte de atrás de casa del señor Singh. Tenía serias dudas de que el señor Singh y él se entendieran bien. Ya sabía lo que haría. Era un regalo absolutamente perfecto. Contrataríamos a Willie para que lo llevase a volar sobre las Chulus y sobre todos esos dominios suyos que no había visto nunca. No se me ocurría ningún regalo mejor ni más útil y me empezó a caer bien el señor Blake y a concederle casi el status de nación más favorecida. Yo no lo acompañaría sino que me quedaría en casa, humilde e industrioso, quizás fotografiando mis especímenes botánicos, o identificando pinzones mientras G. C. y Willie y miss Mary y el señor Blake solucionaban el país.

—Kwenda na campi —le dije a Mthuka, y Ngui abrió otra botella de cerveza para ir bebiendo mientras cruzábamos la corriente por el vado. Hacer eso era cosa de mucha fortuna y todos habíamos bebido de la botella mientras veíamos los pececitos en el remanso más arriba de la larga onda del vado. Había buenos peces en el río, pero nosotros éramos demasiado vagos para pescar.

CAPÍTULO XIX

Miss Mary estaba esperando a la sombra de la capa de la tienda comedor. La lona trasera de la tienda estaba subida y el viento soplaba nuevo y fresco desde la Montaña.

—Mwindi está preocupado con eso de que caces descalzo y te vayas por las noches.

—Mwindi es como una vieja. Me quité las botas una vez porque rechinaban, y rechinaban por su culpa por no alisarlas correctamente. Es demasiado estrecho el maldito.

—Es fácil llamar estrecho a alguien que lo hace por tu propio bien.

—Dejémoslo así.

—Bueno, ¿cómo es que tomas tantas precauciones si otras veces no tomas ninguna?

—Porque algunas veces indican la posibilidad de mala gente y entonces te enteras de que están en algún otro sitio. Yo siempre adopto las precauciones necesarias.

—¿Pero cuando sales por ahí solo por las noches?

—Alguien se queda de guardia para velar por ti y por las armas y siempre hay luces. Tú siempre estás protegida.

—Pero ¿por qué sales?

—Tengo que salir.

—Pero ¿por qué?

—Porque el tiempo se acaba. ¿Cómo saber cuándo podremos volver? ¿Cómo saber si volveremos alguna vez?

—Estoy preocupada por ti.

—Generalmente estás dormida como un tronco cuando salgo y sigues dormida como un tronco cuando regreso.

—No siempre. A veces toco el catre y no estás allí.

—Bueno, ahora no puedo salir hasta que haya luna y la luna ahora sale muy tarde.

—¿Realmente tienes tantos deseos de salir?

—Sí, de verdad, querida. Y siempre pongo a alguien a montarte la guardia.

—¿Por qué no te llevas a alguien contigo?

—No es igual de bueno con alguien contigo.

—Eso no es más que otra locura. Pero no bebes antes de salir, ¿verdad?

—No, y me lavo bien y me pongo grasa de león.

—Gracias por ponértela después de salir de la cama. ¿Está fría el agua por la noche?

—Todo está tan frío que ni te das cuenta.

—Déjame que te prepare una copa. ¿Qué tomarás? ¿Un gimlet?

—Un gimlet está muy bien. Eso o un Campari.

—Haré gimlet para los dos. ¿Sabes lo que quiero por Navidad?

—Me gustaría saberlo.

—No sé si debería decírtelo. Tal vez que sea demasiado caro.

—Si tenemos el dinero, no.

—Quiero ir a ver realmente algo de África. Vamos a volver a casa y no hemos visto·nada. Quiero ver el Congo belga.

—Yo no.

—Tú no tienes ninguna ambición. Te da igual estar siempre en un mismo sitio.

—¿Has estado alguna vez en un sitio mejor?

—No. Pero es todo lo que hemos visto.

—Prefiero vivir en un sitio y tomar parte de verdad en la vida de ese sitio que ver por encima nuevas cosas desconocidas.

—Pero yo quiero ver el Congo belga. ¿Por qué no puedo ver algo de lo que he oído hablar toda mi vida cuando estamos tan cerca de allí?

—No estamos tan cerca.

—Podemos ir en avión. Podemos hacer todo el viaje en avión.

—Mira, querida. Hemos estado de un extremo a otro de Tanganyka. Tú has estado en los llanos de Bohoro y por el Gran Ruaha.

—Supongo que eso era divertido.

—Era educativo. Has estado en Mbeya y en las tierras altas del sur. Has vivido en las colinas y has cazado en la sabana y has vivido aquí al pie de la Montaña y en el fondo del valle del Rift más allá de Magadi y cazado casi hasta Nairobi.

—Pero no he estado en el Congo belga.

—No. ¿Es eso lo que realmente quieres por Navidad?

—Sí. Si no es demasiado caro. No hace falta que vayamos justo después de Navidad. Tómate tu tiempo.

—Gracias —dije yo.

—No has probado tu copa.

—Perdón.

—No es nada divertido si le regalas a alguien algo con lo que no estás contento.

Di un trago de aquella agradable bebida de lima sin endulzar y pensé lo mucho que amaba el lugar donde estábamos.

—¿No te importará que me lleve también a la Montaña, ¿verdad?

—Allí tienen montañas maravillosas. Es donde están las montañas de la Luna.

—He leído cosas de ellas y vi una foto en el *Life*.

—En el especial dedicado a África.

—Exactamente. En el especial dedicado a África.

—¿Cuándo fue la primera vez que pensaste en este viaje?

—Antes de ir a Nairobi. Te divertirás volando con Willie. Siempre te diviertes con él.

—Hablaremos del viaje con Willie. Va a venir el día siguiente de Navidad.

—No tenemos que ir hasta que tú quieras. Quédate hasta que hayas terminado lo de aquí.

Toqué madera y me bebí el resto de la copa.

—¿Qué planes tienes para esta tarde y esta noche?

—Había pensado dormir la siesta y ponerme al día en mi diario. Luego podemos salir juntos al caer la tarde.

—Bien —dije yo.

Entró Arap Meina y le pregunté cómo iba la organización en la primera manyatta. Dijo que había una leona y un león, cosa extraña en esta época del año, y que habían matado cinco cabezas de ganado en la última media luna y que la leona había dado un zarpazo a un hombre la última vez que habían entrado en la boma de espinos, pero que el hombre estaba bien.

No hay nadie cazando por esa zona, pensé, y no puedo pasarle un informe a G. C. antes de verlo, así que haré que el informador corra la voz sobre lo de los leones. Andarán por abajo, o por la colina, pero sabremos de ellos a menos que se vayan hacia Amboseli. Le haré el informe a G. C. y será asunto suyo ocuparse de acabar esto.

—¿Crees que volverán a ir a esa manyatta?

—No —respondió Meina moviendo la cabeza.

—¿Crees que son los mismos que atacaron la otra manyatta?

—No.

—Esta tarde iré a Laitokitok a buscar gasolina.

—Quizá yo puedo oír algo allí.

—Sí.

Me fui a la tienda y encontré a miss Mary despierta leyendo con la lona trasera de la tienda levantada.

—Querida, necesitamos ir a Laitokitok. ¿Te apetece venir?

—No sé. Estaba empezando a tener sueño. ¿Por qué tenemos que ir?

—Ha venido Arap Meina con la noticia de que unos leones han estado causando problemas y tengo que ir a buscar gasolina para el camión. Ya sabes, eso que llamábamos bencina para el furgón.

—Me despertaré y me asearé y vendré. ¿Tienes muchos chelines?

—Mwindi los preparará.

Salimos por la carretera que cruza el parque a campo abierto y lleva a la que asciende por la Montaña y vimos dos preciosos machos de tommy que siempre pastaban cerca del campamento.

Mary iba en el asiento posterior con Charo y Arap Meina. Mwengi iba en la trasera sentado en una caja y yo empecé a preocuparme. Mary había dicho que no teníamos que ir hasta que yo quisiera. Me abstendría tres semanas después de año nuevo. Había mucho trabajo que hacer después de Navidad y habría que trabajar intensamente. Sabía que estaba en el mejor lugar en que hubiera estado nunca y tenía una buena vida, aunque complicada, y cada día aprendía algo y lo de irnos a volar por encima de toda África cuando podía volar por encima de nuestro propio territorio era lo último que me apetecía hacer. Pero tal vez pudiéramos discurrir algo.

Me habían dicho que me mantuviese alejado de Laitokitok, pero esta visita a buscar combustible y provisiones y las noticias de Arap Meina sobre los leones hacían nuestra visita completamente normal y necesaria y estaba seguro de que G. C. la habría aprobado. No vería al chico de la policía, pero me pararía a tomar un trago con el señor Singh y a comprar algo de cerveza y coca-cola para el campamento, puesto que siempre lo hacía. Le dije a Arap Meina que fuese a las tiendas de los masais y contase las noticias que tenía de los leones y recogiese las noticias que allí hubiera y que hiciera lo mismo en todos los otros sitios masais.

En casa del señor Singh había varios ancianos masais que conocía y los saludé a todos y presenté mis cumplidos a la señora Singh. El señor Singh y yo conversamos en mi swahili de curso elemental.

En la parte de fuera de la casa del señor Singh los ancianos necesitaban angustiosamente una botella de cerveza y yo se la compré y bebí un trago simbólico de mi botella.

Vino Peter a decir que el coche bajaría de inmediato y le mandé a buscar a Arap Meina. Llegó por la carretera con el bidón atado y tres mujeres masais en la trasera. Miss Mary hablaba con Charo muy contenta. Ngui entró a buscar las cajas con Mwengi. Le alargué mi botella de cerveza y entre los dos la dejaron seca. Los ojos de Mwindi brillaban de placer total mientras bebía la cerveza. Ngui la bebía como un corredor de coches que aplaca la sed cuando se para a repostar. Dejó la mitad para Mwengi. Ngui sacó otra botella para que la compartiéramos Mthuka y yo y abrió una coca-cola para Charo.

Arap Meina llegó con Peter y se subió atrás con las mujeres masais. Todos tenían cajas para sentarse. Ngui se sentó delante conmigo y con Charo, y Mwengi y Mary lo hicieron detrás del armero. Le dije adiós a Peter y arrancamos carretera adelante para girar al oeste de cara al sol.

—¿Has encontrado todo lo que querías, querida?

—Realmente no hay nada que comprar. Pero encontré algunas cosas que necesitábamos.

Pensé en la última vez que habíamos estado comprando allí, pero no tenía sentido pensar en eso y entonces miss Mary estaba en Nairobi y es una ciudad mucho mejor para ir de compras que Laitokitok. Pero entonces yo acababa de empezar a saber comprar en Laitokitok y me gustaba porque era como el almacén general y de correos de Cooke City, Montana.

En Laitokitok no tenían las cajas de cartón de calibres anticuados que compraban los veteranos de otros tiempos —dos a cuatro cartuchos cada temporada, a finales de otoño— cuando querían conseguir carne para el invierno. En vez de eso vendían lanzas. Pero era un lugar donde comprar me daba sensación de hogar y si vivías por la zona podías encontrar utilidad a casi todo lo que había en los estantes y en las artesas.

Pero hoy era ya el final de otro día y mañana sería uno nuevo y todavía no había nadie andando sobre mi tumba. Nadie que yo viera mirando al sol ni campo adelante y, mirando las tierras mientras bajábamos por la Montaña, me había olvidado de que Mthuka debía de estar sediento y cuando abrí la botella de cerveza y le limpié el gollete y la boca, miss Mary preguntó, muy justamente:

—¿Las esposas nunca tienen sed?

—Perdona, querida. Ngui puede darte una botella entera, si quieres.

—No. Sólo quiero un trago de ésa.

Se la pasé y bebió lo que quiso y me la pasó.

Pensé en lo bonito que era que no hubiera ninguna palabra africana para pedir perdón, luego pensé que mejor no pensar en eso o se interpondría entre nosotros y bebí un trago de la cerveza para purificarla de miss Mary y limpié el gollete y la boca con mi pañuelo bueno limpio y se la tendí a Mthuka.

A Charo todo esto no le parecía bien y le hubiera gustado vernos beber correctamente en vasos. Pero bebíamos como bebíamos y yo tampoco quería pensar en nada que pudiera interponerse entre Charo y yo.

—Creo que tomaré otro traguito de cerveza —dijo miss Mary.

Dije a Ngui que abriera una botella para ella. Yo la compartiría con ella y Mthuka podía pasar la suya a Ngui y a Mwengi cuando hubiera saciado su sed. Nada de todo esto lo dije en voz alta.

—No sé por qué tienes que complicar tanto lo de la cerveza —dijo Mary.

—La próxima vez traeré vasos para nosotros.

—No intentes complicarlo todavía más. Yo no quiero vaso si bebo contigo.

—Es una cosa tribal —le expliqué—. De verdad que no intento hacer las cosas más complicadas de lo que son.

—¿Por qué has tenido que limpiar la botella con tanto cuidado después de que bebiera yo y después de beber tú y antes de pasarla?

—Tribal.

—Pero, ¿por qué hoy es diferente?

—Fases de la luna.

—Te pones muy tribal cuando te conviene.

—Muy posible.

—Te crees todo eso.

—No. Sólo lo practico.

—No lo conoces lo suficiente como para practicarlo.

—Aprendo un poco cada día.

—Pues yo estoy harta.

Al bajar una larga ladera, Mary vio un kongoni, alto y amarillo, como a seiscientos metros de distancia en la cresta baja de la ladera. Ninguno de nosotros lo había visto hasta que ella lo señaló y entonces todos lo vimos en seguida. Paramos el coche y Charo se bajó a preparar el rececho. El kongoni pastaba lejos de ellos y el viento no llevaría su olor al animal porque soplaba más arriba de la ladera. Por allí no había animales feroces y nosotros nos quedamos en el vehículo para no entorpecer su aproximación.

Observábamos a Charo mientras pasaba de un punto a otro, siempre a cubierto, y a Mary que lo seguía, agachada igual que él. Ya no teníamos el kongoni a la vista, pero vimos a Charo quedarse inmóvil y a Mary levantarse a su lado y apuntar con el rifle. Luego se oyó el disparo y el fuerte impacto de la bala y a Charo que salía corriendo hacia adelante y lo perdimos de vista y a Mary detrás de él.

Mthuka llevó el coche a campo traviesa por encima de helechos y flores hasta que llegamos junto a Mary y Charo y el kongoni muerto. El kongoni o antílope del Cabo no es un animal bonito ni vivo ni muerto, pero éste era un macho viejo, muy gordo y en perfectas condiciones, y su cara larga y triste, sus ojos velados y el cuello rebanado no le quitaban atractivo para los carnívoros. Las masais estaban muy excitadas y muy impresionadas con miss Mary y no dejaban de tocarla con asombro e incredulidad.

—Yo lo vi primero —dijo Mary—. La primera vez que veo algo la primera. Lo vi antes que vosotros. Mthuka y tú estabais delante. Lo vi antes que Ngui y que Mwengi y que Charo.

—Y lo viste antes que Arap Meina —dije yo.

—Él no cuenta porque iba mirando a las masais. Charo y yo lo recechamos nosotros solos y cuando volvió la vista hacia nosotros tiré y le di exactamente donde quería.

—Más abajo del hombro izquierdo y directo al corazón.

—Ahí es adonde apuntaba.

—Piga mzuri —dijo Charo—. Mzuri mzuri sana.

—Lo pondremos detrás. Las mujeres pueden ponerse delante.

—No es guapo —declaró Mary—, pero para carne prefiero matar algo que no sea hermoso.

—Es maravilloso y tú eres maravillosa.

—Bueno, necesitábamos carne y yo vi la mejor carne que podemos encontrar y gordo y el más grande después del gran elán y lo vi yo y lo cazamos Charo y yo solos y le disparé yo sola. Así que ahora, ¿me querrás y no te irás por ahí contigo sólo en la cabeza?

—Ahora ven delante. Ya no cazaremos más.

—¿Puedo tomar un poco de mi cerveza? Estoy sedienta de tanto rececho.

—Puedes tomar toda la que quieras.

—No. Toma un poco tú también para celebrar que yo lo viera la primera y que volvamos a ser amigos.

Tuvimos una cena muy agradable y nos fuimos pronto a la cama.

Por la noche tuve sueños malos y antes de que Mwindi trajera el té ya estaba despierto y vestido.

Esa tarde salimos a dar una vuelta por las tierras y descubrimos por las huellas que los búfalos habían vuelto al bosque de la ciénaga. Habían llegado por la mañana y el rastro era ancho y con marcas profundas como el de las reses, pero ya estaba frío y los escarabajos peloteros estaban haciendo sus bolas con las boñigas que señalaban a los búfalos. La manada se había ido hacia el bosque donde los claros y zonas abiertas estaban llenos de hierba fresca nueva y espesa.

Siempre me había gustado ver a los escarabajos peloteros hacer su trabajo y había aprendido que, bajo una forma ligeramente modificada, eran los mismos escarabajos sagrados de Egipto y pensé que podíamos encontrar sitio para ellos en la religión. Ahora trabajaban muy duro y ya se iba haciendo tarde para la boñiga del día. Mientras los observaba pensé en la letra para un himno de los escarabajos peloteros.

Ngui y Mthuka me miraban a mí porque sabían que me encontraba sumido en profundos pensamientos. Ngui fue a buscar las cámaras de miss Mary por si quería hacer fotos de los escarabajos, pero no le interesaban y dijo:

—Papá, cuando te hayas cansado de contemplar los escarabajos, ¿crees que podemos seguir y ver algo más?

—Claro que sí, si te interesa podemos buscar un rinoceronte y hay dos leonas y un león que andan por aquí.

—¿Cómo lo sabes?

—Anoche varias personas oyeron a los leones y el rinoceronte cruzó el rastro de los búfalos allí atrás.

—Es demasiado tarde para obtener un buen color.

—Pues da igual. Podemos limitarnos a observarlo, quizá.

—Desde luego me inspiran más que los escarabajos del estiércol.

—Yo no busco inspiración. Busco conocimiento.

—Es una suerte que tengas un campo tan amplio.

—Sí.

Le dije a Mthuka que intentase dar con el rinoceronte. Tienen hábitos regulares y ahora que andaba moviéndose sabía más o menos dónde podíamos encontrarlo.

El rinoceronte no estaba muy lejos de donde debía estar pero, como había dicho miss Mary, era demasiado tarde para sacar buenas fotos en color con la velocidad y sensibilidad de la película que había por entonces. Se había metido en una poza de agua de arcilla blanca grisácea y entre el verde de la maleza y contra el negro oscuro de las rocas de lava parecía un fantasma blanco.

Nos alejamos sin molestarlo magnífica y estúpidamente alerta después de que sus pájaros picabueyes le abandonaran y trazamos un amplio arco a sotavento suyo para salir, finalmente, al salobral que se alargaba hacia los bordes de la ciénaga. Esa noche iba a haber muy poca luna y los leones saldrían a cazar y yo me preguntaba cómo sería para la caza saber que se acercaba la noche. La caza nunca estaba segura, pero esas noches menos que nunca y pensé que en una noche oscura como esta noche era cuando la gran pitón salía del pantano hasta el lindero del salobral para agazaparse enroscada a esperar. Una vez Ngui y yo habíamos seguido su rastro hacia dentro de la ciénaga y era como seguir la huella de un camión con un único neumático gigante. Algunas veces se hundía y así era como una rodada profunda.

Encontramos las huellas de las dos leonas en la llanada y después siguiendo la pista. Una era muy grande y esperábamos verlas tumbadas, pero no las vimos. El león, pensé, estaría probablemente por la vieja manyatta masai abandonada y podía ser el león que andaba atacando a los masais que habíamos visitado esa mañana. Pero eso eran conjeturas y no evidencias con las que poder cazarlo. Por la noche escucharía para oírlos cazar y mañana si los veíamos podría identificarlos otra vez. G. C. había dicho, al principio, que quizá tuviéramos que sacar de la zona cuatro o tal vez seis leones. Habíamos sacado tres y los masais habían matado un cuarto y herido otro más.

—No quiero acercarme al pantano más de la cuenta, para no darle el viento a los búfalos y quizá mañana pasten en campo abierto —le dije a Mary y le pareció bien.

De manera que iniciamos el regreso a casa a pie y Ngui y yo leíamos las señales en la llanada según andábamos.

—Saldremos temprano, querida —le dije a Mary—, y tendremos una probabilidad mucho más que buena de encontrarnos los búfalos en campo abierto.

—Nos iremos a la cama temprano y haremos el amor y escucharemos la noche.

—Maravilloso.

CAPÍTULO XX

Estábamos en la cama y hacía mucho frío y yo estaba acurrucado en el catre contra el lateral de la tienda, y bajo la sábana y las mantas era una delicia. En la cama no hay tamaños, todos somos del mismo tamaño, y las dimensiones son perfectas si os amáis el uno al otro y allí tumbados sentíamos las mantas contra el frío y nuestro propio calor que llegaba poco a poco y susurrábamos bajito y luego escuchábamos a la primera hiena que se arrancó de repente con un ruido como de cante flamenco que parecía que lo hiciera con un altavoz en mitad de la noche. Estaba cerca de la tienda y luego se oyó a otra detrás de las líneas y comprendí que la carne puesta a secar y los búfalos allá fuera de las líneas las habían atraído. Mary sabía imitarlas y lo hizo muy flojito debajo de las mantas.

—Acabarás teniéndolas dentro de la tienda —le dije.

Entonces oímos rugir al león más al norte hacia la manyatta vieja y después de oírlo a él oímos los gruñidos y toses de la leona y supimos que estaban cazando. Creímos que podríamos oír a las dos leonas y entonces oímos rugir a otro león mucho más lejos.

—Me gustaría que nunca tuviéramos que dejar África —dijo Mary.

—A mí me gustaría no tener que salir nunca de aquí.

—¿De la cama?

—De la cama tendremos que salir por la mañana. No, digo de este campamento.

—Yo también lo adoro.

—Entonces ¿por qué tenemos que irnos?

—Tal vez haya más sitios maravillosos. ¿No quieres ver todos los lugares más maravillosos antes de morir?

—No.

—Bueno, ahora estamos aquí. No pensemos en marcharnos.

—Bien.

La hiena volvió otra vez a su canción nocturna y la hizo subir más allá de lo posible. Luego la interrumpió de repente tres veces.

Mary la imitó y nos reímos y el catre parecía una cama grande y fina y estábamos cómodos y nos sentíamos en nuestro hogar. Luego dijo:

—Cuando esté dormida estírate bien en la cama y coge todo el sitio que te corresponde y yo me iré a la mía.

—Yo te llevaré y te arroparé.

—No, tú sigue durmiendo. Sé arroparme sola hasta dormida.

—Ahora vamos a dormir.

—Bueno. Pero no dejes que me quede y tengas calambres.

—No los tendré.

—Buenas noches, queridísimo mío.

—Buenas noches, querida mía.

Al quedarnos dormidos oíamos al león más próximo gruñir fuerte y profundo y a lo lejos al otro león que rugía y nos abrazamos estrecha y tiernamente y nos dormimos.

Yo estaba dormido cuando Mary se fue a su cama y no me desperté hasta que el león rugió al lado del campamento. Parecía que zarandeara los vientos de la tienda y su fuerte tos estaba muy cerca. Debía de estar fuera más allá de las líneas pero sonaba, cuando me despertó, como si anduviera cruzando el campamento. Luego rugió de nuevo y supe a qué distancia estaba. Debía de estar justo al borde del camino que bajaba hacia la pista de aterrizaje. Estuve escuchando y lo oí alejarse y me volví a dormir.

CENSO DE PERSONAJES

EL NARRADOR: El autor, que en toda su vida jamás llevó un diario, escribe una historia en primera persona un año después de suceder los hechos que la inspiran. «Estamos sentados a lo indio en un bazar y si a la gente no le interesa lo que contamos se marcharán», le comentó una vez a su tercera esposa, Martha Gellhorn.

MARY: Cuarta y última esposa de Ernest Hemingway.

PHILIP (*el señor P., Pop*): Philip Percival, el más longevo y experimentado de todos los cazadores blancos. Fue guía, entre muchos otros, de Theodore Roosevelt y de George Eastman. Hemingway empleó su aspecto físico para ocultar que el barón Bror von Blixen era el modelo del cazador blanco del cuento «La vida corta y feliz de Francis Macomber».

G. C.: Jefe del Departamento de Caza del distrito de Kajiado de la administración colonial británica de Kenia en aquel tiempo. Era un área muy extensa que incluía la mayor parte de los territorios de caza al sur de Nairobi y al norte de la frontera entre Tanganyika (actualmente integrada en Tanzania) y Kenia. En todo el tiempo que duró su safari, los Hemingway no cazaron nunca fuera del distrito de Kajiado.

HARRY DUNN: Funcionario superior de policía de esa misma administración.

WILLIE: Piloto comercial de la sabana. Un personaje de gran nobleza, como todos los pilotos que no tiran bombas sobre los civiles.

KEITI: Jefe y figura que gozaba de autoridad y respeto por parte de los nativos que intervenían en los safaris del cazador blanco. Sus conceptos tradicionales acerca de cuál había de ser el comportamiento correcto de los europeos diferían muy poco de los del mayordomo de *Lo que queda del día*, película que muchos lectores habrán visto, protagonizada por Emma Thompson y Anthony Hopkins.

MWINDI: Subordinado de Keiti. Estaba a cargo del personal de servicio doméstico del safari.

NGUILI: Camarero y pinche de cocina.

MSEMBI: Camarero.

MBEBIA: Cocinero del safari, un trabajo importante y que requería mucha habilidad. La hija del último gobernador general del Congo belga —a la cual guié durante un mes en el safari de caza que hizo con su marido— me dijo que el pato salvaje asado que acababa de comer era mejor que el último que había tomado en La Tour d'Argent de París. El primero de esos cocineros aprendió el oficio de las señoras europeas que conocían bien la cocina. Hay una descripción muy acertada de cómo se enseñaba a un cocinero así en *Lejos de África*, de Isak Dinesen.

MTHUKA: Conductor africano negro. Los cazadores blancos de la generación a la que yo pertenecía —los que aprendimos el oficio después de la segunda guerra mundial—, empleaban para cazar unas camionetas que diseñaban ellos mismos y eran de su propiedad y no formaban parte del material suministrado por el organizador del safari, aunque éste no era el caso en el safari de Hemingway. Percival utilizaba la camioneta de caza que le facilitaba el organizador y que conducía Mthuka. Cuando se quedó con el equipo de safari de Percival, Hemingway hizo que Mthuka siguiera conduciendo para él.

NGUI: Porteador de armas y rastreador de Hemingway. Nadie a quien le apasionase la caza mayor y se encontrara mínimamente bien de salud, dejaría nunca su rifle en manos de un porteador. En realidad el término designa a un guía nativo en el mismo sentido en que se emplea en Maine o en Canadá. De un porteador de armas se esperaba que tuviera todas las habilidades que el general Baden-Powell y Ernest Thompson Seton pensaban que debería poseer un boy-scout. Tenía que conocer a los animales y sus costumbres, las propiedades útiles de las plantas silvestres, saber rastrear, especialmente seguir las huellas de sangre, y cuidar de sí mismo y de los demás en la sabana africana. En resumen, un Cocodrilo Dundee.

CHARO: Porteador de armas de Mary Hemingway. En esta narración, Hemingway se esfuerza por señalar los aspectos temporales y espaciales del comportamiento moral en culturas diferentes. La ética occidental permite la poligamia y la poliandria sucesivas por muerte o por divorcio, pero una persona sólo puede tener un cónyuge cada vez. En el momento en que transcurre esta historia, Mary está casada con un esposo que, inmerso en el entramado ético occidental, ya se ha separado de dos esposas mediante divorcio y de una tercera, Pauline, por divorcio y, posteriormente, muerte. La ética occidental protege a Mary, que también ha estado casada antes dos veces, de la posibilidad de que su marido tome una segunda esposa, pero no de la poligamia sucesiva, y eso le produce una gran preocupación. Eso es lo que se oculta tras su deseo de matar a un león, no tal y como lo hiciera Pauline veinte años antes sino de un modo inédito y superior. Charo había sido el porteador de armas de Pauline en aquel otro safari.

MWENGI: Porteador de armas de Philip Percival.

ARAP MEINA: Explorador de caza. Los exploradores de caza constituían el grado más bajo entre los agentes del servicio de policía de caza de Kenia. No había exploradores de caza blancos. En la época de este safari no había rangers de caza negros. Quizá sea solamente una coincidencia que Arap Meina tenga el mismo nombre que el joven guerrero Kipsigis que llevaba a Beryl Markham a cazar facóqueros con lanza *en Al oeste con la noche* y que más tarde resultó muerto en la primera guerra mundial.

CHUNGO: Explorador de caza jefe, guapo y peripuesto que trabaja para G. C. Al lector podría recordarle a Denzel Washington haciendo de duque en la espléndida versión cinematográfica de *Mucho ruido y pocas nueces*.

EL INFORMADOR: Es lo que dice su nombre, un informador de la policía. Hemingway hizo muchos trabajos de espionaje, primero en la guerra civil española, de donde importó el término «quintacolumnista» al inglés y a muchas otras lenguas, y después en Cuba durante la segunda guerra mundial ayudando a capturar a varios espías alemanes, uno de los cuales fue ejecutado, que habían sido enviados a La Habana a través de España. Hemingway muestra hacia el informador cierta simpatía y compasión que ningún otro personaje de esta historia comparte.

BWANA RATÓN: Patrick, hijo mediano de Ernest Hemingway, al que llamaban «ratón».

LA VIUDA: Madre de Debba. Se encuentra bajo la dudosa protección del informador.

DEBBA: Joven africana negra. A Hemingway se le ha achacado ser incapaz de retratar con realismo a las mujeres en sus obras. Si esto es cierto, puede constituir un defecto grave en un escritor importante, similar a que se diga de un gran maestro antiguo que no sabía dibujar la figura humana. Hemingway creció en una familia donde había cuatro hermanas, y tuvo, por tanto, oportunidad de conocer la psicología femenina. De otro tipo son las críticas que se le hacen desde lo políticamente correcto en estos momentos. Estos críticos consideran el arte como una herramienta de ingeniería social. En la Alemania de Hitler lo políticamente correcto era describir a los judíos como gente inmunda que contaminaba la pureza de las aguas arias. Sean cuales sean las opiniones del lector o lectora en torno a los fines y competencias del arte, deben prestar atención a Debba.

SEÑOR SINGH: En la antigua Kenia colonial la población estaba dividida, a efectos administrativos, en europeos, asiáticos o africanos, según sus continentes de origen. El señor Singh es asiático, y sij. Los sijs son originarios del Punjab y el resentimiento y la indignación de ese pueblo ante la forma en que el gobierno indio abordó la crisis del Templo Dorado condujeron al asesinato de la primera ministra Indira Gandhi. Los sijs son un pueblo guerrero y dotado para la mecánica, y muchos de ellos trabajan con máquinas herramientas, son pilotos de avión, inspectores de policía o técnicos eléctricos. Un policía sij amigo mío tuvo que cumplir con la desagradable tarea de detener a una anciana dama europea muy oronda, provocadora y malhablada a quien acusaban de haber envenenado a su marido para cobrar el seguro. Y a pesar de que lo llamó en la cara «indio pedorro cabrón», mi amigo la detuvo haciendo alarde de la más exquisita delicadeza y cortesía.

SEÑORA SINGH: Guapísima esposa del señor Singh.

GLOSARIO SWAHILI

Áscari.   Soldado de infantería, préstamo lingüístico del turco (el *Diccionario de la Real Academia Española* lo da como procedente del árabe).

Bili.   Forma incorrecta de dos. Debería ser *mbili*.

Boma.   Valla, área protegida o cerrada con cualquier clase de cierre.   2. Terrenos y edificios de la jefatura de gobierno de un distrito.

Bwana. Tratamiento que precede al nombre de un europeo que no tenga otro específico.   2. Señor (empleado por un africano al dirigirse a un europeo).

Chakula.   Comida.

Chai.   Té.

Chui.   Leopardo.

Dudus.   Plural europeo de la palabra *dudu*, bicho.

Duka.   Tienda, almacén.

Hiko puko.   Está (él o ello) allá.

Dumi.   Animal macho.

Hapana.   No.

Hodi.   Hola (llamada de atención o respuesta a una llamada).

Jambo. Preocupación.   2. Saludo: «¿Tranquilo?», al cual la respuesta correcta es «Sijambo»: «Tranquilo, hombre» (literalmente: «sin preocupación»).

Kanga.   Gallina de Guinea.

Kidogo.   Pequeño.

Kikamba.   Lengua hablada por la tribu kamba.

Kongoni.   Antílope o ciervo del Cabo.

Kubwa.   Grande.

Kufa.   Morir.

Kuhalal.   Degollar a.

Kuleta.   Traer.

Kupiga.   Disparar, también acertar o golpear.

Kuua.   Matar.

Kwali.   Francolín, ave faisánida que se caza en las tierras altas.

Kwenda.   Ir.

Kwisha.   Está terminado. Contracción de *imekwisha*.

Mafuta.   Grasa, tocino.

Manyatta.   Palabra masai que equivale a *boma*.

Mbili.   Dos. (Nótese el uso voluntariamente inculto que hace Hemingway en la conversación que sostiene con Debba en el capítulo XIV.)

Mchawi.   Brujo.

Memsahib.   Tratamiento que precede al nombre de una mujer europea que no tenga otro. Contracción de *madam sahib*.

Mganga.   Mago. Brujo bueno.

Mimi.   Yo.

Mingi.   Muchos.

Moja.   Uno.

Moran.   Palabra masai que equivale a *áscari*.

Mtoto.   Niño.

Mwanamuki.   Mujer.

Mzee.   Anciano.

Mzuri.   Bueno.

Ndege.   Pájaro, avión.

Ndio.   Sí.

Ngoma.   Baile.

Nyanyi.   Babuino.

Panga.   Machete, espada, alfanje.

Poli poli.   Despacio.

Pombe.   Cerveza de fabricación casera.

Posho.   Harina de maíz.

Risasi.   Bala.

Samaki.   Pescado.

Sana.   Muy.

Shamba.   Campo de cultivo pequeño.

Shauri.   Asunto, negocio, ocupación.

Simba.   León.

Tembo.   Elefante. También puede significar bebida alcohólica fuerte.

Tu.   Justo, solamente.

Ukambani.   En el país de la tribu kamba.

Uchawi.   Brujería, en sentido negativo.

Wanawaki.   Forma plural de *mwanamuki*: mujeres.

Watu.   Pueblo, gente.

AGRADECIMIENTOS DEL EDITOR

Gracias, Michael Katakis, en mi nombre y en el de mis hermanos, por apoyar como gestor de los derechos literarios de Hemingway nuestro convencimiento de que merecía la pena hacer este trabajo.

Gracias, asimismo, al personal de la Biblioteca Kennedy y especialmente a Megan Desnoyers y a Stephen Plotkin, cuya profesionalidad como archiveros tanto nos ha ayudado a cuantos hemos tenido el privilegio de trabajar con los manuscritos de Ernest Hemingway.

Nuestros agradecimientos, también, al equipo editorial de Scribner y especialmente a Charles Scribner III y a Gillian Blake por ayudar a un amateur agradecido.

Gracias especiales a mi esposa, Carol, que comparte mi convicción de que la escritura es algo importante y que una palabra vale más que mil imágenes.

ÍNDICE